Über dieses Buch Dies ist die Chronik der Pecks, einer höchst eigenwilligen und wunderbar altmodischen Familie in Baltimore, und die Geschichte des Peckschen Geistes, der die zahlreichen Familienmitglieder aus gut vier Generationen ungeachtet all ihrer merkwürdigen Besonderheiten als unverwechselbare Pecks ausweist und aufs innigste zusammenhält.
Dennoch erliegt gelegentlich ein Peck den Verlockungen der Welt und schert aus. So Caleb, ein verträumter junger Mensch, der 1912 plötzlich spurlos verschwindet und sich, von den ersten Klängen des Blues berauscht, nach New Orleans aufmacht.
Zwar müssen fast 50 Jahre vergehen, bevor irgend jemand ernsthaft nach ihm zu suchen beginnt, aber um so intensiver sind denn auch die Bemühungen von Halbbruder Daniel, einem inzwischen höchst betagten Herrn, Caleb – und damit ein Stück der eigenen Kindheit – wiederzufinden.
Zusammen mit seiner Enkelin Justine, einer hinreißend liebenswürdigen Person mit Hut, reist der alte Herr kreuz und quer durch die Vereinigten Staaten, auf der Suche nach Caleb. Dabei erweisen sich die besonderen Begabungen von Justine als außerordentlich segensreich: sie kann die Zukunft aus den Karten lesen, sie schließt alle Menschen in ihr Herz, und sie hat irgendwie die Fähigkeit, das Chaos zusammenzuhalten.

Die Autorin Anne Tyler, die 1941 in Minneapolis geboren wurde, ist in North Carolina aufgewachsen. Die promovierte Slawistin ist mit ihren mittlerweile elf Romanen eine der erfolgreichsten Autorinnen der amerikanischen Gegenwartsliteratur. So wurde ihr Roman ›Die Reisen des Mr. Leary‹ vom ›Time Magazine‹ zu den fünf besten amerikanischen Romanen des Jahres 1985 gezählt, und ihr jüngster Roman ›Atemübungen‹ wurde mit dem Pulitzer-Preis ausgezeichnet. Anne Tyler lebt mit ihrer Familie in Baltimore.
Im *Fischer Taschenbuch Verlag* sind von der Autorin außerdem die Romane ›Nur nicht stehenbleiben‹ (Bd. 5154), ›Dinner im Heimweh-Restaurant‹ (Bd. 8254) und ›Die Reisen des Mr. Leary‹ (Bd. 8294) lieferbar, bei S. Fischer ›Atemübungen‹ und ›Segeln mit den Sternen‹.

Anne Tyler

Caleb oder Das Glück aus den Karten

Roman

Aus dem Amerikanischen
von Günther Danehl

Fischer Taschenbuch Verlag

Neuauflage
Veröffentlicht im Fischer Taschenbuch Verlag GmbH,
Frankfurt am Main, Juni 1991

Lizenzausgabe mit freundlicher Genehmigung der
S. Fischer Verlag GmbH, Frankfurt am Main
Die amerikanische Originalausgabe erschien 1976
unter dem Titel ›Searching for Caleb‹
bei Alfred A. Knopf, New York

Umschlaggestaltung: Buchholz / Hinsch / Hensinger
Umschlagabbildung: Rob Scholte, ›Der Schrei‹, 1985,
Acryl auf Leinwand, 180×150 cm,
© Sammlung Paul Maenz, Köln
Satz: Poeschel & Schulz-Schomburgk, Eschwege
Druck und Bindung: Clausen & Bosse, Leck
Printed in Germany
ISBN 3-596-10829-2

I

Die Kartenlegerin und ihr Großvater machten die Reise nach New York mit der Eisenbahn; ihre blassen, spitzen, einander ähnelnden Gesichter blickten genau in nördliche Richtung. Der Großvater hatte sein Hörgerät daheim auf der Kommode vergessen. Er trug einen schwarzen Anzug, mattgraue Hosenträger und ein sehr altmodisches, kostspieliges Hemd, kragenlos mit Nadelstreifen. Seine tief in ihren Höhlen liegenden Augen waren unbeirrbar auf den gegenüberliegenden Sitz gerichtet, und mit dem Daumen strich er immer wieder über einen Zeitungsausschnitt. Entweder hatte das Rattern des Zuges ihn gänzlich taub gemacht, oder er war tief in Gedanken, doch was auch der Grund sein mochte, er gab auf die seltenen Fragen der Enkelin keine Antwort.

Durch das verschmutzte Fenster neben seinem weißhaarigen Kopf sah man auf Fabriken und Lagerhäuser. Gelegentlich zogen kümmerliche Reste von Wald durchs Blickfeld, verkrümmte, entlaubte Bäume, manche vom Blitz getroffen, andere von Ranken überwuchert, umstanden von struppigem Gebüsch, darunter Bierdosen, Schnapsflaschen, rostige Autoteile, Nähmaschinen, verschlissene Polstermöbel. Dann wieder zogen Ortschaften vorüber. Dick vermummte Männer plagten sich mit Fässern und Verschlägen auf Laderampen, Atem ging in weißen Dampfwölkchen von Mündern und Nasen. Es war Januar und so kalt, daß die Backsteinhäuser nachgedunkelt und geschrumpft wirkten.

Die Kartenlegerin, die keine Zigeunerin, nicht einmal eine Spanierin war, sondern eine schlaksige, magere Blondine mit Bänderhut in einem verwaschenen Hänger, entnahm der Strohtasche auf dem Fußboden eine Zeitschrift und blätterte darin von hinten nach vorn. Sie warf kaum einen Blick auf die einzelnen Seiten und baumelte nervös mit dem übergeschlagenen Bein. In der Mitte der Zeitschrift angelangt, beugte sie sich vor und kramte wiederum in der Strohtasche. Sie spürte, wie der Großvater aus den Augenwinkeln beobachtete, was sie da trieb. Suchte sie die Tarockkarten? Die Kristallkugel? Ein anderes Hilfsmittel ihres rätselhaften, unreputierlichen Gewerbes? Er gewahrte aber nichts als den Zipfel eines bunten Halstuches und eine Tüte Hustenbonbons Marke Ludens, die sie ihm nun anbot. Er lehnte ab. Sie steckte ein Bonbon in den Mund und bedachte ihn ganz unvermittelt mit einem Lächeln, das die Züge ihres blassen, strengen Gesichts völlig verwandelte. Der Großvater nahm diese Veränderung wahr, vergaß aber ganz zurückzulächeln. Er konzentrierte sich neuerlich auf den gegenüberliegenden Sitz, das Schondeckchen an dessen Kopfteil, der um ein geringes von dem Schleierhütchen einer Frau überragt wurde, die im Abteil dahinter saß.

Der Zeitungsausschnitt, den sein faltiger Daumen immer wieder glattstrich, raschelte ein wenig. Er wurde nachgerade unentzifferbar, doch die Kartenlegerin wußte auswendig, was darauf zu lesen stand:

> Am 18. Dezember 1972 verstarb unerwartet Paul Jeffrey Tabor. Für die trauernden Hinterbliebenen: Deborah Tabor, Paul und Theresa Tabor, fünf Enkel und sieben Urenkel. Die Beisetzung findet statt am ...

»Mein Hals ist trocken, Justine«, sagte der Großvater.

»Ich hole dir Mineralwasser.«

»Was?«

»Mineralwasser.«

Er wich gekränkt zurück. Unmöglich zu sagen, was er gehört zu haben glaubte. Justine tätschelte seine Hand. »Laß nur, Großvater, ich bin gleich zurück.«

Sie wand sich zwischen den im Gang stehenden Gepäckstücken hindurch und hielt dabei sorgsam ihren tellerflachen Hut fest. Drei Wagen weiter vorn kaufte sie zwei Becher Gewürzbier und eine Tüte Käsegebäck. Den Rückweg legte sie sehr vorsichtig zurück, öffnete Türen mit dem Ellenbogen und ließ bei gerunzelter Stirn die beiden bis zum Rand gefüllten Becher keinen Moment aus den Augen. Beim Betreten ihres Waggons entfiel ihr die Tüte, und ein sehr korrekt gekleideter Herr mußte sie aufheben. »Ah, recht vielen Dank!« sagte sie und lächelte ihm zu, wobei ihr Gesicht überraschend Farbe annahm. Auf den ersten Blick konnte man sie für ein junges Mädchen halten, doch bei näherem Hinsehen gewahrte man die

Fältchen, das verwaschene Blau der Augen, die Adern auf den trokkenen, vierzig Jahre alten Händen mit dem zerkratzten Ehering, der, drei Nummern zu groß, an einem mageren Finger saß, gehalten von dem knorpeligen Gelenk. Ihr Gang war etwas unsicher, die Stimme ein wenig zu schrill und munter. »Gewürzbier, Großvater«, rief sie durchdringend. Wenn er sie schon nicht verstand, taten es doch alle übrigen Reisenden in diesem Waggon.

Sie drückte ihm einen Becher in die Hand, und er nahm einen Schluck. »Ah, gut«, seufzte er dann. Alles, was nach Kräutern schmeckte, schätzte er, einerlei ob Bonbons, Tee oder Gewürzbier. Als sie ihm jedoch aus der Tüte ein organgenes, wurmartiges, klebriges Gebilde anbot, antwortete er nur mit einem verweisenden Blick unter gerunzelten Brauen. Früher war er Richter gewesen, und man hatte immer noch den Eindruck, als urteile er sehr genau über alles, was ihm vor die Augen kam. »Was ist denn das«, sagte er, doch war es weniger eine Frage als eine Ablehnung.

»Käsegebäck, Großvater. Probier mal.«

»Was sagst du?«

Sie hielt ihm den Beutel hin und zeigte auf die Beschriftung. Er warf den Wurm hinein und säuberte anschließend die Hand mit einem Taschentuch. Sodann widmete er sich wieder dem Gewürzbier und dem Zeitungsausschnitt, den er unterdessen auf seinem knochigen Knie geglättet hatte. »Theresa!« sagte er nun. »Was für ein Name.«

Justine nickte kauend.

»Ich kann solche Namen nicht leiden. Überhaupt kann ich nichts Exotisches leiden.«

»Vielleicht sind es Katholiken?« schlug Justine vor.

»Was sagst du?«

»Vielleicht sind es Katholiken.«

»Ich verstehe dich nicht.«

»Katholiken!!« Man sah sich nach ihnen um.

»Mach dich nicht lächerlich«, tadelte der Großvater. »Paul Tabor hat der gleichen Kirche angehört wie ich. Er war mit meinem Bruder in der Sonntagsschule, beide haben zur gleichen Zeit ihr Examen an der Salter-Akademie gemacht. Dann kam diese ... diese Unzufriedenheit ... diese Neuerungssucht. Ich kann gar nicht sagen, wie oft ich das mit angesehen habe. Ein junger Mensch geht in die Fremde, statt daheim zu bleiben, er sucht sich Arbeit, findet neue Freunde, schließt immer neue Bekanntschaften, heiratet in eine Familie, von der kein Mensch je gehört hat, zieht in ein neumodisches Haus, gibt seinen Kindern Namen, die zuvor in seiner Familie nicht üblich waren. Dann wird er reiselustig, kauft eine Skihütte oder ein Sommerhaus in weltentlegenen Gegenden wie Florida, wo keiner von uns je auch nur den Fuß hingesetzt hat. Unterdessen sterben seine Eltern, seine Angehörigen verschwinden einer nach dem andern, und keiner ist mehr übrig, den man fragen könnte: ›Na, was treibt denn Paul dieser Tage?‹ Schließlich stirbt er selber, höchstwahrscheinlich in einer Großstadt, wo kein Mensch Notiz davon nimmt, außer seiner Frau, vielleicht noch sein Barbier und sein Schneider, womöglich aber auch nicht einmal diese beiden. Und wozu das alles? Was soll das Ganze? Was Paul angeht, bin ich allerdings nicht genau unterrichtet, er war mit meinem Bruder befreundet, nicht mit mir. Ich möchte aber eine Vermutung äußern: ihm fehlte das Stehvermögen. Er hatte nicht den Mumm, die Sache auszubaden, oder um was es sich da schon gehandelt haben mag. Ihm fehlte die Geduld. Er wollte was Neues, was anderes, auch wenn er nicht genau wußte, was. Er hat geglaubt, anderswo sei das Leben besser, egal wo. Und was hat er davon gehabt? Wenn ich das nächste Mal in Baltimore bin, werde ich der Familie eröffnen: ›Paul Tabor ist gestorben‹, und dann wirst du was erleben. ›Wer ist gestorben?‹ werden sie fragen, ›Paul – wie war der Name?‹ Dann werde ich sagen, ›Paul Tabor, es hat in der *Baltimore Sun* gestanden. Lest ihr denn keine Zeitung mehr?‹ Und dann werden sie sagen: ›Selbstverständlich lesen wir die Zeitung, und selbstverständlich entgeht uns kein bekannter Name in den Todesanzeigen, aber Paul Tabor? Der ist vergessen. Längst vergessen. Der hat sich losgesagt von uns, er ist schon lange tot und begraben für uns.‹ Hörst du mir zu, Justine?«

Justine lächelte ihn an. »Aber ja doch.«

Sie hatte sich ebenfalls von Baltimore gelöst. Sie wohnte jetzt mit Mann und Tochter in Semple im Staate Virginia. Im Vorjahr hatte sie anderswo gewohnt und im Jahr davor noch woanders.

(Ihr Mann war ruhelos.) In der kommenden Woche würden sie nach Caro Mill in Maryland übersiedeln. Hieß der Ort überhaupt Caro Mill? Oder vielleicht Caro Mills? Manchmal konnte sie diese Ortschaften nicht auseinanderhalten. Manchmal versetzte sie in Gedanken Freunde an Orte, welche diese Freunde nie betreten hatten, oder sie wartete auf das Erscheinen eines Kunden, dem sie seit zwei Jahren ihre neuen Adressen nicht mehr mitgeteilt hatte. Sie blätterte verzweifelt in Telefonbüchern nach den Namen von Ärzten oder Handwerkern, die Hunderte von Meilen entfernt und drei oder vier oder vierzehn Jahre in der Vergangenheit wohnten. Der Großvater ahnte davon vermutlich nichts. Es wäre ihm wohl auch gleichgültig gewesen. Er machte sich nicht die Mühe, die Ortsnamen zu behalten. Zwar wohnte er bei Justine und machte auch alle Umzüge mit, doch bezeichnete er das hartnäckig als ›Besuch‹; noch beharrte er darauf, ein Bürger von Baltimore zu sein, seiner Heimatstadt. Alle anderen Orte waren für ihn Randerscheinungen, unbeachtlich; er passierte sie, ohne sie recht wahrzunehmen, wie ein Mann, der auf dem Wege zu seinem eigenen soliden Haus an baufälligen Hütten vorübergeht. Wieder in Baltimore (zu Weihnachten, Thanksgiving oder am 4. Juli), seufzte er erleichtert und ließ die knochigen Schultern sinken, die er sonst immer krampfhaft in die Höhe zog. Dann wurden auch die tiefen Falten um seine Mundwinkel weniger scharf. Er setzte den alten Lederkoffer so endgültig ab, als befände sich darin all seine irdische Habe, und nicht nur ein frisches Hemd, saubere Wäsche und die abgenutzte Zahnbürste. »Nirgendwo auf der Welt gibt es ein zweites Baltimore«, sagte er dabei.

Und das wiederholte er auch jetzt.

An diesem Vormittag waren sie durch Baltimore gefahren. Der Zug hatte sogar gehalten, um andere, mehr vom Glück begünstigte Reisende aussteigen zu lassen. Daß er Baltimore so nahe gewesen war, hatte den Großvater offenbar melancholisch gestimmt. Jedenfalls blickte er wieder kopfschüttelnd auf den Zeitungsausschnitt, und vielleicht bereute er sogar diese Reise, die ausschließlich auf sein Verlangen hin unternommen worden war. Als Justine aber fragte: »Bist du müde, Großvater?«, wobei sie ihrer Stimme jenen dünnen, aber durchdringenden Ton gab, den er ganz gewiß nicht überhören würde, sah er sie nur verständnislos an. Offenbar war er in Gedanken wieder bei Paul Tabor.

»Nicht mal der Friedhof ist hier angegeben, wo er begraben liegt.«

»Nun, vermutlich ...«

»Wo kann man schon begraben werden, wenn man in New York stirbt?«

»Da gibt es bestimmt auch ...«

»Ganz sicher irgendwo außerhalb«, behauptete er und wandte das Gesicht dem Fenster zu. Ohne sein Hörgerät wirkte er unhöflich, er unterbrach Gespräche, er wechselte willkürlich das Thema, er sprach mit unnatürlich lauter, durchdringender Stimme und war doch normalerweise von einer Höflichkeit, daß man sich in seiner Gegenwart tölpelhaft vorkam. Während Justine in Gedanken noch bei Friedhöfen verweilte, sagte er: »Pauls Frau habe ich nie kennengelernt. Ich weiß nicht einmal, daß er geheiratet hat. Allerdings war er jünger als ich und hatte andere Freunde. Womöglich hat er auch erst spät geheiratet. Hätte ich seine Frau gekannt, wäre ich zur Beerdigung gefahren und hätte sie hinterher befragen können. So aber fand ich es doch unpassend, mich bei der Trauerfeier den Angehörigen aufzudrängen und sie mit meinen Angelegenheiten zu behelligen. Das hätte doch recht taktlos gewirkt. Findest du nicht, daß es richtig war, etwas zuzuwarten?«

Dies hatte er Justine schon mehrmals gefragt. Er wartete ihre Antwort auch nicht ab. »Sie dürfte sich jetzt schon etwas gefaßt haben«, fuhr er fort, »und bei der Erwähnung seines Namens nicht gleich in Tränen ausbrechen.«

Er faltete den Ausschnitt so entschieden, als habe er einen Entschluß gefaßt, und glättete den Kniff mit seinem breiten, gelblichen Daumennagel.

»Justine«, sagte er dann.

»Hmmm?«

»Meinst du, ich werde jemals Erfolg haben?«

Sie hielt den Becher still, in dem sie bislang die Eisstückchen geschwenkt hatte, und schaute zu ihm auf. »Ach«, sagte sie. »Warum eigentlich nicht? Bestimmt. Wenn auch nicht unbedingt diesmal, nicht gleich –«

»Sei ehrlich.«

»Du schaffst es bestimmt.«

Er sah sie zu intensiv an, vielleicht hatte er kein Wort verstanden. Sie sagte mit dem durchdringenden Ton: »Ganz bestimmt.«

»Was weißt du wirklich, Justine?« fragte er.

»Wie?«

»Ich meine deine Kartenlegerei. Diese Wahrsagerei. Diesen ganzen Unfug.« Dabei schnipste er heftig etwas von seinem Ärmel. »Allein der Gedanke daran macht mich krank.«

»Das hast du mir alles schon gesagt, Großvater.«

»Es ist einfach unstatthaft. Deine Tanten geraten jedesmal außer sich, wenn die Rede darauf kommt. Weißt du, wie man dich nennt? ›Die Kartenlegerin‹, so wie man sagen würde ›Die Putzfrau‹ oder ›Der Krämer‹, ›Was macht Ihre Enkelin, Richter Peck, die Kartenlegerin? Wie gehen die Geschäfte?‹ Den Magen kann es einem umdrehen.«

Justine schlug ihre Zeitschrift aufs Geratewohl auf.

»Und doch möchte ich von dir wissen: Ist was dran an dieser Sache?« fuhr der Großvater fort.

Ihr Blick blieb auf einer Druckzeile haften.

»Kannst du wirklich in die Zukunft sehen?«

Sie legte die Zeitschrift zusammen. Er sah sie eindringlich unter gerunzelten Brauen an; die Intensität seines Blickes ließ alles andere verblassen.

»Ich will wissen, ob ich meinen Bruder finden werde!«

Und doch wandte er sich gleich darauf ab und sah zu, wie der Zug in die Schwärze unter Manhattan tauchte. Justine ordnete den Inhalt ihrer Strohtasche, strich Käsekrümel von ihrem Rock und zog heiter und gelassen den Mantel über. Es schien, als ob keiner von beiden erwartete, das Gespräch fortzusetzen.

Um zu sparen, nahmen sie die U-Bahn. Justine fuhr für ihr Leben gern U-Bahn. Sie genoß es, mit leicht gespreizten Beinen und weichen Knien, die dem Schwanken des Waggons nachgaben, durch die Finsternis zu sausen, mit einer Hand die warme, ölige Haltestange umklammernd. Der Großvater hingegen traute der U-Bahn nicht und nötigte Justine, sich bei erster Gelegenheit hinzusetzen. Unentwegt hielt er Ausschau nach Feinden. Schweigsame junge Leute erwiderten seinen Blick. »Ich weiß nicht, was hier vorgeht, Justine, aber mir gefällt diese Stadt nicht mehr.« Justine genoß die Fahrt zu sehr, um zu antworten. Jede Station fesselte sie aufs neue mit dem trüben Licht, den gekachelten, badähnlichen Wänden, den geheimnisvollen schmuddeligen Gestalten auf Bänken, die den Zügen beim Ein- und Ausfahren zusahen, ohne selber jemals einen zu besteigen. Wieder im Tunnel, berauschte sie sich daran, unterwegs zu sein. Sie liebte schnelle Bewegung, einerlei in welchem Gefährt. Ganz besonders liebte sie das Rattern der Räder auf den Geleisen, wo jeden Moment etwas Überraschendes geschehen mochte. Sie erwartete gierig das gespenstische Kreischen der Räder auf den dunkelsten Streckenabschnitten. Einmal gingen die Lichter aus, und als sie wieder brannten, zeigte Justines Gesicht einen verzückten Ausdruck, ihr Mund war ein wenig geöffnet. Das war auffallend, und der Großvater nahm ihre Hand. »Achtest du auf die Station?«

»Keine Sorge.«

Aber es stimmte nicht.

Sie hatte die Adresse von Mrs. Tabor aus dem Telefonbuch herausgeschrieben und hielt den Zettel jetzt in der Hand. Der Großvater hatte es abgelehnt, vom Bahnhof zu telefonieren; entweder war er zu ungeduldig, oder er wollte seine Hoffnung so lange wie möglich behalten, oder er fürchtete, abgewiesen zu werden. Womöglich war er auch darauf aus, Mrs. Tabors Toilette zu benutzen, denn öffentliche Toiletten suchte er möglichst nie auf.

Wieder an der Oberfläche – Justine schluckte die aschene, fremdartige Luft in großen Portionen, der alte Herr war vor Erleichterung ganz erschlafft –, wanderten sie anderthalb Häuserblocks nach Westen und betraten dann durch eine Drehtür ein graues Gebäude. »Sieh doch«, sagte der Großvater, »richtiges Holz an der Tür und geputzte Beschläge. Marmorfußboden. Ein schönes altes Gebäude. So etwas hab' ich gern.«

Und er grüßte eine Dame, die soeben dem Fahrstuhl entstieg, der erste Mensch, den er in New York überhaupt zur Kenntnis nahm. Daß man den Fahrstuhl selber bedienen mußte, enttäuschte ihn allerdings. »Früher hätte man dafür einen Liftboy gehabt«, bemerkte er, als Justine auf einen Knopf drückte. Der Fahrstuhl arbeitete sich ruckend und keuchend aufwärts. Innen war er mit schönem Eichenpaneel ausgekleidet, doch waren an einer Stelle erstaunlich viele obszöne Wörter darauf geschrieben, die der alte Herr sogleich verdeckte, indem er sich davorstellte und mit unbeteiligter Miene aufwärts blickte. Justine lächelte ihn an. Er schürzte die Lippen und studierte eine Prüfplakette.

Im siebten Stockwerk, am Ende eines dunklen, langen Korridors, drückten sie wieder auf einen Knopf. Riegel glitten zurück, Schlüssel knackten in Schlössern, und die Tür ging einen Spaltbreit auf. Ein geschminktes, verlebtes Gesicht erschien über der Sicherheitskette. »Ja, bitte?«

»Sind Sie Mrs. Tabor?« fragte Justine.

Verschwollene Augen musterten sie von Kopf bis Fuß, das strähnige Haar, den braunen Mantel mit dem ungleichmäßigen Saum. »Was wollen Sie?« fragte Mrs. Tabor. »Ich kaufe nichts, und bekehrt bin ich schon.«

Nun war es am Großvater, die Dinge in die Hand zu nehmen. Seine elegante Verbeugung, die Art, wie er eine Hand grüßend hob, wie um den Hut abzunehmen, den er nicht trug, waren nicht mißzuverstehen. Er überreichte ihr seine Karte, keine Geschäftskarte, o nein, sondern seine Visitenkarte, mattweiß, an den Ecken bereits ein wenig vergilbt. Er ließ sie über die Kette hinweg in Mrs. Tabors beringte Hand gleiten und sagte dabei: »Daniel Peck«, als könne sie vielleicht nicht lesen. Sie schaute zu ihm auf, einen Finger auf dem eingravierten Namen. »Peck«, sprach sie ihm nach.

»Ich war mit Ihrem Gatten bekannt. Mit Paul. In Baltimore.«

»Warum sagen Sie das nicht gleich?« Sie hakte die Kette aus und trat zurück, um ihre Besucher einzulassen. Der Salon war samtig und weinrot, Justine hätte darin aufgewachsen sein können. Es roch nach Staub, obschon jedes Möbelstück gepflegt schimmerte. Mrs. Tabors Haar war in makellose Wellen gelegt, mit Haarspray befestigt. Zu ihrem schwarzen Wollkleid trug sie zahllose Perlenschnüre. Ihre Aufmerksamkeit galt ganz dem alten Herrn; Justine gönnte sie kaum einen Blick, auch nicht, als es ihm einfiel, sie vorzustellen.

»Sie wissen selbstverständlich, daß Paul gestorben ist, Mr. Peck?«

»Wie bitte?«

»Sie müssen lauter reden«, erklärte Justine. »Er hat sein Hörgerät daheim vergessen.«

»Sie wissen, daß Paul verstorben ist, Mr. Peck?«

»Ah, verstorben. Richtig. Ganz recht. Ich las davon in der Zeitung. Wir haben jahrelang nichts von Paul gehört, wissen Sie, wir ...« Er folgte ihr zerstreut zum Sofa, auf dem sie ihn Platz zu nehmen bat, setzte sich neben Justine und lockerte die Bügelfalten über den Knien.

»Erst durch die Todesanzeige erfuhren wir überhaupt, wo er wohnte, Mrs. Tabor. Ich bin mehrmals in New York gewesen, ohne zu ahnen, daß er hier lebte! Nicht im entferntesten! Wir hätten von den alten Zeiten miteinander reden können.«

»Ach ja, es ist schon traurig, wie man die Menschen aus den Augen verliert«, bemerkte Mrs. Tabor.

»Nun ja. Ich wollte mein Beileid aussprechen. Paul wurde von uns allen sehr geschätzt, insbesondere mein Bruder Caleb war eng mit ihm befreundet.«

»Wie nett von Ihnen, das zu sagen, Mr. Peck. Er ist ohne Schmerzen gestorben, plötzlich und ohne es zu merken, ganz wie er es sich gewünscht hatte. Ein großes Glück, möchte ich sagen. Für mich war es natürlich ein ganz unerwarteter Schlag, aber ...«

»Wie sagten Sie?«

»Ich danke Ihnen für Ihre Anteilnahme.«

»Der Name meines Bruders war Caleb Peck.«

»Ein ganz reizender, altmodischer Name.«

Der alte Herr musterte sie sekundenlang, offenbar erwägend, ob es sich lohne, sie zu bitten, ihre Worte zu wiederholen. Dann schüttelte er seufzend den Kopf. »Sie haben ihn wohl nicht gekannt?«

»Nicht, daß ich wüßte. Nein, ich glaube nicht. Pauls Arbeit wegen mußten wir häufig umziehen, es war also sehr schwierig ... Sie verstehen ...«

»Wie bitte? Was?«

»Nein, Großvater«, sagte Justine und legte eine Hand auf die seine. Er schaute sie momentan unsicher an, als kenne er sie nicht.

»Ich nahm an, mein Bruder könnte die Verbindung zu Paul aufrechterhalten, ihm geschrieben, Weihnachtskarten geschickt haben oder etwas in der Art. Ihn vielleicht auch besucht haben. Sie standen einander nämlich sehr nahe. Vielleicht war er mal auf der Durchreise bei Ihnen?«

»Besuch hatten wir so gut wie nie, Mr. Peck.«

»Wie bitte?«

Er sah Justine an, und Justine schüttelte den Kopf.

»Vielleicht hat Paul irgendwann mal seinen Namen erwähnt ...?«

»Möglich, aber ...«

»Ja?«

Er machte sich von Justine los und rutschte auf dem Sofa nach vorn. »Wann kann das gewesen sein?« fragte er.

»Ach, Mr. Peck, es tut mir leid, aber ich erinnere mich wirklich nicht ...«

»Hier«, sagte er und brachte aus einer Tasche eine bräunliche Fotografie in Goldrahmen zum Vorschein, lehnte sich noch weiter vor und stieß ihr das Bild förmlich ins Gesicht. »Kennen Sie ihn nicht? Kommt er Ihnen nicht irgendwie bekannt vor? Lassen Sie sich Zeit, sagen Sie nicht gleich nein.«

Mrs. Tabor starrte etwas benommen auf das Foto, kam aber in Sekundenschnelle zu einem Ergebnis. »Nein, ich bedauere«, sagte sie und sah dann zu Justine. »Ich verstehe nicht recht ... hat das etwas Besonderes zu bedeuten?«

»Nun ja ...«

»Caleb haben wir nämlich aus den Augen verloren«, versetzte nun der Großvater. Er schob das Bild wieder in die Tasche und verzog die Mundwinkel zu einem bitteren Lächeln. »Sie müssen wirklich den Eindruck bekommen, als wären wir recht nachlässig.«

Mrs. Tabor erwiderte sein Lächeln nicht.

»Allerdings war es in seinem Fall ebensowenig unsere Schuld wie in Pauls Fall – er ging einfach fort.«

»Wie bedauerlich«, bemerkte Mrs. Tabor.

»Unsere Familie hält eng zusammen, es ist eine recht vorbildliche Familie, im allgemeinen ist immer einer für den anderen da, nur gelegentlich geht ein ... ein Entdecker auf eigene Faust in die Welt hinaus.« Er runzelte die Brauen gegen Justine. »Caleb sah ich das letzte Mal im Jahr 1912. Seither habe ich nichts von ihm gehört.«

»1912!« Mrs. Tabor sank verblüfft in ihren Sessel zurück. Räderchen drehten sich in ihrem Kopf. Das folgende kam leiser und betrübt über ihre Lippen. »Es tut mir ja so schrecklich leid, daß ich Ihnen nicht behilflich sein kann, Mr. Peck. Ich täte es wirklich gern. Darf ich Ihnen eine Tasse Tee anbieten?«

»Wie bitte?«

»Tee, Großvater!«

»Tee. Hm. Nun ja . . .«

Mit einem Blick übertrug er die weitere Handhabung dieses Besuches an Justine, die sich aufrichtete und ihre Strohtasche an sich drückte. »Recht herzlichen Dank, aber doch lieber nicht.« Wendungen, die sie vor dreißig Jahren von der Mutter gelernt hatte, summten ihr in den Ohren. »Es ist sehr liebenswürdig von Ihnen . . . wir müssen aber wirklich . . . falls es Ihnen keine Mühe bereitet, wäre ich Ihnen sehr dankbar, wenn mein Großvater sich noch die Hände waschen dürfte? Wir kommen direkt von der Bahn . . .«

»Aber gern«, sagte Mrs. Tabor. »Wenn Sie bitte mit mir kommen wollen, Mr. Peck?«

Sie machte eine Geste, und er erhob sich, ohne zu fragen, entweder weil er wußte, wohin sie ihn führen wollte, ober weil ihm alles einerlei war. Er folgte ihr durch eine polierte Tür, die sanft über den Teppich schabte, als sie geöffnet wurde, ging einen kurzen Korridor entlang, die Arme reglos an den Seiten wie ein Kind, das schlafen geschickt wird. Als sie auf eine weitere Tür wies, verschwand er dahinter, ohne sich umzublicken. Mrs. Tabor kehrte in den Salon zurück, behutsamen Schrittes, mit auswärts gekehrten Zehen.

»Ein bedauernswerter alter Herr«, sagte sie.

Justine wollte darauf nichts erwidern.

»Bleiben Sie lange in New York?«

»Nur bis der nächste Zug zurück geht.«

Mrs. Tabor hörte auf, ihre Perlen zu streicheln. »Heißt das etwa, Sie sind einzig und allein dieserhalb hergekommen?«

»Ach, das ist nichts Besonderes. Wir machen öfter solche Erkundungsreisen.«

»Öfter? Sie suchen oft nach diesem Bruder?«

»Immer, wenn wir einen Hinweis finden«, versicherte Justine, »einen Namen irgendwo lesen, einen Brief bekommen oder so. Wir machen das jetzt schon seit ein paar Jahren. Großvater nimmt es sehr ernst.«

»Er kann ihn doch unmöglich finden«, behauptete Mrs. Tabor.

Justine schwieg dazu.

»Oder etwa doch?«

»Vielleicht.«

»Aber seit 1912! Hören Sie ...«

»In unserer Familie sind wir sehr langlebig«, sagte Justine.

»Trotzdem! Und für Sie, meine Liebe«, sie lehnte sich plötzlich vor, »muß es doch sehr, sehr schwer sein.«

»Aber gar nicht.«

»Dieses ewige Herumwandern! Ich könnte das nicht ertragen. Und bei seinem Gebrechen ist es doch nicht einfach, mit ihm zu reisen. Er ist gewiß eine schreckliche Last für Sie.«

»Ich habe ihn sehr lieb.«

»Nun ja, selbstverständlich.«

Die Erwähnung von Liebe hatte Mrs. Tabor etwas den Atem verschlagen, und sie vernahm offenbar erleichtert, daß der Riegel im Bad umgelegt wurde. »Ah, nun«, wandte sie sich an Justines Großvater, als er hereinkam.

Im Eintreten durchsuchte er alle seine Taschen, ein untrügliches Zeichen dafür, daß er den Aufbruch vorbereitete. Justine stand auf und nahm die Tasche in beide Arme. »Haben Sie recht vielen Dank, Mrs. Tabor«, sagte sie. »Nehmen Sie noch einmal unser aufrichtigstes Beileid. Und hoffentlich haben wir Ihnen nicht zu große Mühe gemacht.«

»Aber nein.«

Der Großvater wandte sich unter der Tür noch einmal um. »Falls Ihnen später doch noch etwas einfallen sollte ...«

»Dann lasse ich es Sie wissen.«

»Auf meiner Visitenkarte ist die Telefonnummer von Baltimore. Justine hat kein Telefon. Falls Ihnen also etwas einfällt, einerlei wie geringfügig ...«

»Wird gemacht, Mr. Peck«, das klang nun geradezu munter.

»Wie? Was?«

»Mrs. Tabor schreibt, Großvater«, versicherte Justine ihm und führte ihn hinaus, doch er verstand sie nicht, hielt vielmehr das Gesicht Mrs. Tabor zugekehrt, zweifelnd und unglücklich, bis die Tür zufiel, Schlösser und Riegel knackten.

Im Bahnhof erwarteten sie auf einer Holzbank die Abfahrt ihres Zuges. Justine verzehrte eine Tüte Fritos, einen Riegel Schokolade und zwei Würstchen, der Großvater wollte nichts zu sich nehmen. Beide mochten kein Coca Cola, und weil Gewürzbier nicht aufzutreiben war, baten sie an einem Kiosk um Wasser. Justine lutschte die letzten Hustenbonbons. Sie mußte sich neue besorgen, zum Überpreis aus dem Automaten. Zurückgekehrt fand sie den Großvater schlafend, Kopf zurückgelegt, Mund offen, die leeren Hände leicht gekrümmt. Justine schob den unbeaufsichtigten Seesack eines Matrosen unter den Kopf des alten Herrn und stöberte anschließend in ihrer Tasche, bis sie unter Zeitschriften, Halstüchern, Straßenkarten, einer Geldbörse, nicht beförderten Briefen, einem lückenhaften Kamm und jeder Menge Bonbonpapier ein in sehr alte Seide gewickeltes Kartenspiel fand. Sie wickelte die Karten aus und legte sie auf der Bank neben sich aus, jede einzelne so sanft und bestimmt, wie eine Katze die Pfoten setzt. Als sie ein Kreuz ausgelegt hatte, blieb sie ein Weilchen reglos, den Rest der Karten in der linken Hand. Nun rührte sich der Großvater und Justine schob die Karten rasch und geräuschlos zusammen. Bevor er noch ganz wach geworden war, lagen die Karten wieder in das seidene Tuch gewickelt in der Strohtasche, die Justine, reglos auf der Bank sitzend, im Schoß hielt.

2

Am Umzugstag waren bereits um fünf Uhr alle auf den Beinen, nicht etwa, weil man es eilig gehabt hätte, sondern weil es im Haus so unbehaglich war. Alles war verpackt, die Wände leer, die Möbel aufgeladen, schlafen konnte man nur am Boden auf Matratzen, unter denen Zeitungen ausgebreitet waren. Die ganze Nacht hindurch hatte immer irgendwer gehustet, mit den Decken gefuchtelt, barfuß über die vom Mond beschienenen Dielen den Weg ins Badezimmer gesucht. Man erwachte ruckartig aus Träumen, rutschte gleich in den nächsten Traum, wachte wieder auf und vergrub sich neuerlich in den Schlaf. In den hohlen Wänden tickte es regelmäßig wie von Uhren.

Dann stand Justine auf und hüpfte um die Matratze herum, weil sie einen Krampf im Bein hatte. Duncan klappte ein Auge auf und sah zu, wie sie den Morgenrock überwarf, raschelnd, wirbelnd, mit geübtem Schwung. Justine schien plötzlich in Dunkelheit gehüllt, doch war die aus Chenille. »Wie spät ist es?« fragte er. »Schon Morgen?«

»Ich weiß nicht.«

Keiner von beiden trug eine Uhr. Uhren hielten es bei ihnen nicht aus, sie gingen kaputt, verloren oder rasend schnell, wie um ein eigenes, ganz ungesetzliches Zeitmaß einzuhalten, so daß man den Gang des Minutenzeigers förmlich mit bloßem Auge verfolgen konnte.

Duncan setzte sich auf und tastete nach seinen Kleidern, während Justine durchs Wohnzimmer schwebte. Ihre rauhen bloßen Fußsohlen strichen über die Dielen, der Gürtel des Morgenrockes schwänzelte hinter ihr drein.

»Platz!« rief sie, »ich komme!« Unter der Decke ihrer Tochter rührte es sich. Justine knipste in der Küche das Licht an und setzte Kaffeewasser auf. Die Küche war eisig, kahl, verkratzt und fleckig, auf dem Linoleum vier tiefe Druckstellen, wo der Tisch gestanden hatte, Grübchen, wo Duncan mit seinem Stuhl zu kippeln pflegte, Brand- und Schnittstellen auf dem Spültisch, das vorhanglose Fenster fettig überhaucht, die baufälligen Holzregale zwar leer, doch gezeichnet von Sirupkringeln und Ketchupresten. Justine goß den Kaffee in Becher aus Wachspapier und rührte mit einem Schraubenzieher darin. Nachdem sie die Becher auf dem Spültisch abgesetzt hatte, wandte sie sich gerade rechtzeitig um, um den Großvater hereinschwanken zu sehen. Lärm weckte ihn nicht, aber Licht. Er war noch in seinem seidenen Schlafanzug und hielt die Sprungdeckeluhr in der Hand. »Es ist zehn Minuten nach fünf«, verkündete er.

»Guten Morgen, Großvater.«

»Gestern habt ihr bis mittags geschlafen. Eine gewisse Regelmäßigkeit wäre wünschenswert.«

»Möchtest du Kaffee?«

Er hörte nicht, schürzte die Lippen, klappte die Uhr zu und ging in sein Schlafzimmer, um sich anzuziehen.

Nun schlugen überall im Haus die Türen, Kleider wurden gesucht, Zähne gebürstet. Geredet wurde nicht. Noch mühte man sich, die Träume abzuschütteln – ausgenommen Justine, die eine Polka vor sich hin summte und in der Küche umhertanzte. In dem dürftigen Morgenrock, ganz erhitzt, während alle anderen fröstelten, erweckte sie den Eindruck von flackernder, vergeudeter Energie. Sie bewegte sich sehr rasch und brachte sehr wenig zustande. Sie riß grundlos Schubladen auf und knallte sie wieder zu, zerrte das gelbe Rouleau herunter und ließ es hinaufschnappen. Dann rief sie: »Duncan? Meg? Heh, macht mal zu! Bin ich vielleicht die einzige hier, die was unternimmt?«

Duncan kam in seinen alten Sachen herein: weißes, abgetragenes Hemd und eingelaufene Arbeitshose. Hosenbeine und Ärmel waren viel zu kurz, und er sah aus wie ein Heranwachsender. Auch sein Gesicht war das eines Knaben, voller Zuversicht, die Mundwinkel ein wenig hochgezogen. Sein Haar hatte etwa die gleiche Farbe wie seine Haut, sein Körper war schlank und hager, und er hätte für Justines Bruder gelten können, nur hatte es stets den Anschein, als sei er tief in irgendwelche ganz private Gedanken versunken und dadurch von allen Menschen abgesondert. Auch bewegte er sich anders als Justine, langsamer und bedächtiger. Justine rannte mit dem Kaffeebecher im Kreis um ihn herum, bis er sie festhielt und ihr den Becher aus der Hand nahm.

»Ich könnte längst angezogen und über alle Berge sein, und ihr würdet immer noch allesamt fest schlafen«, sagte sie zu ihm.

Er nahm einen Schluck Kaffee, spähte in den Becher und runzelte die Stirn. Justine durchquerte das Wohnzimmer, wo Megs Matratze jetzt verlassen lag, die Decke sorgsam am Fußende gefaltet. Justine klopfte an die Tür zum Badezimmer. »Meg? Meggie? Bist du da drin? Wir können nicht den ganzen Tag auf dich warten!«

Drinnen rauschte unablässig Wasser.

»Wenn du dich da häuslich niederläßt wie gestern, lassen wir dich hier, hörst du? Wir lassen dich einfach da!«

Sie schlug noch einmal an die Tür und ging zurück in die Küche. »Sie weint wieder«, sagte sie zu Duncan.

»Woher weißt du das?«

»Sie hat sich im Badezimmer eingeschlossen und läßt das Wasser laufen. Was machen wir bloß, wenn sie es heute ebenso treibt wie gestern?« setzte sie hinzu, war aber in Gedanken schon woanders und auf dem Weg in ihr Schlafzimmer. Duncan ersparte sich eine Antwort.

Justine kleidete sich im Schlafzimmer an und sammelte dann einen Haufen getragener Kleider, eine Kaffeetasse, eine halbleere Whiskyflasche und eine wissenschaftliche Zeitschrift auf. Sie bemühte sich, ihre Decke so ordentlich zu falten wie Meg, richtete sich auf und blickte umher. Schatten tanzten im Zimmer, denn von der Decke baumelte nur eine nackte Glühbirne. Von Möbeln entblößt zeigte sich das Zimmer als das, was es war: eine Schachtel mit eingedrückten Seiten, in den Ecken leere Streichholzschachteln, Sicherheitsnadeln, Staubflocken, Papiertaschentücher. Justine war keine musterhafte Hausfrau, sie hinterließ alles leichten Herzens ihrer Nachfolgerin.

In der Küche standen unterdessen Duncan und der Großvater am Spültisch nebeneinander und schluckten ihren Kaffee wie Medizin. Der alte Herr trug seine Pantoffeln aus Wildleder, im übrigen war er reisefertig. Ihm sollte niemand vorwerfen können, den Aufbruch zu verzögern. »Ich nehme an, daß man in der Hölle solche Becher aus Wachspapier vorgesetzt bekommt und stets in Versuchung ist, das Wachs abzupulen. Dazu natürlich Löffel aus Plastik und Teller aus feuchter Pappe.«

»Bestimmt«, sagte Duncan.

»Was?«

»Wo hast du dein Hörgerät?« fragte Justine.

»Nicht besonders gut.« Der Großvater streckte eine Hand von

sich weg, die Handfläche nach unten. »Ich verspüre ein gewisses Unbehagen in den Fingern und auch in den Knien, wahrscheinlich der Kälte wegen. Ich habe die ganze Nacht gefroren. Seit dem Schneesturm im Jahre 88 war mir nicht mehr so kalt. Warum fehlt es plötzlich an Decken?«

Duncan bedachte Justine unerwartet mit einem breiten Lächeln, das sie erwiderte, wobei sie die Mundwinkel einzog. Es fehlte an Decken, weil sie gestern die Mehrzahl der Decken benutzt hatten, um Möbelfüße und Politur vor den verkratzten Seitenwänden des Mietwagens zu schützen, und das, obwohl Duncan ihr mehrmals geraten hatte, alle Decken im Haus zu lassen. Man lebte schließlich im Januar, die Nächte waren bitterkalt. Und wozu die Eile? Aber Justine hatte es immer eilig. »Ich will das alles hinter mir haben, ich will endlich in Gang kommen.« Duncan gab auf. Frühere Umzüge waren ebenfalls nicht nach einem System abgewickelt worden, warum also jetzt damit anfangen?

Meg kam in die Küche und nahm sich ihren Kaffee, ohne rechts oder links zu blicken – ein hübsches, proper gekleidetes Mädchen in einem Hemdblusenkleid, das kurze Haar von einer silbernen Spange gehalten. Sie war strahlend frisch gewaschen, ordentlich geknöpft und frisiert, sie roch nach Zahnpasta, doch die Augen waren gerötet. »Ach, mein Schatz!« rief Justine, doch Meg entwand sich ihren Armen. Sie war siebzehn und dieser Umzug das Schlimmste, was ihr bislang im Leben widerfahren war. »Möchtest du eine Scheibe Brot? Weiter ist nichts da.«

»Nein, vielen Dank, Mama.«

»Ich dachte, wir frühstücken, sobald wir nach – wie heißt es doch gleich, kommen.«

»Ich habe keinen Appetit.«

Zu ihrem Vater sagte sie überhaupt nichts, doch war deutlich, was sie dachte: Umgezogen wurde einzig seinetwegen. Er hatte mal wieder seine Arbeit satt, hatte sich vorgenommen, mit Sack und Pack an einen anderen Ort zu ziehen, einen Ort, der ihm aus weiß Gott welchen Gründen einfach so eingefallen war.

»Dein Vater fährt allein mit dem Lastwagen, Großvater ist letztes Mal schlecht geworden. Möchtest du mit ihm fahren?« Es war

Justine unmöglich, einen Streit auf natürliche Weise abklingen zu lassen, sie wußte es selber, es fehlte ihr an Takt und Feingefühl. Immer mußte sie sich einmischen. »Nun sag schon ja, er freut sich bestimmt, wenn er nicht allein fahren muß.«

Meg stiegen aber schon wieder die Tränen auf, und sie mochte nicht sprechen, nicht einmal nein sagen. Sie ließ den Kopf sinken. Das kurze Haar verdeckte ihre Wangen. Und Duncan war in Gedanken selbstverständlich ganz woanders. Sein Hirn arbeitete bereits, er war jetzt ganz wach. Sein Hirn war ein komplizierter Motor mit vielen Übersetzungen, vielleicht aber auch ein kleines Tier mit zuckenden Pfötchen. »Der Zufall fasziniert mich«, sagte er. »Ist dir klar, daß keine Kombination von vier Fingern zufällig genannt werden kann?«

»Roll lieber die Matratzen zusammen«, mahnte Justine.

»Richtig. Die Matratzen.«

»Na? Fängst du bald an?«

»Halt mal die Hand hoch«, sagte Duncan zum Großvater und führte ihn durchs Wohnzimmer. »Jetzt tu zwei Finger runter. Der zweite und dritte Teil von, sagen wir, einem vierteiligen . . .«

»Mrs. Benning hat mich gestern abend noch mal gefragt, ob ich nicht bei ihnen wohnen bleiben will«, sagte Meg plötzlich.

»Ach, Meg.«

»Sie hat gesagt: ›Warum erlaubt es deine Mutter nicht! Bloß, bis du mit der Schule fertig bist‹, hat sie gesagt. Sie hat gesagt: ›Du weißt, daß wir dich liebend gerne aufnehmen würden. Soll ich nicht noch mal mit deiner Mutter reden?«

»Du gehst ohnehin bald genug aus dem Haus«, erwiderte Justine und steckte die leeren Becher ineinander.

»Aber kann man denn nicht wenigstens ein bißchen Rücksicht auf meine Schulausbildung nehmen! Ich bin jetzt in der letzten Klasse! Wenn wir umherzigeunern, lerne ich kein bißchen mehr.«

»Dabei lernst du dich anpassen«, sagte Justine. »Eine bessere Ausbildung könntest du gar nicht haben.«

»Anpassen? Und was ist mit Mathematik?«

»Ich kann unmöglich endlos immer über das gleiche reden. Such die Katze. Sie weiß, daß wir umziehen und hat sich versteckt.«

»Das täte ich am liebsten auch«, entgegnete Meg, »wenn ich nur wüßte, wo.« Damit glitt sie vom Spültisch und rief mit ihrer leisen, vernünftigen Stimme, die auch im Streit nie laut wurde, nach der Katze. Justine stand reglos am Spülstein. Als sie Schritte hörte, wirbelte sie herum, es war aber nur der Großvater.

»Es sind Nachbarn da, die sich verabschieden wollen, Justine«, sagte er. Er sog schnuppernd die Luft durch seine lange spitze Nase ein. Wer nicht zur Familie gehört, soll sich gefälligst zurückhalten, sagte er immer. Jetzt beobachtete er scharf seine Enkelin, die auf der Suche nach den Schlüsseln durchs Haus rannte, dabei in die Ärmel des Mantels fuhr und den Hut aufs Haar drückte. »Geh noch mal in dein Zimmer, Großvater«, rief sie, »mach alle Lampen aus, hilf bitte Meg, die Katze suchen, und sag ihr, wir fahren gleich.«

»Meine Knie?« fragte er.

»Vergiß nicht dein Hörgerät.«

»So schnell werden die nicht besser. Die Kälte sitzt richtig drin in den Gelenken. Morgen vielleicht. Aber danke der Nachfrage.«

Justine küßte ihn auf die Wange, das Jochbein glich einer blanken, weißen Klinge. Sie flog durchs Wohnzimmer, zur Haustür hinaus, in den kreidigen Morgen. Die Kälte verschlug ihr den Atem. Ihre Füße zertraten gefrorene Grashalme. Mr. Ambrose half Duncan die letzten Matratzen aufladen. Nahebei standen Mrs. Ambrose und das Ehepaar Printz, Mrs. Benning, Della Carpenter und deren zurückgebliebene Tochter sowie ein Zeitungsjunge, der Justine nie zu Gesicht gekommen war, über den Schultern die Tasche mit Zeitungen. Alle, außer dem Jungen, trugen Morgenröcke oder Mäntel über Schlafanzügen. Justine kannte sie jetzt seit einem Jahr, und doch gab es immer noch etwas zu lernen: Alice Printz bevorzugte pelzbesetzte Pantoffeln, groß wie Lämmer, und die tagsüber so praktische Mrs. Benning trug ein Nachthemd aus unzähligen Schichten von durchsichtigen Spinnweben, rosa oder blau oder grau, das war bei diesem Licht nicht zu erkennen. Alle krümmten sich vor Kälte, und Carpenters klapperten mit den Zähnen. »Was hast du denn gedacht, Justine!« rief Alice Printz, »etwa, daß du uns ungesehen entwischen kannst? So leicht kommst du nicht davon: Hier stehen wir beim ersten Sonnenstrahl, um euch zu verabschieden.«

»Ich kann Abschiede nicht leiden!« rief Justine. Und sie umarmte eine nach der anderen, sogar den Zeitungsjungen, den sie vielleicht doch kannte, ohne es zu wissen. Nun wurde es auch bei Franks hell, drei Häuser weiter, und Justine ging, um sich von June Frank zu verabschieden. Alle begleiteten Justine dorthin, ausgenommen der Zeitungsjunge. June trat auf die Stufen aus Bims, in der Hand eine Begonie im Plastiktopf. »Seit ich weiß, daß ihr fortgeht, habe ich diese Begonie gezogen«, sagte sie, »und wenn du mitten in der Nacht auf und davon gegangen wärst, ohne daß ich mich hätte verabschieden können, wäre mir das Herz gebrochen.« June benutzte als Lockenwickler die kleinen Dosen vom Orangensaft, auch das war neu für Justine. June sagte, Justine dürfe sich nicht für die Blume bedanken, andernfalls ginge die ein. »Ach, wirklich?« fragte Justine ganz fasziniert von dieser Behauptung. Sie hielt den Topf vor sich hin und dachte nach. »Warum wohl?«

»Das weiß ich auch nicht, ich weiß nur, was ich von meiner Mutter gehört habe«, sagte June. »Ich komme nicht raus, Justine, sag den anderen Lebewohl für mich, ja? Grüß die liebe Meg und deinen reizenden Großvater und deinen hübschen Kerl, hörst du? Und ich schreibe dir, bestimmt. Falls meine Schwester sich wieder verheiraten will, muß ich unbedingt vorher wissen, was die Karten sagen, anders kann ich sie unmöglich heiraten lassen. Geht das auch auf weitere Entfernung?«

»Versuchen tu' ich es bestimmt«, versicherte Justine. »Ich bedanke mich also nicht für die Blume, aber ich will sie gut pflegen. Leb wohl, June.«

»Leb wohl, Liebste«, sagte June. Plötzlich war sie ganz betrübt, sie kam die Stufen herunter, legte die Wange an Justines Wange, und die anderen sahen zu, schweigsam, die Köpfe seitwärts geneigt und lächelnd.

Meg hatte sich unterdessen hinten in den klapprigen Ford gesetzt, auf dem Schoß eine riesige, gestreifte Katze. Die Katze machte einen Buckel und blickte wütend drein, und Meg weinte. Tränen verschleierten den Ausblick auf das kleine Haus mit dem ockerfarbigen Fundament, die zerrupften Büsche im Vorgarten, die durch und durch morschen Balken, welche das Verandadach stützten. Der

Großvater nahm vorne im Wagen Platz, setzte sein Hörgerät ein, drehte an einem Knopf und zuckte zusammen. Duncan drückte die Ladeklappe gegen die letzte Matratze und kletterte ins Führerhaus. Er schaltete die Scheinwerfer an und verlieh der in Grau und Weiß gehaltenen Szene Farbe – Justine, wie sie von den Nachbarn in Nachtgewändern von Hand zu Hand weitergereicht wurde. »Ho, Justine!« rief er gedämpft, und selbstverständlich hörte sie ihn nicht. Er mußte nach ihr hupen. Kreischen und Tumult, auch in entfernteren Häusern ging das Licht an, doch Justine machte nur eine Geste zu ihm hin und ging zum Wagen, kein bißchen überrascht, denn schließlich mußte er immer nach ihr hupen. Sie verspätete sich stets, obschon sie früher begann als andere, sich mehr sputete und ungeduldiger war. Abschied nahm sie stets auf die gleiche Weise: abgerissene Grüße, hastiges Wegstreben mit einem Blumentopf in der Hand, einem Päckchen, einem zugedeckten Topf mit Wegzehrung, atemlos und über sich selber lachend, krampfhaft den Hut haltend.

Um neun Uhr in der Früh, die Rote Emma fuhr gerade mit einem Lappen über den Tresen, betraten vier unbekannte Personen den Caro Mill Diner – ein Ehepaar, eine halbwüchsige Tochter und ein sehr alter Herr. Die Rote Emma wollte sich soeben eine Zigarette anstecken (sie war seit vier Uhr früh auf den Beinen) und hatte keine große Lust, Kundschaft zu bedienen. Immerhin war es eine Abwechslung, fremde Gesichter zu sehen. Sie war in diesem Ort geboren und aufgewachsen, Ehefrau und Witwe geworden und hatte sämtliche Einwohner satt. Sie berstelte also ihre orangefarbenen Locken auf, zog die Kittelschürze glatt und griff nach dem Bestellblock. Die Fremden suchten unterdessen nach bequemen Sitzgelegenheiten, was gar nicht einfach war. Zwei Barhockern fehlte der Sitz, es waren schlicht Dreibeine aus Aluminium, ein weiterer pflegte jeden Gast abzuwerfen, der sich daraufsetzte. Die Gäste drängten sich notgedrungen am Ende des Tresens zusammen, nahe dem Küchenventilator. Sie beklagten sich aber mit keinem Wort, sondern schauten aus sehr blauen Augen drein, die Arme vor der Brust verschränkt. Die Rote Emma knallte Speisekarten aus Plastik vor sie hin und fragte: »Na, was soll es sein?«

Sie wandte sich zuerst an die Frau – ein Knochengestell mit Hut. Antworten tat allerdings der Mann.

»Unsere kleine Rennfahrerin wird die ganze Speisekarte einmal rauf und runter essen«, sagte er.

»Rennfahrerin! Gekrochen bin ich«, protestierte die Frau.

»Und ich dachte schon, du wolltest dich für Indianapolis qualifizieren. Dein Sicherheitsgurt baumelte übrigens unter der Tür raus, und das, nachdem ich mir soviel Mühe damit gemacht habe.«

»Ich möchte Kaffee und drei Spiegeleier«, sagte die Frau zu Emma. »Nur auf einer Seite gebraten. Dann noch Pfannkuchen, Würstchen und Orangensaft. Und noch was Salziges, eine Tüte Kartoffelchips. Und du, Großvater? Und Meg?«

Emma fürchtete schon, sie müßte den ganzen Vormittag in der Küche stehen, doch erwies sich, daß die anderen nur Kaffee wollten. Alle sahen benommen und verknittert aus wie Leute, die lange unterwegs gewesen sind. Nur die Frau war zum Reden aufgelegt. »Ich heiße Justine«, sagte sie, »und das hier ist mein Mann Duncan. Mr. Peck ist mein Großvater, und meine Tochter heißt Meg. Haben Sie die Schlüssel?«

»Wie bitte?«

»Man hat uns gesagt, wir sollten hier hereinsehen und die Schlüssel für das Haus von Mr. Parkinson abholen.«

»Ah ja, richtig.« Nie wäre Emma auf den Gedanken gekommen, diese Leute könnten Mr. Parkinsons Haus, eher schon eine Hütte, unweit vom Elektrogeschäft, beziehen wollen. Schon gar nicht der alte Herr. »Stimmt. Er hat gesagt, es käme vielleicht jemand vorbei. Haben Sie sich das Haus schon angesehen?«

»Duncan hat es gesehen, er hat es schließlich ausgesucht«, sagte Justine. »Wir wissen aber immer noch nicht, wie Sie heißen?«

»Ach so – ich bin die Rote Emma Borden.«

»Arbeiten Sie hier den ganzen Tag?«

»Nur Frühschicht.«

»Ich esse nämlich gern in solchen Schnellrestaurants. Wir sehen uns also bestimmt öfters.«

»Das könnte sein.« Emma schlug Eier in die Pfanne. »Nach dem Mittagessen bedient hier aber die Kusine von meinem verstorbenen

Mann, die Schwarze Emma Borden. Sie wird so genannt wegen ihrer schwarzen Haare, bloß färbt sie die schon seit Jahren.« Sie goß Kaffee in dicke weiße Steinguttassen. »Also Ihr Mann hat das Haus ausgesucht?« fragte sie Justine.

»Das macht er immer.«

Emma warf ihm einen scharfen Blick zu. Ein gutaussehender blonder Mensch. Offenbar plagten ihn keine Gewissensbisse. Sie setzte die Kaffeekanne ab und lehnte sich über den Tresen zu Justine hin. »Wie können Sie nur Ihren Mann bestimmen lassen, wo die Familie wohnen soll? Weiß er vielleicht, wie eine Küche aussehen muß? Überzeugt er sich davon, daß genug Einbauschränke im Haus sind und daß die Holztäfelung nicht zerbröselt, wenn man das erste Mal mit dem Lappen drangeht?«

Justine lachte. »Bestimmt nicht.«

Emma hatte ihren Mann mal losgeschickt, einen Gebrauchtwagen zu kaufen, und er hatte eine winzige rote Knatterkiste angebracht, die mal ein Rennwagen gewesen war, so niedrig, daß man fast auf dem Boden saß, und statt Fenster bloße Sehschlitze. Jeden Pfennig, den sie übrig hatten, fraß dieses kleine Spielzeug auf. Das hatte sie ihrem Mann nie verziehen. Folglich fühlte sie sich auch jetzt noch persönlich betroffen, und sie starrte diesen Duncan mißbilligend an. Der saß völlig unbefangen da und errichtete aus Zuckerstücken eine Pyramide. Der Großvater las in einer liegengebliebenen Zeitung, die er, wie alte Leute zu tun pflegen, einen Meter von sich weg hielt, runzelte die Stirn und murmelte lautlos vor sich hin. Verständig wirkte nur die Tochter, ein liebes Mädchen, so proper und still. Ihr Mantel war abgetragen, aber von erstklassiger Qualität, und sie blickte so starr auf eine Ketchupflasche, als geniere sie sich. Sie wußte bestimmt, worauf Emma hinauswollte.

»Sie könnten auch anderswo mieten«, fuhr Emma fort. »Butters zum Beispiel vermieten ein sehr schönes, geräumiges Haus bei der Schule.«

»Durchschnittlich«, ließ Duncan sich jetzt vernehmen, und Emma wandte sich ihm zu, weil sie glaubte, er spreche zu ihr, »durchschnittlich wiegt einer der Blöcke, aus denen die Cheopspyramide besteht, zweieinhalb Tonnen.« Tatsächlich redete er den Großvater an, doch der blickte nur etwas gereizt auf, vielleicht hatte er auch überhaupt nichts gehört, und blätterte die Zeitung um. Duncan wandte sich nach links, an Meg. »Man nimmt an, daß beim Bau das Rad keine Verwendung fand und daß die Vermessungsinstrumente primitivster Art waren. Und doch findet sich in der ganzen Konstruktion nur ein einziger, winziger Fehler, nämlich an der Ostseite, eine Abweichung von knapp 5 Grad. Die anderen sind praktisch einwandfrei. Und hast du mal über den Neigungswinkel nachgedacht?«

Meg erwiderte ausdruckslos seinen Blick.

»Meiner Ansicht nach wurde die Pyramide von oben nach unten gebaut.« Er lachte.

Emma hielt ihn für verrückt.

Sie ließ die Pfannkuchen auf den Teller rutschen und stellte diesen vor Justine. »Butters Haus ist zweistöckig«, sagte sie dazu. »Und es hat eine Veranda, auf der man schlafen kann.«

»Ach, wissen Sie, das Haus von Mr. Parkinson ist bestimmt wunderbar für uns«, versetzte Justine. »Und mein Mann hat es von da nicht weit zur Arbeit. Er kann mittags zum Essen heimkommen.«

»Wo will er denn arbeiten?« fragte Emma.

»Im Blue Bottle Antique Shop.«

Lieber Himmel, das hätte man sich beinahe denken können. Ausgerechnet in diesem feinen Laden bei dem dicken Kerl, den keiner kannte. Wer kaufte in Caro Mill schon Antiquitäten? Höchstens Touristen auf der Fahrt zu den Badeorten der Ostküste, und die hatten es meist viel zu eilig, um hier eine Pause zu machen. Immerhin klammerte Emma sich noch an eine letzte Hoffnung (ihr lag sehr daran, daß die Leute irgendwie zurechtkamen), und sie sagte daher: »Vielleicht kann er besser wirtschaften als dieser Mr. – ich vergesse immer den Namen. Wenn Ihr Mann sich mit Antiquitäten auskennt ...«

»Ah, Duncan versteht sich auf alles«, versicherte Justine.

Das klang keineswegs beruhigend, nicht die Spur.

»Mit Antiquitäten hat er bislang nichts zu tun gehabt, aber früher, an einem anderen Arbeitsplatz, da hat er mal Möbel gebaut.«

Aha.

»Der Besitzer von Blue Bottle ist der Schwager einer Tante von

Duncan. Er möchte sich das Leben etwas leichter machen, er wird langsam älter und sucht jemanden, der ihm den Laden führt.«

»Die engere Verwandtschaft meiner Mutter haben wir bereits heimgesucht«, bemerkte Duncan heiter. Dabei korrigierte er die Lage eines Zuckerblocks in seiner Pyramide. Es genierte ihn nicht im geringsten, daß seine Lage so offen erörtert wurde. »Zuletzt habe ich bei einem Onkel gearbeitet, der ein Reformhaus besitzt. Leider hat keiner meiner Verwandten eine Reparaturwerkstatt, und Dinge reparieren ist meine eigentliche Leidenschaft. Ich kann alles reparieren. Haben Sie vielleicht irgendwas, das repariert werden muß?«

»Nein, überhaupt nichts«, erwiderte Emma entschlossen.

Und sie wandte sich wieder Justine zu, bereit, sie zu bemitleiden, doch Justine knabberte Kartoffelchips und blickte ausgesprochen fröhlich drein. Ihr Hut saß etwas schief. War sie etwa eine Trinkerin? Emma säuberte seufzend den Grill. »Ich will nichts Schlechtes über Ned Parkinsons Haus gesagt haben«, bemerkte sie. »Es hat durchaus seine guten Seiten. Bestimmt fühlen Sie sich sehr wohl darin.«

»Ganz gewiß«, stimmte Justine zu.

»Und Ihr Mann bringt die Installation sicher in Ordnung, falls nötig«, fügte Emma boshaft hinzu, denn sie glaubte keinen Moment, er wäre dazu imstande.

Duncan erwiderte darauf aber nur: »Gewiß«, und legte den Zucker Stück um Stück zurück in die Schale.

Emma fuhr mit einem nassen Lappen über den Grill und wünschte sich, die Gäste möchten aufbrechen. Sie war müde. Aber gerade jetzt sagte Justine: »Soll ich Ihnen mal was erzählen? Das kommende Jahr wird für unsere Familie ein besonders gutes Jahr, das beste überhaupt. Es wird ungewöhnlich gut.«

»Und woher wollen Sie das wissen?«

»1973, nicht wahr. 3 ist unsere Glückszahl. Duncan und ich sind beide 1933 geboren. 1953 haben wir geheiratet, und Meg ist am dritten Tag des dritten Monats im Jahre 55 geboren. Ist das etwa nichts?«

»Ach, Mama«, sagte Meg, neigte den Kopf noch tiefer über ihre Kaffeetasse und begann wieder umzurühren.

»Meg denkt immer, die Leute halten mich für exzentrisch«, sagte Justine. »Dabei glaube ich keinen Moment an Numerologie oder so was. Bloß an Glückszahlen. Wie ist Ihre Glückszahl, Emma?«

»Acht.«

»Sieh mal an. Die Acht bedeutet Energie und Organisationstalent. Sie könnten sich glatt selbständig machen, überhaupt alles schaffen, was Sie sich vornehmen.«

»Was Sie nicht sagen.«

Emma sah herab auf ihren stark gewölbten Busen unter der weißen Nylonschürze, an der sie mit einer Brosche ein buntes Tuch befestigt hatte.

»Meg hat leider keine Glückszahl. Ich mache mir richtig Sorgen, daß sie überhaupt nie was erleben wird.«

»Mama!«

»Eigentlich sollte Meg im Mai geboren werden, und ich fragte mich, wie das möglich war? Es sei denn, sie würde am 3. geboren. Und was passiert? Sie war eine Frühgeburt, sie kam im März.«

»Wenn ich mir ein Los in der Wohlfahrtslotterie kaufe, verlange ich immer eins mit einer Acht«, sagte Emma. »Und tatsächlich habe ich schon zweimal was gewonnen. Schnaps im Wert von 40 Dollar.«

»Sehen Sie. Gibt es hier am Ort eine Kartenlegerin?«

»Kartenlegerin?«

Der Großvater raschelte mit der Zeitung.

»Nun sagen Sie bloß, es gibt hier keine?« sagte Justine.

»Soweit mir bekannt ist, nicht.«

»Na, Sie wissen ja, wo wir wohnen. Sobald wir eingerichtet sind, können Sie mal vorbeikommen, dann lege ich Ihnen umsonst die Karten.«

»Sie legen also Karten.«

»Ganz recht. Jederzeit und für gute Zwecke, bei kirchlichen Veranstaltungen, Wohltätigkeitsbasaren, Vereinsabenden – was Sie wollen. Man kann mich in dringenden Fällen mitten in der Nacht herausklingeln, dann ziehe ich den Morgenrock an und lege die Karten. Das macht mir überhaupt nichts aus. Es gefällt mir sogar. Ich leide nämlich an Schlaflosigkeit.«

»Soll das heißen, Sie ... Sie sagen im Ernst die Zukunft voraus?«

»Wie sonst?«

Emma sah Duncan an, und Duncan erwiderte ihren Blick, ohne eine Miene zu verziehen.

»Könnten wir jetzt vielleicht die Schlüssel haben?« bat Justine.

Emma holte die Schlüssel wie eine Schlafwandlerin – zwei kleine flache Schlüssel an einem Vorhangring. »Ich brauche wirklich jemand, der mir die Karten legt«, sagte sie dazu, »ich möchte nämlich die Stellung wechseln – das soll aber keiner wissen.«

»Ach, darin kann ich Sie sehr gut beraten.«

»Ich möchte Postbotin werden. Lachen Sie nicht. Die Prüfungen habe ich schon bestanden. Und Sie meinen, Sie könnten mir sagen, ob ein solcher Wechsel das richtige für mich ist?«

»Selbstverständlich«, behauptete Justine.

Emma rechnete die Zeche zusammen, und Duncan bezahlte mit einer kaum noch lesbaren Kreditkarte. Die Gäste verließen im Gänsemarsch das Lokal. Emma stand an der Tür und ließ sie an sich vorübergehen. Als Justine vorbeikam, tippte Emma sie an. »Ich bin so aufgeregt, daß ich kaum noch schlafe«, sagte sie. »Ich bin total hin und her gerissen. Ich weiß schon, eine große Angelegenheit ist das nicht. Was ist schon eine Briefträgerin? Und in hundert Jahren interessiert das keinen Menschen mehr. Ich rede mir wirklich nicht ein, daß es wichtig ist, aber wenn man hier einen Tag um den anderen im Küchendunst steht, wenn einem die Haare schon am Vormittag fettig werden, wenn die Männer ihre blöden Bemerkungen machen und man sie noch dazu mästen muß ... verdienen allerdings tue ich gut, und was Onkel Harry sagen wird, wenn ich ihn nach all diesen Jahren einfach sitzenlasse ...«

»Wechsel ist immer gut«, riet Justine entschieden.

»Wie bitte?«

»Machen Sie was anderes. Dazu brauche ich Ihnen nicht die Karten zu legen. Eine Veränderung ist immer richtig. Unter allen Umständen.«

»Meinen Sie wirklich, das ist mein Schicksal?«

»Bestimmt. Also bis auf bald, Emma.«

Und damit war sie auch schon hinaus und ließ Emma hinter der

Glastür zurück, die Unterlippe gedankenverloren zwischen Daumen und Zeigefinger, den Blick versonnen nach draußen gerichtet.

Justine steuerte den Ford die Hauptstraße hinunter, während die Katze auf dem Rücksitz unter der Heckscheibe hin und her flitzte, laut heulend wie ein übergroßes Baby. Fußgänger blieben stehen und starrten ihnen nach. Meg saß still da, die Hände im Schoß gefaltet; dieser Aufruhr war ihr nicht mehr neu. Der Großvater drehte sein Hörgerät ab und betrachtete, von seiner Taubheit geschützt wie der Taucher von seinem Helm, kleine schäbige Kaufläden, eine Tankstelle, das Postamt aus Backstein mit dem Flaggenmast davor. Diesmal führte Duncan mit dem Lastwagen, und Justine folgte ihm nach rechts in eine von ebenerdigen Häuschen bestandene Seitenstraße. Man passierte einen Drugstore und ein Elektrogeschäft, an das sich eine Zeile kleiner Häuser anschloß. Duncan hielt vor dem ersten. Justine parkte dicht hinter ihm. »Wir sind da«, sagte sie.

Das Haus war einmal weiß gewesen, jetzt war es grau. Die Verandapfosten, eckig, beschindelt, ragten halbmannshoch in die Höhe, und die Überdachung wirkte einsturzgefährdet. Einen Oberstock gab es nicht, dafür blinzelte im Dach wie ein Augenlid eine Art Mansardenfenster. Der Kriechraum unter der Veranda wurde von stacheldrahtähnlichem Rankenwerk versperrt, bei dessen Anblick Justine rief: »Ach, da sind Rosen, nicht wahr? Das sind Rosen!« Der Großvater rückte auf seinem Platz zurecht.

»Dieses Haus sieht noch schlimmer aus als unser letztes«, bemerkte Meg.

»Ach, was. Du kriegst hier ein eigenes Zimmer und brauchst nicht mehr im Wohnzimmer zu schlafen. Das wird dir schon gefallen«, sagte Justine.

»Gewiß, Mama.«

Duncan wanderte bereits rastlos im Vorgarten umher, als die anderen zu ihm stießen. »Hier pflanze ich Mais an«, eröffnete er ihnen. »Hinterm Haus ist zuviel Schatten, aber hier haben wir reichlich Sonne. Ich pflüge den Rasen um und pflanze Mais und Gurken. Was die Düngung betrifft, habe ich schon einen Plan. Ich schaffe mir ein Mahlwerk an und zermahle allen Abfall mit etwas Wasser. Hör gut zu, Justine: heb alles auf, Eierschalen, Apfelsinenschalen, sogar Knochen. Die Knochen kommen vorher in den Dampftopf. Wir haben doch einen, oder? Dann machen wir so eine Art Gelee daraus, und auch das wird hier ausgebreitet.«

Die Katze war unterdessen wie ein Blitz im Kriechraum unter der Veranda verschwunden, und da würde sie bleiben bis zum Ende des Umzuges. Der Großvater erklomm derweil gekrümmt die Stufen zur Haustür und prägte sich murmelnd jedes Astloch ein, jeden Splitter, jeden krummen Nagel, alle Stellen, wo der Farbanstrich Blasen geworfen hatte, lose Dielen und geborstene Fensterläden. Meg ließ sich auf der obersten Stufe nieder. »Mir ist kalt«, klagte sie.

»Dein Vater wird einen Garten anlegen. Vielleicht zieht er sogar Tomaten.«

»Und du meinst, wir sind noch hier, wenn die reif werden?«

Justine brachte die Schlüssel zum Vorschein und schloß auf. Die Diele roch schimmlig, war übersät mit alten Zeitungen und zerfetzten Kartons. Die Küche wies einen Kühlschrank auf, dessen Motor auf der Platte angebracht war, ferner einen verschmutzten Gasherd und ein Spülbecken auf Beinen. Der offene Kamin im Wohnzimmer war mit Brettern abgedichtet. Nach hinten hinaus lagen das Badezimmer und drei Schlafzimmer, alle dunkel und winzig klein, doch Justine stürmte von einem ins andere, wirbelte Staub auf, ließ Jalousien hochschnellen und brachte Zug in die dicke, abgestandene Luft. »Da!« rief sie, »eine Zange. Die hat jemand vergessen. Und hier ist ein Stuhl – den können wir gleich auf die Veranda stellen.« Sie war eine richtige Packratte, die anderen übrigens auch. Das war eine Familieneigentümlichkeit. Man sah es sofort daran, wie sie jetzt mit dem Ausladen begannen, Berge von vergilbten Zeitschriften ins Haus schleppten, Seesäcke, vollgestopft mit altmodischen Kleidungsstücken, Kartons mit Aufschriften wie: Gebrauchtes Packpapier, Zeitungsausschnitte, Photos, leere Flaschen. Duncan und Justine brachen fast zusammen unter dem stählernen Aktenregal aus dem ehemaligen Büro des Großvaters, in dem er die Kopien sämtlicher Briefe aufbewahrte, die er in den dreiundzwanzig Jahren seit seiner Pensionierung geschrieben hatte. In einer Ecke des gemeinsamen Schlafzimmers stapelte Duncan Maschinenteile und namenlose Objekte aus Metall, die er auf Spaziergängen gefunden hatte und eines Tages bei einer Erfindung verwenden wollte. Er besaß Kartons voller Bücher, meist alt gekauft, über Quantentheorie, die Philosophie des Laotse, die Ila-sprechenden Eingeborenen Rhodesiens. Nachdem dieser Prüll hereingeschleppt worden war (und die vier Umzügler brauchten gemeinsam zwei Stunden dazu), wies der Lastwagen so gut wie keine Fracht mehr auf. Die wenigen Möbelstücke ließen das Haus kaum möbliert erscheinen: drei Matratzen mit Rostflecken; vier Küchenstühle aus der Brockensammlung; der handgeschnitzte Rosenholztisch von Großmama; ein durchgesessenes Sofa samt dito Sessel, gespendet von einem Nachbarn zwei Umzüge zuvor; drei Kommoden von Justines Mutter neben rohen Bettstellen, die Duncan aus Kiefernholz gezimmert hatte und die einen gelblichen Geruch ausströmten. Gespeist wurde von billigstem Geschirr aus der Kaufhölle, von hellgrünen oder auch geblümten Tellern. Manche waren allerdings auch braun mit weißen Kanten. Man trank aus Bechern, die Esso verschenkt hatte, als die Firma in Exxon umbenannt wurde. Die Bestecke mit den gelben Plastikgriffen hatten ursprünglich zu Tante Sarahs englischer Picknickausrüstung gehört. Es gab zwei Kochtöpfe und eine Bratpfanne. (Justine kochte ungern.) Ferner einen Besen und einen Mop. Keinen Handfeger, keinen Staubsauger, keinen Scheuereimer, kein Fensterleder. (Justine putzte ungern.) Keine Waschmaschine, keinen Wäschetrockner. Zu gegebener Zeit packte man die gesamte schmutzige Wäsche zusammen und schleppte sie in einen Waschsalon. Das war kein Spaß – alle vier gingen gebeugt unter der Last prall gefüllter Kopfkissenbezüge, der Großvater am gebeugtesten, weil er nicht erkannt werden wollte; alle wirkten in den letzten sauberen Sachen, die sich am Grunde von Schubladen hatten finden lassen, etwas heruntergekommen – aber das war doch wohl besser, als bei jedem Umzug diese blinkenden, schweren Geräte mit sich herumzuschleppen? Schon am späten Nachmittag war alles verstaut. Es gab nichts mehr zu tun. Gewiß, die meisten Kartons waren noch voll, aber was machte das schon – viele waren auch nach dem vorletzten Umzug nicht ausgepackt worden. Kein Grund zur Eile. Justine hatte Muße, sich auf ihrer Matratze auszustrecken, die den vertrauten Kieferndurft ausströmte, sie konnte die Schuhe abstreifen und zur Decke lächeln, auf dem Bauch die Katze wie eine zwanzig Pfund schwere schnurrende Wärmflasche. Duncan durfte sich, auf dem Bettrand sitzend, mit seinem Stroboskop beschäftigen, von dem er ganz vergessen hatte, daß er es besaß. Meg durfte die Tür hinter sich zumachen und das siebenfach in Seidenpapier gewickelte Bildnis eines jungen Mannes in Priesterkleidung hervorholen; das Gewand war dem Jüngling eine Nummer zu groß. Meg wickelte das Foto fast gleich wieder ein und verwahrte es in ihrem Schrank. Im Zimmer gegenüber holte der Großvater ebenfalls ein Foto hervor: Caleb Peck in Brauntönen, goldgerahmt, mit Hut und Krawatte, das Gesicht streng und würdig, sieben Meter über dem Boden in der offenen Futterluke eines Stalles sitzend und das Cello streichend.

3

Duncan besichtigte, von Silas Amsel, dem Eigentümer, begleitet, das Antiquitätengeschäft Blue Bottle. Da er es bereits anläßlich seiner Bewerbung gesehen hatte, war er ziemlich uninteressiert. Er stakste hinter dem dicken bärtigen Silas drein und strich gelangweilt über polierte Tischplatten, Beisatztischchen mit Spinnenbeinen, Uhren mit Putten, Schäferinnen und Vater Chronos, verstaubte Pokale, Spiegel in Rahmen aus vergoldeten Gipsknorpeln, Stellagen, die kaum das Gewicht einer Lampe getragen hätten – was hatte das alles für einen Sinn? Um die Wahrheit zu sagen: An Antiquitäten hatte er früher nie gedacht. In der Welt, in der er aufgewachsen war, galten sie für selbstverständlich. Man kaufte sie nicht, man besaß sie. Kaufen tat man überhaupt keine Möbel. Die Räume waren voll von sanft schimmernden, gut gepflegten Stücken, die da offenbar gewachsen waren, und Kinder, die aus dem Hause gingen, nahmen dies und das mit, ohne daß die Räume leerer geworden wären, es war, als wüchsen sie über Nacht nach. Was Duncan wirklich interessierte, war etwas anderes; hinter dem Ladentisch von Silas stand ein Korb mit altem Hausgerät: Kirschentsteiner, Kartoffelschäler, Fischentschupper, ein geniales Spiralgerät zum Trennen von

Eiweiß und Eidotter. Neben dem Korb lag ein Koffer aus Strohgeflecht, der sich in einen Strandstuhl verwandeln ließ. Wo war dieser Erfindungsreichtum geblieben? Wie hatte er so ganz verschwinden können? Auf dem Korb stand mit Filzstift geschrieben ›Jedes Stück 1 Dollar‹. Den beschädigten Koffer/Strandstuhl konnte man für 2,50 Dollar erwerben, vorausgesetzt, man entdeckte ihn überhaupt zwischen all dem Zeug. Sobald er die Geschäftsführung übernähme, käme der Koffer ins Schaufenster, nahm Duncan sich vor. (Er schaute plötzlich scheel auf den breiten, gewichtigen Rükken von Silas.) Die Haushaltsgegenstände wollte er blitzblank putzen und reihenweise auslegen. Das ganze übrige Zeug würde er rasch ausverkaufen und statt dessen bei Auktionen und auf Flohmärkten altmodisches Hausgerät kaufen, bis das Schaufenster der Werkstatt eines Erfinders aus dem vergangenen Jahrhundert gliche, in dem er, Duncan, sodann sitzen und nach Herzenslust seine Lieblingsgerüche würde atmen können: eine Kombination von Maschinenöl, Holz und rostendem Eisen.

»Ah, ich werde alt, werde alt«, ächzte Silas und erklomm die Hintertreppe ins Büro, wo das Telefon stand. »Ungern gebe ich die Zügel aus der Hand, aber ich freue mich auf das ruhigere Leben, glaub mir.«

Silas war mehr als dreißig Jahre jünger als der Großvater Peck, der den Laden mit der linken Hand geschmissen hätte, doch für Duncan war es nichts Neues, daß Menschen, die nicht zur Familie gehörten, vorzeitig alterten. Überdies wäre er immer noch auf der Suche nach Arbeit, falls Silas nicht beabsichtigte, sich zur Ruhe zu setzen. Dabei hatte er schon gefürchtet, sämtliche Verwandten seiner Mutter abgeklappert zu haben, und sich gefragt, ob er je aus dem Reformhaus würde entkommen können, das er zunächst zu einer Goldgrube gemacht, dann aber wieder heruntergewirtschaftet hatte, weil es ihn langweilte. Im ungebleichten Mehl hausten jetzt die Maden, und die ungespritzten Rosinen wurden steinhart. Seine angeborene Heiterkeit und seine Verwegenheit verloren sich, und an ihre Stelle traten Schnaps, Patience und ein Schweigen, das nicht einmal Justine aufbrechen konnte. Gab es etwas Schlimmeres als die Gewißheit, irgendwo eingeschlossen zu sein, wo man alt und steril werden und schließlich sterben mußte? Seine nachlässige Buchführung, seine unregelmäßige Arbeitszeit, seit je Grundprinzipien Duncans, nahmen Formen an, die kein Arbeitgeber sich mehr bieten lassen konnte. So ging es Duncan immer: er begann begeistert etwas Neues, dem er aber nur seine halbe Aufmerksamkeit schenkte. Die andere Hälfte galt dem Perpetuum mobile, das ausschließlich aus Zugfedern bestehen würde, der Zucht stachelloser Bienen oder der Beteiligung an dem von einem Engländer ausgeschriebenen Wettbewerb zur Herstellung eines Einmannflugzeugs von Lehnstuhlgröße. In den vergangenen zwanzig Jahren war er unter anderem Ziegenzüchter gewesen, Fotograf, Kunsttischler, Verkäufer in einer Tierhandlung, einem Tabakladen, einer Schallplattenbar, einem Feinkostladen; er hatte bei der Volkszählung und beim Schafscheren mitgeholfen und schließlich die Rasenflächen einer Wohnsiedlung mit dem Spielzeugtraktor gedüngt. Alle diese Beschäftigungen hatten ihm Freude gemacht, wenn auch nur für kurze Zeit. Dann wurde er unruhig. Ihm schien, daß er wie in einer Tretmühle lief, endlose Tage lang, ganz wie seine phantasielosen Vorfahren. Er ging anfangs erst um zehn Uhr zur Arbeit, dann um elf, anfangs vier Tage in der Woche, dann nur noch drei; es folgten der Schnaps, endlose Patiencen, schließlich das Schweigen, das die Gitter seines Käfigs reflektierte. Sodann ein neues Unternehmen. Er war sein eigenes Perpetuum mobile.

Gelegentlich sorgte er sich Justines wegen. Er wollte nicht sein, wie er war, wollte sie nicht jedes Jahr oder öfter aus ihrer Umgebung reißen, Meg auf wieder eine andere Schule bringen. Er wußte sehr wohl, daß die Nachbarn den Kopf über ihn schüttelten. Er schien aber an einer chronischen Unzufriedenheit zu leiden, die ihn befiel wie Malaria, und diese Anfälle konnte er nur bekämpfen, indem er sich immer neue Tatsachen einprägte, sein Bewußtsein immer von neuem in Verblüffung setzte. Jetzt hafteten dank seiner zahllosen Beschäftigungen alle möglichen Spezialkenntnisse an ihm wie Fusseln. Er konnte eine Toggenburgziege von einer Saanen unterscheiden, er konnte mit bloßem Auge einem Dachshund ein Deckchen samt Mütze im Sherlock-Holmes-Stil anmessen. Er wußte alles über die Herstellung von Joghurt und war Spezialist in der

Ausrottung von Breitblattunkräutern während der Löwenzahnblüte. Er hatte auch entdeckt, daß jedes Ladengeschäft seine Stammkundschaft hat, die sich zu Experten heranbildet – alte Herren, die einander bei der Auswahl importierter Käse übertreffen; Damen, die über die Anwendung von Ulmenrinde Bescheid wissen; Halbwüchsige, die die Lebensgeschichte sämtlicher Rocksänger auswendig hersagen können. Studenten schilderten im Tabakladen ausführlich die Auffindung einer perfekt gealterten, handgeschnitzten Meerschaumpfeife auf dem Deckel einer Abfalltonne. Duncan, hinter dem Tresen in die Konstruktionsskizze seiner pedalgetriebenen Flugmaschine vertieft, sog solche Informationen auf wie Sonnenstrahlen. Daß sie nutzlos waren, spielte keine Rolle. Und jetzt gab es also wieder etwas zu lernen, hier, zwischen uralten Navigationsinstrumenten, geborstenen Nebelleuchten, Ketten aus Bernstein, die an Rumkugeln erinnerten.

»Dies ist Kaliumlaktat.« Silas berührte eine braune Flasche auf dem Telefontisch. »Das benutzen wir anstelle von Säure für alte Ledereinbände.« Er bemerkte überrascht, wie Duncans Gesicht sich plötzlich aufhellte. »Und diesen Block hier habe ich immer am Telefon liegen, samt dem Bleistift an der Kette. Meist rufen die Leute an, die was zu verkaufen haben, und da schreibst du am besten gleich die Adresse auf. Hier ist übrigens was für dich.«

Er riß einen Zettel vom Block. *Erwarte euch zum Essen erster Sonntag im Februar. Unser tägliches Vergnügen.*

»Was ist das?« fragte Duncan.

»Der Mann sagte, du wüßtest Bescheid. Gestern und vorgestern hat er viermal angerufen. Falls es euch nicht paßt, sollst du zurückrufen. Im Telefonbuch stünde er unter *Exotico*.«

»Ach so«, sagte Duncan und steckte den Zettel ein. Silas wartete auf eine Erklärung, die blieb aber aus.

»Also, wenn dir weiter keine Fragen einfallen«, sagte Silas, »wäre das alles. Ich bleibe ja in der Nähe und sehe selbstverständlich immer mal rein.«

»Selbstverständlich.« Duncan seufzte, doch Silas, der bereits ächzend den Abstieg begann, hörte das nicht mehr.

Unser tägliches Vergnügen, voriges Jahr noch bekannt als *Exotico* und im Jahre davor als *Alonzos Aufregender Amüsierbetrieb,* befand sich auf einer Kuhweide am Rande von Parvis im Staate Maryland. Es war ein fahrbarer Rummelplatz. Früher einmal nannte man so was einen Vierzigmeiler, auch wenn wie in diesem Fall der Aktionsradius erheblich größer war. Man reiste von einer Ortschaft zur nächsten, nahm die vorfallenden Feste wahr, das Schulhausjubiläum, den Feuerwehrball, Kirchweih und Basare, die Neueröffnung eines Kaufladens. War man nicht unterwegs, stand das kürbisfarbige Zelt mit wehenden Wimpeln inmitten der Wohnwagen auf der Weide. Gearbeitet wurde das ganze Jahr hindurch, die Schausteller kamen bereitwillig an jeden Ort in Maryland, der sie rief, und sei es mitten im tiefsten Winter. Man besaß Luftschaukeln, zwei Ponys, einen Würstchenstand und, falls die örtlichen Vorschriften dies erlaubten, eine Würfelbude, wo fünf Mädchen in Badeanzügen aus Satin mit angeschmutzten Nähten die Kundschaft bedienten. Man hatte auch ein richtiges Karussell, nur war das schwer zu transportieren, irgendwas war meist daran kaputt, der Mechanismus klemmte, die Tiere kippten um, doch Justine fand dieses Karussell schöner als jedes andere. Spielen konnte es einzig den ›St. James Infirmary Blues‹. Hörte Justine diese Melodie durch die Luft sägen, mußte sie aufspringen, auch wenn sie sich sagte, sie sei nun zu alt dafür. Sie ritt im Damensitz auf einem grinsenden weißen Pferd, umklammerte dessen Hals und lachte vor sich hin, manchmal weinte sie auch, weil die Musik so dünn klang, so lieblich und traurig, und Heimweh in ihr weckte nach einer Zeit, da sie noch nicht am Leben gewesen war. Alonzo Divich, dem das Karussell und übrigens alle diese Gerätschaften gehörten, pfiff den ›St. James Infirmary Blues‹ wie ein Leitmotiv. Er behauptete, er kenne keine andere Melodie. Er und das Karussell, das waren zwei tapsige, von Hoffnungen erfüllte, heitere Wesen, immer gerade dort, wo man sie am wenigsten zu finden erwartete.

Divich pfiff auch heute, als Duncan und Justine eintrafen. Sie fanden ihn, indem sie der Melodie folgten. Sie ließen den Wagen am Rande der Weide stehen und gingen über das hartgefrorene Gras zu den Wohnwagen, die das Zelt umstanden wie eine Wagenburg in Erwartung feindlicher Indianer. Im Frühling, wenn es überall blühte, wirkte dieses Dasein reizvoll, heute aber nicht. Heute lag alles im matten Licht einer kränklichen Wintersonne, die Bewohner hatten sich in ihre Wagen verkrochen, die Ponys ließen die Köpfe hängen. »Ach, die armen Dinger!« rief Justine, und ebenso rührte sie der Anblick einer abgeschlagenen orangefarbigen Luftschaukel, die auf der Ladefläche eines Lastwagens lag wie ein zerquetschtes Dinosaurierbaby. Doch man hörte immer noch pfeifen, unverändert munter, es kam von hinter einem Geräteschuppen her, und als sie endlich um die Ecke schauten, erblickten sie Alonzo Divich, unbeeindruckt von Kälte und Einsamkeit oder dem Ablauf der Jahre. Er saß auf einem Stein und schnitt Rohleder in Streifen, ein großer, sonnverbrannter Mann mit hängendem schwarzen Schnauzbart und tiefliegenden Augen. Seine Kleidung war zu bunt, nicht mehr ganz sauber, sondern fettig und über Bauch, Brust und Schultern zu eng. Er trug ein rosenfarbiges Hemd, eine mexikanische Weste, Wildlederhosen und weiche hohe Stiefel. Er stand auf und umarmte sie nacheinander, dabei roch er nach Leder und Honig. »Aha«, sagte er zu Justine. »Sie haben sich keine Spur verändert. Sogar der Hut ist immer noch der gleiche. Ist der etwa angewachsen?«

Er sprach ohne Akzent, aber mit einem sonderbaren Tonfall. Doch woher hatte er diesen hybriden Namen, diese Hautfarbe, die blitzenden Goldkronen auf den Backenzähnen und die Angewohnheit, auch Männer ganz unbefangen herzlich zu umarmen? Justine hatte ihn einmal rundheraus gefragt, woher er stamme, doch darauf hatte er nur erwidert: »Sie sollen doch mir Auskünfte geben, nicht umgekehrt.«

»Ich sehe nur in die Zukunft, nicht in die Vergangenheit.«

»Aber die Vergangenheit müßte leichter zu lesen sein.«

»Gar nicht. Es ist viel schwieriger.«

Und doch hatte er ihr nichts verraten.

Jetzt führte er sie ins Zelt, wo Klappstühle um lange Tische standen. Hier versammelte sich die Truppe, nicht gern allerdings bei kaltem Wetter. In einer Ecke kämmte eine Blondine in Goldsandalen, langen Hosen und mehreren Pullovern übereinander einen winzigen Pudel. An einem der Tische tranken zwei Männer Kaffee aus grünen Bechern, standen aber auf, als Alonzo hereinkam. »Bleibt doch«, sagte er im Vorbeigehen mit großer Gebärde. Er deutete auf Stühle am mittleren Tisch und setzte sich selber an die Kopfseite. Fast sogleich erschien eine alte Negerin und legte ein Tischtuch auf. Dann stellte sie eine Flasche und drei kleine Gläser vor Alonzo hin. Er füllte die Gläser bis zum Rand. Die Alte brachte Pappteller, Gabeln aus Plastik, ein Tablett mit Schüsseln voll Reis, große Fleischstücke in Tomatensoße, Auberginen, Brathuhn mit Paprika bestäubt, schwarze, schrumplige Oliven, Rote Beete und gehackte Gurken in Joghurt, Brotfladen und Krüge voll Saft. Aus den Schüsseln dampfte es, und auch aus Alonzos Mund dampfte es, als er in die kalte, pappige Luft sprach. »Nehmt, nur keine Scheu. Zuerst Duncan, er ist noch dünner geworden. Er wird so groß und schlank wie ein Löwenzahn. Wie groß sind Sie jetzt, Duncan?«

»Bald einsneunzig.«

»Doppelte Reisportion für Duncan, Nana!«

Die Alte schaufelte einen ganzen Haufen Reis auf Duncans Teller.

»Reis schützt vor Herzanfällen, Schlagfluß und Impotenz«, bemerkte Alonzo.

»Das macht das Thiamin«, bestätigte Duncan.

»Noch Slivowitz?«

»Warum nicht?«

Justine aß alles, was man ihr auftat, nahm ein zweites und ein drittes Mal, ermuntert von den Blicken der alten Negerin, die hinter Alonzos Stuhl stand, die Hände unter der Schürze gefaltet. Alonzo und Duncan hielten sich mehr ans Trinken; Alonzo überholte Duncan allerdings schon zeitig und brachte es sogar fertig, hin und wieder Brocken Fleisch oder Brot in sich hineinzustoßen, ohne je mit Reden aufzuhören. »Als ich erfuhr, daß ihr wieder nach Maryland ziehen wollt, hab' ich mir gedacht, dann warte ich noch so lange. Ich habe nämlich was vor. Aber das kommt später. Ich habe mir schon den Kopf zerbrochen, wie ich Justine erreichen könnte, und da kam eure Postkarte. Ich war richtig erleichtert.«

Er lehnte sich zurück und faltete die Hände vor dem Bauch. Im matten Licht der Zeltbeleuchtung schimmerte sein Gesicht wie Butter. Alonzo war ein glücklicher Mensch, der unentwegt klagte, mag sein, um neidische Götter irrezuführen. Er liebte sein Unternehmen, behauptete aber stets, nur ein Verrückter könnte es damit aushalten. »Es gibt doch wirklich Leute, die sich dieses Leben romantisch vorstellen, die glauben, wir tanzen nachts bei Mondschein um die Wohnwagen. Wenn die doch nur mal in meinen Stiefeln steckten! Man muß sein eigener Mechaniker, Rechtsanwalt, Buchhalter sein. Unentwegt müssen Maschinen auseinandergenommen und zusammengesetzt, Versicherungsraten und Reparaturkosten bezahlt werden. Meine Versicherung klaut mir den letzten Pfennig, Haftpflicht und Unfall, Krankenhauskosten, Feuer, Diebstahl und höhere Gewalt – gegen alles muß man versichert sein. Ganz zu schweigen von den Sozialabgaben für Arbeitnehmer, die heute kommen und morgen gehen, die schwanger werden oder sich fortbilden wollen. Und egal wo man auftreten will, in jeder Ortschaft verhandelt man von neuem, weil manche auch das kleinste Glücksspiel verbieten. Dann kommen Polizei und Sicherheitsinspektoren, und der Geistliche verlangt, daß wir in unserer Würstchenbude seine Topfkuchen verkaufen ...«

So redete er mit Duncan, denn über Geschäfte redet sich's am besten zwischen Männern, doch als das Essen vorbei war, nahm er Justine beiseite und umspannte mit warmem Daumen und Zeigefinger ihren Oberarm. »Darf ich?« fragte er Duncan dabei. »Es geht schnell, sie soll mir nur sagen, wann ich Millionär werde.«

Duncan fragte: »Haben Sie Ihren Maschinisten noch hier?«

»Lem? Was sollte ich wohl ohne den machen? Er sitzt in dem roten Wohnwagen, er weiß schon, daß Sie kommen, gehen Sie nur gleich rüber.«

Alonzo ging mit gesenktem Kopf, Justine am Arm führend. »Sie müssen entschuldigen, wie es in meinem Wagen aussieht. Es wohnen jetzt zu viele Leute dort. Meine Frau hat mich zwar verlassen, aber dafür leistet mir eines ihrer Kinder Gesellschaft. Und Bobby. Sie kennen meinen Stiefsohn Bobby. Genaugenommen ist er der Stiefsohn meiner vierten Frau, der Sohn ihres geschiedenen Mannes aus einer seiner früheren Ehen. Möchten Sie türkischen Kaffee?«

»Nein, danke«, sagte Justine und kletterte in den kleinen grünen Wohnwagen. Hier war es zwar eng, aber doch viel ordentlicher als bei ihr daheim; Töpfe und Pfannen hingen aufgereiht in der winzigen Küche, am Fußende des mit Waschsamt bezogenen Sofas waren Geschäftsbücher säuberlich aufgeschichtet. Der Kaffeetisch sah aus wie eben erst abgeräumt, und Alonzo strich mit beiden Händen darüber. »Für die Karten«, sagte er dabei.

»Danke schön«, sagte Justine.

Sie setzte sich aufs Sofa, legte den mit Krümeln übersäten Mantel ab, obschon es auch hier kühl war, und entnahm die in ihr seidenes Tuch eingeschlagenen Karten der Strohtasche.

»Wo kommt die Seide her?« fragte Alonzo. (Das fragte er jedesmal.)

»Die war bei den Karten«, antwortete Justine und wickelte diese aus. Sie mischte mehrmals und schaute dabei aus dem Fenster des Wohnwagens hinaus in die blaue Luft.

»Und woher haben Sie die Karten?«

»Heben Sie bitte ab.«

Er hob ab, setzte sich ihr gegenüber und betrachtete sie aufmerksam unter seinen dichten schwarzen Brauen her, als könnte er seine Zukunft von ihrem Gesicht lesen.

Justine hatte Alonzo 1956 auf einem Kirchenbasar kennengelernt, wo sie im Keller der Sonntagsschule die Karten legte. Ihre Bude befand sich zwischen dem Weißen Elefanten und den Topfblumen; Alonzos Rummelplatz war selbstverständlich im Freien aufgebaut. Er kam, um sich die Karten legen zu lassen, und sie sah, daß er zu jenen Menschen gehörte, die es darauf anlegen, schlauer zu sein als die Vorsehung. Wenn ihm die Arbeit Zeit dafür ließ, suchte er in jedem Ort, durch den er kam, die Kartenlegerin auf, und wenn es fünf am Ort gab, bitte sehr, er ging zu allen. Er hörte ihnen unfehlbar mit angehaltenem Atem zu. Zu Justine sagte er, mehr als tausend Frauen hätten ihm schon die Zukunft vorhergesagt, und nicht ein einziges Mal richtig. Er ließ sich nicht nur die Karten legen, sondern auch die Handlinien lesen, den Schädel messen, Träume auslegen, Handschrift, Kaffeesatz und Teeblätter deuten. Er war bei Astrologen und Physiognomikern gewesen, nicht zu reden von Bibliomanen, Clidomanen und Sehern mit Kristallkugeln.

In Montgomery hatte eine Dame von einem Hahn die Buchstaben des Alphabets picken lassen, in Georgia wahrsagte eine andere aus dem aufsteigenden Rauch eines Feuers, und wieder eine andere ließ heißes Wachs in kaltes Wasser tropfen und behauptete, die so entstehenden Gebilde enträtseln zu können. In Pennsylvania mußte er eigenhändig Kleingebäck aus Hafermehl anfertigen, das sodann zerkrümelt und mit dem Vergrößerungsglas begutachtet wurde. Und in Alabama erbot sich eine Greisin, in den Eingeweiden einer erst noch zu tötenden Reisratte zu lesen, doch lehnte er ab, denn solch eine Tat mochte ihm Unglück bringen.

Justine erzählte er dies alles gleich anfangs, wobei er sich in der mit dem Vorhang abgeteilten Bude über den Tisch zu ihr vorbeugte; draußen warteten derweil die frommen Damen, daß die Reihe an sie käme. Justine wußte das zwar nicht, doch zeigte sie den abgeklärten nachsichtigen Ausdruck des Arztes, dem ein neuer Patient erzählt, schon vierzig andere Ärzte hätten ihm nicht helfen können. Sie wirkte weise. Alonzo war überzeugt, sie sei was Besonderes. »Sagen Sie, was ich tun soll, Madame«, sagte er entschlossen und legte beide Hände auf die Tischplatte. »Ich vertraue Ihnen.«

»Und worum handelt es sich?«

»Das wissen Sie nicht?«

»Woher sollte ich?«

»Sie sollen mir die Zukunft sagen!«

Justine mußte also wieder einmal die kleine Rede halten, die sie wer weiß wie oft gehalten hatte und ebensooft noch würde halten müssen, manchmal sogar wiederum vor Alonzo. »Ich lese keine Gedanken«, sagte sie. »Ich ahne nicht, was Sie fragen wollen, wo Sie herkommen, weiß nichts von Ihrer Vergangenheit. Ich sehe in die Zukunft. Ich habe die Begabung, Veränderungen zu spüren. Wenn Sie mir helfen, finden wir vielleicht gemeinsam die Antwort, aber ich mache keinen Versuch, schlauer zu sein als Sie.«

»Das Problem ist folgendes«, sagte Alonzo sogleich.

Und nun saß er auf seinem Schulstühlchen, legte den Hut ab und war ein veränderter Mensch, ganz schwarz und bunt und hell wie Flammen, die jederzeit in jede Richtung tanzen können. »Ich heiße Alonzo Divich und besitze einen Rummelplatz.« Er deutete mit dem Daumen nach oben, wo man das Karussell hörte. Der ›St. James Infirmary Blues‹ vermengte sich mit dem Geschrei von Kindern und Würstchenverkäufern, den Rufen der jungen Leute an den Luftschaukeln. »Ich bin geschieden und habe ein Kind. Eine reiche Witwe will mich heiraten. Sie mag auch das Kind. Sie würde sogar in meinen Wohnwagen ziehen. Ich brauche mein Leben ihretwegen also nicht im mindesten zu ändern. Und ich bin ganz wild aufs Heiraten. Ich bin rasend gern verheiratet. Zweimal war ich's schon. Also wo ist das Problem? Genau in dem Moment, wo wir den Hochzeitstermin festlegen wollen, fordert mich ein Bekannter auf, mit ihm an einem See in Michigan nach Gold zu suchen. Er behauptet, er riecht da was, was ganz Sicheres. Er wird bestimmt reich dabei und ich auch. Aber was mache ich mit dem Jungen, den beliehenen Maschinen und der Witwe, die auf keinen Fall nach Michigan will?«

Justine hörte ihm offenen Mundes zu und erwiderte, kaum daß er geendet hatte: »Gehen Sie auf Goldsuche.«

»Was Sie nicht sagen. Und Ihre Karten?«

»Richtig. Die Karten.«

Sie ließ ihn abheben und legte sodann die Karten aus, ihre wunderschönen Karten, fettig und weich wie ihre alten Bilderbücher. Sie legte die einfachste Folge und deutete ihm, was die einzelnen Karten sagten. Er stand über sie geneigt mit angehaltenem Atem. Eine glückbringende Reise, Wiedersehen mit einem Freunde, eine angenehme Überraschung, überhaupt keine Aussicht auf Geld.

»Aha«, sagte er, als sie aufblickte. »Ein Glück, daß ich Sie gefunden habe. Kein Geld also!«

»Mr. –«

»Divich. Nennen Sie mich Alonzo.«

»Ist es wirklich nur das Geld, was Sie lockt, Alonzo?«

»Ja . . . allerdings . . .«

»Probieren Sie es trotzdem. Machen Sie sich auf den Weg! Sitzen Sie nicht bloß unentschlossen herum!«

Und sie schob ihm sein Geld hin, denn besser konnte sie nicht ausdrücken, was sie empfand. Sie sammelte entschlossen die Karten ein, ohne ihn noch einmal anzublicken, obschon er noch eine geschlagene Minute am Tisch sitzenblieb und wartete.

Erst vier Jahre später sah sie Alonzo wieder, in Wamburton in Maryland, wo sie 1960 am Unabhängigkeitstag ihre Bude aufbaute. Niemand schien sich hier für die Zukunft zu interessieren, so daß sie schließlich ihre Karten einwickelte und zum Platz vor dem Gericht ging, wo Ballons schwebten, Luftschaukeln auf und nieder gingen und das Karussell den ›St. James Infirmary Blues‹ orgelte, sie wie mit feinen, glänzenden Saiten an sich zog. Sie ging zu den hölzernen Karussellpferden, und neben dem größten stand doch richtig Alonzo Divich, fuhr sich mit einem roten Schnupftuch über die Stirn und stritt mit dem Maschinisten. Als sie herantrat, drehte er sich um und brach mitten im Satz ab. »Sie!« rief er dann. Er packte ihr Handgelenk und zog sie zu einer Bank, wo der Lärm weniger laut war. Sie ging folgsam mit und hielt dabei den Hut fest. »Wissen Sie überhaupt, wie lange ich schon nach Ihnen suche?« rief er.

»Was, nach mir?«

»Warum bleiben Sie nie längere Zeit am gleichen Ort? Sind Sie vielleicht selbst ein Vierzigmeiler? Erst habe ich in jener Kirchengemeinde nach Ihnen gefragt. ›Ach, das war Justine‹, hieß es. Alle Welt kannte Sie, aber kein Mensch wußte, wo Sie wohnen! Und als ich schließlich das Haus fand, waren Sie weggezogen, ohne eine Adresse zu hinterlassen. Warum bloß? Hatten Sie Schulden? Na, einerlei. Dann habe ich Ihre Freundinnen gefragt, weil ich dachte, vielleicht schreiben Sie mal einen Brief. Aber Sie sind keine Briefeschreiberin. Dann sagte man mir in dem Tabakladen, wo Ihr Mann gearbeitet hatte –«

»Weshalb suchen Sie mich denn nur, um Himmels willen?« fragte Justine.

»Weil Sie mir die Karten legen sollen selbstverständlich.«

»Das hab' ich doch schon.«

»Stimmt, vor vier Jahren. Glauben Sie etwa, in meinem Leben ereignet sich nichts? Was Sie mir damals sagten, hat jetzt keinerlei Bedeutung mehr für mich.«

»Tja, da könnten Sie recht haben«, meinte Justine, die sah, daß es sich bei einem Menschen wie ihm wohl so verhalten mochte. Sie griff in die Tasche – damals ein Lederbeutel, den die Welpen der

Nachbarin benagt hatten – und holte die Karten heraus. »Nach Gold haben Sie damals also nicht gesucht.«

»Sie lesen doch die Vergangenheit!«

»Reden Sie doch kein dummes Zeug. Wären Sie in Maryland, wenn Sie nach Michigan gegangen wären? Das kann doch ein Kind begreifen.«

»Stimmt. Ich bin nicht gegangen. Ich hab' es mir überlegt. Mein Instinkt sagte mir, folg ihrem Rat, aber ich habe nicht darauf gehört. Alles übrige wissen Sie.«

»Nein.«

»Doch wissen Sie's. Ich habe die Witwe geheiratet, und es wurde ein Reinfall. Sie hatte nämlich doch kein Geld, das Kind ging ihr auf die Nerven, und in Wahrheit wollte sie bloß bei mir mit einer Truppe Bauchtänzerinnen auftreten, sie natürlich als Star. Ausgerechnet Bauchtänzerinnen, wo unsere Mädchen meist nicht mal im Badeanzug auftreten dürfen! Ich sagte also kategorisch nein, und da zog sie denn ab. Von meinem Freund in Michigan habe ich kein Wort mehr gehört, aber bestimmt hat er einen ganzen Sack voll Goldklumpen, während ich hier wie eh und je auf meinem Hintern sitze, nur daß ich wieder verheiratet bin. Wie recht Sie doch hatten! Hätte ich auf Sie gehört, was hätte nicht alles aus mir werden können!«

»Heben Sie ab«, sagte Justine.

»Meine neue Frau ist schwanger, dabei habe ich ohnehin schon viel zu viele Kinder. Morgens ist ihr übel, nachmittags wieder und abends auch. Komme ich in den Wagen, schmeißt sie Obst und Gemüse nach mir. Mir kommt es vor, als vertrügen wir uns kein bißchen mehr. Aber darum handelt es sich im Moment nicht ...«

Worum es sich damals gehandelt hatte, wollte Justine jetzt nicht mehr einfallen. Unterdessen waren viele Jahre vergangen, und viele Male hatte sie die Karten für ihn ausgelegt, auf Parkbänken, in seinem Wohnwagen, auf dem Fußboden im Zelt. Nachdem er sie endlich gefunden hatte, ließ er sie nicht mehr aus den Augen. Er versorgte sie mit vorgedruckten, adressierten und frankierten Karten, in die sie nur noch die jeweilige neue Adresse einzutragen brauchte. Er adoptierte die gesamte Familie, er weihte Duncan in die Geheimnisse seiner Dieselmotoren und des Apparates zur Herstellung von Zuckerwatte ein, er offenbarte ihm die Gewinnchancen bei den verschiedenen Glücksspielen. Solange Meg klein war, brachte er ihr grellbunte Preise von der Würfelbude mit. Dem verblüfften Großvater begegnete er mit ausgesucht altmodischer Höflichkeit, und Justine schickte er zu Weihnachten unfehlbar einen vergammelten Schinken. Er legte große Entfernungen zurück, um ihr eine einzige Frage zu stellen, und entlohnte sie unangemessen hoch für ihre Antwort. Als sie nach Virginia und später nach Pennsylvania zogen, war er bekümmert, ihre heile Rückkehr nach Maryland erfüllte ihn mit heller Freude. Zu den unmöglichsten Zeiten pochte er an ihre Haustür, und wenn er sie verfehlte, gebärdete er sich wie ein Mensch in Lebensgefahr. »Ich brauche unbedingt eine Antwort!« heulte er vor Meg oder Duncan, »ich weiß nicht, was ich machen soll, ohne sie bin ich hilflos!«

Sonderbar war (was Justine nicht wunderte, denn sie hatte es häufig beobachtet), daß er kaum je ihrem Rat folgte. Allein seine Ehen – jetzt war es die siebte, vielleicht auch schon die achte. Und zu wie vielen davon hatte Justine ihm geraten? Zu keiner. Er hatte einfach drauflosgeheiratet. Hinterher sagte er dann: »Wie recht Sie doch hatten! Nie hätte ich heiraten sollen. Wann werde ich endlich klug?« Die Frauen verließen ihn meist und nahmen die Kinder mit. Die Kinder hatten aber eine Manier, sich klammheimlich wieder bei ihm einzufinden, stets lebten mehrere mit ihm im Wohnwagen, Söhne und Stiefsöhne und andere Kinder, deren Abstammung unklar war, sogar ihm. »Meine Frauen haben sich davongemacht, ich muß allein schlafen, und doch hab' ich Tag und Nacht mindestens drei Bälger um mich her, kleine und große. Nächstes Mal höre ich bestimmt auf Sie, ich werde buchstäblich alles tun, was Sie mir raten.«

Und das sagte er auch jetzt, fast siebzehn Jahre nachdem er zum erstenmal ihren Rat ignoriert hatte, während Justine die Karten auf dem Kaffeetisch im Wohnwagen auslegte. »Diesmal befolge ich Ihren Rat ganz bestimmt.«

»Ha«, bemerkte sie nur.

Sie beugte sich vor und blinzelte auf die Karten. »Geld und eine eifersüchtige Frau. Sie wollen doch nicht etwa schon wieder heiraten?«

»Nein, nein.« Er strich nervös seinen Schnauzbart. »Wer sollte mich schon heiraten wollen, Justine. Ich werde langsam alt.«

Sie glaubte, nicht recht gehört zu haben.

»Ich bin 52«, sagte er. »Sieht man das in den Karten?«

Das war die erste Tatsache, die er über sich selber bekanntmachte. Irgendwie machte ihn das in ihren Augen kleiner. Alonzo hatte also wirklich ein Alter? Er wäre dann also 35 gewesen, als sie ihn kennenlernte, für Männer ein bedenkliches Alter, in dem sie noch jung und ungefestigt sind. Alonzo hatte aber weder jung noch ungefestigt gewirkt. Nie. Sie hob den Blick und gewahrte hier und dort Silber in seinem Haar, sie sah, wie scharf die Falten von der Nase zum Schnauzbart waren. Als er sie anlächelte, schnitten Fältchen tief in seine Augenwinkel. »Ja, hören Sie, Alonzo ...«

»Nun?«

»Tja ...«, sie hatte vergessen, was sie sagen wollte. Alonzo streifte die Ärmel unternehmungslustig hoch und rutschte auf dem Stuhl nach vorn. »Lassen wir das. Kommen wir zur Sache.«

»Worum handelt es sich?«

»Soll ich mein Unternehmen an Mrs. Harry Mosley verkaufen?«

»Und wer ist diese Dame?«

»Spielt das eine Rolle? Eine reiche, kinderlose, geschiedene Frau hier in Parvis. Sie möchte was haben, was keine von ihren Freundinnen hat.«

»Das wäre denn also die eifersüchtige Frau.«

»Auf mich bestimmt nicht.«

»Eifersüchtig im Sinn von mißgünstig.«

»Sie trägt gern Reithosen«, bemerkte Alonzo und schüttelte den Kopf.

Justine wartete ab.

»Na?« fragte er.

»Na, was?«

»Soll ich verkaufen oder nicht?«

»Sie haben mir nicht gesagt, warum. Zu welchem Zweck wollen Sie verkaufen? Wollen Sie wieder auf die Goldsuche gehen?«

»Nein. Ich stelle mir was Ruhigeres vor. Ich kenne jemand, der im Warenhandel ist, der könnte mir was verschaffen.«

»Warenhandel?«

»Na und? Was ist daran verkehrt?«

»Da muß ich erst mal die Karten in Ruhe befragen.« Justine beugte sich wieder über den Tisch und stützte die Stirn in die Hand.

»So ist es ein Hundeleben, Justine«, klagte Alonzo. »Das große Zelt da draußen kostet 5000 Dollar und hält höchstens sechs Jahre. Für die Weide hier zahle ich jede Menge Pacht, aber in Maryland gibt es Verordnungen gegen Zigeuner, unter die fallen wir auch. Manchmal bleiben mir die Leute was schuldig, schlechtes Wetter hält die Besucher fern, oder ein Karussell rostet im gleichen Moment durch, wo ich es endlich abgezahlt habe. Und ich habe für so viele Menschen zu sorgen. Denken Sie bloß an die Kinder. Verstehen Sie nicht?«

»Doch, doch.«

»Warum sehen Sie sich dann die Karten so lange an?«

»Weil ich nicht weiß, was ich Ihnen raten soll.« Sie legte den Zeigefinger auf die Herz Sechs und bedachte sich. »Die Frau sehe ich und das Geld auch, aber alles andere ist unklar. Kein plötzlicher Reichtum, aber auch keine Katastrophe. Einige kleinere Rückschläge, eine zerstörte Freundschaft, aber im übrigen ... lauwarm.«

»Lauwarm?«

Sie schaute ihn fest an. »Verkaufen Sie nicht, Alonzo.«

Sie überließ ihm zu entscheiden, ob sie selber gesprochen hatte oder ihre Karten.

Am Spätnachmittag, als es wärmer geworden war, saßen sie draußen auf einem durchgesessenen Sofa und sahen zu, wie zwei von Alonzos halbwüchsigen Sprößlingen im Gras hinter den Wohnwagen Ball spielten. Eine junge Person hängte Windeln zum Trocknen auf, und ein Mann setzte die Reifen an seinem Wagen um. Auf dem Platz hinter den Ballspielern hantierten Duncan und Lem an einem Maschinenteil. Eigentlich war es Zeit heimzufahren, Duncan meinte aber, diese spezielle Maschine sei besonders interessant. Er wollte sich einen Sockel ausdenken, auf dem sie laufen könnte. Zudem wärmte die Sonne Justines Kopf durch den Hut hindurch, und beim Betrachten der Jungen, die sich den Ball zuwarfen, verfiel sie in eine Art Trance.

»Wenn ich Präsident der Vereinigten Staaten wäre«, bemerkte Alonzo, »würde ich mir im Weißen Haus keinen Leibarzt halten, sondern Sie, Justine. Sie könnten mir jeden Morgen vor der Kabinettsitzung die Karten legen.«

Sie ließ den Kopf lächelnd gegen die Sofalehne sinken.

»Unterdessen könnten Sie zu mir kommen. Warum lehnen Sie das nur immer ab? Coralette von der Würstchenbude hat ihren Mann dabei, die amüsieren sich großartig. Meist sitzen sie im Wohnwagen und lesen Comics.«

»Duncan mag keine Comics.«

Duncan hob in diesem Augenblick in der Ferne ein Zahnrad hoch, wie um es ihr zu zeigen; er schwenkte es in seiner schwarz verschmierten Hand.

»Und Meg ist jetzt richtig erwachsen? Sie begleitet euch nicht mehr, wenn ihr auf Besuch fahrt?«

»Sie begleitet uns nirgendwohin«, bestätigte Justine traurig. »Sie lernt immerzu. Sie arbeitet schwer. Sie ist gewissenhaft. Andere Mädchen tragen Blue Jeans, aber Meg näht sich Hemdblusenkleider. Sie putzt regelmäßig sonntags abends ihre Schuhe, wäscht sich montags und donnerstags die Haare. Sie mißbilligt uns. Offen gestanden, Alonzo, ich glaube, sie hält nichts von Wanderzirkussen, auch nicht vom Kartenlegen und nichts vom Herumzigeunern. Sagen tut sie natürlich nichts. Sie findet sich mit allem ab, sie widerspricht nie und tut, was wir von ihr verlangen. Wenn ich sehe, wie sie manchmal den Kopf hängen läßt, könnte ich sterben vor Mitleid.«

»Mädchen sind schwierig«, stimmte Alonzo zu. »Glücklicherweise hatte ich nicht viele.«

»Ich glaube, sie ist in einen Geistlichen verliebt.«

»In was?«

»Genauer gesagt, in einen Hilfsgeistlichen.«

»Auch das ist noch schlimm genug«, meinte Alonzo.

»Sie hat in Semple seinen Gottesdienst besucht. Religiös ist sie nämlich auch. Habe ich das schon erwähnt? Also – sonntags abends nahm sie an Zusammenkünften teil, die dieser junge Mann abhielt. Danach ging sie allein mit ihm weg, zu Vorträgen und solchen Sachen – alles höchst ehrbar selbstverständlich. Aber sie ist doch erst siebzehn! Und sie hat ihn uns auch vorgestellt, hat ihn nach Haus eingeladen. Es war grauenhaft. Wir saßen alle miteinander im Wohnzimmer. Duncan sagt, sie hat das Recht zu wählen, wen sie mag, nur meint er, diesen hat sie nicht gewählt, sie hat ihn bloß hingenommen. So als eine Art Kompromiß. Wie könnte man sich das auch anders erklären, so ein Jüngling, der kein Wässerchen trüben kann, sanft wie ein Lamm. Er hat so eine besonders helle Haut, und man sieht immer seinen Bart. Auch wenn er frisch rasiert ist. Duncan meint –«

»Immer noch besser als ein Motorradakrobat«, warf Alonzo ein. »Die Tochter meiner ersten Frau hat einen Motorradakrobaten geheiratet.«

»So einer wäre mir jederzeit lieber«, behauptete Justine und seufzte. »Kinder können es ihren Eltern wahrscheinlich nie recht machen.«

»Das stimmt.«

»Als ich jung und verliebt war, hat mein Vater mich in mein Zimmer eingesperrt.«

»Was Sie nicht sagen.« Alonzo verfolgte blinzelnd die Flugbahn des Balles.

»Ich war in einen Vetter verliebt.«

»Oho.«

»Noch dazu in den Vetter, der ein Taugenichts war. Er trank und lief den Frauen nach. Jahrelang hatte er eine Freundin namens Glorietta, die immer rote Kleider trug. Glorietta de Merino hieß sie, und gesprochen wurde von ihr bei uns daheim nur im Flüsterton.«

»Ah, Glorietta«, seufzte Alonzo, lehnte sich zurück, das Gesicht in die Sonne, die Beine von sich gestreckt. »Weiter.«

»In der Schule bekam er ganz schlechte Zensuren, und vom College ging er schon im ersten Jahr ab. Wenn er gebraucht wurde, war er nie zu finden. Ich hingegen, ich war ein Einzelkind. Ich war immer brav. Glauben Sie, daß ich mit zwanzig Jahren zum erstenmal Leberwurst probiert habe?«

»Leberwurst?« Alonzo kostete das Wort träge.

»Weil bei uns daheim keine auf den Tisch kam. Niemand hatte was gegen Leberwurst, verstehen Sie, aber man ließ einfach keine kommen. Ich wußte überhaupt nicht, daß es so was wie Leberwurst gibt. Gleich beim erstenmal hab' ich ein ganzes Pfund verdrückt. Das war aber später. Erst verliebte ich mich in den Vetter, wir machten gemeinsame Ausflüge, er nahm mich in seinem polizeiwidrigen Wagen mit, und man mußte mich einsperren. Und bei dieser Gelegenheit habe ich Leberwurst entdeckt.«

»Und was wurde aus ihm?« wollte Alonzo wissen.

»Aus wem?«

»Aus dem Vetter.«

»Ach der. Den hab' ich geheiratet. Was dachten Sie denn, von wem ich rede?«

»Duncan?«

»Ja, natürlich, Duncan.« Justine richtete sich auf und legte die Hand schützend vor die Augen. »Der böse Vetter Duncan.« Sie lachte, und sogar dem in der Sonne dösenden Alonzo entging nicht, daß es sie glücklich machte, Duncans blonden Strubbelkopf hinter den hohen Unkräutern auftauchen zu sehen.

4

Duncan und Justine Peck hatten mütterlicherseits einen gemeinsamen Urgroßvater namens Justin Montague Peck, einen scharfblikkenden humorlosen Mann, der im letzten Viertel des 19. Jahrhunderts Reichtum mit dem Import von Kaffee, Zucker und Guano erwarb. In den siebziger Jahren konnte man ihn täglich in der alten Warenbörse auf der Gay Street sitzen sehen, wo er seine langen schwarzen Zigarren rauchte, um das Gelbe Fieber fernzuhalten, und darauf wartete, daß der Ausguck auf dem Federal Hill das Eintreffen seiner Schiffe ankündigte. Woher er stammte, war ungewiß, und je reicher er wurde, um so weniger interessierte man sich dafür. Zwar wurde er niemals in die gute Gesellschaft von Baltimore zugelassen, die auch damals schon engstirnig und versteinert war, doch brachte man ihm Achtung entgegen und suchte häufig in Finanzdingen seinen Rat. Einmal wurde sogar eine Gasse nach ihm benannt, später aber wieder umbenannt.

Als er fünfzig war, kaufte Justin Peck ein mit schattenspendenden Sykomoren bestandenes Grundstück im damaligen Norden der Stadt. Darauf baute er ein düster wirkendes Haus, starrend von Kaminen, innen dunkel getäfelt. Er füllte es mit Möbeln aus honigfarbenem Holz, mit orientalischen Wandschirmen, kristallenen Lüstern, Sofas mit weinroten Bezügen und unzähligen Polsternägeln, mit schweren Gemälden, die schräg von der Wand hingen, mit verschnörkelten Urnen, Schondeckchen, Statuetten, Nippes, Kugellampen mit Fransenschals, mit Perserbrücken, die schräg und übereck ausgelegt wurden. Sodann heiratete er Sarah Cantleigh, die sechzehnjährige Tochter eines Konkurrenten. Falls er ihr überhaupt den Hof gemacht hat, ist davon nichts bekanntgeworden; immerhin nimmt das Bild der Braut auch heute noch in einem Speisezimmer in Baltimore den Ehrenplatz ein: eine kindgesichtigte Braut, die zu zaudern scheint, ein Eindruck, der noch durch das Gewand unterstrichen wird, das, der damaligen Mode folgend, vom Betrachter wegstrebt und die hintere Rockpartie betont.

1880, neun Monate nach der Hochzeit, starb Sarah Cantleigh bei der Geburt von Daniel. Justin Peck heiratete 1881 ein zweites Mal, diesmal solideres Material, die Tochter eines deutschen Messerschmiedes namens Baum. Laura Baum rettete Daniel aus den Armen einer ehemaligen Sklavin, die ihn bis dahin versorgt hatte. Ihr Porträt wurde nie gemalt, doch blieb sie so lange am Leben, daß sogar Meg sich an sie noch erinnerte, ihre Ur-Ur-Stiefenkelin.

Laura war eine blasse Person, die sich sehr gerade hielt und ihr Haar in einem Knoten trug. Bei der Heirat war sie zwanzig, wurde von Augenzeugen aber eher für vierzig gehalten. Allerdings sah sie auch noch wie vierzig aus, als sie mit 97 Jahren starb. Und es besteht kein Zweifel daran, daß sie dem kleinen Daniel eine vortreffliche Mutter war. Sie lehrte ihn lesen und rechnen, als er erst drei Jahre alt war, und sorgte dafür, daß er tadellose Manieren hatte. Als Justin anregte, sie möge den Knaben nicht mehr auf Besuch zu ihrem Vater mitnehmen, gehorchte sie augenblicklich, sie stellte sogar die eigenen Besuche bei ihrem Vater ein, obschon Justin dies nicht ausdrücklich verlangt hatte. (Der Vater war nur allzu offensichtlich ein exotisches Element mit einer Neigung zu kruden Scherzen. In seinem staubigen Laden am Hafen trieben sich Seeleute und andere ungehobelte Typen herum.) »Denk daran, Daniel«, sagte sie oft zu ihm, wenn sie seinen Kragen zurechtzog, »du bist ein Peck, und der Name verpflichtet.« Was genau sie damit meinte, erklärte sie nicht. Die schwarzen Dienstboten prusteten auf der Treppe vor Lachen und fragten einander flüsternd: »Peck? Wer sind Pecks? Wozu verpflichtet wohl der Name Peck?« Doch Laura hörte das selbstverständlich nie.

1885 gebar Laura selber einen Sohn, der Caleb genannt wurde. Er war blond wie sein Halbbruder, doch die schrägstehenden braunen Augen dürften Baumsche Zutat gewesen sein, und ebenso wie sein Großvater Baum liebte Caleb Lärm und Trubel. Schon als Baby jubelte er beim Anblick von Fremden, wenn er in seinem karamelfarbigen Rohrwägelchen geschoben wurde. Alles was tönte gefiel ihm – Kirchenglocken, Leierkästen, die Rufe der Straßenhändler, die ihre heißen Krabbenbrötchen anpriesen. Als er älter wurde, tummelte er sich in den Straßen auf einem eisernen Veloziped mit Plüschsattel. Caleb und Daniel durften eigentlich nur auf dem Bürgersteig vor dem Haus spielen, doch während Daniel das Gebot einhielt, auf der Vortreppe saß, den weißblonden Schopf über die Seiten einer Jugendzeitschrift gebeugt, ließ Caleb sich früher oder später stadtwärts locken, entweder von der Feuerglocke, einem Menschenauflauf oder, natürlich, von einem Straßenmusikanten. Es trieb ihn unwiderstehlich, dem blinden Harfenschläger oder dem Banjospieler zu folgen, dem wandernden Klavier, das italienische Melodien klimperte, oder der Frau, die schmachtend von der Rasenbank am Elterngrab sang. Dann wurde unvermeidlich nach ihm gesucht. Die Mutter erschien auf der Treppe, tiefe Falten zwischen den gerunzelten Brauen, und es hieß: »Hast du Caleb nicht gesehen, Daniel?« Alle zum Hafen führenden Straßen wurden abgesucht, allerdings begriffen die Beteiligten bald, daß es am besten war, in solchen Fällen erst einmal ganz still zu stehen und zu lauschen: War von irgendwoher auch nur die Andeutung von Musik zu vernehmen und sei sie so hauchartig, daß man glaubte, sich das einzubilden, oder es für das Sirren der Straßenbahndrähte hielt, dann war es angezeigt, diesem Klang zu folgen, denn früher oder später würde man auf Caleb stoßen, der sprachlos vor Wonne mit funkelnden, apfelkernbraunen Augen auf seinem Veloziped hockte und zuhörte. Dann zog ihn das Kindermädchen am Ärmel, Daniel packte seine Hand, oder die Mutter nahm ihn beim Ohrläppchen, wobei sie murmelte: »Hier also finde ich dich ... unter lauter ... ich möchte nicht hören, was dein Vater dazu sagen wird. Was muß er nur von dir denken!« – Nur sagte sie dem Vater nie etwas davon. Sie nahm vielleicht an, daß er sie dafür zur Rechenschaft ziehen würde. Aus ihrem Verhalten hätte man gelegentlich schließen mögen, sie fürchte sich vor Justin.

Sonntags gingen Pecks selbstverständlich zur Kirche, und mittwochs abends hatte Laura ihr Kränzchen. An Feiertagen wurden Besuche gemacht und empfangen. Justins Geschäftspartner erschienen samt Gattin und den steif herausgeputzten Kindern. Wirkliche Freunde hatte man allerdings nicht. Man blieb für sich. Außenstehenden begegnete man mit Mißtrauen. Waren die Besucher gegangen, mokierte man sich über die minderwertigen Zigarren der Herren, die schlechten Manieren der Kinder, das beklagenswerte Übermaß von Rouge auf den Wangen der Damen. Daniel hörte zu und prägte sich alles ein, Caleb hingegen lehnte aus dem Fenster und lauschte einem irischen Balladensänger, der von ›Mutters letzter Locke‹ kündete.

Daniel war schlank und groß, kühl, nachdenklich und schon früh entschlossen, Jura zu studieren. Mithin stand es Caleb frei, das Importgeschäft zu übernehmen. Um sich auf diese Tätigkeit vorzubereiten, besuchte er die Salter-Akademie, und zwar machte er den Schulweg täglich in Begleitung seines Freundes Paul und einiger anderer Knaben aus der Nachbarschaft. Er lernte gewissenhaft, allerdings mutmaßte seine Mutter gelegentlich, er sei mit dem Herzen nicht dabei. Auf dem Heimweg ließ er sich bereitwillig von irgendwelchen Fremden aufhalten, er begann mit den unmöglichsten Leuten auf der Straße eine Unterhaltung. Er verstand nicht, Distanz zu halten. Und er ließ sich immer noch von Drehorgelmännern weglocken. Von seinem Taschengeld kaufte er billige Musikinstrumente, eine Flöte, die nur einen Ton gab, eine Violine, die ihm ein Matrose billig abließ; er lockte aus allem Musik hervor. Diese Instrumente spielte er nicht nur auf seinem Zimmer, sondern auch im Freien, wenn man ihn daran nicht hinderte. Mehr als einmal warfen ihm fremde Leute Geld aus den Fenstern zu. Erfuhr seine Mutter davon, lief sie dunkel an und befahl ihm, nie zu vergessen, was er seinem Namen schuldig sei. Sie sperrte ihn im Salon ein, wo er unverdrossen fiedelte, seine selbsterfundenen Melodien unermüdlich auf dem schweren, mit einem seidenen Fransentuch bedeckten Klavier heruntertrommelte. Bedauerlicherweise hatte der kreolische Gärtner Lafleur Boudrault ihm Ragtime beigebracht, eine unreputierliche, farbige Abart der Musik. Justin, der daheim über seinen Büchern saß, hob erstaunt den Kopf, lauschte einen Moment mit gerunzelter Stirn und zuckte dann die Achseln.

1903 legte Caleb auf der Salter-Akademie seine Prüfung ab, und tags darauf nahm Justin ihn mit in die Firma, um ihm alles zu zeigen. Die Geschäfte waren jetzt selbstverständlich von anderer Art als in den siebziger Jahren. Die alten Dampfsegler, die wie Brigantinen mit Schornsteinen ausgesehen hatten, waren durch moderne Schiffe ersetzt worden, und statt der spektakulären Reisen nach Brasilien, Peru und den Westindischen Inseln betrieb man nun die rentablere Küstenschiffahrt, mit Manufakturwaren in südlicher und Rohstoffen in nördlicher Richtung. Die alte Börse war abgerissen worden, und Caleb würde daher seine Tage im Büro über dem Warenlager verbringen, am Rollsekretär mit Ladepapieren, Buchführung und Quittungen beschäftigt. Immerhin bot sich hier einem ehrgeizigen jungen Mann eine schöne Chance. »Nicht wahr, Caleb?«

Caleb wandte sich von dem verrußten Fenster ab, durch das er hinausgestarrt hatte, obschon man den Hafen von hier nicht sehen konnte. Er erwiderte, lieber wolle er Musiker werden.

Justin konnte das zunächst nicht fassen. Er zeigte höfliche Anteilnahme. »Musiker? Wozu, um Himmels willen, Musiker?«

Dann aber begriff er, rang nach Luft und fiel in sich zusammen. Er tastete nach dem Stuhl hinter sich, er sank darauf nieder, er sammelte im stillen alle bösen, bitteren Argumente, die seinen Abscheu und seinen Ekel deutlich machen sollten. Musiker war etwas ... kein junger Mann konnte doch im Ernst ... Musik war etwas für Frauen! Für den Salon! Der gesammelte Ausdruck in den braunen Augen seines Sohnes machte ihm ganz übel, er konnte es kaum erwarten, ihn herunterzumachen, bis nichts mehr von ihm übrigblieb.

Statt dessen kamen aus seinem Mund nur unverständliche Laute.

Zwei Männer aus dem Lagerhaus mußten ihn in seinem Bürosessel aus dem Kontor tragen. Sie legten ihn in seine kleine Kutsche, falteten ihm die Hände über dem Leib, als sei er bereits gestorben, und Caleb fuhr ihn heim. Als die Mutter ihm öffnete, sah sie Caleb vor der Tür, auf den Armen den Vater wie einen Säugling. Justins Augen glitzerten aber wie zwei harte Kiesel, und sie spürte, wie wütend er war. »Was ist denn geschehen?« fragte sie, und Caleb erzählte ihr offen, was passiert war, während er seine Last mühsam hinauftrug, wo er sie auf dem geschnitzten hohen Bett ablegte. Lauras Gesicht wurde kaffeefarben, doch sagte sie nichts. Sie ließ durch ein Küchenmädchen den Arzt holen und hörte sich steinern dessen Diagnose an: Schlagfluß, hervorgerufen durch Schock. Genesung stellte er nicht in Aussicht. Sollte der Kranke am Leben bleiben, dann einseitig gelähmt; Genaues lasse sich noch nicht sagen.

Laura ging hinunter in den Salon, wo Caleb sie erwartete. »Deine Hälfte von Vater hast du umgebracht«, sagte sie.

Am folgenden Montag setzte Caleb sich hinter den Rollsekretär.

Daniel hatte unterdessen seine juristischen Studien in Rekordzeit abgeschlossen und absolvierte seine Vorbereitungszeit in der angesehenen Anwaltskanzlei Norris & Wiggen. Er wohnte daheim und löste Laura häufig am Krankenbett des Vaters ab; er las ihm aus der Zeitung vor oder aus Lauras schwerer Bibel. Justin hörte reglos zu, eine Faust geballt, die harten blauen Augen zornig auf die Wand gerichtet. Die linke Seite blieb gelähmt. Man sah jetzt überrascht, daß er schon recht alt war, seine Hände glichen Klauen, auf der Stirn zeigten sich viele Leberflecke. Eine Gesichtshälfte schien im Begriff zu schmelzen und wegzutropfen. Er hatte große Mühe beim Sprechen, und wenn man ihn mißverstand, bekam er einen Wutanfall. Weil er sich in seiner Schwäche nicht sehen lassen wollte (Außenstehende würden sich das sogleich zunutze machen, davon war er überzeugt), war er entschlossen, sein Schlafzimmer erst in geheiltem Zustand zu verlassen. Er glaubte, an einer kurzen, heilbaren Krankheit zu leiden, und bildete sich ein, daß seine Genesung nur von einem unfähigen Arzt und einer törichten Ehefrau verzögert werde. Er unternahm es deshalb, sich selber zu kurieren. Zu diesem Zweck ließ er in alle Fenster seines Zimmers Amethystscheiben einsetzen, von denen man sich damals heilende Wirkung versprach. Wasser trank er nur aus einem Bitterholzbecher, und durch seine Frau ließ er sich alle möglichen Arzneien beschaffen, die in der Zeitung angepriesen wurden: Selleriesaft, Pektoralsyrup, eine um den Hals zu tragende Batterie, die heilende elektrische Stromstöße austeilte. Eichhörnchenfleisch, weil am leichtesten verdaulich, war das einzige Fleisch, das er zu sich nahm. Und doch blieb er flach auf dem Rücken liegen, wurde weißer und schrumpliger wie ein gestrandeter Fisch.

Freitags abends hielt Caleb ihm mit sanfter Stimme Vortrag über den Geschäftsgang, wobei er seine Rede an das Fußende des Bettes richtete. Justin schaute zur Wand und stellte sich taub. Es hatte den Anschein, als führe Caleb die Geschäfte durchaus zufriedenstellend, doch es war nun zu spät. Der Schaden war nicht mehr gutzumachen, vertan war vertan. Justin starrte die Wand an, bis Caleb gegangen war.

Laura brachte einen Spion, den sie seit langem besaß, eine Spiegelvorrichtung, mit der man vom Bett aus die Straßenpassanten beobachten konnte. Sie glaubte, Justin würde gern mit dem Leben in Berührung bleiben. Doch der erste Blick in den Spion zeigte Justin seinen Sohn Caleb, der soeben das Haus verließ, bleich und wie abgeschieden dank der bläulich färbenden Amethystfensterscheiben, und er fuhr Laura an, sie solle mit diesem Unfug verschwinden.

Im Februar 1904 vernichtete der große Brand die Innenstadt von Baltimore; alle hohen Gebäude fielen ihm zum Opfer, die meisten Handelshäuser und auch das von Justin Peck. Justin verlangte, den

Schaden selber zu sehen. Seine Söhne trugen ihn in die Kutsche und fuhren mit ihm in die Innenstadt, die in ein merkwürdiges, gelbes Licht getaucht war. Es war die erste Ausfahrt seit Justins Erkrankung. Der befriedigte Gesichtsausdruck, mit dem er die Ruinen, den Schutt auf den Straßen und die geborstenen Mauern betrachtete, ließ darauf schließen, daß er die Zerstörung nicht dem Brand zuschrieb, sondern seiner Abwesenheit von den Geschäften. Ohne ihn war Baltimore einfach in Rauch aufgegangen. Unter Calebs Obhut war das Lagerhaus eingestürzt, das Büro einfach verschwunden, der Rollsekretär zu Asche geworden. Er schenkte Daniel ein verzerrtes, bitteres Lächeln und verlangte mit einer Handbewegung, heimgefahren zu werden.

Nun befiel ihn eine weitere fixe Idee: er wollte sich aus dieser feuergefährdeten Stadt absentieren und weiter im Norden an der Falls Road ein neues Haus bauen. Er träumte, sein Zimmer stehe in Flammen und niemand komme ihn retten. Nachts rief er nach Laura, deren Bett er seit 15 Jahren, nach ihrer dritten Fehlgeburt, nicht mehr aufgesucht hatte, und sie mußte fortan neben ihm schlafen, eine indische Glocke in Reichweite. Er jagte sie immer wieder aus dem Schlaf und ließ sie auf dem Korridor nach Brandgeruch schnuppern. Und Caleb, der fast Tag und Nacht den Neubau des Lagerhauses überwachte, mußte jeden Abend erscheinen und sich unverständliche Anweisungen, den Ankauf von Land in Roland Park betreffend, anhören. Caleb roch jetzt immer nach der brandigen Luft in der Stadt und war vor Müdigkeit ganz benommen. Er lehnte am Türpfosten, er rutschte in sich zusammen, bis es schien, als sei das rußige weiße Hemd ohne jeden Inhalt, während der Vater an seinem verworrenen Wortgewebe arbeitete: Maurer, Zimmerleute, zwei Brände, zwei feuersichere Häuser.

»Zwei?«

Nun ja. Daniel werde demnächst wohl Margaret Rose Bell heiraten. Margaret Rose Bell wohnte eigentlich in Washington und war nur bei ihren Verwandten über den Winter zu Besuch. Zwar sah man sie häufig in Begleitung von Daniel Peck, doch war sie schließlich erst achtzehn, und Daniel arbeitete noch bei Norris & Wiggen. Es war nicht üblich, daß man heiratete, bevor man imstande war, aus eigenen Mitteln ein Haus zu erwerben und einzurichten.

Alles richtig, doch Justin wünschte sich zahlreiche Enkel, und damit konnte gar nicht schnell genug begonnen werden.

Man erwarb folglich Grund und Boden in Roland Park, Baumeister wurden beauftragt, zwei große Häuser ganz dicht nebeneinander zu errichten, obschon reichlich Grund zur Verfügung stand. Unterdessen wurde Margaret Rose Bell ein Brautkleid aus elfenbeinfarbener Seide mit hundertacht Perlenknöpfen im Rücken angemessen. Geheiratet wurde im Sommer. Da die Neubauten noch nicht fertig waren, bezog Margaret das alte Zimmer von Daniel, wo seine Rollschuhe neben juristischen Lehrbüchern schlummerten. Margaret war ein kleines, lebhaftes Persönchen und trug vorzugsweise Kleider aus weichen Stoffen, die Blütenblättern glichen. Man konnte sie jederzeit die Treppen rauf und runter fliegen sehen, Fenster aufreißen, wenn draußen Aufregendes vorging, oder zu Justin hineinschlüpfen, um nachzuschauen, ob ihm was fehlte. Justin plinkerte dann heftig, er wackelte auf Greisenart mit dem Kopf und hörte damit auch nicht auf, wenn sie ihn auf die Stirn geküßt hatte und wieder hinausgeschwirrt war. Nein, er hatte sich nicht geirrt, eine Margaret Rose hatte hier im Haus gefehlt. Gewiß würde sie für Nachwuchs sorgen. Und richtig, als im Herbst 1905 der Hausrat von Justin Peck, Eichenholz und dunkelroter Plüsch, auf schwankendem Wagen nach Roland Park gebracht wurde, hielt Margaret Rose bereits einen Säugling auf dem Schoß und erwartete das nächste Kind. Alles ging vortrefflich, ganz wie gewünscht.

1908 hatte man ein schwarzes Automobil angeschafft, einen Ford-T mit Linkssteuerung und Vasen, die ihr Wasser garantiert nicht verschütteten. Jeden Morgen fuhren die beiden Brüder darin ins Büro – ansehnliche junge Männer mit Hut und steifem Kragen. Daniel führte jetzt seine eigene Kanzlei, mehrere dunkelgetäfelte Räume mit einem Ölbild seines Vaters über dem Kamin. Teilhaber nahm er nicht auf, denn er sagte, Teilhaber könne nicht jeder Beliebige bei ihm werden, sondern nur seine eigenen Söhne. Und Caleb hatte das Lagerhaus des Vaters neu aufgebaut, größer und besser als zuvor.

Sein Rollsekretär war funkelnagelneu und hatte doppelt so viele Ablagefächer wie der alte.

Sollte Caleb heiraten, würde man neben die beiden Häuser ein drittes stellen, doch vorderhand wohnte er daheim bei den Eltern. Er war ein stiller Mensch und wurde Jahr für Jahr stiller. Es war bekannt, daß er gelegentlich trank, doch wurde er nie jemandem lästig damit, lärmte nicht, tobte nicht. Margaret Rose konnte sogar sagen, ihr wäre es lieber, wenn er wenigstens von Zeit zu Zeit mal laut würde. Sie hatte Caleb gern. Manchmal lachten sie heimlich miteinander, sie hatten ein paar stehende Wendungen, über die Margaret gedämpft kicherte, bis auch Caleb ganz gegen seinen Willen die Mundwinkel verzog. Er plauderte mit ihr im schattigen Garten, er ertrug geduldig, daß die Kinder störten, unterbrachen, mit ihren kleinen Mißgeschicken kamen. Einige Male gab sie Abendeinladungen in der ausgesprochenen Absicht, Caleb mit einer oder der anderen ihrer hübschen Kusinen bekannt zu machen. Caleb gefiel den Mädchen, doch schien er an einer Heirat nicht interessiert, wenn er auch gern tanzte oder mal eine Ausfahrt mit ihnen machte. Jetzt blieb er meist daheim auf seinem Zimmer, bummelte manchmal durch die Kneipen, verschwand auch gelegentlich ganz, man wußte nicht, wohin. Nicht einmal Margaret Rose hätte sagen können, wie Caleb sich die Zeit vertrieb.

Margaret beredete Daniel, Caleb zu Weihnachten ein Grammophon zu schenken, denn sie meinte, für einen musikinteressierten Menschen wäre das das ideale Geschenk. Mitgeliefert wurden Platten, auf denen Caruso, Toscanini und der Geiger Jan Kubelik zu hören waren. Caleb wurde davon auf die gleiche Weise beeindruckt, wie Sinfoniekonzerte ihn beeindruckten; er wurde unruhig, zerstreut und bedrückt. Er begann erst im Salon auf und ab, sodann im Korridor hin und her zu gehen, verschwand dann endgültig aus dem Haus und wurde an diesem Tag nicht mehr gesehen. Das Grammophon bekam also nicht, wie von Margaret beabsichtigt, seinen Platz in Calebs Zimmer, vielmehr endete es bei Justin, und der Greis amüsierte sich stundenlang damit. Besonders Caruso hatte es ihm angetan. Er ließ Margaret immer wieder das Laufwerk aufziehen und die schweren schwarzen Platten wechseln. Margaret war überrascht. Wenn die Musik ihm so viel sagte, warum hatte er Caleb dann untersagt, im Haus zu musizieren?

Caleb nämlich gab immer noch all sein Geld für Musikinstrumente aus, für Flöten, für Harmonikas, für Celli und sogar für Saiteninstrumente jener Art, die nur von Farbigen gespielt wurden. Er bewahrte das alles in seinem Zimmer auf, durfte aber nicht in Hörweite seines Vaters darauf spielen. Man hatte ihm sogar das Klavier verboten, es in Daniels Haus schaffen lassen, wo Margaret Rose ihren Czerny klimpern konnte, ohne den Schwiegervater zu stören. Wollte Caleb Musik machen, mußte er aus dem Haus gehen, ziemlich weit sogar, meist bis zu einem alten Stallgebäude am jenseitigen Rand eines Ackers. Da saß er auf dem Heuboden, ließ die Beine zur Luke hinausbaumeln, flötete sich eins oder sägte auf einem Saiteninstrument. Davon drangen höchstens schwache Fetzen bis zum Haus der Eltern, jedenfalls nicht durch die schweren Vorhänge des Krankenzimmers. Und doch schien Justin immer zu wissen, wann Caleb musiziert hatte, und er wandte das Gesicht weg, wenn Caleb später hereinkam, um geduldig und pedantisch über den Geschäftsgang der Woche zu berichten.

Daniels Haus füllte sich unterdessen mit Kindern, seine Praxis nahm zu, und schon kam ihm der Gedanke, eines Tages ins Richteramt zu wechseln und seinen Söhnen die Kanzlei zu überlassen. Kam er abends heim, warf sich Margaret in raschelnden Röcken mit ausgebreiteten Armen an seinen Hals, um ihn zu begrüßen. Häufig war er abwesend und manchmal verstimmt. Einzelheiten seiner Schriftsätze spukten immer noch in seinem Kopf. Er schob seine Frau sanft von sich und ging gleich weiter ins Arbeitszimmer im rückwärtigen Teil des Hauses. Margaret versuchte es deshalb mit Teenachmittagen, um überhaupt Ansprache zu haben. Sie lud Kusinen und Freundinnen ein, die sie mit dem Ruf »Maggie! Maggie Rose!« überfielen und sie nach der neuen Mode, die Tante Alice Bell kürzlich aus Paris mitgebracht hatte, auf beide Wangen küßten. Daniel ließ aber verlauten, daß er diese Teenachmittage nicht schätze. Abends, gewiß, da könne man gelegentlich Mandanten oder Geschäftsfreunde ... er wolle nicht zuviel verlangen, doch sein Heim betrachte er nun einmal als seine Zuflucht vor der Welt. Seit neuestem jedoch finde er aus dem Büro kommend unfehlbar in dem von ihm bevorzugten Sessel eine fremde Dame, auf dem Buffet unter Sarah Cantleighs Brautbild sei er schon Federhüten begegnet, und einmal sei sogar sein gläserner Briefbeschwerer auf der Schreibunterlage verrückt worden, obwohl doch jedermann wisse, daß sein Schreibtisch verbotenes Territorium sei. Und sei es nicht geboten, diese Stunden lieber den Kindern zu widmen?

Insgesamt waren sechs Kinder vorhanden. 1905 wurde Justin II geboren; 1906 Sarah; 1907 Daniel jr.; 1908 Marcus; 1909 Laura Mary; 1910 Caroline.

1911 ging Margaret Rose aus dem Haus.

Ihre Absicht war gewesen, mit den Kindern der Mutter in Washington zu deren Geburtstag einen Besuch zu machen. Daniel fand das abwegig; sie war schließlich jetzt eine Peck. Was wollte sie noch bei Bells? Bells, die ohnehin ein frivoles, kicherndes Völkchen waren. Margaret sagte, sie wolle gleichwohl fahren. Daniel räumte ein, sie sei ihr eigener Herr, das zu beobachten habe man seither reichlich Gelegenheit gehabt, allein, die Kinder gehörten ihm. Und wirklich, da saßen sie, Daniels Kinder, ein kleines Rudel, allesamt Pecks, starrten sie an aus den blauen Augen der Peck, mit Haaren, die zu ihrem Teint paßten, mit dem gemessenen Gesichtsausdruck der Peck, und nicht die Spur von Margaret Rose in auch nur einem einzigen dieser Kinder. Sie dürfe selbstverständlich reisen, sagte Daniel, aber ohne die Kinder. Und Samstagabend möge sie bitte zurück sein, denn Sonntag früh wolle man den Gottesdienst besuchen.

Sie fuhr.

Caleb ging am Samstagabend auf den Bahnhof, Margaret kam aber nicht. Als Daniel dies hörte, sagte er nichts, wandte sich nur mit verkniffenen Lippen ab. Später hörte man ihn dem Hausmädchen, das seine Mutter bedient hatte, befehlen, die Kinder zu Bett zu bringen. Erkundigungen sollten offenbar nicht angestellt werden.

Am Mittwoch erhielt Daniel einen Brief seines Schwiegervaters, mit brauner Tinte. Diese Tinte war allen bekannt, denn Margaret pflegte mit Briefen ihres Vaters durchs ganze Haus zu rennen, jedem, den sie traf, einen passenden Absatz vorzulesen und über die lustigen Partien zu lachen. Seinen Brief las Daniel allerdings schweigend und ging anschließend auf sein Zimmer. Er kam später herunter, und man erwähnte den Brief mit keinem Wort.

Nach vier Wochen fragten die Kinder nicht mehr nach der Mutter. Der Säugling hörte auf zu weinen, und die Älteren befaßten sich mit ihrem Spielkram und Abzählversen. Es schien, als erinnere sich nur Caleb an Margaret Rose. Er stellte seinen Bruder eines Tages rundheraus zur Rede: weshalb er seine Frau nicht zurückhole? Er, Caleb, sei übrigens gern bereit, sie zu holen, obschon das eigentlich Daniels Sache sei. Daniel sah durch Caleb hindurch. Nun ging Caleb zu seinem Vater, denn der Alte liebte Margaret Rose und hatte stets ungeduldig ihren täglichen Besuch, das Rauschen ihrer Röcke auf der Treppe erwartet. Nun aber schloß Justin bloß die Lider und stellte sich taub. »Warum das alles?« wollte Caleb wissen. »Ist es dir ganz einerlei? Ohne Margaret Rose ist das Leben nicht mehr, was es war.«

Onkel, Tanten und Personal haben diesen Ausspruch Calebs als einziges wörtliches Zitat überliefert. Zwei Generationen später klang er in Justines Ohren wie Poesie; sie legte mehr Bedeutung hinein, als Caleb wohl beabsichtigt hatte. Justin indessen blieb ganz unberührt davon, er hielt die Lider geschlossen und wartete nur darauf, daß sein Sohn ihn verlasse.

Laura beaufsichtigte nun beide Hauswirtschaften, in ihren häßlichen braunen Kleidern aufrecht und energisch wie eh und je, die Haare so straff zurückgekämmt, daß ihre Augen zu Schlitzen wurden. Für die Kinder Peck war sie der Mittelpunkt der Welt, manchmal die einzige Verwandte, die sie in Tagen zu Gesicht bekamen. Justin war zu alt und zu krank, um an den Kindern Anteil zu nehmen, und Daniel kam meist erst nach Hause, wenn sie schon zu Bett gebracht worden waren. Caleb blieb für sich. Manchmal erblickten die Kinder ihn auf dem Weg zum alten Stall, den gebleichten Panamahut auf dem Kopf; sie sahen ihn morgens ins Büro gehen, und er wirkte dann schon erschöpft und geschlagen; oder er kam spät nach Hause und setzte die Füße sonderbar achtsam. Nie spielte er mit ihnen. An diesen sonderbar achtsamen Abenden verwechselte er gelegentlich ihre Namen. Er tat nichts, um ihre Aufmerksamkeit zu verdienen, sie bemerkten also auch nicht, daß er immer blasser und durchsichtiger wurde, daß er nur noch mit den fragwürdigsten Kumpanen in den Kneipen verkehrte und daß die Musik vom Stall her dünner und dünner wurde, bis man sie kaum noch wahrnahm. Laura fiel das auf, doch was mochte es bedeuten? Sie grübelte über sein andauerndes, nicht zu brechendes Schweigen, ein Schweigen, wie es ihr nie zuvor begegnet war und das ihr auch erst in den Tagen von Calebs Großneffen Duncan wieder unterkommen sollte, der noch nicht geboren war, an den noch niemand dachte. Sie versuchte, ihn zu beschämen und so zu einer normaleren Aufführung zu bewegen. »Du solltest wenigstens die elementarste Höflichkeit beachten. Nimm doch Rücksicht auf die Familie!« Er jedoch schien nicht zu hören, er schlenderte von dannen und kam manchmal tagelang nicht heim.

An einem Samstagnachmittag im Frühjahr 1912 stand Daniel am Erkerfenster und beobachtete seinen Sohn Justin II auf dem Fahrrad. Es war ein schwarzes, schweres Ding, mit dem der Kleine sich recht plagte, doch hatte er den Trick soeben herausbekommen und rollte schwankend die Einfahrt hinunter. Vor Daniels Augen erschien ganz überraschend aus dem Nichts ein kleines Bild, auf dem Caleb munter strampelnd einem Flöterich mit dem Fahrrad folgte, auf einem Bürgersteig im alten Baltimore. Diese Erinnerung war so eindringlich, daß Daniel hinüber ins Haus seiner Mutter und hinauf in Calebs Zimmer ging. Caleb war aber nicht da. Er war auch nicht in der Küche, wo er meist seine Mahlzeiten nahm, auch nirgendwo in der Nähe und nicht im alten Stall. Dabei stand der Wagen im Hof, Caleb war also auch nicht im Büro. Daniel wurde beklommen zumute. Er fragte die Kinder, fragte seine Mutter. Niemand hatte Caleb gesehen. Man erinnerte sich mit einiger Genauigkeit nur, ihn vor drei Tagen zuletzt gesehen zu haben, und zwar in der Einfahrt, die Geige unterm Arm. Den Kindern, die ihn beobachteten, hatte er zugerufen: »Lebt wohl!«

»Leb wohl, Onkel Caleb.«

Aber das hatte selbstverständlich nichts zu bedeuten, er hätte doch bestimmt ... Daniel ging zu seinem Vater. »Ich finde Caleb nirgendwo«, sagte er. Der Alte wandte das Gesicht weg. »Vater! Ich kann Caleb nirgendwo ...«

Über die versteinerte Wange des alten Justin rollte eine glänzende Träne.

Der alte Mann schien doch wahr und wahrhaftig den Verstand zu verlieren.

Wenn Daniel Peck in späteren Jahren versuchte, Vorfälle aus der Vergangenheit zeitlich einzuordnen, diente das Jahr 1912 ihm als Anhaltspunkt. Gab es vielleicht wirklich Unglückszahlen? (Justine schaute rasch auf, sagte aber nichts.) Es hatte nämlich den Anschein, als sei im Jahre 1912 die Familie Peck plötzlich geborsten wie eine alte Teetasse. Das erste war Calebs Verschwinden, von dem keine Spur blieb als ein Schlafzimmer, angefüllt mit hohlen, dröhnenden Musikinstrumenten, sowie ein Rollsekretär, mit nichts darin als einer geleerten Schnapsflasche in der untersten Schublade. Man mußte also die Firma verkaufen, das letzte Band, das Justin mit der Welt verknüpfte. Gleich darauf begann der Alte zu sterben, er löste sich in der gleichen unmerklichen Weise von den Seinen, wie es schon Caleb getan hatte, so daß es keinen mehr überraschte, als man ihn eines Morgens leblos auf dem Bett fand, die bläuliche Nase zum Himmel gerichtet.

Im Winter 1912 kam aus Washington wieder ein Brief mit brauner Tinte, und Daniel eröffnete seinen Kindern nach der Lektüre, daß Margaret Rose bei einem Brand ums Leben gekommen sei. Die Kinder sollten für ihre Mutter beten, auf daß ihr vergeben werde. Die Kinder trugen nun zur Schule Trauerkleider, und man durfte sie mit Recht als mutterlose Waisen bezeichnen, allerdings blickten sie nach wie vor erstaunt drein, wenn jemand, von besten Absichten geleitet, dies tat. Es waren stille, folgsame Kinder, denen es an Phantasie mangelte; in der Schule waren sie brav. Es hatte nicht den Anschein, als hätten sie unter dem Vorgefallenen gelitten. Auch Laura war nichts anzumerken, sie war munter und tüchtig wie eh und je. Und Daniel zeigte sich selbstverständlich völlig unbeeindruckt, er war schließlich ein Mensch von ausgeglichenem Wesen. Hin und wieder allerdings fuhr er noch spät in seinem Ford durch mondbeschienene Straßen und geriet so manches Mal in den alten Teil der Stadt, wo er nun wirklich nichts verloren hatte, niemanden kannte und wo nichts zu hören war außer dem feinen Sirren der Straßenbahndrähte im dunklen Nachthimmel.

5

Justines Kindheit war schummrig und samten und roch staubig. Unter allen Möbelstücken kauerten bärtige Männer, besonders unter ihrem Bett. Wurde des Abends ihre Zimmertür geschlossen, glitt blaues Gewürm durch die Finsternis; stand die Tür offen, ragte der Türknopf ins Zimmer wie der Lauf einer Schrotflinte, präzise auf ihren Kopf gerichtet, und Justine mußte stundenlang reglos liegen und tun, als sei sie weiter nichts als eine Falte in der Bettdecke.

Vormittags war der Vater aus dem Haus, entweder im Büro oder außerhalb. Die Mutter lag mit Kopfweh zu Bette. Justine saß im Salon bei zugezogenen Vorhängen und war auch sich selbst kaum mehr als ein matter Schimmer. Sie wartete auf das Dienstmädchen. Zuerst hörte man den Schlüssel im Schloß der Wohnungstür, dann kam Licht, Luft, Bewegung, das Rascheln von Claudias Einkaufstasche und ihre hohe sirrende Stimme: »Was machst du da? Warum sitzt du ausgerechnet in dem Sessel?« Sie zerrte die Vorhänge auseinander, und draußen wurde Philadelphia sichtbar, das Meer der rußgeschwärzten Ziegelhäuser, die in ihren Gittern sterbenden Bäume, ferne Fabrikschornsteine. Danach wurde Justine in ihr Kleid gezwängt und das Haar zu zwei dünnen Zöpfen geflochten, Schnecken nannte Claudia sie. »Und mach dir dein Kleid nicht schmutzig. Schmier dich nicht voll, oder ich sage es Miss Caroline.« Um diese Zeit etwa hatte dann das Kopfweh der Mutter so weit nachgelassen, daß man die trockene Stimme vom Schlafzimmer her vernehmen konnte: »Justine? Willst du mir nicht guten Morgen sagen?«, obwohl sie vor einer knappen Stunde noch das Gesicht ins Kissen vergraben und Justine mit zitternder, perlengeschmückter Hand weggewiesen hatte.

Justines Mutter trug gerüschte Nachthemden mit Spitzenkragen, ihr Haar zeigte die gleiche Farbe wie das Justines, hatte aber natürliche Löckchen. Sie war das jüngste von Daniel Pecks Kindern, sein Baby, und das merkten sogar völlig fremde Menschen, wenn sie den kleinen verkniffenen Mund sahen und beobachteten, wie sie im Gespräch das Kinn nach unten drückte. Bedauerlicherweise nahm sie zu, wenn sie unglücklich war, und sie bot sich als eine pummelige, überpuderte, stellenweise vorquellende Person dar, die ihre Ringe längst nicht mehr von den fetten Fingern abziehen konnte. Unglücklich war sie, weil sie Philadelphia als ihr Exil empfand. Als sie Sam Mayhew zum Mann nahm, wußte sie nicht, daß seine Firma die Zweigstelle in Baltimore der Depression wegen schon bald würde schließen müssen – ein halbes Jahr nach ihrer Hochzeit. Hätte sie das auch nur im mindesten geahnt – diesen Satz beendete sie allerdings nie, sondern langte nach einem Praliné, einem Petitfour oder einem jener glasierten Windbeutel, denen sie selber mehr und mehr ähnlich wurde.

Justine liebte die weiche Haut der Mutter, den fülligen Busen, die Grübchen auf ihren Handrücken. Sie kauerte unter dem samtenen Betthimmel, dem eigentlichen Heim ihrer Mama, wo sie residierte, umringt von Pralinenschachteln, geleerten Teetassen, Modejournalen und Briefen aus Baltimore auf cremefarbigem Büttenpapier. Es kam auch schon einmal vor, daß die Mama rechtzeitig ihr Bett verließ, für Justine existierte sie aber nur im mattrosa Licht der Nachttischlampe. Die Spannung beim Betreten des Schlafzimmers empfand sie nicht als unangenehm: war sie diesmal willkommen oder nicht? Manchen Tag sagte die Mama: »Ach, Justine, kannst du mich nie in Frieden lassen?«, oder sie schluchzte ins Kissen und blieb stumm; ein andermal rief sie: »Ist das meine süße Justine? Ist das meine kleine Fee? Hast du nicht ein winziges Küßchen übrig für deine arme Mama?« Und sie setzte sich im Bett auf, und Justine versank in einer duftenden schwammigen Umarmung, die ihr den Atem benahm, was Justine aber nichts ausmachte. Sodann strich sie die Ärmel der Bettjacke zurück und zeigte Justine, was sie selbst als Kind für Spiele gespielt hatte – ein vertracktes Bindfadenspiel, ein Schreibspiel und irgendwas mit einem Bleistift, der angeblich eine Landkarte zeichnete, die sich dann aber als Gans entpuppte. Oder sie schickte Justine um eine Schere und schnitt aus der Zeitung von Baltimore Sterne und Püppchen oder Engel, die auf einem Füßchen standen, das mit einigen geschickten Schnitten herzustellen nur sie verstand. Sie erzählte von wahren Begebenheiten, spannender als alles, was man in Büchern las: Wie Onkel Zwei Den Landstreicher Verscheuchte. Wie Großvater Peck Den Einbrecher Täuschte. Wie Mayhews Scheußlicher Hund Mein Hochzeitskleid Fraß. – Sie erklärte Justine, wie geschickt sie es angestellt hatte, ihr kleines Mädchen in Baltimore zur Welt zu bringen und nicht in Philadelphia, wie man schon gefürchtet hatte. »Zum Glück konnte ich meinen Kopf durchsetzen«, sagte sie. »Du kennst deinen Vater. Der begriff natürlich nichts. Als ich dich zwei Monate vor der Zeit kommen fühlte, sagte ich zu ihm: ›Bring mich zur Bahn, Sam‹, aber er wollte nicht. ›Sam‹, sagte ich, ›was soll nur Vater dazu sagen, er hat doch das Zimmer für mich schon im Hospital bestellt.‹ ›Ich hoffe, er hat keine Anzahlung gemacht‹, sagte dein Vater nur, und da nahm ich den Koffer, der schon fix und fertig gepackt war, und sagte: ›Also, Sam Mayhew‹ ...«

Abends um sechs ging Claudia, sie ließ die Tür hinter sich zufallen, und dann schaute Justines Mutter zur Uhr und fuhr auch schon gleich ganz entsetzt mit der Hand an den Mund. »Wie ist nur die Zeit so rasch vergangen!« rief sie, rutschte bis zur Bettkante vor und tastete mit den Zehen nach den Pantoffeln. »Dein Papa darf uns nicht so müßig finden, wenn er heimkommt.« Sie warf ein marineblaues Kleid mit gepolsterten Schultern über und trug dunklen Lippenstift auf den Röschenmund, womit sie sich schlagartig aus einem Rosa-Gold-Geschöpf in eine düstere, scharfumrissene Fremde verwandelte, die jenen Gestalten ähnelte, die fünf Stockwerke tiefer durch die Straße eilten. »Mein Kopfweh ist immer noch ganz schlimm«, bemerkte sie dabei, »am liebsten ginge ich wieder zu Bett, aber dein Papa würde das nicht einsehen. Er glaubt nicht an Kopfschmerzen. Und schon gar nicht sieht er ein, daß man sich wegen Kopfschmerzen hinlegt. Nun ja, er hat wohl andere Gewohnheiten.«

Nach ihren Reden hätte man Sam Mayhew für exotisch wie einen asiatischen Stammesfürsten halten mögen; doch in Wahrheit war er nur ein kleiner rundlicher Mann, der den Dialekt von Baltimore sprach.

Dann kamen reihenweise Tage, da man Justine den Zutritt zum Zimmer der Mutter überhaupt verwehrte, und sie zerbrach sich endlos den Kopf darüber, welchem Zauberwort sie wohl zuvor den Eintritt verdankt hatte. Eingelassen wurde dann einzig Claudia, mit Konfektschachteln. Justine war in einen kratzigen alten Sessel im Salon verbannt, und die bärtigen Männer darunter lauerten nur darauf, daß sie einen Fuß auf den Boden setzte, um sie zu sich herunterzuziehen. Nicht einmal die Rückkehr des Ehemanns brachte Justines Mama aus dem Bett. »Oh, Sam, laß mich in Frieden! Siehst du denn nicht, daß mein Kopf richtig gespalten ist, hier entlang den Ohren?« Sam aß dann allein mit Justine zu Abend von dem Geschirr mit Goldrand, das Claudia im Speisezimmer aufgedeckt hatte. »Und wie hast du deinen Tag verbracht, Justine?« fragte Sam. »Ist Claudia mit dir zum Spielplatz gegangen? Hast du schön geschaukelt?«

Unter ihren abwesenden, erstaunten Blicken wurde er aber sehr rasch unsicher und verstummte.

Auf der Insel ihres Sessels gefangen, blätterte Justine Tage und Tage in der Bücherei des Wissens, die ihrer Mutter gehörte, zerlesene dunkelbraune Bände mit schon brüchigen Seiten, das einzige, was für sie erreichbar war, ohne daß sie die Füße auf den Boden stellte. Sie vertiefte sich in ein Bild, einen Zug darstellend, der in den Weltraum vorstieß. Man hatte ihr gesagt, dieses Bild beweise unwiderleglich, daß es dem Menschen unmöglich sei, je den Mond zu erreichen. Sieh doch nur, wieviel Zeit man brauchen würde, die Entfernung zu überbrücken, sogar mit der Eisenbahn! Justine hingegen fand das nur allzu leicht, sie fühlte, wie sie kleiner und kleiner und leichter und immer leichter, und wie ihr schwindlig wurde, wenn sie den Zug betrachtete, der einsam und winzig in die endlose Schwärze hinausfuhr.

Nach einer Weile war es dann soweit, daß sie im Aufblicken spürte, wie die Luft sich in Erwartung einer Veränderung teilte. Sie war unfehlbar imstande zu sagen, wann eine Veränderung bevorstand. Nicht lange, und das Telefon klingelte, Claudia trug es aus dem Korridor zur Mutter hinein, die sich aufraffte, mit Baltimore zu telefonieren.

»Hallo? Ach, Papa. Warum ... Sam hat dich gebeten, bei mir anzurufen? Wie? Ach nein, leider gar nicht gut. Nein, nicht gut, sage ich. Es scheint fast, ich kann nicht richtig ...«

Justine horchte aufmerksam, bemüht, herauszubekommen, weshalb die Welt mal wieder zusammengebrochen war. Sie erfuhr, daß es die Nerven waren, diese grauenhaften Kopfschmerzen, gegen die sämtliche Ärzte machtlos waren, daß der Kronleuchter einfach von der Decke gefallen war, daß der Hauswirt sich unmöglich betrug, Claudia selbstverständlich auch, Sonntag hatte eine gräßliche Geschichte in der Zeitung gestanden, Justine trotzte, Sam war ewig verreist, und alles in allem war eben Philadelphia schuld. Falls der Papa sie auch nur ein kleines bißchen liebe, ein winziges bißchen, dann müsse er gleich kommen und alles in Ordnung bringen. Selbstverständlich sei das viel verlangt ...

Und er kam jedesmal. Schließlich war sie seine Jüngste, sie lebte in der Fremde, sie als einzige mußte die Geborgenheit von Roland Park entbehren. Was nicht bedeutete, daß er ihr Betragen billigte. Keineswegs. Wenn er am späten Abend des gleichen Tages ins Zimmer trat, kniff er beim Anblick der Pralinenschachtel, des ungemachten Bettes und der Kuchenkrümel die Mundwinkel ein und sagte ihr rundheraus, sie werde zu fett.

»Ja, Vater«, entgegnete Caroline dann demütig, richtete sich ein wenig mehr auf und zog den Bauch ein.

Stand Justine tags darauf nach einem ungewöhnlich tiefen, traumlosen Schlaf ungewöhnlich spät auf, fand sie die Wohnung hell und alle Vorhänge aufgezogen. Claudia trug ein gestärktes weißes Häubchen und klopfte energisch Staub aus den Polstern. Die Mama saß vollständig bekleidet im Eßzimmer und verzehrte eine Pampelmuse. Und im Korridor stand der Großvater und versicherte am Telefon dem Hauswirt, daß er, Richter Daniel Peck persönlich, einen Prozeß durch sämtliche Instanzen führen wolle, falls der Kronleuchter nicht bis spätestens zwölf Uhr mittags an seinem Platz hänge. Dann legte er auf und umfaßte Justines Gesicht mit seiner rechten Hand; das war seine Art, sie zu begrüßen. Er war ein knochiger Mann, trug Nadelstreifenanzüge mit Weste, sein Haar war verblaßt wie welke Gardenienblätter, und seine goldene Uhr, die aufzuziehen er ihr erlaubte, war flach wie eine Oblate. Er hatte ihr eine Tüte Hustenbonbons mitgebracht, wie immer. Justine war überzeugt, auch wenn er seinen Weg hierher durch Feuer und Hochwasser genommen hätte, er wäre noch beim Lexington Markt vorbeigegangen, um diese Bonbons für sie zu besorgen, und er würde ihr Gesicht auf seine eigentümlich besorgte Weise in die rechte Hand nehmen, sobald er das Haus betrat.

Während solcher Besuche verschwand Sam Mayhew meist, falls er aber daheim blieb, trug er ein sanftes, albernes Lächeln zur Schau und ging jedermann aus dem Weg. Der Großvater blieb übrigens niemals lange, denn er war ein vielbeschäftigter Mann. Meist verbrachte er nur ein Wochenende in Philadelphia, eben lange genug, um seiner Tochter wieder auf die Füße zu helfen, und fuhr schon sonntagabends heim. Ein einziges Mal war er an einem Werktag gekommen, und zwar Justines wegen. Sie sollte damals in den Kindergarten gehen, das allererste Mal allein aus dem Haus, und sie weigerte sich. Nicht einmal anziehen lassen wollte sie sich. Sie wurde totenblaß und spitz im Gesicht, und die Mutter gab nach, weil sie spürte, daß Zwang hier keinen Sinn hatte. Als Justine anderntags erwachte, stand Großvater Peck an ihrem Bett, in der Hand ihr Kleidchen und die gerüschten Höschen mit dem aufgestickten ›Dienstag‹, auch die Söckchen mit der Seidenkante. Er kleidete sie sehr langsam und gewissenhaft an. Justine hätte sich sogar dem Großvater widersetzt, doch seine Hände waren so plump und ungeschickt, als er die Schleife ihres Nachthemds aufzog und als er sich nach ihren Schuhen bückte, sah sie durch das dünne, fahle Haar seine rosa Kopfhaut. Er flocht ihr sogar die Zöpfe, wenn auch nicht sehr anmutig, und er saß ihr gegenüber und wartete mit unerschütterlicher Geduld, während sie mit dem Frühstück trödelte. Danach half er ihr in den Mantel, und beide gingen gemeinsam zur Tür hinaus, vorbei an der Mutter, die die Hände rang. Sie gingen durch Straßen, die Justine nur allzu bekannt waren, denn hier hatte sie mit der Mutter Einkäufe gemacht in jenen wunderbaren Tagen, da noch niemand an Schule dachte. Der Großvater blieb vor einem rechteckigen Ziegelbau stehen und zeigte ihr, wo Claudia am Nachmittag auf sie warten würde. Er legte die Hand noch einmal rasch um ihr Gesicht, steckte ihr die knisternde Tüte mit Hustenbonbons zu und gab ihr einen leichten Schubs Richtung Schulhaus. Von der Treppe aus sah sie sich nach ihm um, und richtig, da stand er und blickte ihr nach, die Lider gegen das blendende Licht zusammengekniffen. Seither erinnerte sie der dunkle, anheimelnde, tugendhafte Geschmack von Hustenbonbons unfehlbar an die Liebe und den Kummer, die sie am ersten Tag allein auf der Welt in der Kehle verspürt hatte.

Im Sommer kamen die ledernen Koffer im Fahrstuhl herauf, und Justine bestieg abends mit den Eltern den Zug nach Baltimore. Bei der Ankunft war Justine meist halb verschlafen, man hob sie aus dem Abteil und bettete sie in die Arme eines weißgekleideten Onkels. Am nächsten Tag erwachte sie dann in Roland Park, wo das Laub der Bäume raschelte und die Vögel zwitscherten, im Haus der Großmutter aus weißgeschlemmten Ziegeln. Alle Häuser, die sie vom Fenster aus erblickte, gehörten ebenso den Pecks wie die Flotille schwarz blinkender Fordlimousinen entlang dem Bürgersteig. All die kleinen Blondköpfe im Park waren lauter kleine Pecks, die darauf warteten, daß Justine hinauskam zum Spielen.

Ihre Mama saß im Eßzimmer und plauderte, aber was für eine veränderte Mama war das! Zwinkernd und kichernd erzählte sie Geschichten aus Philadelphia, umringt von Tanten, die ihre fünfte oder sechste Tasse Kaffee tranken. Tanta Sarah und Tante Laura May waren unverheiratet und wohnten mit dem ebenfalls unverheirateten Onkel Dan in Großvaters Haus nebenan. Lucy, die Frau von Onkel Zwei, und Bea, die Frau von Onkel Mark, waren nur angeheiratete Pecks und wohnten in den beiden anderen Häusern. Sie waren weniger bedeutend als die beiden echten Tanten Peck, immerhin waren sie aber die Mütter von Vettern und Basen. Über allen schwebte selbstverständlich die Urgroßmama, eine immer in strenges Braun gekleidete Frau. Die weißen Ringe unter der Iris ihrer Augen gaben ihr ein vorwurfsvolles Aussehen, doch beim Anblick von Justine lächelte sie, und die Ringe verschwanden. Sie bot Justine ein richtiges ›Baltimorefrühstück‹ – zwei Sorten Aufschnitt, drei Sorten Gebäck, dazu einen Teller Rührei – Justine war aber nicht hungrig. »Sie möchte natürlich gleich die Vettern sehen«, bemerkte die Mama dazu und lachte ihr Sommerlachen. Sie richtete Justines Schärpe und schickte sie mit einem Klaps nach draußen.

Justine hatte sechs Vettern und Basen. Alle ähnelten ihr und sprachen wie sie, und alle kannten die Geschichte vom Großvater, der den Einbrecher täuschte. Alles war ganz anders als in Philadelphia, wo die Mama im Anschluß an eine Aufführung in der Schule auf einen kleinen Negerjungen gewiesen und gefragt hatte: »Wer ist denn der Kleine – er redet ja so komisch.« Derartige Besorgnisse brauchte man nicht zu hegen, wenn man mit den Verwandten zusammen war.

Aber war Justine nicht trotz allem auch hier eine Außenseiterin? Schließlich lautete ihr Familienname Mayhew. Ihr Wohnort war Philadelphia. Sie verstand nicht alle Anspielungen, die die Verwandten machten. Zwar beteiligte man sie an allen Spielen, doch kam es ihr vor, als nähme man gelegentlich auf sie Rücksicht. Sie neidete den anderen das rasche, perlende Lachen und die goldbraune Haut. Manchmal erlaubte sie sich sekundenlang die Vorstellung, ihre Eltern wären tot und einer der Onkel hätte sie adoptiert, sie hieße Peck und lebe fortan immer in Roland Park mit den tiefen, welligen Schatten und den Tümpeln von Sonnenlicht.

Dann geschah es wohl, daß Tante Bea, die eben einmal auf die Veranda trat, um nach den Kindern zu sehen, beim Anblick der armen, hübschen Justine seufzte, deren Gesicht vor Eifer ganz spitz war und an gesprungenes Porzellan erinnerte, an Spinnennetze oder an Geknüpftes. Justine, die so voll erzwungener Hoffnung am Rande mitspielte und übertrieben die Füße warf.

Abends gingen alle heim, und die vier Häuser wirkten nun so, als gehörten sie vier getrennten Familien. Nach dem Abendbrot strömten die Bewohner aber wieder hinaus und versammelten sich auf dem Rasen bei der Urgroßmama, die Männer in Hemdsärmeln, die Frauen in Waschkleidern. Die Kinder rollten ineinander verschlungen die Böschung hinunter und regten sich übermäßig auf. Wenn sie zankten, drohte man ihnen mit Früh-zu-Bett, und sie mußten sich so lange zu den Erwachsenen setzen, bis sie sich einigermaßen beruhigt hatten. Keuchend und verschwitzt, mühsam das Lachen unterdrückend, gekitzelt von Grashalmen, die auf der Haut unter den Kleidern hafteten, ließen sie sich neben den Eltern zu Boden fallen, schauten zu den Sternen und hörten ringsumher das Murmeln gedämpfter Stimmen. Die älteste Base, Onkel Marks Tochter Esther, hielt den kleinen Bruder Richard auf den Knien und kitzelte ihn insgeheim mit einem Löwenzahn. Ihre Zwillingsschwestern Alice und Sally schmiegten sich nahebei wie kleine Hunde an Justine, weil die neu hier war und darum etwas Besonderes. Claude und Duncan, die Söhne von Onkel Zwei, führten lautlos und fast ohne Bewegung einen Ringkampf auf, ganz darauf bedacht, nicht erwischt und vorzeitig zu Bett geschickt zu werden. Nicht, daß die Erwachsenen wirklich Anstoß genommen hätten. Die setzten in gemeinsamer Arbeit ein Stück Erinnerung zusammen, jeder trug sein Teilchen bei und wartete dann ab, wie es sich im Ganzen ausnehmen würde. Die Kinder waren längst still geworden und eines nach dem anderen eingeschlafen, da webten die Großen immer noch im Dunkeln an der Familiengeschichte.

Im Winter 1942, Justine war neun Jahre alt, ging ihr Vater in den Krieg. Die Wohnung wurde aufgegeben, die Möbel kamen auf den Speicher, Justine und ihre Mutter nahmen den Zug nach Baltimore. Die Mama weinte während der ganzen Fahrt. In Baltimore angelangt, warf sie sich immer noch schluchzend in die Arme ihrer Schwestern. Ihre Löckchen waren richtig naß und die Nase rosa, wie die eines Kaninchens. Den Schwestern war das peinlich, sie durchwühlten alle Taschen nach frischen Schnupftüchern. Eine solche Situation war für sie neu, noch war kein Peck je in den Krieg gegangen. Es hieß, der alte Justin sei auf geheimnisvolle Weise um den Bürgerkrieg herumgekommen, und seither hatten sämtliche männlichen Pecks einen so unübersehbaren Herzfehler, daß man ihnen auch die harmlosesten Sportarten verbot, die Frauen vor Schwangerschaften warnte und die Männer vor langen Märschen, vor dem Soldatenspiel und vor anstrengenden Reisen. Was aber nicht hinderte, daß sie nun blühend, blauäugig und peinlich berührt im Halbkreis auf dem Bahnsteig um ihre kleine Schwester standen. Schließlich nahm der Vater die Dinge in die Hand. Er trieb sie mit sanftem Zuspruch vor sich her zum Bahnhof hinaus und zu den am Bürgersteig wartenden Automobilen. Justine und ihre Mama fuhren in seinem Wagen an der Spitze des Konvois. Die Mama schniefte unablässig, und Großvater Peck ärgerte nichts mehr als solches Schniefen. »Jetzt hör einmal, Caroline«, sagte er. »Leute wie wir weinen nicht. Nimm dich zusammen.«

»Ich kann es nicht ändern, Vater, ich kann einfach nicht. Immer fällt mir ein, wie ich netter hätte zu ihm sein sollen, ich meine, ich bin ihm nie gewesen, was ... ich meine, gewiß überlebt er's nicht.«

»Er bestimmt«, widersprach Justine.

Ihr hörte aber keiner zu.

Man kam bei der Urgroßmama unter, denn dort war am meisten Platz. Justine besuchte die gleiche Mädchenschule wie Esther und die Zwillinge. Nach und nach vergaß sie fast vollständig jene düstere bärtige Welt von Philadelphia, und ihre Mama wurde fidel und mädchenhaft. Sie sprach kaum je von Sam Mayhew, sie schrieb ihm aber pflichtschuldigst einmal jede Woche, berichtete, daß es allen gut gehe und schickte Grüße. Einzig Justine sah gelegentlich das kummervolle gütige Gesicht Sam Mayhews vor sich, wenn sie von Buch oder Spielkarten aufblickte, und fragte sich, ob ihr nicht etwas entgangen sei, als sie sich dafür entschieden hatte, ganz das Kind ihrer Mutter zu sein.

Immerhin waren die Vettern und Basen da, stets mit einem neuen Projekt beschäftigt. Esther verfaßte Theaterstücke, und die Zwillinge spielten gemeinsam eine Rolle, deren Text sie zweistimmig sprachen. Justine gab die Prinzessin, den Mund mit Tante Lauras Lippenstift blutig gefärbt. Der kleine Richard war mit jeder Rolle einverstanden, wenn er nur überhaupt eine bekam. Onkel Zweis Sohn Claude war dick und belesen, an Regentagen sehr brauchbar, dann erzählte er haarsträubende Schauergeschichten im Halbdunkel unter der Treppe.

Duncan Peck jedoch war ein böser, böser Knabe, und alle seine Vettern und Basen vergötterten ihn.

Duncan war verwegen und wild und stets zu üblen Streichen aufgelegt. (Als längst Erwachsene hörte Justine, wenn sie die Augen schloß, jederzeit seine Mutter nach ihm rufen, mit ihrer weichen singenden Stimme, die allerdings im Bedarfsfall ziemlich laut werden konnte: ›DUNCANN! DUNCANN!‹ tönte es durch die Dämmerung über den Rasen, und das Resultat war bestenfalls ein flüchtiges, fernes Rascheln, ein gelber Schimmer im Gebüsch, der eiligst verschwand.) Während die übrige Verwandtschaft zufrieden schien, einander zu Freunden zu haben, schleppte Duncan unermüdlich fremde Kinder ein, noch dazu solche der unpassendsten Art, Zehnjährige, die nach Tabakrauch stanken, Luftgewehre mitbrachten und kein korrektes Amerikanisch sprachen. Die Vettern und Basen nahmen Klavierstunden und paukten pflichtschuldigst täglich anderthalb Stunden lang irgendwelche ›Stücke‹ herunter, Duncan hingegen beschränkte sich auf eine Mundharmonika, der er ›Chatanooga Choo Choo‹ entlockte, komplett mit Dampfpfeife und Tschutschu-tschu. Die Kinder waren hingerissen, die Großen fanden es unsäglich ordinär. Seine Urgroßmama nannte ihn unverschämt und verlogen. Kein Zweifel, auf Fragen von Erwachsenen log er so schamlos, daß es geradezu eine Beleidigung darstellte. Auch neigte er zu Unfällen, und gerade das gefiel den Kindern am meisten. Wie brachte er es nur fertig, in so viele Unfälle verwickelt zu sein? Noch dazu in so blutige! Er brach nicht etwa ein Bein, o nein, der Knochen mußte unbedingt herausragen, und alle umdrängten ihn gierig, taten, als würde ihnen übel, und wollten unbedingt mal anfassen. Finger hingen bei ihm immer nur noch an Fetzen, dank einer Gehirnerschütterung redete er wirres Zeug und konnte doch einen ganzen Tag lang aus freier Hand perfekte Kreise zeichnen. Mal hatte er ein blutunterlaufenes Auge, mal schnitt er sich eine Arterie durch, mal wurde ihm ein Zahn ausgeschlagen oder färbte sich schwarz. Und zu allem Überfluß langweilte er sich nie. Nie traf man ihn unschlüssig im Haus herumhängend, nie fragte er seine Mutter, was er denn mal machen solle. Er wußte schon, was er machen wollte, und nichts davon fand ihren Beifall. Sein Hirn sprühte Funken. Er dachte sich aus, wie man Richards kleinen Blechwagen mit elektrischen Ventilatoren antreiben könnte, er verstand sich auf die Konstruktion von Fallen für Tiere und auch für Menschen, er hatte einen Drachen erfunden, der ins Wasser eintauchen konnte, und eine Geheimschrift, die aus lauter schrägen und geraden Strichen bestand. Der Fußboden seines Zimmers war mit Stößen von Entwürfen für alle erdenklichen Maschinen bedeckt, und er hatte jederzeit Vettern und Basen zur Verfügung, die ihn vergötterten und die Schmutzarbeit für ihn erledigten. Wäre er grausam gewesen, hätte er sie terrorisiert, sie hätten nichts der Art für ihn empfunden, doch war er eben ganz anders. Jedenfalls zu ihnen war er anders. Gegen die Großen konnte er grausam sein.

Beim Picknick sah Justine ihn kopfunter an den Knien von einem Ast baumeln. Ihm fehlte nicht das geringste, Tante Lucy konnte sich aber nicht beruhigen. »DUNCANN. Komm sofort her!« Duncan antwortete, indem er ein Knie vom Ast löste und an nur noch einem Knie hängenblieb, schräg jetzt, höchst gefährlich anzusehen, in einer unmöglichen Haltung, die Arme vor der Brust gekreuzt. Tante Lucy rannte unter ihm im Kreis herum und rang die Hände. Duncan packte den Ast – er wollte doch nicht etwa aufgeben? Das wäre zu traurig gewesen! – nein, er veränderte seine Stellung so, daß er an den Füßen hing, gehalten nur noch vom Spann, allerdings war der Ast für diese Art Klammergriff ungeeignet. Wieder schlug er die Arme vor der Brust zusammen und bedachte seine Mutter mit einem kühlen, herausfordernden, sozusagen auf dem Kopfe stehenden Blick, der Justine frösteln machte. Tante Lucy wirkte aber auch zu lächerlich, wie sie da im Kreise tanzte und schrille Schreie ausstieß. Die Vettern und Basen mußten allesamt kichern. Der Großvater legte ein russisches Ei aus der Hand und erhob sich. »Duncan Peck!« rief er, »sofort kommst du herunter!«

Duncan kam sofort herunter, nämlich mit dem Kopf voran, und man mußte ihn auf die Unfallstation bringen.

Tante Lucy, die gemeinsam mit den Schwestern Socken für Soldaten strickte, zerbrach sich den Kopf darüber, wie aus ihrem Jungen so etwas hatte werden können. Sie zählte seine Charakterfehler auf, seine schändlichen Schulzeugnisse, die Klagen seiner Lehrer. (Die behaupteten, seine Rechtschreibung sei katastrophal und von Ordnung halte er überhaupt nichts. Seine Schulaufsätze zeugten zwar, soweit lesbar, von einer gewissen Phantasie, seine flüchtige Schrift jedoch sowie der völlige Mangel an Gliederung des Materials ließen am gesunden Verstande des Verfassers zweifeln.) Woher hatte der Junge das nur? Sie dachte zurück an die Zeit ihrer Schwangerschaft; während der Mittagsruhe hatten sie und der noch ungeborene Duncan wahre Schlachten gegeneinander um eine bequeme Lage geführt. Legte sie sich auf den Rücken, kam das Baby auf ihre Wirbel zu liegen, und es stieß und wehrte sich, bis sie nachgab und sich drehte. Zum Vergleich konnte sie nur Claude heranziehen, doch auch damals hatte sie sich schon gefragt, ob ein normales Kind sich nicht damit begnügt hätte, eine bequemere Lage für sich zu finden und sie in Ruhe zu lassen?

Die Schwestern schüttelten seufzend die Köpfe. Die Basen, die unterm Fenster stehend stumm gelauscht hatten, interessierten sich außerordentlich für Schwangerschaften, nur hatten sie keine Zeit mehr zuzuhören, denn Duncan plante, sämtliche Fahrräder zu einem Riesenrad zusammenzuschweißen, und das durften sie nicht verpassen.

Als Sam Mayhew heimkehrte, hatte seine Firma die Zweigstelle in Baltimore neu eröffnet, es war also nicht erforderlich, in Philadelphia wieder eine Wohnung zu nehmen. Seine Frau machte ihm klar, daß kein Grund vorliege, ein eigenes Haus in Baltimore zu erwerben, denn hatte die Urgroßmama nicht drei voll möblierte Stockwerke, in denen sie, einzig von der alten Sulie bedient, nach Herzenslust umherwandern konnte? Man blieb also in dem weißgeschlemmten Haus am Roland Park, und Sam Mayhew fuhr täglich gemeinsam mit den Schwägern in der Limousine stadtwärts ins Büro. Der Großvater, der nie etwas anderes besessen hatte als Fordwagen und auch nie einen anderen Wagen fahren würde, hatte Sam Mayhew zur Heimkehr einen Ford V-8 geschenkt. Sam Mayhew hätte allerdings lieber einen DeSoto gehabt. Und er hätte sich gern in Guilford, so seine Eltern wohnten, ein eigenes Haus gebaut. Irgendwie bekam er die Eltern dieser Tage nie mehr zu Gesicht. Er war aber kein verstockter Mensch und fügte sich am Ende in alles, allerdings verschwand er auch mehr und mehr im Hintergrund und dehnte seine Arbeitszeit immer länger aus. Als er einmal nach einer drei Tage währenden Geschäftsreise heimkam, hatte nur Sulie bemerkt, daß er überhaupt fort gewesen war. Und dies auch nur, weil sie abends die Gedecke auflegte und wissen mußte, wie viele Personen zu Tische erwartet wurden.

Seine Tochter Justine, leibarm und bejammernswürdig, als er in den Krieg zog, war jetzt schlank und groß, mager und blond. Sie hatte sich ebenfalls in eine Peck verwandelt, mit viel Familiensinn und Heimlichtuerei, mit dem verschleierten Blick, dem verschwörerischen Blinzeln gegen Außenstehende. Und Sam war auch ein Außenstehender. Nicht etwa, daß sie unhöflich gewesen wäre, alle Peckmädchen hatten die besten Manieren, aber es war klar, für ihn war sie verloren.

»Was machen die Gören nur den ganzen Tag?« fragte er seine Frau. »Haben sie denn überhaupt keine anderen Freunde?«

»Ach, die brauchen keine. Wir waren auch so«, entgegnete sie heiter. Und sie lächelte ihren zerbrechlichen, altjüngferlichen Schwestern und den Brüdern zu, immer alle gleich gekleidet und wie ausgestopft, Advokaten, wie der Vater gewünscht hatte, und sie lächelte auch den beiden Schwägerinnen zu, die vielleicht nur deshalb geheiratet worden waren, weil sie sich mühelos einzupassen versprachen. Bestimmt sogar. Sam betrachtete seinen eigenen Anzug, so ausgebeult, daß man ihn für unbewohnt halten konnte. Seufzend entfernte er sich, und niemand bemerkte, daß er ging.

Die Basen gaben sich in der Schule kaum mit Jungen ab. Bei den Tanzveranstaltungen, die gemeinsam mit der Knabenschule in der Nachbarschaft veranstaltet wurden, hielt man sie für hochnäsig, insbesondere Justine galt dafür, denn deren spitzes, mageres, von Spannung gezeichnetes Gesicht ermunterte keinen Knaben, sie zum Tanzen aufzufordern. Sally, die hübschere der Zwillingsschwestern, wurde gelegentlich herumgeschwenkt, sie hielt sich aber in den Hüften irgendwie steif und schien jedesmal erleichtert, wenn der Tanz endete. Von den Vettern hatte nur Duncan eine feste Freundin.

Duncans Freundin war Verkäuferin in der Kaufhalle und hieß Glorietta de Merino. Junge Mädchen aus gutem Haus trugen damals kurze Röcke, Glorìettas hingegen reichten fast bis auf die Knöchel. Ihr Haar war tiefschwarz, dicht und lang, ihr Gesicht bezaubernd lebendig. Auf ihren Wimpern glänzte es wie von Zuckerkristallen. Ihre Taille war wespenhaft, die Brüste ganz tütenspitz, wie die Lautsprecher, die Duncan im Keller bastelte. Wenn Männer mit ihr redeten, hatte es den Anschein, als sprächen sie in diese Tüten, auch Großvater Peck machte da keine Ausnahme, wie Justine bemerkte, als Glorietta eines Sonntags zum Mittagessen geladen war. Einzig Duncan hatte Freude an dieser Mahlzeit, sogar Glorietta merkte, daß nicht alles ging, wie es sollte, denn seither sah man sie im Hause Peck nicht mehr. Sie bezog statt dessen Quartier in Duncans Automobil, einem Graham Paige Jahrgang 1933, Kostenpunkt 40 Dollar, in dem es verdächtig nach Bier roch. Parkte der grüne Graham Paige – zwischen den schwarzen Fords ein wahrer Schandfleck – vor dem Hause, so gewahrte man auch Gloriettas rotes Kleid. Als Duncan seiner Base Justine das Fahren beibrachte, fuhr Glorietta hinten mit, wie eine Wagendecke oder eine Thermosflasche, eben Teil des Autos. Sie summte vor sich hin, schnalzte mit dem Kaugummi und achtete nicht im geringsten auf das Knirschen der Gänge, auf das Gezänk und die um Haaresbreite vermiedenen Unfälle. Als Justine die elementarsten Fahrkenntnisse erworben hatte, setzte Duncan sich ebenfalls nach hinten. Im Rückspiegel sah Justine, daß er den Arm lässig um Glorietta legte und mit friedfertigem Gesicht die vorüberziehende Landschaft betrachtete. Sie konnte sich nicht vorstellen, mit jemand, der nicht zur Familie gehörte, so vertraut zu sein.

Gelegentlich des Schulbasars forderte man Justine auf, als Wahrsagerin zu amtieren, wovon sie nicht das geringste verstand. Ihre etwas sonderbare, ältliche Biologielehrerin schickte sie zu einer Kartenlegerin namens Olita. »Das ist meine Kartenlegerin«, sagte sie so, als ob jedermann seine eigene Kartenlegerin haben müsse, »und sie wird dir zeigen, was du wissen mußt.« Duncan und Glorietta brachten Justine zu einer Chemischen Reinigung im Osten von Baltimore und warteten dort auf sie. Olita wohnte über der Reinigung, auf einem ihrer Fenster war sogar angeschrieben: MADAME OLITA SIEHT IHRE ZUKUNFT. Justine bezweifelte bereits, daß der Einfall ihrer

Lehrerin gut war. Sie drehte um, sie wollte zurück ins Auto und Duncan sagen, daß sie es sich anders überlegt habe, doch da gewahrte sie, daß Duncan sie ganz offen anstarrte, mit halbem Lächeln, ein Funkeln im Blick. Sie mußte daran denken, wie er an jenem Ast gebaumelt hatte. Also ging sie hinauf.

Madame Olita war eine große, etwas gebeugt gehende Frau mit dichtem grauen Haar, sie trug ein altmodisches Kleid und eine Wolljacke. In ihrem Zimmer, das bis auf zwei Stühle und einen Tisch leer war, roch es nach den Dampfbügelmaschinen der Reinigung. Die Biologielehrerin hatte Justine angemeldet, Madame Olita wußte also Bescheid und hielt eine kleine Liste mit den Auskünften bereit, die sie Justine geben sollte. »Am einfachsten ist Handlesen«, begann sie. »Es geht schneller als Kartenlegen, und bei einem Basar muß es schnell gehen. Du darfst keine Unsicherheit merken lassen. Nimm die Hand – so . . .« Sie ergriff Justines Hand und drehte die Handfläche nach oben. »Zuerst – du könntest übrigens selber die Zukunft vorhersagen, wenn du wolltest.«

»Das werde ich doch auch«, sagte Justine.

»Nein, ich meine richtig, im Ernst. Du hast die Begabung.«

»Ach«, wehrte Justine ab, »ich kann mir nicht denken . . .«

»Hast du jemals ein bestimmtes Vorgefühl dessen, was sich bald darauf ereignet?«

»Nein! Wirklich, ich . . .« Sie zog ihre Hand weg.

»Schon gut. Hier ist die Liste mit den wesentlichen Handlinien. Herzlinie, Lebenslinie, Gemüt, Verstand . . .«

Als sie Justine später zur Tür geleitete, sagte sie: »Du hast wohl gemerkt, daß dies nicht bloß ein Gesellschaftsspiel ist.«

»Oh ja, das ist mir klar«, antwortete Justine höflich.

»Ganz klar, nicht wahr?«

Justine wußte nicht recht, was von ihr erwartet wurde. Sie knöpfte den Mantel zu. Madame Olita beugte sich vor und stieß mit einem stumpfen Finger gegen den Rücken von Justines linker Hand. »Du hast den Salomonsbogen, die ungebrochene Einfühlungslinie und das mystische Kreuz«, sagte sie. »So?«

»Jedes einzelne dieser Merkmale deutet auf überdurchschnittliche Begabung zum Wahrsagen.« – Justine rückte den Hut gerade.

»Auch ich habe das mystische Kreuz«, fuhr Madame Olita fort, »doch habe ich es bislang noch an keinem anderen Menschen bemerkt. Man findet es höchst selten. Darf ich mal deine rechte Hand sehen?«

Justine hielt widerstrebend die Hand hin. Madame Olitas Griff war wie warmes Sandpapier.

»Nun?« fragte Justine schließlich.

»Du bist noch sehr jung«, eröffnete ihr Madame Olita.

Justine machte die Tür auf.

»Du wirst heiraten, deine Heirat wird viel zerstören und deinen Eltern das Herz brechen«, fuhr Madame Olita fort, doch als Justine sich blitzschnell umwandte, bedachte Madame Olita sie nur mit einem matten Lächeln und einer Abschiedsgeste.

Duncan und Glorietta saßen derweil umschlungen im Auto und küßten einander vor aller Augen. »Laßt das«, befahl Justine gereizt. Duncan ließ Glorietta los und betrachtete Justine verblüfft.

Justine dachte: vielleicht hat Duncans Aura so auf mich abgefärbt, daß Madame Olita mir *seine* Zukunft vorhergesagt hat.

Sonntag nach dem Gottesdienst wurde Justine von einem Knaben namens Neely Carpenter gefragt, wie spät es sei. »Ungefähr dreizehneinhalb Minuten nach zwölf«, gab sie zur Antwort.

»Ungefähr dreizehneinhalb Minuten nach zwölf?«

»Das zeigt meine Uhr jetzt an, aber die geht nicht immer genau«, sagte Justine, »so unlogisch ist es also nicht.« Sie mußte lachen. Carpenter, der sie bislang für eine unverbesserliche alte Jungfer gehalten hatte, sah sie ganz überrascht an und fragte, ob er sie heimfahren dürfe. Von da ab tat er das jeden Sonntag, und sonnabends holte er sie zur Abendvorstellung im Kino ab. Justines Mutter meinte, das sei doch reizend. Es war Herbst geworden, Justine war im letzten Schuljahr, sie zählte immerhin siebzehn, und es wurde Zeit, daß sie einen Freund fand. Neelys Eltern waren erst kürzlich nach Roland Park gezogen, der Vater war Arzt, Neely hatte eine ernsthafte Miene, glattes, schwarzes Haar und ausgezeichnete Manieren. »Lad ihn doch mal sonntags zum Essen ein«, sagte Justines Mutter.

Das Sonntagsmahl fand stets bei der Urgroßmama statt, vier Platten wurden in den Ausziehtisch geschoben, und alle fanden Platz daran. Neely schien einigermaßen verblüfft vom Anblick so vieler Pecks; er saß zwischen Tante Sarah und Onkel Dan und behauptete sich in der Unterhaltung. »Nein, Madame, ja, Madame«, hörte man ihn immer wieder sagen. Justine fand, daß er sich wacker hielt. Auch sie war stolz auf die Familie, auf die Tanten in den neuen, rostfarbigen Herbstkleidern, auf die hübschen Vettern und Basen, auf den stattlichen Großvater, dessen Haar silbern schimmerte und dessen Gesicht einen angestrengten Zug angenommen hatte, seit er immer schwerhöriger geworden war. Sie war folglich sehr überrascht, als Duncan nach Neelys Weggang zu ihr sagte: »Den siehst du nie wieder.«

Man stand auf dem Rasen der Urgroßmama, wo Justine sich von Neely verabschiedet hatte und wo Duncan zu unerklärlichen Zwekken eine Rolle Draht abspulte. Als er den Kopf hob, um sie anzureden, fiel Justine auf, wie sehr er dem Großvater ähnelte. »Wie kommst du darauf?« fragte sie.

»Wer einmal sonntags bei Pecks gegessen hat, dem reicht es fürs Leben«, sagte er.

»Ach du! Bloß wegen Glorietta! Im übrigen irrst du dich, er hat mich gebeten, mit ihm auf Sue Popes Geburtstagsparty zu gehen.«

»Dann ist er ein Tropf. Nein, ich meine nicht deinetwegen, Justine, ich meine: kein vernünftiger Mensch kann sich zu all diesen Menschen an den Tisch setzen wollen.«

»Ich schon. Und ich fand, alle waren sehr nett zu ihm.«

»Lieber Himmel! ›Frag doch deinen kleinen Freund, ob er noch eine Kartoffel mag, Justine‹, Kleiner Freund! ›Ist es wirklich wahr, daß Sie eine öffentliche Schule besuchen? Wie geht es da eigentlich zu? Erzählen Sie doch mal‹, und: ›Ich höre, Ihr Vater ist Arzt? Was für ein wirklich lohnender Beruf. Allerdings eine Spur, nun, mechanisch, wie? Finden Sie nicht? In unserer Familie sind wir samt und sonders Juristen, das wissen Sie wohl‹ . . .?«

»Und was ist daran so verkehrt, bitte? Sie haben sich eben für ihn interessiert«, widersprach Justine.

»Haha! Als er Urgroßmama fragte, ob er helfen dürfe, den Tisch abräumen, hat er es gleich zweimal gekriegt: ›Aber nein, wirklich nicht, dafür haben wir Personal!‹, und Tante Caroline sagte: ›Ausgerechnet unser bestes Porzellan!«

»Na und? Wir haben wirklich ein Dienstmädchen, und es war doch das beste Geschirr.«

Duncan hörte auf, Draht abzuspulen, er richtete sich auf und fuhr mit dem Ärmel über die Stirn. »Du verstehst wirklich nichts, nicht wahr?«

Justine wollte nicht antworten. Sie kroch gegen den Herbstwind in sich zusammen und betrachtete die vier Häuser, in denen es sich jetzt alle Bewohner mit ihren Zeitungen, ihren Handarbeiten und endlosen Tassen stark parfümierten Tees gemütlich machten. »Weißt du, woran ich denken muß, wenn ich diese Häuser sehe?« fragte Duncan, der ihrem Blick gefolgt war. »An Hamster. Oder an kleine Mäuse. Siebenschläfer. Jedenfalls an kleine Tiere, die sich irgendwo in einer Ecke aneinanderkuscheln, auch wenn sie viel freien Platz im Käfig haben.«

»Ach, Duncan.«

Justine wußte, so redete er nur, weil er in einer schwierigen Phase war. Nächstes Jahr sollte er mit dem Studium anfangen, und er wollte nicht Jura studieren, wie er sollte, sondern Naturwissenschaften. Großvater Peck und die Onkel setzten ihm unablässig zu. Selbstverständlich dürfe er Naturwissenschaften studieren, das stehe ihm frei, doch den Naturwissenschaften hafte etwas Materialistisches an, wohingegen das Studium der Rechte ... »Peck, Peck, Peck & Peck«, sagte Duncan und bezog sich damit auf die Firma, die in Wahrheit als ›Peck & Söhne‹ eingetragen war. »Das ist wirklich der passende Name.« Danach schloß er sich in sein Zimmer ein oder er fuhr über Land, Glorietta so eng neben sich, daß der Graham Paige längst umgekippt wäre, wäre er wirklich die Streichholzschachtel gewesen, als die er erschien.

Justine gab also nichts auf seine erbitterten Äußerungen, und wirklich, Neely ließ in seinen Aufmerksamkeiten nicht nach. Zwar kam er tatsächlich sonntags nicht mehr zum Essen, aber nur, weil er, wie er sagte, bei den eigenen Eltern essen müsse. Er ging mit ihr ins Kino, zu Tanzvergnügen und auf Geburtstagsfeiern. Er verlängerte vorsätzlich den Heimweg und stoppte den Wagen etwas entfernt von Pecks Haus, um sie zum Abschied zu küssen. Ob sie nicht auf den Rücksitz kommen wolle, dort sei es bequemer? »Tja, weißt du ...«, zauderte Justine, die nicht wußte, wie sie darauf reagieren sollte. Sie wußte wirklich nicht, was von ihr in dieser Situation erwartet wurde. Keine ihrer Basen konnte ihr da raten, denn über Sex wußten sie alle nicht mehr als das, was sie von Duncan gehört hatten, als er acht war; das und die irgendwie blumenzuchtmäßigen Erläuterungen, die ihre Mütter zu diesem Thema von sich gaben. Justine war also unsicher, sie war uneins mit sich, und es blieb denn immer bei: »Ich sitze hier eigentlich ganz bequem, aber es ist lieb von dir, mir das vorzuschlagen ...« Neely, der offenbar auch nicht gut orientiert war, wirkte eher erleichtert. Auf dem Heimweg summte er den Schlager aus dem Autoradio mit. Er erwähnte jetzt gelegentlich, daß man heiraten könnte, sobald er sein Staatsexamen abgelegt habe. Justine fand, daß er von allen Knaben in Roland Park am besten aussah, besonders seine Augen gefielen ihr, graue Augen, durchscheinend wie Quarz, und seine gesammelte, vernünftige Art zu reden. Nicht ausgeschlossen, daß sie ihn liebte, aber man mußte erst einmal hören, was die Mama dazu meinte.

Im Herbst 1951 schrieb sich Justine auf einem nahegelegenen Mädchencollege ein, sie wollte Englisch belegen und Pädagogik oder etwas in der Art. Es kam eigentlich nicht so sehr darauf an. Ihre Leistungen in der Schule waren immer recht ordentlich gewesen, doch fehlte ihr die Wißbegier, und einen Beruf, der zu ihr paßte, konnte sie sich nicht vorstellen. Zusammen mit Esther fuhr sie also täglich in dem Ford, den der Großvater ihnen zu diesem Zweck gekauft hatte, zum College, und die bunten Kopftücher wehten im Fahrtwind. Neely kam fast jeden Abend vorbei (er studierte derzeit an der Johns Hopkins Universität) und paukte mit ihr im Speisezimmer. Und sonntags versammelte man sich nach wie vor zum Essen, abwechselnd ein Kind neben einem Erwachsenen, damit die Kleinen keinen Unfug anstellten, und Claudes rundes Gesicht strahlte erleichtert, weil er von der Universität erlöst war, und sei es nur für diesen einen Tag.

Aber Duncan!

In jenem Jahr wurde Duncan heimgesucht. Niemand wußte zuverlässig, wovon. Er hatte doch, was er wollte, oder? Er studierte doch Naturwissenschaften, oder? Und doch schien es oft, als sei er unzufriedener denn je, als bedauere er geradezu seinen Sieg. Er nörgelte, weil er daheim wohnen mußte, doch das war nicht zu ändern, denn sein Studium war teuer. Er behauptete, diese Begründung sei vorgeschoben, man wolle ihn nur strafen. Daheim mit den Menschen leben dürfen, die einem nahestehen, eine Strafe? Er war mürrisch und unansprechbar. Offenbar hatte er keine Freunde mehr, oder keine, die er präsentieren konnte, und Glorietta ließ sich nicht mehr sehen. Nun ja, ein schwieriger Fall war er immer schon gewesen. Bestimmt machte er wieder einmal eine seiner Phasen durch, versicherten die Tanten seiner Mutter.

Dann aber begann er, Dostojewski zu lesen.

Selbstverständlich hatten sie alle Dostojewski gelesen – mindestens die Onkel hatten ihn gelesen, auf dem College. Zum wenigsten ›Schuld und Sühne‹ hatte man gelesen, jedenfalls in der gekürzten Fassung. Dies war aber anders. Duncan las nicht einfach Dostojewski, er versenkte sich in Dostojewski, er besuchte keine Vorlesungen mehr, sondern blieb auf dem Zimmer und verschlang dort obskure Romane und Tagebücher des Dichters, von denen die Familie nie gehört hatte. Wenn die Verwandten von Onkel Zwei an einem milden Frühlingsabend ganz friedlich das Für und Wider der Anschaffung einer Tiefkühltruhe berieten, konnte es passieren, daß heftiges Gepolter auf der Treppe Duncans Auftreten ankündigte, der denn auch wirklich gleich darauf wie eine Bombe zwischen sie fiel und ein Buch schwenkend rief: »Hört euch das mal an! Hört nur mal zu!« Worauf er einen Abschnitt so laut und schnell vorlas, daß niemand ihm folgen konnte. Es war schließlich eine Anhäufung ausgefallener russischer Prosa, Emotionen wurden ohne Scham auf überraschende Weise enthüllt unter Verwendung zahlloser extremer Eigenschaftswörter, vom Fieber eingegebene Einfälle blitzten hier und dort auf wie Irrlichter. Ganze Abschnitte glichen einer undurchdringlichen Schichttorte. »Hört ihr das?« rief er wohl, und die Eltern nickten lächelnd, ihre Betretenheit verlieh ihnen die Miene von Schläfern, die grelles Licht blendet. »Also dann!« schloß er und rannte wieder hinauf. Die Eltern starrten einander an. Der Vater unterredete sich mit dem Großvater, der aber ebenfalls nichts begriff. »Ich dachte, er wird Physiker«, bemerkte er. »Oder was hat er belegt?« Und dann: »Ah, es ist alles nicht so schlimm. Schließlich sind es die Klassiker, die können ihm nicht schaden.«

Das war aber vor Ostersonntag. Am Ostersonntag unterhielten sich die Tanten beim Essen über die Eierschalensammlung von Mrs. Norman Worth, und die Onkel erörterten ein fiktives Rechtsproblem zu Übungszwecken: Angenommen, ein Bauer, der seine Bewässerungsanlage in Betrieb setzt, macht durch den Wasserstrahl ein Maultier scheu, das seinerseits den Zaun umreißt, hinter dem ein Zuchtbulle steht, der daraufhin ...

»Solche Themen eignen sich nicht für eine Unterhaltung bei Tisch«, unterbrach Duncan.

Darüber dachten alle ein Weilchen nach.

»Warum eigentlich nicht, mein Lieber?« fragte seine Mutter schließlich.

»Nichts daran ist real.«

Die Urgroßmama, die am längsten gelebt hatte und deshalb am schwersten zu beeindrucken war, goß Eiswasser in ihr Glas. »Dir mag es ja so vorkommen«, bemerkte sie dabei, »ich selber allerdings finde Miniaturen aus Eierschale geradezu hinreißend, und wenn ich nicht das Zittern in den Händen hätte, würde ich selber welche machen.«

»Ich glaube, du solltest dich bei uns allen entschuldigen, mein Junge«, bemerkte Onkel Zwei.

»Im Gegenteil, ihr müßt euch bei mir entschuldigen«, widersprach Duncan. »Seit achtzehn Jahren höre ich an diesem Tisch, wie ihr sanft an der Oberfläche plätschert, und dabei sterbe ich langsam. Nichts wird direkt angepackt, ihr streicht um alles herum, wie Maler, die blaues Wasser um Schiffe herum pinseln, die sie sicherheitshalber erstmal frei lassen.«

»Wie! ! ! ?«

»Könnt ihr denn nie über Konkretes reden?« fragte Duncan.

»Worüber zum Beispiel?« fragte seine Mutter.

»Das ist doch ganz egal. Irgendwas. Über irgendwas anderes als

Kreuzstich und Verjährungsfristen. Wollt ihr den Dingen nie auf den Grund gehen? Gibt es einen Gott, oder gibt es keinen – das wäre mal ein Thema.«

»Aber das wissen wir doch schon«, meinte seine Mutter.

Was war nur an dieser Antwort so entsetzlich? Keiner von ihnen begriff das. Duncan allerdings stand auf, irren Blickes wie nur je ein Russe, und verkündete: »Mir reicht es. Ich gehe. Und zwar endgültig.«

Damit verließ er türenschlagend das Eßzimmer.

Justine sprang auf, sie lief ihm nach, zögerte aber an der Tür.

»Er wird schon wiederkommen«, sagte Onkel Zwei unerschüttert. »Das sind so Wachstumsschmerzen. In zehn Jahren redet er genauso wie wir alle.«

»Geh ihm nach«, sagte der Großvater.

»Wie bitte?« fragte Onkel Zwei.

»Also irgendwer ... dann geh du, Justine. Geh ihm nach, beeil dich.«

Justine lief. Sie rannte hinaus auf Urgroßmamas Rasen, sie glaubte schon, Duncan verpaßt zu haben, da sah sie ihn mit einem Karton unterm Arm aus Onkel Zweis Haus kommen. Er überquerte den Rasen und wuchtete den Karton auf den Rücksitz des Graham Paige. Dann kletterte er hinterher.

»Duncan! Warte doch!« rief Justine.

Erstaunlicherweise tat er das. Sie rannte zu ihm hin, umklammerte atemlos ihre Serviette. »Wo willst du denn hin?« fragte sie.

»Ich ziehe aus.«

»Wirklich?«

Sie schaute auf den Rücksitz. Typisch für ihn, daß er seine Kleider zurückließ und nur sein Werkzeug und Schrott mitnahm.

»Was sollen wir bloß ohne dich machen, Duncan?«

»Ihr werdet schon überleben.«

»Wenn wir dich aber zu irgendwas brauchen? Wo finden wir dich?«

Schon drängten sich andere Mitglieder der Familie auf Urgroßmamas Veranda, das erkannte sie an dem Ausdruck, mit dem Duncan über ihre Schulter blickte. »Ich verschwinde, Justine. Ich hab' schon eine Bude, neben dem Buchladen bei St. Paul, du weißt schon, aber sag es nicht weiter.«

»Hör mal, Duncan –«

»Adieu, Justine.«

»Adieu, Duncan.«

Man ging davon aus, Duncan werde in nicht allzuferner Zeit heimkommen. Schließlich war er in einem schwierigen Alter. Achtzehnjährige erwarten sich ungeheure Dinge vom Leben, aber das ist nicht von Dauer. Doch die Tage gingen dahin, und man hörte nichts von ihm. Also setzte man Justine zu. Anfangs hatte sie gesagt: »Es wird ihm schon nichts passieren, er hat sich ein Zimmer genommen«, damit war man aber nicht mehr zufrieden. Hatte er nicht verraten, wo? Sie sei groß genug, um zu begreifen, daß es sich hier nicht mehr um Kindereien handelte, nicht wahr.

Sie habe Duncan versprochen, ihn nicht zu verraten.

Tante Lucy nannte Justine daraufhin grausam und selbstsüchtig. Justines Mutter fand, für solche Beschimpfungen sei kein Anlaß. Tante Lucy brach in Tränen aus. »Jetzt nehmt euch aber mal zusammen«, mahnte der Großvater, worauf Lucy auf ihn losging. Man dürfe doch vielleicht seinen Gefühlen nachgeben, oder? War das etwa sündhaft? Hatte eine Frau von 44 Jahren nicht das Recht, in ihrem eigenen Hause zu weinen, wenn ihr danach war, ohne zu riskieren, daß eine Horde Pecks über sie herfiel und ihr vorwarf, es mangele ihr an Haltung, Takt, Eleganz und Ehrbarkeit?

»Aber Lucy Hodges!« sagte Tante Sarah.

Tante Lucy sah sie haßerfüllt an, das war unmißverständlich.

Justine fühlte sich elend. Am liebsten hätte sie alles gesagt und die Sache hinter sich gehabt. Die Erwachsenen hatten andere Spielregeln, und Duncan hielt sich leider noch an die alten. Er würde wütend sein, falls sie ihn verriet. Sie hoffte sehr, er werde aus eigenem Antrieb heimkommen – kapitulieren, wie sie es bei sich nannte. Vielleicht würde Onkel Zwei, wenn er in den Pausen zwischen den Vorlesungen gespielt lässig durch den Hof strich, selbst auf Duncan stoßen. Duncan kapitulierte aber nicht, er wurde auch auf dem Universitätsgelände nicht angetroffen, und Onkel Zwei scheute es, im Dekanat zu fragen; andere Leute behelligte man nicht mit Familienangelegenheiten. »Du bist es uns einfach schuldig zu sagen, was du weißt, Justine«, verlangte er. Sein Gesicht war unterdessen eingefallen, er sah müde aus und hatte Ringe unter den Augen. Tante Lucy verkniff sich jedes Wort. Sogar Vettern und Basen bedachten Justine mit schiefen Blicken. Wie war sie nur in diese Lage geraten? Sie wollte doch bloß, daß die Familie zusammenblieb und glücklich war, einzig darum war sie Duncan damals nachgelaufen.

Sie kam sich vor wie ein Mensch, der einen einzigen Schritt auf festes Eis hinaus tut und es dann krachen hört. Schon stand sie mit einem Bein auf einer treibenden Eisscholle und mit dem anderen noch auf festem Grund.

Dann fragte der Großvater: »Hast du ihn mal besucht?«

»Das würde er bestimmt nicht wollen, Großvater.«

»Warum nicht? Du bist schließlich seine Kusine.«

»Ich weiß.«

»Nun denn.« Der Großvater zupfte an seiner Nasenspitze. »Ich finde, du solltest hingehen. Sonst gibt es hier niemals Ruhe.«

»Was denn – ihn besuchen?«

»Du hast doch nicht versprochen, ihn nicht zu besuchen, wie? Also. Und hab keine Angst, keiner geht dir nach.«

Justine hoffte hingegen halb und halb, es möge ihr doch einer nachgehen. Dann würde das Leben wieder werden wie zuvor.

Sie kannte den Buchladen, denn sie war oft mit Duncan dort gewesen – eine Höhle mit ächzenden Dielen, auf denen bergehoch zerlesene technische Handbücher gestapelt waren. Links von diesem Laden hing ein Schild, ZIMMER, schwarz auf orange. Eine schmale Holztreppe führte hinauf, endete in einem düsteren Korridor und dieser wiederum vor der Tür zur Toilette. Die Türen entlang dem Korridor erinnerten Justine an Türen zu Klassenzimmern, sie waren mit dicker brauner Schutzfarbe gestrichen und wiesen altmodische Emailleschilder mit der Zimmernummer auf. Die Namen an den Türen konnte sie aber ohne Taschenlampe kaum entziffern. Sie ging langsam den düsteren Korridor entlang, im Nacken das Gefühl von lauernder, unbekannter Gefahr, und las mit Mühe die Zettel:

Jones, Brown, Linthicum, T. Jones. Kein Peck. Allerdings gab es zur Rechten eine Tür ohne Zettel, und das konnte selbstverständlich nur die Tür zu Duncans Zimmer sein.

Sie klopfte. Als er öffnete, hielt sie ihren Hut fest wie jemand, der auf dem Jahrmarkt auf gut Glück einen Knopf gedrückt hat und nicht weiß, was jetzt zu gewärtigen ist. Duncan sagte weiter nichts als: »Justine.«

»Tag, Duncan«, sagte sie.

»Kommst du aus einem bestimmten Anlaß?«

»Ich soll nachsehen, ob es dir gut geht.«

»Nun, das hast du ja jetzt gesehen.«

»Stimmt.« Sie wandte sich weg, um zu gehen.

»Du kannst aber ebensogut reinkommen, wenn du nun schon mal da bist.«

Das Zimmer war klein und schmutzig, die Tapete voller Flecke, die Jalousie hing in Fetzen, der Spiegel war stellenweise blind, die Matratze auf der Eisenbettstelle durchgelegen. In einer Zimmerecke stand der Pappkarton. Duncan trug die Sachen, in denen er aus dem Haus gegangen war, eine braune Hose, ein weißes Hemd ohne Schlips. Er wirkte magerer. »Ich glaube, du ißt nicht ordentlich«, sagte Justine.

»Und das wolltest du mir sagen?«

»Nein.«

Sie ließ sich behutsam auf der Kante des Bettes nieder und überzeugte sich, daß ihr Hut gerade saß, indem sie mit beiden Händen an die Krempe faßte. Aus irgendeinem Grunde lächelte Duncan.

»Nun ja«, sagte sie endlich.

Duncan setzte sich neben sie.

»Deine Mutter stellt sich fürchterlich an, Duncan. Sie weint, daß alle es sehen. Dein Vater –«

»Davon will ich nichts hören.«

»Tja, dann ...«

»Ich weiß doch, was da vorgeht, ich sehe es so genau vor mir, als säße ich daneben. Sie reden von mir, wie von jemand, der außerhalb lebt. Sie machen den Burggraben noch ein bißchen tiefer. Sie weisen sich gegenseitig auf die Schwächen der Nachbarn hin, auf deren rutschendes Gebiß, ihre fehlerhafte Aussprache von Fremdwörtern, sie rücken noch ein bißchen enger zusammen, um den Feind fernzuhalten. Warum weint wohl meine Mutter? Etwa weil ich ihr fehle? Hat sie das je behauptet? Denk mal nach. Hat sie? Hat irgendwer gesagt, ich fehlte ihm? Nein. Sie haben bloß Angst, ich könnte in unpassende Gesellschaft geraten. Es beunruhigt sie der Gedanke, ein Peck könnte sich draußen in der Welt herumtreiben. Ich habe die Zugbrücke runtergelassen.«

»Ach, Duncan«, widersprach Justine matt.

»Alles, was sie machen, dient einzig dem Zweck, alle übrigen auf Distanz zu halten. Nimm zum Beispiel deinen Hut.«

Justine hob wieder beide Hände zur Hutkrempe, diesmal etwas unsicher.

»Nein, nein, dem Hut fehlt nichts. Es ist ein schöner Hut. Aber weshalb hast du ihn eigentlich auf?«

»Na hör mal, ich trage immer –«

»Ja, schon, aber weshalb? Hast du dich schon mal in der Welt umgesehen? Hüte tragen heutzutage nur alte Damen. Oder Frauen zur Kirche. Nur in unserer Familie, da tragen alle Frauen einen Hut, und wenn sie bloß eine Minute vors Haus gehen, um frische Luft zu schnappen. Schon die ganz kleinen Mädchen. ›Eine Dame geht nie ohne Hut, meine Liebe, das tun nur gewöhnliche Leute.‹ Gewöhnlich! Was ist an uns denn, bitte sehr, so ungewöhnlich? Wir sind weder berühmt, noch gehören wir zur ersten Gesellschaft, seit 1930 sind wir nicht mehr reich, wir haben weder Schönheit noch Geist aufzuweisen. Unsere Damen allerdings, die tragen Hut! Oh ja! Und wir haben allesamt exquisite Manieren. Mit Fremden sprechen wir zwar höchstens einmal übers Wetter, aber das tun wir höflich. Und wir mißbilligen ganz entschieden Sportwagen, Golf, Frauen in langen Hosen, Kaugummi, die Farbe Chartreuse, Gefühlsausbrüche, Landhäuser im Ranchstil, Bridge, Wimperntusche, Schoßhunde, Debatten über Religion, Nagellack, Politik, Plastik, durchsichtige Halbedelsteine, einerlei welcher Farbe, Schmuck in Form von Tieren, karierte Baumwollstoffe ... von Kindesbeinen an trichtert man uns ein, daß kein Peck je einen kariösen Zahn gehabt oder gar einen gezogen bekommen hat; daß wir stets pünktlich sind, und zwar auch dann, wenn damit gerechnet wird, daß wir uns verspäten; daß wir eine Stunde nach Heimkehr von einem Besuch unseren Bedankemichbrief verfassen; daß wir stets ›Baltimore‹ sagen, nie aber ›Balmer‹; daß auch noch unsere schäbigste Arbeitskleidung von Brooks zu sein hat und unsere Stiefel teuerste englische Reitstiefel, obschon keiner von uns je auf einem Gaul gesessen hat ...«

Er lief ab wie Urgroßmamas Grammophon, sank unvermittelt vornüber und ließ die Hände zwischen den Knien baumeln.

»Und dabei ist Onkel Zwei ganz furchtbar traurig«, sagte Justine. »Den ganzen Tag wandert er auf dem Universitätsgelände herum in der Hoffnung ...«

»Jetzt verschwinde bitte, Justine.«

Sie erhob sich sogleich und umklammerte die kleine Handtasche aus Wildleder. Als sie an der Tür war, sagte Duncan: »Es war nett von dir, daß du gekommen bist.«

»Bitte, ich hab' es gern getan.«

»Ich meine es ernst, Justine. Wirklich ... es tut mir richtig leid. Falls du mal wiederkommen willst, hab' ich nichts dagegen.«

»Wie du meinst.«

Zu Hause fielen natürlich alle über sie her, weil sie nichts Konkretes zu berichten wußte. Wovon lebte er überhaupt? Wohin ging er zum Essen? Studierte er noch? Hatte er Freunde, und welche?

»Ich bin überzeugt, er treibt sich mit irgendwelchen gräßlichen Leuten rum«, behauptete Tante Lucy. »Er hat einen grauenhaften Geschmack.«

Und alle staunten darüber, daß Justine so bekümmert dreinschaute.

Duncan lebte sozusagen von den Brosamen, die vom Tische eines Professors fielen. Er prüfte in der Bibliothek nach, ob alle sachlichen Angaben, die der Professor in einem höchst langweiligen Buch über Paleobotanik anführte, auch wirklich stimmten. Er lebte von Salzgebäck und Erdnußbutter, die er mit Milch hinunterspülte. Freunde hatte er überhaupt keine, auch Glorietta nicht, mit der er sich schon Monate zuvor schwer zerstritten hatte, weil sie nicht davon abzubringen war, eine ganz bestimmte hochgestochene Redewendung zu benutzen. Er beabsichtigte, in naher Zukunft weit weg zu gehen, möglicherweise nach Kanada, doch fehlte ihm vorerst die Energie dazu. Studieren tat er nicht mehr. Er las auch nicht mehr Dostojewski, dessen Schriften ihm plötzlich vorkamen wie die Textur von pflanzlichen Zellen, gewunden und das reine Augenpulver. Er hielt nicht für ausgeschlossen, daß er den Verstand verlor. Diese Vorstellung war ihm sogar willkommen. Er erwartete den Wahnsinn wie etwas, wovor die Eltern stets gewarnt haben, doch war sein Denkvermögen des Morgens beim Erwachen von stets gleichbleibender Qualität, was ihn enttäuschte.

Die Base Justine erschien jetzt mehrmals in der Woche und brachte ärgerliche kleine Gaben – lächerliche Hausschuhe; seine gestreifte Bettdecke; auch die vertraute Zahnbürste samt getrockneter Zahnpasta zwischen den Borsten. Wenn er ihr die Tür aufmachte, erweckte der Anblick ihres mageren, lieben Gesichtes und des Hutes mit dem Band ein starkes Glücksgefühl in ihm, doch bekam er Lust, sie hinauszuwerfen, ehe fünf Minuten vergangen waren. Sie hatte ein unglaubliches Talent, das Falsche zu sagen. »Darf ich den Kusinen und Vettern sagen, wo du bist? Sie möchten dich auch besuchen.«

»Um Himmels willen, nein!«

»Brauchst du Geld?«

»Ich sorge schon für mich, Justine.«

»Großvater Peck hat mir was für dich mitgegeben.«

»Sag ihm, ich komme selber zurecht.«

»Ich kann ihm das Geld unmöglich zurückgeben, Duncan. Er war so ... so ... er hat es mir ganz verstohlen und ungeschickt in die Hand gedrückt, keiner sollte es merken.«

»Rede von was anderem.«

»Ganz wie früher, als er mir Hustenbonbons zusteckte.«

»Justine, geh jetzt bitte.«

Und sie ging jedesmal. Sie kam aber auch jedesmal wieder, und wenn er sie wenige Tage später an der Tür stehen sah, rührte ihn ihre törichte, zum Lachen herausfordernde Hartnäckigkeit. Sie war seine Lieblingskusine, so lange er sich zurückerinnerte, vielleicht weil sie ein bißchen fremd war, eine Mayhew aus Philadelphia, nicht jederzeit greifbar und nicht so leicht zu durchschauen. Es überraschte ihn aber doch, daß sie der dunklen Stiege und seiner Barschheit standhielt, ausgerechnet sie, die doch so besonders gefügig wirkte. Er gab sich ihretwegen große Mühe, er glättete die Bettdecke, er bot ihr Salzgebäck aus einem schabensicheren Behälter an und schlug vor, sie möge den Hut absetzen, worauf sie sich selbstverständlich nicht einließ. »Ich bin richtig froh, daß du wieder da bist, Justine«, sagte er.

»Nett, daß du das sagst.«

»Du gehst mir zwar gelegentlich auf die Nerven, aber du läßt dir doch wenigstens anmerken, was du empfindest, du redest offen, ohne gleich zu fürchten, daß das eine Sünde ist. Du warst die einzige, die mir damals am Sonntag, als ich von zu Hause wegging, nachlief und sagte, ich sollte bleiben.«

»Doch nur, weil Großvater mich hinter dir her geschickt hat.«

Damit hatte sie wieder alles verpatzt. Immer wußte sie eine Antwort auf alles. Er hätte die Wände hinaufgehen mögen. Es kam dahin, daß er sie, kaum war sie ins Zimmer getreten, mit einer Flut von Argumenten überschwemmte, die er eigens für sie aufgehoben hatte. »Weißt du, an wen die mich erinnern?« (Wer mit ›die‹ gemeint war, bedurfte keiner Erklärung.) »Ich muß immer an Leute denken, die auf ihrem Radio unweigerlich die gleiche Station einstellen. Was nicht Peck ist, wird ignoriert. Genau wie ein fremdes Programm wird es keinen Moment angehört, man dreht über Jazz, Sportreportagen, Erweckungspredigten einfach weg, zuckt höchstens schmerzhaft zusammen, wenn man so was hört, und landet bei dem einzigen akzeptablen Sender, der Mantovani spielt. Nichts Unbehagliches, nichts Ausgefallenes, nichts, was man nicht mit guter Miene ertragen kann ...«

»Dich hat man bei deinem letzten Sonntagsessen auch ertragen«, gab Justine zu bedenken. »Du warst unbeschreiblich patzig, und doch gaben sich alle Mühe, deinen Standpunkt zu verstehen und vernünftig zu reagieren. Woher nimmst du das Recht, ihnen zu verbieten, über Eierschalen zu reden?«

Darauf sagte Duncan: »Für sie zählt einzig und allein die Familie. Wer kein Peck ist, gilt nichts, nicht die Nachbarn, nicht mal Sulie. Sulie ist bei uns, seit unsere Eltern klein waren, aber weiß vielleicht irgendwer im Hause, wie sie mit Nachnamen heißt?«

»Boudrault.«

»Hmmm?«

»Sie hat den alten Lafleur Boudrault geheiratet, den Gärtner.«

»Naja, so Kleinkram, den weißt du.«

»Er ist 1940 gestorben.«

»Ich sage ja, das sind so Lappalien, die der wohlerzogene Mensch eben kennt. Mit nichts dahinter. Und du bist genau wie die anderen, Justine, du wirst immer so sein. Wer hat dich überhaupt herkommen und mein Leben durcheinanderbringen heißen?«

Sie hinterließ einen Duft von warmem Gras und die Erinnerung an das unerschütterliche Pecksche Gesicht. Nachts hörte er endlos ihre dünne, kühle Stimme, die noch seinen Träumen eine gewisse Logik aufzuzwingen suchte. Er erwachte dann, schüttelte sein Kissen auf und wälzte sich unter der Bettdecke, die auch nach Justine roch, obschon sie sie nicht weit getragen hatte. Er hätte gern mit ihr gestritten, später hätte er sie gern um Verzeihung gebeten, noch später hätte er gern ihren kühlen, langen Leib neben dem seinen auf der durchgelegenen Matratze gespürt, und er wünschte, sie hielte ihn fest umfaßt während der tiefen, dämpfigen Nacht über Baltimore.

Justine war nicht sie selbst, das merkten alle. Auch die Sommerferien änderten daran offenbar nichts. Für die Familie wurde sie eine Fremde, die auf Abstand hielt, sie musterte Onkel und Tanten auf eine prüfende Art, die Unbehagen erweckte. »Was hat sie denn bloß?« fragte ihr Vater einmal, doch die Schwäger lächelten nur leer zurück, sie hielten nichts davon, viele Fragen zu stellen.

Es schien, als habe man sich mit Duncans Fortgang abgefunden. Es kam vor, daß man Justine nicht nach ihm fragte, wenn sie von einem Besuch bei ihm zurückkam; oder jemand sagte im Vorbeigehen: »Du warst bei Duncan?« und wandte sich anderen Dingen zu. Sogar Tante Lucy schien resigniert zu haben, allerdings erschien sie eines besonders heißen Sonntags mit einem kleinen elektrischen Ventilator vor Urgroßmamas Haus. Justine saß draußen, trocknete ihre Haare und las *Mademoiselle.* »Justine, meine Liebe«, sagte Tante Lucy.

Justine blickte auf, in Gedanken noch bei ihrer Lektüre. Ihre Tante sah aus wie eine Dame, die gefaßt und still einer Katastrophe entgegengeht.

»Dies ist für Duncan, Justine«, sagte sie.

»Was – der Ventilator? Ach, den kann er gewiß gebrauchen.«

»Siehst du, ich wußte es. Nun also – wenn du nächstesmal gehst – du gehst nicht vielleicht heute?«

»Heute gehe ich mit Neely picknicken. Vielleicht morgen.«

»Könntest du nicht doch heute früh noch vorbeigehen? Ließe sich das nicht vielleicht arrangieren?«

Tante Lucy lächelte unsicher.

»Aber gewiß kann ich das.« Justine nahm ihrer Tante den Ventilator aus den bebenden Fingern.

Den kleinen Umschlag, der vom Gitter des Ventilators herabhing, bemerkte sie erst, als sie vor dem Buchladen hielt.

In Duncans Zimmer kochte es förmlich, und er selber sah aus wie in Öl gesotten. Er trug ein mehr graues als weißes Unterhemd, die Hose war ungebügelt und zerknittert. »Ach, du bist es«, war alles, was er sagte, als sie hereinkam, dann setzte er sich auf und fuhr mit dem zerknitterten Hemd über die Stirn.

»Ich bringe dir einen Ventilator von deiner Mutter, Duncan.«

»Du hast erzählt, wie ich hier wohne!«

»Nein, das hab' ich nicht. Sie hat geahnt, daß du einen Ventilator gebrauchen könntest.«

»Und was ist in dem Umschlag da?«

»Weiß ich nicht.«

Er riß den Faden mit dem Umschlag ab und zog einen Zettel heraus; erst las er stumm, dann ächzte er und las laut:

Lieber Duncan!
Ich nehme mir die Freiheit, dir den Ventilator aus meinem Schlafzimmer zu schicken, denn es ist jetzt recht warm.
Wir alle sind wohlauf, ich selber allerdings hatte wieder unter meinen Kopfschmerzen zu leiden. Der Arzt meint, es sei nur

ein kleiner Spannungszustand, ich halte also die Ohren steif! Dein Vater hat viel zu tun –

»Darf ich mal fragen, warum sie nicht den Ventilator aus meinem Zimmer schickt? Da ist nämlich auch einer!«

»Sie hat dir ihren eigenen geschickt, damit du sehen sollst, wieviel du ihr bedeutest. Anders kann sie sich nun mal nicht ausdrükken«, sagte Justine.

»Das kann keiner von ihnen. Oh ja, man sieht deutlich, wohinein sie geheiratet hat. Sie ist jetzt genau wie die anderen. Sie sagen immer zuwenig, aber stillschweigend geben sie zuviel zu verstehen. Will man sich zur Wehr setzen, heißt es dann: Wieso? Was hab' ich denn gesagt? Und darauf gibt es keine Antwort. Alles wird in einer geheimen Sprache ausgedrückt, offen ausgesprochen wird nie etwas.«

»Das nennt man Takt, Duncan. Man möchte dir Peinlichkeiten ersparen.«

»Sie wollen sich bloß selber Peinlichkeiten ersparen«, klärte Duncan sie auf.

Justine erwiderte nichts.

»Etwa nicht?«

»Vermutlich. Aber es gibt hier einfach kein Recht und Unrecht. Weil ich mir selber darüber klarwerden möchte, sehe ich sie mir immer wieder genau an. Du hast mit allem, was du sagst, recht, ich aber ebenfalls. Und kommt es wirklich darauf an? Schließlich ist es deine Familie!«

»Weißt du, an wen du mich erinnerst? An Tante Sarah. Du wirst noch als alte Jungfer enden. Oder du heiratest einen Stockfisch wie Neely, der dann seinen Namen in Peck ändern muß. Ich sehe es schon deutlich. Ich sehe es auf deinem spitzen, ausdruckslosen Gesicht. Warte nur ab.«

Damit war er nun zu weit gegangen, das fühlte sogar er. Als Justine sich abwandte, angeblich um in ihrer Handtasche nach etwas zu suchen, sagte er hastig: »Ach was, erzähl mir lieber, was es Neues gibt.« Und er sprang vom Bett auf und ging im Zimmer hin und her.

»Ach . . .«

»Na, mach schon.«

»Viel Neues gibt es nicht.«

»Nein? Überhaupt keine Neuigkeiten in vier so großen Häusern?«

»Doch schon. Also: Tante Bella braucht eine Brille.«

»Aha.«

»Keiner soll es merken, sie trägt die Brille meist an einer kleinen Kette unter der Bluse versteckt. Beim Zeitunglesen setzt sie die Brille sogar ab, wenn sie eine Pause macht.«

»Tante Bea hat also eine Brille.«

»Und Mama hat einen Fernseher gekauft.«

»Einen Fernseher. Soso. Ich habe mir doch gedacht, daß es schließlich dahin kommen würde.«

»Ach, Duncan, so schlimm ist es auch nicht damit. Im Gegenteil. Findest du es nicht recht abwechslungsreich, wenn man sich daheim Tonfilme vorspielen kann? Ich frage mich nur, wie so etwas funktionieren mag.«

»Im Grunde ist es sehr einfach. Das Prinzip, nach dem es funktioniert, ist seit Jahrzehnten bekannt. Wenn du einen Bleistift hast, zeig' ich's dir.«

»Laß nur, ich kapiere es doch nicht«, wehrte Justine ab.

»Selbstverständlich kapierst du es.«

»Ich bin ein unwissenschaftlicher Mensch. Und daß du solche Sachen verstehst, ist mir unbegreiflich.«

»Gerade solche Sachen sind kinderleicht. Es sind die anderen Dinge, die ich nicht kapiere, die, mit denen du ganz selbstverständlich umgehst. Mit Spiegeln zum Beispiel.« Er blieb stehen und wedelte mit der Hand gegen den Spiegel am anderen Ende des Zimmers. »Letzte Nacht habe ich stundenlang wach gelegen und bin fast verrückt geworden, weil ich das Gesetz der Spiegelung nicht herausbekam, die Brechungswinkel nicht berechnen konnte. Verstehst du, was ich meine? Schau mal.«

Sie stand auf, betrachtete sich in dem mit blinden Tupfen übersäten Spiegel und sah nichts Überraschendes.

»Wieso zeigt er jetzt dein Bild, aber nicht meins?« fragte Duncan.

»Und jetzt meins, aber nicht deins? Wieso können Blicke sich im Spiegel treffen, obwohl die Personen einander in Wahrheit nicht anschauen? Verstehst du das Prinzip?«

Im Spiegel trafen sich ihre Augen, zwei paar blaue, kühle Augen, als spiegele der Spiegel ein Bild, das bereits ein Spiegelbild war.

Duncan drehte sich herum, legte die Hände auf Justines Schultern und küßte sie auf den Mund. Er roch nach Sonne und Salz. Sein Griff war gewichtlos, so als hielte er etwas in sich zurück. Als sie sich ihm entzog, ließ er die Hände herabfallen. Und als sie hinauslief, versuchte er nicht, sie zurückzuhalten.

Justine wollte Duncan nicht mehr besuchen. Der Großvater näherte sich ihr hoffnungsvoll immer von neuem, er drückte ihr Zwanzigdollarnoten in die Hand, und weil sie nicht wußte, was sagen, nahm sie das Geld schweigend an. Sie stopfte die Scheine achtlos in ihr Schmuckkästchen und kam sich vor wie eine Diebin, obschon sie das Geld nicht ausgab. Sie stritt mit der Mama wegen eines Kleides und nannte es altjüngferlich und hatte doch bislang anstandslos getragen, was die Mutter ihr aussuchte. Das Semester begann, und Justine hatte keine Lust an ihren Vorlesungen mehr, sie brachte es kaum noch fertig, pünktlich zu erscheinen. Esther unterrichtete bereits in der Vorschule, und statt ihrer begleiteten die Zwillinge Justine, und die Zwillinge warteten nicht gern bis zur letzten Minute. »Seht ihr etwa darin den Sinn des Lebens«, fragte Justine, »daß ihr pünktlich um neun in der Vorlesung seid?«

Die Zwillinge sahen einander an. Es war gewiß nicht ihre Absicht gewesen, diesen Eindruck zu erwecken.

Eines Samstagabends im Oktober saß Justine mit Neely vor dem Fernseher im Zimmer der Urgroßmama. Neely streichelte auf enervierende Weise ihren Hals, doch hatte sie ihn in letzter Zeit so unwirsch behandelt, daß sie nicht wagte zu protestieren. Statt dessen konzentrierte sie sich auf das Fernsehgerät: ein Ungetüm aus Mahagoni, mit einer briefmarkengroßen blauschimmernden Schneefläche in der Mitte, darauf ein junges Mädchen, das sich soeben verloben durfte, weil es abends zweimal Feuchtigkeitscreme auflegte. Nun blendete sie ihre Freundin mit einem Brillantring. »Dein Verlobungsring wird doppelt so groß«, bemerkte Neely dazu. »Mein Vater hat mir das Geld dafür schon versprochen.«

»Ich mag keine Brillanten«, sagte Justine.

»Warum denn nicht?«

»Durchsichtige Steine mag ich nicht.«

»Dir gefällt seit neuestem überhaupt nichts mehr, Justine.«

Im Fernsehen pries jetzt ein Mann eine Uhr an, die niemals stehenblieb, auch nicht in einer schleudernden Waschmaschinentrommel.

»Das gilt vielleicht auch für mich?« fragte Neely weiter.

»Wie? Was?«

»Magst du mich überhaupt noch leiden?«

Seine Finger peinigten ihren Hals. Justine verzog das Gesicht und wich zurück.

Jetzt wurden Theaterbesucher interviewt, ob sie von der neuesten, bakteriziden Zahnpasta gehört hätten. »Aber entschuldigen Sie mal, junger Mann«, verwahrte sich eine Dame.

»Moment doch mal«, insistierte der Interviewer. »Angenommen, Sie haben gerade eben eine Erkältung hinter sich, da wollen Sie sich doch gewiß nicht von neuem an Ihrer eigenen Zahnbürste anstekken?«

»Erlauben Sie mal!«

Der Interviewer wandte sich an einen Herrn im Regenmantel.

»Mein Herr, haben Sie je daran gedacht, wie gefährlich es ist, die gleiche Zahnbürste zu benutzen, die Sie während einer kürzlich überstandenen Krankheit benutzt haben?«

»Nein, das habe ich nicht. Aber ich verstehe, was Sie sagen wollen. Eine berechtigte Frage.«

Der Interviewer hielt als nächsten Duncan an.

»Das ist doch dein Vetter!« rief Neely entzückt.

Duncan trug eine dunkle Jacke, die Justine an ihm nicht kannte. Ihn fror und er zog eine Grimasse, und doch gab es nirgendwo auf der Welt ein so unbeirrbares, klares Gesicht wie seines. Er hielt ein, um sich die Frage anzuhören, höflich, den Blick auf einen fernen Punkt gerichtet. Als der Mann seinen Satz beendet hatte, richtete Duncan sich auf und dachte eine Sekunde nach.

»Wenn der Körper erst einmal genügend resistent gegen die Bakterien geworden ist, um die Krankheit zu überwinden, dann –«

Der Interviewer brach ab und rannte einer fetten Frau hinterher. Justine ging hinaus und zog den Mantel über. »Justine?« rief Neely. Sie beachtete ihn nicht. Er nahm vermutlich an, sie sei außer Hörweite, vielleicht in die Küche gegangen, Getränke holen. Jedenfalls rief er nicht noch einmal nach ihr.

Sie redete sich ein, sie sei Duncan einen Besuch schuldig. Er war schließlich ihr Vetter, oder? Und sie mußte ihm endlich das Geld vom Großvater geben. (Das lag unberührt daheim im Schmuckkasten.) Sie überzeugte sich selber. Duncan muß aber genau gewußt haben, wie ihr Denkapparat funktionierte. Denn als er ihr aufgemacht hatte, schaute er sie einen Moment wortlos an, zog sie ins Zimmer, küßte sie und sagte: »Ich sehe schon, daß du tausend Erklärungen bereithältst für diesen Besuch.« Dann legte er sie auf das Bett mit der Kuhle in der Matratze, in der beide zusammenrollten, so daß sie seine warmen Rippen durch das dünne weiße Hemd spürte. Er streifte ihre Kleider ab und dann seine. Sie erhob immer noch nicht den geringsten Einwand und sagte alles das nicht, was sie zu Neely gesagt hatte. Sie fühlte sich glücklich und empfand keinerlei Zweifel, so als sei alles, was geschah, längst vertraut. Es schien, als funkele sie von einem heimlichen, inneren Lachen über diese ungeahnte, lustige Lausbüberei, die sie da gerade ausheckten, über Duncans Koboldgesicht, das plötzlich ganz sanft wurde, oder darüber, daß sie sich in seinen Augen gespiegelt sah, ein nacktes Mädchen mit Hut.

6

Duncan kehrte im März 1953 nach Hause zurück. Eines Sonntags betrat er zur Essenszeit das Speisezimmer der Urgroßmama. »Duncan!« rief seine Mutter und erhob sich halb vom Stuhl. Und gleich darauf: »Was hast du denn nur an?!«

Er trug eine Matrosenjacke aus Marinebeständen. Sein Haar war ungeschnitten. Er war fast ein Jahr fort gewesen, und sein Gesicht hatte sich in dieser Zeit auf eine nicht definierbare Weise verändert, die ihn zum Fremden machte. Die Erwachsenen starrten, Vettern und Kusinen betrachteten ihn befangen und verstohlen. Ausgenommen Justine, die ihn über den Tisch hinweg anstrahlte wie ein Leuchtturm. Er lächelte zurück.

»Nun, wieder daheim, mein Junge?« fragte der Großvater.

»Nein«, versetzte Duncan und blickte Justine an.

Man glaubte ihm aber nicht. »Such dir einen Platz«, sagte seine Mutter. »Hier, setz dich auf meinen. Hol dir einen Teller. Hast du überhaupt ein einziges Mal anständig gegessen, seit du von zu Hause weg bist?«

»Ich will heiraten«, sagte Duncan.

»Heiraten?«

Gloriettas Gespenst huschte scharlachrot durchs Zimmer. Alle Erwachsenen rutschten peinlich berührt auf ihren Stühlen herum.

»Ich heirate Justine.«

Anfangs hielt man das für einen Scherz, einen geschmacklosen Scherz, aber er sah Duncan ähnlich. Dann bemerkte man, daß die beiden still und ernst waren. Justines Mutter ächzte: »Mein Gott!« und preßte eine Handvoll Rüschen gegen das Herz. »Mein Gott, wer hätte denn an so etwas gedacht!«

Und allen kam es plötzlich so vor, als hätten sie längst an so etwas denken sollen. Die Besuche, die Justine ihm gemacht hatte! Die Ausflüge! Es war bekannt, daß Justine Bewegung verabscheute wie alle übrigen Pecks, und doch hatte sie im letzten Winter Tag um Tag mittags bei Sulie in der Küche ein Lunchpaket gemacht und gesagt, sie werde erst spät heimkommen. »Ich mache mit Duncan einen Ausflug. Wir fahren aufs Land.« »Ja, geh nur, geh«, hatten sie geantwortet, »halt für uns ein Auge auf ihn.« Sie versäumte Vorlesungen, fehlte bei wichtigen Familienzusammenkünften, kam nicht mehr mit Neely zusammen, sah kaum noch die Vettern und Kusinen. »Schadet nichts, sie ist ja bei Duncan«, hieß es dann. »Bestimmt hat sie einen guten Einfluß auf ihn.« Und so waren sie getäuscht worden!

Nur Sam Mayhew, der langsame Denker, war nicht imstande, Pecks auf ihrem geistigen Hürdenlauf zu folgen. Er blickte sich am

Tisch um, sah von einem Gesicht ins andere, bereit, sofort zu lachen, wenn er den Witz begriffe. »Was?« fragte er, »was war das?«

Die anderen machten abwehrende Gebärden, sie waren ganz damit beschäftigt, den Schrecken zu verdauen. Nur Duncan stellte sich vor ihn hin und sprach langsam und deutlich zu ihm wie zu einem Kind: »Ich will Justine heiraten, Onkel Sam.«

»Aber hör mal ... du kannst nicht ...«

»Du hörst doch, wir heiraten. Ich bitte dich nicht um Erlaubnis, ich teile dir mit, daß wir heiraten. Das ist endgültig.«

»Unmöglich.«

»Das ist überhaupt nicht erlaubt!« jammerte Caroline.

»Oh doch, es ist erlaubt«, klärte Duncan sie auf.

»Ja, es ist erlaubt«, sagte der Großvater.

»Aber –«, sagte Caroline.

»Wer ist hier der Jurist, du oder ich? Der Junge hat recht. Es stimmt. Selbstverständlich gibt es Einwände. Man kann es aber auch anders sehen, nämlich so: hätte er denn ein netteres Mädchen finden können? Sie hat bestimmt einen guten Einfluß auf ihn. Außerdem sind sie aneinander gewöhnt, müssen sich nicht mit fremden Schwiegereltern und angeheirateten Verwandten plagen –«

»Einsperren müßte man Sie!« protestierte Sam Mayhew.

»Mein Herr!« verwahrte sich Großvater Peck.

»Haben Sie nie etwas von Inzucht gehört?«

»Nicht bei Tisch, Sam.«

»Haben Sie nie von Genen gehört?«

»Nun ja. Unsere Erbmasse ist gesund und tüchtig«, versicherte ihm der Großvater. »Da ist nichts zu befürchten.« Er griff zum Tranchiermesser. »Magst du eine Scheibe Schinken, Duncan?«

»Er ist blutsverwandt, knapp zwanzig Jahre alt und absolut verantwortungslos«, protestierte Sam Mayhew. »Ich erlaube nicht, daß Justine ihn heiratet, ihn nicht und überhaupt keinen Peck.«

»Dann brennen wir eben durch«, sagte Duncan.

»Durchbrennen!« ereiferte sich Justines Mama. »Nein, nein. Alles, nur nicht das.«

»Caroline, du bist eine Törin«, sagte Sam Mayhew. Sodann stand er auf, packte Justine am Handgelenk und zog sie zur Tür. Sie blieb aber völlig gefaßt und Duncan ebenfalls. Nichts schien die beiden beeindrucken zu können. Als Justine an Duncan vorüberkam, warf er ihr einen Blick zu, der so eindringlich war, daß die übrigen Anwesenden befangen beiseite sahen. »Komm, Justine«, befahl der Vater, führte sie durch den Salon und hinauf in ihr Zimmer. Sie folgte ohne Protest. Er setzte sie ab, schloß sie ein und ging wieder zum Essen hinunter.

Justine saß in ihrem Schaukelstuhl und wartete. Wegen der Familie war sie keinen Moment in Sorge, und daß sie hier eingeschlossen saß, kam ihr eher komisch als ärgerlich vor. Hatte Duncan nicht alles vorhergesagt? »Aufregen wird sich einzig dein Vater. Die anderen finden sich damit ab. Fremde Frauen einzugewöhnen ist immer lästig. Dein Vater wird nachgeben, weil er nicht anders kann. Du siehst – es wird alles ganz leicht gehen.«

»Bestimmt.«

»Noch einfacher wäre es, wenn du mit mir durchgingst.«

»Und ich sage dir, es soll alles seine Ordnung haben.«

»Kommt es denn wirklich so sehr darauf an, Justine? Warum nur? Es sind doch nur Leute, blonde, gewöhnliche Leute. Warum mußt du sie um ihr Einverständnis bitten?«

»Weil ich sie lieb habe«, erwiderte Justine.

Darauf wußte er keine Antwort. Liebe war ein Wort, das er nicht benutzte, auch nicht Justine gegenüber.

Justine schaukelte in ihrem Stuhl, sie blickte in den grauen Winterhimmel, und unten tobte derweil die Schlacht. Die Urgroßmama glättete die Wogen wie ein trockener brauner Faden, den das Schiffchen hin und her wirft. Die Heirat erklärte sie für einen glänzenden Einfall; von Genen hatte sie nie etwas gehört. Sam Mayhew brauste auf, der Großvater rief ihn schroff zur Ordnung. Onkel grummelten, Tanten zirpten und trullerten. Und darüber die Stimme Duncans, voll Selbstvertrauen, zuredend. Justine hörte bis hier oben, daß der Sieg sich Duncan zuneigte, jetzt war er allein es, der sprach, die anderen waren nacheinander verstummt. Das Schlimmste war vorüber, jetzt mußten die Unterlegenen Zeit bekommen, das Gesicht zu restaurieren.

Justine fand das plötzlich alles erstickend und langweilig. Sie holte aus dem Badezimmer ihre Zahnbürste, und aus dem Schreibtisch nahm sie Streichhölzer. Nicht umsonst war sie nun schon lange die Gefährtin von Duncan: sie erhitzte allmählich den Griff der Zahnbürste, stieß ihn nach und nach ins Schloß ihrer Tür, drehte um und verließ das Zimmer. Niemand wunderte sich, als sie wieder im Eßzimmer auftauchte. Nur Duncan kippelte amüsiert mit seinem Stuhl, als er die Zahnbürste in ihrer Hand bemerkte, doch wurde er ernst, als er sah, wie Justines Vater aufstand und um den Tisch auf sie zuging.

»Justine«, sagte er.

»Ja, Papa.«

»Man hat mir deutlich gemacht, daß ich nichts gegen euren Entschluß unternehmen kann. Ich kann nur hoffen, daß du Vernunftgründen zugänglich bist. Mach dir bitte klar, Justine, dies alles ist nur die Folge eures ständigen Umgangs miteinander. Keiner von euch beiden verkehrt mit Außenstehenden, das tut in dieser Familie überhaupt niemand. Ihr seid schon in einem Alter häufig beieinander gewesen, wo der Mensch ... und ihr habt Angst vor Fremden. Gib es zu, habe ich nicht recht?«

Justine dachte nach. »Es klingt zutreffend«, sagte sie endlich.

»Na, also.«

»Aber was andere sagen, klingt in meinen Ohren ebenfalls zutreffend, und mich überzeugt immer, wer gerade mit mir spricht.«

Ihr Vater wartete, daß sie fortfahre, doch lächelte sie nur. Er ächzte also nur kurz und warf die Arme hoch. »Du klingst schon wie er. Du bist seine Marionette. Wenigstens eins habe ich heute endgültig eingesehen: wenn man einen guten und einen schlechten Menschen zusammentut, setzt der schlechte sich allemal durch.«

»Möchtest du das bitte wiederholen?« sagte Tante Lucy. »Meinst du mit dem schlechten Menschen Duncan?«

»Wen sonst?«

»Duncan ist nicht schlecht.«

Das verblüffte sogar Duncan.

»Justine ist diejenige, die uns übrige von Duncan ferngehalten hat. Nicht mal ihrer eigenen Mutter wollte sie sagen, wo Duncan ist. Deine Tochter ist zu tadeln, Sam, nicht Duncan.«

»Aber Lucy!« sagte Justines Mutter.

Duncan ließ den Stuhl nach vorn kippen. Das konnte ja noch interessant werden. Doch nein, eine neue Ablenkung trat ein: Sam Mayhew knöpfte seinen Rock entschlossen zu, die Ellenbogen abgewinkelt, das uhrförmige Gesicht ausdruckslos auf einen Punkt oberhalb der Köpfe der Anwesenden gerichtet. Allen war sofort klar, daß etwas Bedeutendes vorging.

»Zur Hochzeit werde ich nicht kommen«, sagte er schließlich.

»Aber Sam!« rief seine Frau.

»Und wohnen bleibe ich hier ebenfalls nicht.«

»Wie?«

»Ich ziehe nach Guilford, wo meine Eltern wohnen. Ich suche mir dort ein Haus.«

Jetzt war der letzte Knopf geknöpft. Er zupfte an den Manschetten, kleidsame weiße Streifen über den geröteten feisten Gelenken. »Du, Caroline, darfst mich selbstverständlich begleiten. Das gleiche gilt auch für dich, Justine, falls du auf diese Ehe verzichtest. Ich sage euch aber jetzt schon: Besuch wird hier nicht öfter als einmal im Monat gemacht.«

»Einmal im Monat?«

»An jedem ersten Sonntag im Monat zum Mittagessen. Um drei gehen wir wieder.«

»Aber Sam . . .«

»Du hast die Wahl, Caroline.«

Er hielt den Blick stetig über ihren Kopf hinweg gerichtet. Caroline sah sich unter den Ihren um. Ihr Gesicht war immer noch das eines Säuglings, allerdings hatten die Jahre nach Art der Schwerkraft an den Wangen gezogen. Sie hatte ihr endgültiges Gewicht erreicht. Sie sah aus wie ein zusammengefallener Topfkuchen. Alle Geschwister bedachte sie nacheinander mit einem runden, ratlosen Blick, auch den Vater und die Großmutter, und drehte dabei die Perlen an den Fingern.

»Wozu hast du dich entschlossen, Caroline?«

»Ich kann doch nicht einfach weggehen.«

»Gut.«

»Sam?«

Er trat zu Justine. Sofort stand Duncan auf. »Justine«, sagte Sam Mayhew. »Als Tochter warst du Zeit deines Lebens eine Enttäuschung für mich.«

Justine fuhr zurück, als hätte er sie geschlagen, doch Duncan stand schon hinter ihr, bereit, sie aufzufangen.

Die Hochzeit sollte in einer Kirche stattfinden, darauf bestand die Familie einmütig. Duncan war seit Jahren in keiner Kirche mehr gewesen, und er verabscheute Pastor Didicott, einen feisten Menschen, der aus der gleichen Stadt wie Tante Lucy stammte und so nölte, daß die Zeremonie bestimmt zweimal so lange dauern würde als anderswo; er sagte jedoch, er wolle tun, was Justine für geboten halte. Und Justine ließ sich, nur halb widerstrebend, von den anderen dirigieren, sie erlaubte, daß man ihr ein langes Seidenkleid und den elfenbeinfarbigen Brautschleier von Sarah Cantleigh anlegte, und duldete auch die kleine alte Hausschneiderin mit einer Zigarrenkiste voller Stecknadeln, weißem Garn, Riechsalz und einem Stück Kreide gegen allfällige Flecken. »Es tut mir ja so leid, Duncan!« keuchte sie, als sie an ihm vorbei zum Fotografen hastete. »Es muß dir doch alles ganz furchtbar zuwider sein!« Er aber blieb traktabel. Er räumte bereitwillig seine Bude in der Stadt und lebte den Monat bis zur Hochzeit daheim, er ließ sich widerstandslos einen schwarzen Anzug kaufen, in dem er streng aussah und wie ein Unbekannter. Es schien, als beobachte er Justine wann immer möglich besonders aufmerksam. Fürchtete er, sie könnte es sich anders überlegen? In *Für die Braut* vertieft, spürte sie seinen Blick auf sich, fühlte, wie er sann und in den Wind schnupperte. »Was hast du?« fragte sie, doch antwortete er darauf nicht.

Ihre Mama war überall zugleich, berstelte sich auf, rannte hin und her, gab bei der Anprobe ihre Anweisungen in Form von Trillern, die abbrechen oder in den Himmel steigen zu wollen schienen. »Wer könnte da auf den Gedanken kommen, daß sie gerade eben von ihrem Mann verlassen worden ist?« staunte Justine.

»Beruf es nur nicht. Im Augenblick füllt noch die Hochzeit sie völlig aus, aber wie soll das später einmal werden?«

Später würde Justine weit, weit weg sein. In einem war Duncan unerbittlich: in Roland Park wollte er nicht wohnen. Auch in Baltimore nicht, nicht einmal bis Justine ihre Studien abschloß. Und er selber wollte nicht wieder mit dem Studium anfangen. Sie pachteten also ein kleines Haus und ein Stück Land, etwa eine Autostunde entfernt, in einer Gegend, in die sie ihre Ausflüge zu machen pflegten. Duncan wollte eine Ziegenzucht anfangen. Das, so sagte er, habe er sich schon immer gewünscht. Hatte er das wirklich? Justine hörte zum erstenmal davon. Immerhin – er konnte nicht in alle Ewigkeit Fakten für einen Professor nachprüfen, und im übrigen verlor er derartige Jobs auch immer wieder, weil er der Verlokkung nachgab, den Text zu korrigieren, ihn etwas zu schönen, seine eigenen Wissensbrocken einzuarbeiten, hin und wieder auch Irrtümer. Überdies hatten sowohl er als auch Justine Anspruch auf den Nachlaß des alten Justin. Viel war das nicht gerade, denn es gab unterdessen zahllose Erbberechtigte, doch würde es reichen, bis die Ziegenmilch Profit abwarf. »Du beschneidest dir alle Möglichkeiten, Junge«, warnte der Großvater. »Eine gute Ausbildung wäre viel nützlicher. Und daß du pachten willst, ist ganz verkehrt, das ist eine schäbige Basis für die eigene Zukunft.«

»Gewiß, Großvater.«

Duncan fuhr aber fort, in seiner Fachzeitschrift für Ziegenzucht zu lesen, und strich dabei abwesend durch den Haarschopf, wie er stets tat, wenn er in etwas vertieft war. Und eine Woche vor der Hochzeit beaufsichtigte er die Beladung eines Möbelwagens mit alten, soliden Möbelstücken und gerollten Teppichen, mit Kisten voll Kristall, geschenktem Porzellan und Silber, mit Bettwäsche, die von Tante Laura May mit Monogrammen versehen war, und mit schweren Damastvorhängen, alles bestimmt für das Häuschen mit den drei Zimmern. Justine bezweifelte, ob dies das richtige sei, aber womit sonst sollte man das Haus möblieren? Sie wußte es einfach nicht. Duncan enthielt sich aller Bemerkungen, er sah ohne Überraschung zu, als sie den Packern die Kommode mit den Klauenfüßen wies, die Stehlampe mit den Fransen, das Bettgestell mit den geschnitzten Ananasaufsätzen.

»Geh jetzt und bereite deine Mutter vor«, sagte er zu Justine.

»Ich meine das ganz ernst. Sie muß sich darauf einrichten, ohne dich auszukommen, und das wird ein Schock für sie sein.«

»Gut.«

»Und bereite auch du dich darauf vor, Justine.«

»Worauf?«

»Hast du wirklich schon begriffen, daß du jetzt von hier fortziehst?«

»Selbstverständlich.«

Nun, sie wäre lieber nicht fortgezogen. Schon der Gedanke daran stimmte sie traurig. Doch nichts war auch nur annähernd so wichtig wie das sonderbare Ziehen im Magen, das sie bei Duncans Anblick befiel. Saßen sie entfernt voneinander im Salon der Urgroßmama, schien es ihr, als ob sie miteinander verschmölzen, auch wenn sie körperlich getrennt blieben. Auf dem Flur, im Treppenhaus, in der Garderobe küßten sie einander, bis sie davon ganz krank und schwindlig im Kopf wurden. Justine entbehrte Duncans Bude in der Stadt, das quietschende Bett, den warmen Puls in seiner Halsgrube, die ledrige Sohle seines rechten Fußes, die sich glatt dem Bogen ihres Unterschenkels anschmiegte, wenn sie miteinander einschliefen.

»Mir wäre es lieb, wenn du wirklich begreifen würdest, worauf du dich da eingelassen hast«, beharrte Duncan.

Am Morgen der Hochzeit, einem blassen, kühlen Aprilmorgen, wurde Justine davon geweckt, daß ihre Mutter die Vorhänge im Schlafzimmer aufzog.

»Justine? Bist du wach?«

»Ja.«

»Hör mir mal gut zu.«

Sie trug einen schmiegsamen Morgenrock aus rosa Seide, das Puppengesicht war bereits hergerichtet, die Löckchen lagen fest an. In der Hand hielt sie einen Zettel. Sie setzte sich zu Justine aufs Bett, reichte ihr den Zettel hin und lächelte dabei aufmunternd wie jemand, der eine Arznei verabfolgt. »Da ist die Telefonnummer von deinem Papa drauf.«

»Wie? Was?«

»Jetzt hör mir doch mal zu. Ich möchte, daß du auf den Flur zum Telefon gehst, diese Nummer hier wählst, und wenn sich deine Großmutter Mayhew meldet, bittest du sie, sie möchte deinen Papa ans Telefon rufen. Dann sagst du zu ihm: ›Papa, heute ist mein Hochzeitstag.‹«

»Ach, Mama.«

»Unterbrich mich nicht. Du sagst: ›Daddy, dies soll der schönste Tag meines Lebens sein. Mach mir die Freude und sei mein Brautführer.‹«

»Aber so kann ich nicht reden.«

»Selbstverständlich kannst du. Er hat noch den guten Anzug, der jahrelang in der Tüte von der Reinigung hing. Ich weiß, daß er ihn mitgenommen hat. Er könnte also ohne weiteres kommen. Justine, Justine, ich bitte dich darum.«

»Mama . . .«

»Bitte, Justine. Ich habe mir das genau überlegt. Es klappt ganz bestimmt. Sieh mal, wie sauber ich die Nummer rausgeschrieben habe. Hier, nimm den Zettel.«

Sie drückte den Zettel Justine in die Hand, und Justine kroch aus dem Bett, immer noch widerstrebend.

»Los, Justine, geh.«

Das Flurtelefon stand auf einem geschnitzten Tischchen. Das Fenster darüber war spaltbreit geöffnet und Justine fröstelte in ihrem dünnen Baumwollnachthemd, als sie die Nummer wählte.

»Ja?« meldete sich Sam Mayhew.

Justine hatte die Großmutter erwartet, eine alte Dame, die mit tragender Stimme sprach und die Justine kaum kannte. Auf den Vater war sie nicht im geringsten vorbereitet.

»Ja, bitte?« wiederholte er.

»Papa?«

Pause. Dann sagte Sam: »Ach – Justine?«

»Papa, heute ist mein Hochzeitstag.«

»Ja, ich hab' es in der Zeitung gelesen.«

Justine blieb stumm. Sie lauschte seiner leisen, fragenden Stimme und mußte daran denken, wie hilflos er vor Jahren in Philadelphia versucht hatte, Konversation mit ihr zu machen. Zum erstenmal wurde ihr richtig klar, daß er wirklich nicht mehr da war. Alles war verändert, nichts würde je wieder sein wie zuvor.

»Du kannst es dir noch anders überlegen, mein Herzblatt«, sagte er.

»Das will ich aber nicht Papa.«

»Ich kaufe demnächst in Guilford ein Haus. Möchtest du nicht zu mir ziehen? Es gibt dort für dich ein Zimmer mit blauer Tapete. Blau magst du doch. Du könntest auf ein gutes College gehen. Du warst immer eine gute Schülerin! Pecks denken, Mädchen gehen bloß aufs College, um die Zeit bis zum Heiraten zu überbrücken, aber ... es ist noch Zeit. Du kannst immer noch absagen.«

»Möchtest du nicht zur Hochzeit kommen, Papa? Als mein Brautführer?«

»Nein, dazu kann ich mich nicht hergeben.«

»Ich würde mich aber sehr darüber freuen.«

»Tut mir leid.«

Die Mama zupfte an Justines Nachthemd. »Sag: es soll der glücklichste Tag meines Lebens sein!« tuschelte sie.

»Laß doch ...«

»Wer ist denn bei dir?« fragte der Vater.

»Mama.«

»Was hat sie denn da zu suchen?«

»Ich soll dir sagen ...«

»Hat deine Mutter dich dazu angestiftet, mich anzurufen?«

»Nein, ich ... sie wollte bloß ...«

»Ach«, sagte ihr Vater, »und ich dachte, es wäre dein eigener Einfall gewesen. Das hätte mich gefreut.«

»Aber ich bitte dich wirklich darum!«

»Justine, zu deiner Hochzeit komme ich nicht. Also sprich nicht mehr davon. Hör mir gut zu, denn was ich dir jetzt sage, sind vermutlich die letzten vernünftigen Worte, die du heute zu hören bekommen wirst: Sieh zu, daß du dort herauskommst –«

»Aber, Papa ...«

»Du glaubst wahrscheinlich, daß du jetzt ein eigenes Leben führen wirst, nicht wahr? Ihr wollt eine Hühnerfarm aufmachen oder so was.«

»Ziegen.«

»Aber in Wahrheit bedeutet das keine Trennung, glaub mir, und in spätestens einem Jahr seid ihr wieder in Roland Park.«

»Aber wir wollen doch ...«

»Ich weiß genau, warum du Duncan heiratest, auch wenn du es nicht glaubst. Hast du dich aber schon mal gefragt, warum Duncan dich heiratet? Warum er eine Kusine ersten Grades heiratet?«

»Weil wir ...«

»Dafür gibt es nur zwei mögliche Gründe: Entweder braucht er eine Peck, um sie zu quälen, oder er braucht eine als Stütze. Entweder hast du mit ihm die Hölle, oder er hängt viel fester an der Familie, als er glaubt. Aber ob nun das eine oder das andere – Justine, du solltest dich auf so was nicht einlassen.«

»Ich muß jetzt Schluß machen.«

»Wie? Warte noch, Justine ...«

Doch Justine legte auf. Ihre Zähne klapperten. »Was hat er gesagt, Justine?« drängte die Mutter. »Kommt er?«

»Nein.«

»Aha. Nun, ich verstehe.«

»Mir ist ganz übel.«

»Ach, das ist nur, weil du heiratest. Das geht vorbei. Eine ganz natürliche Reaktion. Ich hätte dich nicht bitten sollen anzurufen. Ich habe es hauptsächlich seinetwegen gewollt.«

Nun führte sie Justine zurück ins Schlafzimmer, deckte die von der Urgroßmama eigenhändig gehäkelte Decke über sie und blieb eine Weile bei ihr sitzen. Die Decke strömte tiefe, zuverlässige Wärme aus. Von der Küche her roch es nach Kaffee und Toast mit Zimt, und Sulie, die den Ton nicht halten konnte, sang eine Hymne. Justines Kiefermuskeln lockerten sich, sie spürte, daß sie auftaute.

»Wir kommen glänzend ohne ihn aus«, versicherte die Mama. »Ich wollte nur, daß er nicht das Gefühl hat, ausgeschlossen zu sein.«

Pastor Didicott hat seinem Gehilfen später erzählt, die Hochzeit Peck-Mayhew sei die absonderlichste Amtshandlung seines Lebens gewesen. Zum ersten die Sitzordnung der Gäste, deren es ohnehin nicht viele gab: ganz hinten, auf einem Haufen zusammen die

Freunde, ganz vorn die gesamte Familie. Der Umstand, daß in der ersten Reihe lauter ausdruckslose Blondköpfe saßen, immer wieder das fast gleiche Gesicht, unterschieden nur geringfügig durch Geschlecht oder Lebensalter, hatte etwas Traumartiges. Zum zweiten: Der Bräutigam, unpassend leichtfertig gestimmt, lief vor Beginn der Zeremonie unermüdlich hinter ihm her und beharrte darauf, das Christentum sei eine aussterbende Religion. »Einzig bei den Christen zählen auch im Geist begangene Sünden; das läßt sich einfach nicht verkaufen«, sagte er. »Hören Sie auf meinen Rat: suchen Sie sich einen anderen Beruf, solange Sie noch können.« Allein darum schon hätte Pastor Didicott sich weigern sollen, die Trauung vorzunehmen, doch das konnte er Lucy Hodges Peck nicht antun, mit deren Familie er noch vom Süden her bekannt war. Ferner agierte der Großvater als Brautführer, ein Greis, der nicht lächelte und eine barsche Art hatte, mit den Leuten zu reden, und das, obwohl jedermann wußte, daß der Brautvater sich bester Gesundheit erfreute. Sodann weigerte sich der Bräutigam, die Braut vor den Verwandten zu küssen. Am sonderbarsten betrug sich die Mutter der Braut: während der Trauung verhielt sie sich ganz gelassen, wenn es auch gelegentlich um ihre Mundwinkel zuckte, und auf dem anschließenden Empfang war sie geradezu munter und kokett, doch ließ sie alle Beherrschung fahren, als die Jungvermählten abreisten. Als der Bräutigam die Braut in den Wagen setzte (und der war ein ganzes Kapitel für sich, ein schändlich grünes Vehikel mit abgehacktem Heck), stieß die Mutter einen schrillen Schrei aus. »Nein!« kreischte sie, »nein! Wie kannst du mich allein lassen? Nur deinetwegen ist dein Vater fortgegangen! Wie kannst du einfach so herzlos wegfahren?« Die Braut machte Anstalten, aus dem Auto zu steigen, der Bräutigam hielt sie aber zurück, indem er die Hand auf ihren Arm legte, und gleich darauf fuhren sie davon. Die Mutter stürzte sich in die Arme des Großvaters und schluchzte laut. »Leute wie wir heulen nicht, Caroline«, bemerkte der nur. Die uralte Mrs. Peck setzte ein unnahbares Gesicht auf und summte vor sich hin. Pastor Didicott warf einen Blick in den Briefumschlag, den der Bräutigam ihm ausgehändigt hatte. Er fand fünfzig Dollar in Banknoten der Konföderation.

Duncan hatte ausgestreut, er und Justine würden eine Hochzeitsreise unternehmen, das taten sie aber nicht. Es machte ihm Spaß zu schwindeln. Sie fuhren statt dessen direkt zur Farm. Zwei Wochen blieben sie sich hier selbst überlassen. Duncan arbeitete pausenlos, er brachte acht Toggenburger Ziegen und einen reinrassigen Bock unter, der wie ein ganzer Zirkus stank. Er schleppte Heuballen und Säcke mit Ziegenfutter Marke Purina, einen rosa Salzblock und ein Faß Molasse, die, dem Trinkwasser der Ziegen beigegeben, angeblich den Milchertrag erhöhen sollte. Es war plötzlich warm geworden. Er arbeitete im Unterhemd und pfiff dabei ›The Wabash Cannonball‹. Justine riß sämtliche Fenster im Häuschen auf und band die schweren Damastvorhänge zurück, damit der Wind durch die Zimmer streichen konnte. Sie fertigte eine Kopie des Hauses der Urgroßmama an – abgerechnet die grünen Tapeten und gelben Decken. Das Linoleum mit dem Blumenmuster wurde von Teppichen bedeckt, und das Himmelbett verbarg den Schimmelpilz unter einem der Fenster. Gegen den Geruch von Petroleum und Schweineschmalz kämpfte sie mit Pomanderkugeln der Großmutter, die sie in der Diele aufhängte. Sie beschäftigte sich stundenlang mit der Herstellung von Mahlzeiten aus dem altmodischen Kochbuch, nach dem alle ihre Tanten kochten. Abends saß sie mit Duncan auf der Veranda in Schaukelstühlen, die dem Großvater gehört hatten. Sie schauten über ihr Unland zu dem Schuppen, wo die Ziegen standen. Sie schaukelten gemächlich wie ein altes Farmerpaar und beobachteten die Landstraße, auf der gelegentlich ein Lieferwagen in Sicht kam, der zur Farm der Jordans weiter oben am Berg wollte, oder auch eine Horde Kinder, Ruten oder wilde Blumen in der Hand, ohne Eile auf dem Heimweg. Justine meinte, so solle es in alle Ewigkeit bleiben: abgeschieden, reglos, kaum spürbar atmend, von der übrigen Menschheit losgelöst. Sie lebten wie unter einem Glassturz. Sie schaukelten im Gleichtakt nebeneinander, sie berührten einander beinahe, doch nicht wirklich, so als wären zwischen ihnen dünne Drähte gespannt.

Dann kamen die Briefe. »Ich bin sehr beschäftigt, ich gehe viel spazieren«, schrieb Justines Mama. »Natürlich nicht weit, eigentlich immer nur im Garten deiner Urgroßmama, auf und ab.« Tante

Lucy schrieb: »Wir denken oft an euch, besonders Tante Caroline, man merkt es genau, wenn sie es auch nicht ausspricht.« »Letzten Sonntag«, hieß es im Brief der Urgroßmama, »haben wir für euch zwei Gedecke aufgelegt, weil wir dachten, ihr wäret vielleicht schon von der Hochzeitsreise zurück und hättet die Absicht, zum Essen zu kommen, was Caroline gewiß gutgetan hätte, aber offenbar konntet ihr es nicht einrichten.«

Das ging Justine wie ein Stich durchs Herz. Sie schrieb: »Liebe Mama, Du fehlst mir recht sehr. Ich will bald einmal auf Besuch kommen. Duncan sagt, wir kommen, sobald es sich einrichten läßt. Ziegen kann man nämlich nicht einfach sich selber überlassen. Zweimal am Tag muß man sie melken und tränken, und Duncan muß auf alle Fälle in der Nähe sein, denn er hat eine Anzeige in die Zeitung gesetzt und wir erwarten schon bald Kunden ...«

»Liebe Ma«, schrieb Duncan auf eine Postkarte. »Uns geht's gut. Grüße alle von mir. Herzlich, Duncan.«

Die Familie schrieb mit schwarzer Tinte auf cremefarbige Umschläge, und fast jeden Morgen lagen mehrere solche Umschläge in dem Briefkasten an der Einfahrt. Als Duncan einmal vor Justine zum Briefkasten kam, warf er alle diese Umschläge über sich in die Luft, legte den Kopf in den Nacken wie ein Kind bei Schneegestöber und ließ sie auf sich herabregnen. »Huhu!« rief er dabei. Justine lief herzu und sammelte gebückt alle Umschläge ein. »Tu doch so was nicht, Duncan«, sagte sie dabei, »ich weiß gar nicht, ob ich alle gefunden habe!«

»Na, wenn schon. Einer ist wie der andere.«

Das traf zu. Gleichwohl las Justine aufmerksam, sie setzte bei der Lektüre oft zum Sprechen an, und Duncan beobachtete sie. Aus jedem Umschlag stieg eine winzige seifige Duftwolke auf, heimatlicher Geruch. Justine stellte sich das unablässig wechselnde Schattenspiel der Blätter vor ihrem Schlafzimmerfenster vor, das behagliche, liebevolle Lächeln, mit dem der Großvater sie morgens begrüßte. Der Großvater fehlte ihr sehr.

»Wenn du willst, fahre ich dich Sonntag zum Essen hin«, sagte Duncan. »Das möchtest du doch?«

»Ja, das möchte ich.«

Irgendwie kam es aber nicht dazu. Duncan hatte mit dem Aufräumen der Scheune zu tun oder mit dem Aufstellen des neuen Elektrozaunes, oder sie verschliefen, erwachten zu langsam, die Beine ineinander verknäult, klappten zur gleichen Zeit die blauen Augen auf und erblickten einander über das Kissen hinweg. Die ungemolkenen Ziegen klagten, und immer gab es etwas zu tun. »Nächsten Sonntag vielleicht«, schrieb Justine dann. Und wenn dann eine neue Sendung Umschläge eintraf, kam sie sich getadelt vor und bereute, schon bevor sie die Briefe aufmachte. Brachte sie die Briefe zu Duncan in die Scheune, dann lachte der bloß. Wie ein Lehrer mit dem Zeigestock deutete er mit einem Grashalm hier und dort auf einen Satz – Vorwürfe, durchsichtige Tapferkeitsbekundungen, Sätze mit doppelter, dreifacher, vierfacher Bedeutung. »Wir bedauern es natürlich sehr, daß ihr nicht kommen konntet, wir verstehen es aber sehr gut, und ich hatte deinen Tanten schon gesagt,wir sollten nicht allzu fest auf euch rechnen.« Ha! machte Duncan.

Justines Züge lockerten sich nach und nach, doch nahm sie ihm die Briefe wieder ab und ordnete sie sorgsam, ehe sie zurück ins Haus ging.

Eines Tages ratterte ein Lastwagen auf den Hof und ein Mann stieg aus, in der Hand ein Telefon. »Telefon«, sagte er, als fordere er Justine auf, den Hörer abzunehmen und zu antworten. Doch in Wirklichkeit marschierte er an ihr vorbei, die Verandatreppe hinauf, um den Bauch einen Gurt voll Werkzeug, das klirrte. Duncan kam ihm an der Tür entgegen. »Wir wollen kein Telefon«, sagte er.

»Es ist aber eins beantragt worden.«

»Nicht von uns.«

Der Mann zog eine gefaltete Liste aus der Tasche und blätterte sie auf. »Peck & Söhne.«

»Das ist wer anderes.«

»Heißen Sie Duncan Peck?«

»Ja.«

»Dann ist der Apparat für Sie. Maulen Sie nicht, die Rechnung geht an Peck & Söhne. Ich wollte, mir schenkte wer ein Telefon.«

»Wenn wir ein Telefon wollen, bestellen wir selber eins«, sagte Duncan.

»Aber es ist wirklich ein Geschenk, Duncan«, sagte Justine. »Wir dürfen die Familie nicht kränken.«

Duncan musterte sie ein Weilchen. »Also schön«, sagte er dann.

Nun klingelte das Telefon ein-zwei-dreimal am Tage, und Justine kam vom Feld oder aus der Scheune gerannt, um den Hörer abzunehmen.

»Justine«, hörte sie die Mama sagen. »Justine, ich stehe oben auf dem Flur, ich schaue in dein Zimmer, ich sehe das Regal mit deinen Puppen, die Spanierin mit der Mantilla aus echter Spitze, die der Großvater dir in Philadelphia geschenkt hat, als du erst vier Jahre alt warst. Weißt du noch? Die hat ein richtiges liebes, trauriges Gesicht.«

»Mama, ich muß Duncan helfen, eine Ziege abhörnen.«

»Weißt du nicht mehr, wie Großvater dir die Spanierin schenkte? Du wolltest sie unbedingt mit ins Bett nehmen, obwohl sie sich überhaupt nicht zum Knudeln eignete. Wenn du eingeschlafen warst, haben dein Papa und ich sie dir weggenommen und auf die Kommode gesetzt. Wie unschuldig du ausgesehen hast, und wie friedlich! Wir haben immer eine Weile an deinem Bett gestanden und dich betrachtet. Damals brauchte dein Papa nicht oft zu verreisen, und wir dachten, wir hätten noch eine Ewigkeit miteinander vor uns.«

»Ach, Mama, wie gern wäre ich jetzt bei dir«, sagte Justine dann wohl. »Bitte, nimm es nicht so schwer. Und weine nicht.«

Tante Sarah rief an, mit Tante Lucy May am Nebenapparat oben. »Jetzt bleibt sie einfach im Bett, Justine, sie zieht ihren Morgenrock überhaupt nicht mehr aus und hat fürchterliche Migräne. Ich hab' deinen Papa angerufen, aber der ist, glaube ich, wirklich besessen. Er sagte, er dächte nicht daran zu kommen, sie solle gefälligst zu ihm kommen und bei ihm wohnen, aber davon kann natürlich keine Rede sein, schließlich hat er nur einmal die Woche eine Putzfrau. Und sie kommt so kaum zurecht, obschon Sulie ihr hilft. Wir kommen kaum noch zu Atem.«

»Wir bringen ihr die Mahlzeiten aufs Zimmer«, warf Tante Laura May ein. »Den Fernseher haben wir auch auf ihr Zimmer gestellt.«

»Tags hat sie das Radio.«

Justine sagte: »Wir kommen am Sonntag.«

»Ich höre wohl nicht recht?«

»Gegen Mittag sind wir da. Über Nacht können wir aber nicht bleiben, wegen der Zie-«

»Wegen der Ziegen. Ganz recht.«

»Also bis dann.«

Justine ging wieder hinaus. »Diesen Sonntag müssen wir wirklich fahren, Duncan«, sagte sie.

»Ach, meinst du?«

»Es sind jetzt sechs Wochen. Und die Tanten sagen, Mama ist –«

»Schon gut, schon gut. Wir fahren.«

Als er sich abends eben im Bett neben ihr ausgestreckt und ihren Kopf umfaßt hatte, klingelte das Telefon, und er sagte: »Volltreffer.«

»Ich gehe ran«, sagte Justine.

»Deine Mutter mit dem Röntgenblick! Sie hat sich das gut überlegt und raffiniert eingefädelt. Sie kann nicht anrufen, solange du deine Frauenzeitschrift liest, nein, sie muß –«

»Laß, Duncan, ich gehe dran.«

»Oh nein. Wir hören einfach nicht hin.« Aber nach einer Weile sagte er: »Wie kann man so was ignorieren, neunmal hat es jetzt geläutet – zehnmal.«

»Es dauert doch nur eine Minute.«

»Jetzt läutet es zum elften Mal«, sagte Duncan. Er drückte Justine aufs Bett nieder und beobachtete aufrecht sitzend das schwarz schimmernde Telefon. »Wir schlafen draußen«, sagte er.

»Draußen? Aber Duncan!«

»Wo sonst? Nehmen wir ab, bekommt sie ihren Willen. Nehmen wir nicht ab und hören zu, wie es klingelt, bekommt sie ihren Willen auch. Da. Hörst du? Los jetzt, komm.«

»Schön, aber ich will meine Decke mitnehmen.«

»Hier ist eine.«

»Und meinen Morgenrock.«

»Wozu denn?«

»Brauchst du kein Kissen?«

»Nein, ich brauche kein Kissen.«

»Und das Mittel gegen die Mücken.«

»Ja, zum Teufel –«

Schon war er aus dem Bett und zum Haus hinaus. »Duncan?« sagte sie ins leere Zimmer, »was hast du jetzt vor? Duncan?« Ehe sie ihm nachgehen konnte, war er schon wieder da und schwenkte eine Zange, mit der er den Ziegen die Hufe beschnitt. Klick machte es, das Telefon wimmerte und verstummte.

»Ach, Duncan«, seufzte Justine, mußte aber schon lachen, als sie sich ins Bett fallen ließ.

Den nächsten Vormittag hockte der Apparat stumm auf der Kommode, das Kabelende ragte hervor wie ein lächerlicher Stummelschwanz. Als sie nachmittags zum Einkaufen fuhren, verschloß Duncan umständlich die Haustür, um zu verhindern, daß das Telefon in ihrer Abwesenheit repariert würde. »Du weißt genau, daß die liebe Familie jemanden rausschicken wird«, bemerkte er, »wahrscheinlich unsichtbare Telefonzwerge mit Werkzeug im Sack.« Und wirklich, bei der Rückkehr fanden sie einen Zettel von der Türklinke baumeln. »Da haben wir doch wirklich unseren Telefonfritzen verpaßt«, klagte Duncan. Und immer noch lachte Justine über ihn.

Abends allerdings, als sie auf der Veranda in ihren Schaukelstühlen schaukelten, hielt Justine plötzlich ein und richtete sich auf. »Duncan«, sagte sie mit gerunzelter Stirn.

»Hmmm?«

»Ich habe so ein ulkiges Gefühl.«

Duncan las eine Anweisung für den angehenden Hühnerzüchter und benutzte dazu eine Taschenlampe, denn es war bereits dunkel. Er leuchtete Justine damit an.

»Zu Hause gehen furchtbare Dinge vor«, sagte sie.

»Zu Hause gehen immer furchtbare Dinge vor.«

»Du, ich meine es ernst. Wirklich.«

»Hast du plötzlich das Zweite Gesicht?«

»Nein, aber ich weiß immer vorher, wenn sich irgendwas verändert.«

Er schaukelte, stumm abwartend.

»Wir müssen unbedingt hin.«

Die Taschenlampe ging aus.

»Es tut mir wirklich leid, Duncan, und wenn es dir lieber ist, fahre ich allein. Nur spüre ich genau –«

»Schon gut, schon gut.«

Während sie den kleinen Koffer packte, fuhr Duncan zu Jordans Farm und bat den jungen Farmer, sich der Ziegen anzunehmen. Das hätte man schon längst tun können. Das wußte Justine aber ebensogut wie Duncan. Sie wartete auf der Veranda, den Koffer im Arm, und fröstelte, obschon der Abend warm war. Als sie die eng beieinander stehenden Scheinwerfer kommen sahen, lief sie dem Wagen entgegen und riß die Tür auf. »Alles erledigt«, sagte Duncan, »steig ein.«

Die spitzen gelben Lichtkegel schienen den Wagen förmlich in die Nacht zu saugen. Justine wurde an andere Fahrten erinnert, Fahrten vor ihrer Heirat, als sie sich eilen mußte, nicht zu spät nach Hause zu kommen. Während der langen, schweigend zurückgelegten Fahrt kam sie sich vor wie ihr jüngeres, weniger erwachsenes Selbst, das voll ängstlicher Erwartung an den Hutbändern knabberte, ungewiß, ob man es nicht ausschimpfen würde, weil es erst so spät heimkam.

Sam Mayhew war an diesem Tage von der Putzfrau um acht Uhr früh tot in seiner Küche gefunden worden. Er war im Bademantel, und neben ihm auf dem Fußboden lagen seine Medikamente. Offenbar war er einem Herzanfall erlegen. Der alte Mr. Mayhew rief schon um zehn Uhr bei Pecks an. Caroline wußte aber um fünf Uhr nachmittags immer noch nicht, daß ihr Mann gestorben war. Niemand wollte ihr das mitteilen. Statt dessen standen die Tanten unten im Haus der Urgroßmama herum und tuschelten sich die letzten Neuigkeiten zu. »Sie liegt noch im Bett und knabbert Pralinés.« »Sie sieht sich ein Programm über das Arrangieren von Blumen an.« »Sie versucht schon wieder, Justine anzurufen.« »Ach, wenn wir ihr das doch bloß nicht sagen müßten, und alles wäre schon vorbei!«

Dann kam der Großvater von der Arbeit. Man hatte ihn mit Gewalt in den Ruhestand versetzen müssen, und seither streifte er durch die Büros seiner Söhne und sah dort nach dem Rechten. »Was gibt es?« fragte er beim Anblick der versammelten Damen. Als er hörte, was vorgefallen war, schüttelte er mehrmals den Kopf, als wolle er eine Fliege verscheuchen. »Wie? Er war doch noch keine fünfzig! Und dann schon ein Herzanfall. Was hat dieser Mensch denn für eine Erbmasse gehabt, um Himmels willen!«

Und schon ging er hinauf, Caroline die Nachricht zu bringen. Die Tanten blieben unten versammelt, sie taten, als unterhielten sie sich, brachen aber immer wieder mitten im Satz ab. Nun kamen auch die Onkel einer nach dem anderen auf der Suche nach ihren Frauen, und auch sie mußten ins Bild gesetzt werden. Richard brachte seine Freundin mit, die aber höflich fortgeschickt wurde; es habe einen bedauerlichen Unglücksfall gegeben. Tante Lucy, die zusammen mit Caroline als junges Mädchen so manchen Flirt bestanden hatte, regte sich mehr und mehr auf und klammerte sich schließlich an ihren Mann, bis Tante Laura May ihr riet, eine Handarbeit vorzunehmen und sich abzulenken. Endlich kam der Großvater herunter, nüchtern und würdevoll. Er ließ den Deckel seiner Uhr aufspringen. »Nun, was ist?« wurde er gefragt. »Wie hat sie es aufgenommen?«

»Tadellos.«

»Aber was hat sie gesagt?«

»Nichts.«

»Sollen wir raufgehen zu ihr?«

»Ganz nach Belieben.« Damit ging er in sein eigenes Haus hinüber, gefolgt von Esther, die ihm sein Essen bereiten sollte.

Die anderen erklommen auf Zehenspitzen die Treppe. Caroline ruhte, in einen Berg von Kissen gelehnt, auf ihrem Bett. Beim Anblick der Besucher beugte sie sich vor und stellte das Fernsehgerät etwas leiser. »Wir möchten dir unser aufrichtiges Mitgefühl aussprechen, Caroline«, sagten sie, und Caroline erwiderte: »Es ist wirklich lieb von euch, daß ihr Anteil nehmt.«

»Können wir dir jetzt irgendwie von Nutzen –«

»Ich wüßte nicht wie, aber ich danke euch!«

»Möchtest du den Verstorbenen vielleicht im Sarg sehen? Allerdings lebt ihr seit längerer Zeit nicht mehr zusammen, und ich weiß nicht, was in solchen Fällen schicklich ist, aber falls du ...«

»Vielleicht später. Nicht gerade jetzt.«

»Es ist wohl auch nicht ganz passend.«

»Nein.«

»Aber falls du uns brauchst –«

»O gewiß, ich komme gern auf euer Anerbieten zurück.«

Man schlich die Treppen hinab. Eigentlich war es Zeit zum Abendbrot, doch fühlten sich offenbar alle gedrängt, noch in Urgroßmamas Salon umeinanderzuwuseln. Keiner wußte so recht, wie man sich zu benehmen hatte. Der letzte Todesfall hatte sich 1912 in dieser Familie ereignet, und die meisten erinnerten sich daran nicht. Tante Sarah meinte schließlich: »Genau betrachtet war Sam Mayhew nicht –«

»Richtig, das war er nicht.«

»Und er hat schließlich –«

»Er hat sich aufgeführt wie ein Besessener.«

»Er hat immer versucht, Caroline gegen uns einzunehmen.«

»Er hat sich nie bemüht, sie zu verstehen.«

»Dabei ist Caroline so empfindsam. Ja. Das ist ihre Natur.«

»Nicht mal zur Hochzeit seiner Tochter ist er erschienen.«

»Immerhin«, gab Tante Lucy zu bedenken, die ihren Gefühlen gelegentlich in übertriebener Weise nachgab, »immerhin hat Caroline ihn geliebt. Oh ja. Das war unverkennbar. Es hat sie förmlich zerrissen. Und nun ist er tot. Was wird sie jetzt nur anfangen?«

»Lucy, meinst du nicht, es wird Zeit fürs Abendbrot?« ermahnte ihr Mann sie.

»Meinethalben.«

»Wir versuchen Justine telefonisch zu erreichen, Großmama. Falls die Leitung noch gestört ist, fahre ich morgen früh hinaus.«

»Ach, wird Justine sich das je verzeihen können!«

Im Oberstock ertönten klagende Cowboylieder am Lagerfeuer, heulende Herbstwinde bliesen abgestorbene Blätter über den Sandboden der Fernsehwüste.

Caroline erhob sich an diesem Abend um neun in ihrem rosaseidenen Morgenrock aus dem Bett, sie fuhr in die Pantoffeln mit Federbesatz und stellte vor Verlassen des Zimmers den Fernsehapparat ab. Statuesk wallte sie die Treppe hinab, querte die Halle und verließ das Haus. Sie schwebte über den Rasen, hinaus auf die Straße, streckte seitlich die angehobenen Arme von sich und trippelte behutsam in die Straßenmitte, wie eine Seiltänzerin. Dem Fahrer des ersten Wagens, der ihr entgegenkam, erschien sie wie ein unglaublich großer rosa Luftballon, er hielt entsetzt den Atem an und wich ihr im letzten Moment aus, der zweite Autofahrer ließ sich hingegen nicht verblüffen. »Betrinken Sie sich gefälligst zu Hause, meine Dame!« brüllte er zum Fenster hinaus und flitzte elegant um sie herum.

Sechs Autos mußte sie insgesamt abwarten, bis eines sich bereit fand, sie zu überfahren.

Duncan brachte Justine eine Tasse Brühe, samt silbernem Löffel und Leinenserviette in den Salon der Großmama, wo sie allein saß und vor sich hin starrte. »Danke sehr«, sagte sie und stellte die Tasse auf ein niedriges Tischchen.

»Ich habe die Brühe selber gemacht.«

»Ja. Vielen Dank.«

»Meine Mutter meinte, ich sollte dir Kaffee kochen. Kaffee hat aber überhaupt keinen Nährwert.«

Justine glättete ihr Kleid.

»Brühe enthält Proteine«, fuhr Duncan fort. »Man kann monatelang auf Proteine verzichten und sich dabei recht wohl fühlen, und doch ruft das Schäden hervor, die irreparabel sind. Protein besteht aus Aminosäuren, und Aminosäuren sind die Bausteine –«

»Duncan, ich kann einfach nicht glauben, daß du so redest.«

»Ich auch nicht.«

Er wartete darauf, daß sie von der Brühe tränke. Sie tat es nicht. Er hockte sich neben sie. »Justine –«

Es war aber schon zu spät. Die Tanten hatten sie erspäht. »Justine? Du darfst hier nicht so allein sitzen, liebes Kind. Sollen wir dir eine Wolljacke holen?«

Die Tanten erinnerten Duncan an Karavellen. Sie segelten im Verband. Mit weitgebauschten und wieder erschlaffenden Röcken fuhren sie auf, in der Absicht, ihn abzudrängen. Er ließ sich so leicht aber nicht ausmanövrieren. »Wir unterhalten uns gerade miteinander«, bemerkte er.

»Sie gehört ins Bett.«

»Weshalb, bitte?«

»Sie sieht nicht gut aus, gar nicht gut.«

Justine sah nicht gut aus. Sogar das Haar schien verändert, es hing ihr leblos und strähnig ins Gesicht. Vier Tage hatten hingereicht, die alten tiefen Salzfässer über den Schlüsselbeinen wieder hervorzuzaubern. Sie verlor bereits ihre ländliche Bräune. Könnte er sie doch nur fortbringen von hier, in den Sonnenschein über den Feldern, zu dem Häuschen mit den lächerlichen Damastvorhängen! Die Tanten jedoch rückten raschelnd näher. »Du mußt sie uns schon eine Weile überlassen, Duncan. Sie ist bekümmert, verstehst du? Sie verhält sich ganz und gar wie ihre arme verstorbene Mama, und da kannst du sie nicht einfach hier wegnehmen und mutterseelenallein irgendwo aufs Land setzen.«

»Allein?«

»Jemand muß für sie sorgen.«

»Ich sorge für sie«, erklärte Duncan den Tanten.

»Ja, schon – aber hier könnte sie wieder in ihrem alten Zimmer wohnen oder auch in deinem Zimmer, wenn ihres zu viele Erinnerungen in ihr weckt. Du kannst dich unterdessen um deine Kühe kümmern, oder was du da schon machst, und wir nehmen uns Justines an – Justine, würde dir Duncans Zimmer zusagen?«

»Duncans Zimmer? Ja.«

»Na, da siehst du es.«

»Sie könnte auch bei uns wohnen«, sagte Tante Bea. »Bei uns im Haus ist immer etwas los, Esther und Richard halten uns in Atem, die Zwillinge reden das Blaue vom Himmel runter, Justine hätte da Ablenkung.«

»Sie will aber vielleicht gar keine Ablenkung«, gab Duncan zu bedenken.

»Ach was, ein bißchen Gesellschaft ist immer gut. Es sind doch lauter junge Leute, die sich reizend amüsieren. Was meinst du, Justine?«

Justine saß da wie ein Stein. Das geheime, verstohlene Lächeln, mit dem sie Duncan sonst immer zu beglücken pflegte, schien endgültig fort. Als er aufstand, sah sie nicht zu ihm hin, und sie dürfte kaum bemerkt haben, daß er hinausging.

Als sie durch das düstere Haus wandelte, wurde ihr so recht deutlich, wie doch alles miteinander zusammenhing. Nicht einmal eine zufällige, beziehungslose Teetasse gab es da. Alles war von liebender Hand geschenkt worden, zu einem glücklichen Gedenktag, oder auch in einem Moment des Schreckens angeschlagen. Ein Rosenmuster verblaßte von Sulies unaufhörlichem Abwaschen, ein schwacher blonder Belag zeugte davon, daß Sam Mayhew seinen Tee aus dieser Tasse zu trinken pflegte, jener Sprung war entstanden, als die von Kopfschmerzen geplagte Caroline die Tasse zu hart auf die Untertasse stellte.

Justine öffnete die Haustür mit der Schramme, die Justin Pecks Krankenbett im Jahre 1905 beim Antransport verursacht hatte. Justine wanderte über den Rasen vor dem Haus des Großvaters, wo Maggie Rose bei Sonnenuntergang den Ford-T erwartet hatte. Auf Onkel Zweis Vortreppe war sie eingehüllt in geisterhaftes Liebesgeflüster, in Vorwürfe und Gelächter. Oben fand sie Duncan zwischen seinem alten Spielzeug, unter einem farbigen Plakat der Eiscremeprinzessin, vor dem alten Monopolybrett, auf dem alle sieben Vettern und Kusinen im Frühjahr 1944 die berühmte 38 Stunden währende Partie ausgetragen hatten. Duncan – ach, er lebte stets in der Gegenwart! – pfiff den ›Washab Cannonball‹ und fummelte an einer bleifarbigen Eisenkonstruktion herum.

Wie er jetzt pfeifen konnte, begriff sie nicht.

Als sie eintrat, hörte er auf. »Möchtest du dich hinlegen?« fragte er. Er leerte das Bett von dem Krempel, der darauf lag, ein Gewirr von Drähten und Lötkolben, Tuben voller Leim und Farbe. Sie setzte sich auf die Bettkante, langlegen mochte sie sich nicht. Es war kaum acht Uhr. Schliefe sie jetzt, sie würde später stundenlang wach liegen, wie letzte Nacht und die Nacht davor.

»Wolltest du mir was sagen?« fragte Duncan.

»Nein.«

»Ich dachte, deshalb wärest du hergekommen?«

»Nein.«

»Hm.« Er machte sich wieder an seine vorige Beschäftigung, pfiff aber nicht mehr. »Ich habe hier eine Drahtbiege«, erklärte er.

Dazu sagte sie nichts.

»Diese Zapfen sind verstellbar, siehst du? Man kann den Draht um sie legen und nach Belieben biegen. Winkel oder Bogen, was du willst. Ich könnte dir glatt ein Armband machen. Möchtest du ein Armband? Oder vielleicht eine Kette?«

Sie kühlte die Lider mit den Fingern.

»Jetzt hab ich's«, sagte er. »Ein Nasenring. Hast du Lust auf einen Nasenring?«

Als sie die Augen aufmachte, sah sie, daß ein Drahtende fast ihre Nase berührte; es roch eigentümlich grau und scharf. Sie stieß es weg. »Was willst du mir eigentlich antun?« sagte sie.

Er blickte überrascht.

»Willst du mich vorsätzlich ärgern?«

»Nun, nicht gerade ärgern –«

»Warum führst du dich so auf?«

»Justine, ich führe mich überhaupt nicht auf.«

»Wie kannst du mit diesem Draht herumspielen, wo doch meine Eltern beide tot sind und du derjenige bist, der mich von zu Hause weggeschleppt und das Telefon abgeschnitten und über Mamas Briefe gelacht hat und mich nicht mal auf Besuch herkommen lassen wollte?«

»Justine.«

»Papa hat mich gewarnt. Er hat ganz offen gesagt, du willst mich nur heiraten, um mich zu quälen.«

»Ach, wirklich?«

»Entweder weil du mich quälen willst oder mich als Stütze brauchst. Aber das kann ich mir nicht gut vorstellen.«

»Nun, man muß schon sagen, er hat an alles gedacht«, bemerkte Duncan.

Er beschäftigte sich wieder mit dem Draht, versetzte einen Zapfen und bog einen rechten Winkel.

»Entschuldige«, sagte Justine schließlich.

»Keine Ursache.«

»Ich komme mir so –«

»Ich sage doch, es macht nichts.«

»Könnten wir nicht wenigstens ein Weilchen hierbleiben?«

Er blickte zu ihr auf.

»Wir könnten bei Urgroßmama wohnen. Wäre das nicht hübsch?«

»Nein, das wäre es nicht.«

»Und wenn ich dich sehr darum bitte?«

»Ich hätte es wissen müssen«, sagte er. »Ich habe auch nie wirklich daran geglaubt, daß du mit mir fortgehen wolltest.«

»Aber so habe ich das Gefühl, als würde ich gezogen, und es widerstrebt mir, einfach wegzugehen und alle hier allein zu lassen. Und ohne dich kann ich hier nicht bleiben. Aber als vorhin die Rede darauf kam, hast du nichts eingewendet.«

»Ich will nicht an dir zerren, Justine.«

»Aber dann zerren die anderen und gewinnen!«

»Ist denn das die einzige Möglichkeit, sich fortzubewegen – sich von jemand ziehenzulassen?«

Sie schwieg.

»Also schön«, sagte Duncan. »Ich möchte, daß du mit mir kommst. Das ist wichtig, wichtiger als die Familie.«

Sie fuhr fort, ihn zu mustern.

»Was erwartest du von mir?« fragte er. »Ich bin einfach zu gut erzogen, es ist mir peinlich, etwas unumwunden zu sagen. Ich bin auch ein bißchen ein Opfer. Vergiß das nicht.«

»Ach, Duncan, du hast immer alles ganz unumwunden ausgesprochen, seit du vier Jahre alt warst und zu Tante Bea gesagt hast, sie hätte Haare wie Broccoli.«

»Nein«, widersprach Duncan. »Ich – Peck. Ich nix gut sprechen, aber schöne Geschenke.«

Damit überreichte er ihr ein Stück Draht, aus dem unterdessen ein Strichmännchen geworden war, das Justines flachen Hut trug, ihr dreieckiges Kleid, und dabei so stolz und unbeschwert dreinsah, daß ein Eingeborener im dunkelsten Afrika sofort bemerkt hätte, daß jemand mit Liebe ihrer gedachte.

Die Familie fand sich vollzählig zum Abschied ein, die Gesichter im Morgenlicht wie Papier. »Ich kann einfach nicht glauben, daß ihr so fortgeht«, sagte Tante Lucy. Justine küßte sie. Sie küßte auch Tante Sarah, und die sagte: »Meinst du, deine Eltern wären damit einverstanden? Daß ihr einfach auf und davon geht, als käme es bloß auf die Ziegen an?« Justine verabschiedete sich von allen mit Kuß, nicht einmal Richard ließ sie aus, der sich ihr errötend zu entwinden suchte, und als sie zum Großvater kam, klammerte sie sich sekundenlang so fest an ihn, als sei dies jetzt erst die wirkliche Trennung und nicht die am Tage ihrer Hochzeit.

»Hm, nun, Justine«, sagte der Großvater.

»Leb wohl, Großvater.«

Duncan machte die Wagentür auf, und sie stieg ein. Die Polster rochen nach Fischöl, weil sie von der Sonne erwärmt waren, und als Justine den Arm zum Fenster hinaushielt, um zu winken, empfand sie das heiße Blech wohltuend. In den Zweigen sangen Spottdrosseln, die sich auch vom Aufheulen des Motors nicht einschüchtern ließen. »Die Wissenschaft erforscht jetzt, welche Reize bewirken, daß Vögel am Morgen singen«, sagte Duncan. »Bislang kennt man erst einen: Die Vögel singen am Morgen, weil sie glücklich sind.«

7

Duncan kaufte zwölf kupferfarbene Hennen und setzte sie in einen selbstgebauten Hühnerstall mitsamt einer Schachtel Porzellaneier, um die Legetätigkeit anzuregen, sowie auch einer Zinkwanne voll Trinkwasser, in der die Hennen sogleich allesamt ertranken. Die Ziegen hingegen gediehen prächtig, und da sich bislang erst zwei Kunden auf die Anzeige gemeldet hatten, gab es täglich einen erheblichen Milchüberschuß. Justine verarbeitete ihn zu Butter und Speiseeis. Duncan kochte ganze Kessel Norwegerkäse. Waren sie mit einer Portion Milch fertig, gaben die Ziegen aber schon neue, und Justine sah sich im Traum bereits von einer weißen Flut bedroht. »Vielleicht sollten wir keine Molasse mehr ins Wasser geben«, schlug sie vor.

»Tja, ob das noch was nützt, bezweifle ich sehr. Wir haben hier einen Prozeß in Gang gesetzt, den wir nicht aufhalten können.«

Vormittags verhökerte Justine Käse bei den Nachbarn entlang der Landstraße, die von ihr kauften, weil sie sie gut leiden mochten. Mrs. Jordan zum Beispiel kam jedesmal strahlend vors Haus gewatschelt, wenn sie Justine in ihrer ländlichen Aufmachung erblickte, mit dem Bänderhut und dem schlichten Baumwollkleid, das allmählich etwas verwaschen wirkte. »Ach, da ist ja Justine Peck! Wie geht's denn, Liebe?« Justine lächelte zutraulich und hielt Mrs. Jordan den Korb hin. Es fiel ihr schwer, die Leute zu bitten, ihr was abzukaufen, doch kam sie gern zu ihnen auf einen kurzen Besuch. Überall, wo sie vorsprach, blieb sie ein paar Minuten in der Küche; allmählich gewöhnte sie sich an den Geruch von Petroleum und Schweinegrieben, fühlte sich behaglich in Gesellschaft der verkrümmten, vorzeitig gealterten Frauen, die ihr Buttermilch und Ingwerkuchen anboten, weil sie doch so mager sei.

Dann wieder, wenn sie allein im Haus war, spürte sie Traurigkeit wie einen Windstoß durch sich fahren, und sie hielt ein in ihrer Beschäftigung, die Hände reglos, das Gesicht versteinert, und starrte minutenlang ins Leere. Als sie einmal das Unkraut entlang dem Elektrozaun beschnitt, das soviel Strom ableitete, versetzte sie der Duft von geschnittenem Gras um Jahre zurück. Sie sah sich in der Dämmerung auf dem Rasen sitzen, behaglich an die Eltern gekuschelt, sie hörte das Murmeln der vertrauten Stimmen rings um sich her. Sie ließ die Grasschere fallen und klammerte sich an den zunächst stehenden Zaunpfahl, bis ihre Knöchel weiß glänzten. Der Strom, der durch sie hindurchging, verursachte ihr einen gedämpften, fernen Schmerz. Duncan mußte ihre Finger mit Gewalt aufbiegen und sie mehrmals beim Namen rufen, ehe sie ihn anblickte.

Seit jenem einzigen Besuch waren sie nicht mehr in Baltimore gewesen, doch Justine schrieb regelmäßig einmal in der Woche, und die eine oder andere Tante schrieb zurück. Hin und wieder komponierte der Großvater eine formelle, gemessene altmodische Mitteilung, in der es hieß, alle seien wohlauf und schickten Grüße. Wenn sie doch nur einmal wie zufällig seine knorrige Hand berühren könnte! In ihren eigenen Briefen stand aber auch nie etwas anderes als, Duncan geht es gut, das Wetter ist gut, die Ziegen entwickeln sich gut.

Nahm der Kummer überhand, fuhr sie nach Buskville und lief dort stundenlang durch die Straßen. Von klein auf hatte man ihr beigebracht, daß nichts den Kummer so wirkungsvoll vertreibt wie Einkaufen, hauptsächlich Kleider. Sie besaß aber nicht genug Geld, und abgesehen davon stellte sich sehr rasch heraus, daß sie für sich keine Kleider kaufen konnte. Ein Kleid anzuziehen, das nicht die Mutter für sie gewählt hatte, empfand sie als Verrat. So blieb ihr nichts, als in der Kaufhölle billige Bedarfsgegenstände zu erwerben: ein Tee-Ei, einen Zitronenschäler, eine Kräutermühle. Ihr lag viel daran, einen perfekten Haushalt zu besitzen.

Als sie eines Augusttages die Kaufhölle abgegrast hatte, entdeckte sie in einer Seitenstraße ein handgemaltes Schild mit der Aufschrift MAGIC MARCIA. LIEBESPROBLEME. RAT. Sie fand sich um Jahre zurückversetzt auf die Schwelle von Madame Olita, beobachtet von Duncan, der den Arm um Glorietta de Merino gelegt hatte. Nach kurzem Zaudern nahm sie ihre Einkaufstüte in die andere Hand und klingelte bei Magic Marcia.

Die Frau, die an die Tür kam, war mager und dunkelhaarig, der stark geschminkte Mund klaffte wie eine Wunde in ihrem Gesicht. Sie war nur wenig älter als Justine, doch hingen zwei rotznasige Knaben an ihren Röcken. Graue Achselbänder lugten unter der hochgeschlossenen Bluse hervor. Justine bedauerte, gekommen zu sein, konnte aber nicht mehr gut zurück.

Als sie am unabgeräumten Frühstückstisch Platz genommen hatte, wurde offenbar, daß eine bestimmte Frage von ihr erwartet wurde. Darauf war sie nicht gefaßt. »Was soll es sein?« fragte die Frau und breitete Justines Hand vor sich aus wie einen Brief. »Ihr Mann? Ihr Freund?«

»Nein ... nur so ganz allgemein wüßte ich gern was.«

Die Frau seufzte, kratzte sich am Kopf und betrachtete Justines Handteller. Offenbar war darin nichts Ungewöhnliches zu sehen. »Tja«, sagte sie schließlich, »eins ist sicher: Sie haben ein langes Leben.«

»So«, sagte Justine gelangweilt. Ihre Zukunft interessierte sie nicht, die hielt sie für ausgemacht und unweigerlich glücklich.

»Ehe ist gut. Häufige Ortsveränderung. Gesundheit gut. Wahrscheinlich haufenweise Kinder.«

»Wirklich?« Duncan schien keine Kinder zu wollen. Die Frau sagte jedoch überzeugt: »Gewiß.«

Eine Frage regte sich in Justine, die vor sich hinsah und nicht weiter zuhörte, als Magic Marcia weiterredete. »Könnten Sie mir vielleicht eine Frage beantworten, Magic Marcia«, sagte sie schließlich, »angenommen, mein Schicksal steht in meiner Hand geschrieben. Gibt es eine Möglichkeit, das, was da steht, zu ändern?«

»Was?«

»Angenommen, dort steht, ich bekomme viele Kinder. Könnte ich es dann trotzdem so einrichten, daß ich keine kriege? Oder wenn dort steht, ich werde anderen Menschen Schmerzen verursachen, könnte man sich nicht Mühe geben, das zu verhindern? Ich meine, kann man der eigenen Zukunft nicht doch ein Schnippchen schlagen?«

»Was geschrieben steht, steht geschrieben«, gähnte Magic Marcia.

»Ach«, sagte Justine.

Am Freitag fuhr sie nach Blainestown und befragte SERENA, VERTRAUTE DES OKKULTEN, die sie zuvor im Branchenverzeichnis gefunden hatte. Diesmal wußte sie genau, was sie fragen wollte.

»Hätte ich verhindern können, anderen Menschen Schmerzen zuzufügen, wenn mir das vorbestimmt war?«

»Der Mensch entgeht seiner Bestimmung nicht«, antwortete Serena.

Montags besuchte sie MADAME AZUKI. BERATUNG IN ALLEN LEBENSFRAGEN.

»Es steht in den Sternen«, sagte Madame Azuki. »Da gibt es kein Entkommen.«

»Aha.«

Mittwoch fuhr sie nach Baltimore. Duncan war dabei, einen automatischen Fadenzieher für Bohnen zu erfinden, und nickte nur, als sie sagte, sie führe für ein Weilchen weg. Sie fuhr direkt in das schäbige Ostviertel, fand die Chemische Reinigung und die Plakate mit den Kleidern und Anzügen von 1940. Das Schild der Madame Olita war aber unlesbar geworden und ihre Tür verschlossen. Justine betrat die Reinigung. Hier ordnete ein großer, grauer Mann Abschnitte auf dem Tisch. »Wissen Sie etwas über Madame Olita?« fragte Justine.

»Ah. Madame Olita. Die gibt es nicht mehr.«

»Was denn, ist sie gestorben?«

»Nein. Sie hat das Geschäft aufgegeben. Sie hat genug, verstehen Sie? Was für eine Kartenlegerin! Ich sage Ihnen ganz offen, ich bin selber immer zu ihr gegangen. Schön, lauter Hokuspokus, aber ich bin trotzdem gegangen. Und wissen Sie auch, warum? Stellen Sie sich vor, Sie müssen eine Entscheidung treffen. Sie fragen den Pfarrer, Sie fragen den Psychiater, den Psychologen, den Eheberater, den Rechtsanwalt, und jeder sagt: Nein, die Entscheidung kann ich Ihnen selbstverständlich nicht abnehmen, man muß das genau überlegen, und ich möchte nicht dafür verantwortlich sein, und so weiter. Die wollen sich nicht festlegen, verstehen Sie? Aber Madame Olita war da ganz anders. Überhaupt, keine gute Kartenlegerin drückt sich davor. ›Tun Sie X, ignorieren Sie Y, treffen Sie sich nicht mehr mit Z.‹ Es ist phantastisch, aber sie übernehmen sofort alle Verantwortung. Und was kann man sich Besseres wünschen?«

»Ja. Wissen Sie, wo ich sie finde? Und ob man sie besuchen kann?«

»Oh ja. Sie wohnt ganz in der Nähe. Aber ob sie Besuch empfängt, weiß ich nicht. Na, sagen Sie ihr, ich hätte Sie geschickt. Joe hat Sie geschickt. Vielleicht freut sie sich über einen Besuch. Hier im Block. Nummer 583, Apartment A.«

»Vielen Dank.«

»Hoffentlich kriegen Sie die Antwort, die Sie sich wünschen.«

Justine ließ die Ladentür klingelnd hinter sich zufallen und ging die Straße entlang, vorbei an noch mehr Chemischen Reinigungen, Pfandhäusern, Läden, die Medikamente mit Rabatt verkauften. An der Ecke stand ein großes altes Fachwerkhaus mit umlaufender Veranda, und auf der Veranda saß Madame Olita in einem polynesischen Rohrsessel. Obwohl es heiß war, trug sie einen gehäkelten Schal. Ihr Haar war immer noch strubbelig, doch war sie enorm abgemagert. Die Kleider hingen in Falten um sie herum, ihr Hals war so dürr, daß man den Eindruck hatte, ihr Gesicht springe vor wie das eines Geiers. Sie wirkte ausgehöhlt. Sie sah teilnahmslos zu, wie Justine die Treppe heraufkam, wohl in der Annahme, sie wolle jemand anderen besuchen. »Guten Tag, Madame Olita«, sagte Justine.

»Hmm?«

Madame Olita richtete sich auf, zog den Schal fester um die Schultern.

»Joe hat mich geschickt.«

»So? Ach, Joe.«

»Dürfte ich Ihnen eine Frage stellen?«

»Ich fühle mich in letzter Zeit nicht mehr gut, da sehe ich nicht gern in die Zukunft.«

»Nein, es hat nichts mit der Zukunft zu tun.«

Madame Olita seufzte. »Setzen Sie sich.« Und sie deutete auf einen zweiten Rohrsessel neben sich. Sie ergriff Justines Hand, als habe sie zuvor nicht hingehört.

»Ich möchte aber gar –«

Madame Olita wandte Justines Hand hin und her. »Ach, du bist es«, sagte sie dann.

Justine empfand scheuen Stolz, so als käme ihr das Verdienst an ihren ungewöhnlichen Handlinien zu. »Ah ja, ich begreife«, sagte Madame Olita und klopfte mit dem Fingernagel gegen einen Vorderzahn.

»Sie sagten damals, meine Heirat würde alles zerstören«, erinnerte Justine sie.

»So. Hab' ich das.«

»Sie haben gesagt, ich würde meinen Eltern das Herz brechen. Woher wußten Sie das?«

»Ach, meine Liebe«, Madame Olita lehnte sich plötzlich zurück und ließ Justines Hand los. »Ich weiß es wirklich nicht mehr. Sie waren damals jung und arrogant und fühlten sich bei mir kein bißchen wohl, und vielleicht habe ich einfach –«

»Es ist aber alles so gekommen!«

»Das kann schon mal passieren.«

»War das bloß Zufall?«

»Mag sein. Manchmal ist es Zufall, dann wieder nicht. Wollen Sie fragen, ob ich wirklich die Zukunft vorhersagen kann? Ja, ich kann es. Es kommt mir aber vor, als stemmten sich die Menschen mehr und mehr gegen alle Veränderungen, wehrten sich dagegen, mit Klauen und Zähnen. Das macht es leicht, ihnen die Zukunft vorherzusagen, aber es ist auch witzlos. Die Zukunft vorhersagen ist nur zu was gut, wenn man ein Ereignis vorhersagen kann. Wenn man sagen muß: Nur keine Angst, Ihr Leben läuft immer so weiter wie bisher, dann verliert die Sache ihren Reiz ...«

Sie klappte die Lider zu, schaute aber gleich darauf Justine verwirrt an. »Ich rede und rede, dabei wollten Sie mich doch etwas fragen.«

Justine setzte sich aufrecht hin und legte die Hände im Schoß zusammen. »Wenn es mir vorbestimmt war, meine Eltern unglücklich zu machen, hatte ich dann überhaupt keine Möglichkeit, das zu vermeiden, Madame Olita?«

»Oh, doch.«

»Doch?«

»Aber gewiß. Man kann seine Zukunft beeinflussen. Ich habe selber beobachtet, daß Handlinien sich über Nacht veränderten, und ich habe gesehen, daß Karten an Stellen fielen, wo sie zahllose Male vorher nie und nie zu liegen kommen wollten.«

»So«, sagte Justine und ließ sich in den Sessel sinken. Zum erstenmal klang ihr eine Antwort glaubhaft, nur wußte sie nicht mehr, weshalb sie die Antwort hatte hören wollen. Sie kam sich wie ausgewrungen vor.

»Es wäre ja sonst auch sinnlos, überhaupt zu handeln«, sagte Madame Olita. »Nein, nein, bis zu einem gewissen Grade hat man immer die Wahl. Man kann die Zukunft recht weitgehend beeinflussen. Auch die Vergangenheit übrigens.«

»Die Vergangenheit?«

»Nicht, was geschehen ist, das nicht«, sagte Madame Olita gütig, »aber wieweit man sich davon beherrschen läßt. Das schon.«

»Ach.«

»Falls Sie solches Interesse daran haben, will ich Sie die Kunst gern lehren.«

»Die Kunst ... ach, ich weiß nicht –«

»Für Sie wären bestimmt die Karten das richtige.«

»Nun, vielen Dank jedenfalls erst mal.«

»Keine Ursache. Sie kommen wieder. Ich sitze hier Tag um Tag an der Luft. Sie finden mich immer. Wenn Sie gehen, machen Sie doch bitte die Haustür zu, ja?«

Am Montag eröffnete Justine ihrem Mann, daß sie beabsichtige, Kartenlegerin zu werden. »Was du nicht sagst«, antwortete er.

»Lachst du mich nicht aus?«

»Noch nicht. Erst muß ich sehen, was du kannst.«

Sie machte sich wieder auf den Weg nach Baltimore zu dem geweißten Fachwerkhaus, wo Madame Olita benommen in ihrem polynesischen Sessel döste.

»Dies sind gewöhnliche Spielkarten«, sagte Madame Olita, doch Justine fand sie höchst ungewöhnlich. Sie waren alt und hatten unterschiedliche Rückseiten: alte Zirkusszenen mit Clowns, Trapezkünstlern, tanzenden Hunden, Reitern auf blanken Pferderücken. »Die haben meiner Mutter gehört. Man sieht es mir nicht an, doch sie war eine echte Zigeunerin mit sieben gerüschten Unterröcken und Kastagnetten, mit denen sie beim Tanz den Takt markierte. Sie ist in einem Bonbonladen auf der Gay Street groß geworden. Das war zwar kein Bunter Wagen, aber immerhin ... leider hat sie dann meinen Vater geheiratet, einen Lehrer von der Oberschule. Sie löste sich völlig von ihrem früheren Leben, sie schnitt ihr langes schwarzes Haar kurz, und ihre beiden Töchter schickte sie in ein teures Pensionat. Ich allerdings wäre lieber als Zigeunerin aufgewachsen.«

Sie hob die Karten ab. Justine saß ihr gegenüber und staunte offenen Mundes.

»Sobald ich mit der Schule fertig war, wollte ich heiraten, und der Mann sollte einen goldenen Ohrring tragen. So spielte es sich dann aber nicht ab. Ich sah damals schon ungefähr so aus wie heute und habe nie geheiratet, schon gar nicht einen Zigeuner. Also mußte ich einen Beruf haben. Ich wurde Mathematiklehrerin und unterrichtete an der gleichen Schule wie mein Vater. Immerhin lernte ich von meiner Mutter das Kartenlegen. Das Tanzen allerdings lernte ich nie richtig. Ich versuchte es aber. Meine Schwester konnte es recht gut. Dafür war ich die bessere Kartenlegerin. Wie ich meiner Mutter diese Karten neidete! Aber sie wollte sie nicht hergeben. Solche Karten wie diese hier gibt der Eigentümer nur weg, wenn er weiß, daß er sterben muß und sie nicht mehr gebrauchen wird. Natürlich wünschte ich meiner Mutter nicht den Tod, aber ich will Ihnen was sagen: als sie mit 57 Jahren nach einer Operation nicht mehr aus der Narkose erwachte, war mein erster Gedanke: Jetzt bekommst du die Karten. Ich ging heim und nahm sie aus der Truhe, und als nächstes habe ich dann in der Schule gekündigt. Ich mietete im Ostviertel von Baltimore das Zimmer und habe nie im Leben einen Bunten Wagen gesehen.«

Sie legte die Karten auf dem Rohrtisch kreisförmig aus.

»Meine Schwester hat die Kastagnetten genommen.«

Dann stach sie mit dem Zeigefinger stirnrunzelnd auf eine Karte. »Passen Sie auf jetzt. Man liest die Karten nicht wie ein Buch. Jede Karte hat eine Bedeutung, und diese Bedeutungen kann man in einer halben Stunde auswendig lernen, sie sind aber nie eindeutig. Nehmen Sie die sogenannte Todeskarte. Wessen Tod ist gemeint? Der des Fragenden oder der eines ihm Nahestehenden? Und wann? Und ist es ein wirklicher Tod oder ein metaphorischer? Nein, nein. Sie müssen sich diese Karten als Namensschildchen vorstellen.«

»Namensschildchen?« fragte Justine verständnislos.

»Ja. An Fäden. Wie in den Knallbonbons. Die Fäden führen in Ihr Bewußtsein. Die Schildchen bringen zum Vorschein, was Sie schon wissen, aber nicht zugeben oder einsehen wollen. Aus diesem Grunde kann man genausogut im Kaffeesatz lesen oder in der Hand oder in der Kristallkugel, obschon ich persönlich in einer Kristallkugel überhaupt noch nie etwas gesehen habe. Alle diese Methoden sind von Wert, aber nur, wenn sie mit der eigenen Intuition gekoppelt sind. Sie könnten sich auch die Astrologie vornehmen, aber ich weiß schon: Gelehrsamkeit ist nicht Ihre Stärke.«

»Ich ziehe die Karten vor.«

»Ja, ja, ich weiß. Aber achten Sie auf alles. Beobachten Sie Ihre

Kunden scharf. Sie werden feststellen, daß es nur zwei Sorten Kunden gibt: Die meisten langweilen sich entsetzlich und wollen hören, daß irgendwas passieren wird. Einige wenige führen ein bewegtes Leben, können sich aber nie zu etwas entschließen, was vielleicht die Erklärung dafür ist, daß sie ein bewegtes Leben führen. Die werden von Ihnen verlangen zu entscheiden.«

»Zu welcher Sorte gehöre ich?« fragte Justine.

»Hmmm? Nun, ich weiß es nicht. Vielleicht zu keiner von beiden. Schließlich haben Sie mich nie gebeten, Ihnen die Karten zu legen.«

»Ach ja, das stimmt wohl.«

»Im übrigen sind Sie immer noch ganz in ihrer Vergangenheit gefangen«, sagte Madame Olita.

»Nein, das ist nicht wahr!«

»Wie Sie wollen.«

Nach dem Unterricht fuhr Justine jedesmal schnurstracks nach Hause, wenn sie sich auch mit Fäden, Stricken, Seilen nach Rolands Park gezogen fühlte. Sie gab niemals nach, meinte nur, innerlich zu bluten. »Warum gehst du nicht mal zum Lunch hin«, sagte Duncan, aber er sagte es so, daß sie heraushörte, er fürchte nichts mehr, als daß sie auf diesen Vorschlag einginge. Ihr war auch klar, daß die Familie entsetzt wäre, wenn sie von Madame Olita berichtete. Ihre neue Fertigkeit, die noch zart und zerbrechlich war wie ein frisch gelegtes Ei, wäre ihr dann hinfort nicht mehr so wertvoll vorgekommen. So war sie nun einmal. Und darum unterließ sie es hinzufahren.

Glaubte sie eigentlich selber an ihre Fähigkeit, in die Zukunft zu sehen? Bei Madame Olita hatte sie keinen Zweifel. Diese Hände, die ohne alles Getue rasch und entschieden die Zukunft auslegten, zogen sie an, beeindruckten, faszinierten Justine. Zu Hause dann fühlte sie sich gedrängt, ihr Selbstvertrauen an Duncan zu erproben. Befangen legte sie vor ihm die Spielkarten, Marke Bycicle, aus.

»Heute habe ich die Anordnung gelernt, die Madame LeNormand benutzte, zur Zeit Napoleons.«

»LeNormand«, wiederholte er interessiert und verwahrte den Namen in seinem Gedächtnis.

»Wir haben mit der Hauswirtin von Madame Olita geübt. Die

ist 84. Ich habe ihr vorhergesagt, daß sie heiratet.« Duncan schmunzelte.

»Aber!« sagte Justine, »ich hatte recht. Sie will demnächst heiraten. Das hat sie mir dann hinterher anvertraut.«

»Gratuliere, Justine. Und ihr übrigens auch.«

»Madame Olita meint, noch ein kleines bißchen, und ich kann mich selbständig machen.«

»Dann brauche ich nicht mehr zu arbeiten und lebe von deinen Einnahmen«, sagte er.

Es erleichterte sie, daß er sie nicht auslachte. Kartenlegen war die einzige ganz eigene Fertigkeit, die sie je besessen hatte, die einzige, die er nicht auch besaß. Einmal ging er daran, sich die Bedeutung der Karten einzuprägen, doch beim Mischen kam ihm ein anderer Einfall, und er dachte sich statt dessen einen Beweis für die Richtigkeit des Bernoullischen Gesetzes der Serie aus.

An manchen Tagen war Madame Olita gereizt und mit nichts zufrieden. »Wirklich, Justine. Sie bringen mich zur Verzweiflung! Sie denken nicht! Sie haben die besten Voraussetzungen zur Kartenlegerin, aber aus Ihnen wird nie etwas, Sie sind einfach denkfaul. Sie verlassen sich auf Ihre Eingebung.«

»Aber haben Sie nicht gesagt, Intuition ist die Hauptsache?«

»Nie! Nie habe ich gesagt die Hauptsache. Einige wenige Tatsachen müssen Sie schon kennen. Diese Karten sind wie die Instrumente eines Arztes. Ein guter Arzt hat auch Intuition, aber er würde nie die Instrumente wegwerfen, um ganz der Intuition zu vertrauen.«

»Aber Sie sagten doch, die Karten sind nur Namensschildchen, Sie haben gesagt –«

»Schluß jetzt!« Madame Olita rang die Hände und sank im Sessel zusammen. »Sie werden Ihr Lebtag nur liebeskranken Schulmädchen und Hausfrauen die Karten legen. Ich ahne nicht, warum ich mich mit Ihnen abgebe.«

An anderen Tagen war sie sanft wie Honig. Sie erzählte dann von ihren Kunden. »Mein erstes Jahr vergesse ich nie. Lauter Neger, die wissen wollten, welche Zahlen im Lotto rauskommen würden. ›Madame Olita, ich hab' letzte Nacht von Handschellen geträumt, die sind in meinem ägyptischen Traumbuch Nummer 598, aber dann auch von Rasiermessern, irgendwer wurde abgestochen, und das wäre Nummer 873. Auf was soll ich setzen?‹ Ich sagte dann immer ›Hört auf zu wetten‹, und nach einem Weilchen kamen sie nicht mehr. Aber welche Mühe habe ich mir gegeben! Ich hätte nämlich gern ein bißchen Einfluß auf ihr Leben gehabt. Ich demonstrierte ihnen meine telepathischen Fähigkeiten, indem ich die Karten nannte, die sie verdeckt zogen.«

»Ich kann das nicht«, bemerkte Justine bekümmert. Duncan hatte es mal mit ihr geprobt, als er einen Artikel von J. B. Rhine darüber las.

»Nein, telepathische Fähigkeiten haben Sie gewiß nicht.«

»Wieso kann ich denn dann aber in die Zukunft sehen?«

»Menschen, die ein sehr stilles Leben führen, spüren Veränderungen früher als andere.«

»Mein Leben ist doch nicht still«, widersprach Justine.

Madame Olita seufzte nur.

In der letzten Unterrichtsstunde wurde Justine geprüft. »Es wird Zeit, daß Sie mir die Karten legen«, sagte Madame Olita. Justine hatte sich das schon lange gewünscht. Sie ließ sich erwartungsvoll am Tisch nieder. Olita schaute abwesend in die Ferne. Es war einer ihrer gereizten Tage. »Heben Sie ab«, sagte Justine, und Olita erwiderte: »Ja, ja, ich weiß«, und hob ab, ohne hinzusehen. Justine wählte eine sehr umständliche Anordnung. Sie wollte diese Sache gründlich machen, nichts übersehen. Sie legte jede einzelne Karte präzise an ihren Platz, lehnte sich dann zurück und trommelte auf der Sessellehne. Einen Augenblick später verschob sie eine Karte um zwei Zentimeter nach links und lehnte sich wieder zurück. Sie runzelte die Stirn. Sie hörte auf zu trommeln.

Madame Olita betrachtete sie mit kühl distanziertem Interesse. Justine sagte immer noch nichts.

»Lassen wir's«, sagte Madame Olita. »Sie haben bestanden.«

Gleich darauf wurde sie sehr lebhaft und erteilte letzte Ratschläge. »Habe ich Ihnen schon gesagt, daß Sie sich von Fremden im voraus bezahlen lassen müssen? Falls denen nämlich mißfällt, was Sie sagen, gehen sie gern weg, ohne zu bezahlen.«

Justine nahm schweigend die Karten auf, eine um die andere.

»Sie müssen auch bedenken, wo Sie sich niederlassen. An manchen Orten müssen Sie Gewerbesteuer zahlen, oft Hunderte von Dollar. Das lohnt nicht. Hören Sie mir zu?«

»Wie bitte?«

»Versuchen Sie's nicht in Calvert County. Auch nicht in Cecil County. Und nicht in Charles.«

»Aber wir wohnen auf der Farm! Ich habe nicht die Absicht umzuziehen.«

»Ha.«

Justine wickelte die Karten ein und stellte sich vor Madame Olita auf.

»Und geben Sie sich ein bißchen ein geheimnisvolles Air. Das habe ich Ihnen auch noch nicht gesagt. Die Leute haben dann gleich mehr Zutrauen. Sagen Sie nie etwas über Ihre Herkunft und nicht, wo Sie das Kartenlegen gelernt haben. Überhören Sie demonstrativ alle persönlichen Fragen der Kunden. Werden Sie das alles behalten können? Was müssen Sie sonst noch wissen?«

Dann gab sie es auf. »Leben Sie wohl, Justine.«

»Leben Sie wohl. Darf ich Sie wieder einmal besuchen?«

»Ach . . . wohl kaum. Ich muß demnächst für eine Weile ins Krankenhaus. Ich wünsche Ihnen alles Gute.«

»Vielen herzlichen Dank.« Justine ging hinaus.

»Moment noch.«

Justine drehte sich um. Madame Olita, die zusammengesunken in ihrem Sessel saß, deutete auf die Karten. »Die können Sie eigentlich auch gleich mitnehmen.«

Im Herbst brachte Justine genug Courage auf, bei der festlichen Abschlußfeier der Oberschule die Kartenlegerin zu machen. Ihre Einnahmen stiftete sie der Schule. Von nun an kamen wöchentlich mehrere Klienten, meist Frauen, die wissen wollten, ob sie heiraten oder sich scheiden lassen, ihr Land verkaufen, ein Kind bekommen oder nach Kalifornien übersiedeln sollten. Justine war erstaunt. »Duncan«, sagte sie. »Ich will nicht für alle diese Menschen verantwortlich sein, indem ich ihnen sage, wen sie heiraten sollen und solches Zeug.«

»Und ich habe geglaubt, du wärest von der Richtigkeit deiner Erkenntnisse überzeugt?«

Sie wickelte eine Haarsträhne um den Finger.

»Mach dir keine Gedanken«, tröstete er. »Du mußt nur darauf achten, daß das, was du sagst, niemand schädigt. Schlechte Ratschläge befolgen die Leute aber ohnehin nicht, glaube ich. Die haben nämlich auch Intuition, vergiß das nicht. Es würde mich sogar sehr überraschen, wenn sie überhaupt einem Rat folgten.«

Justine empfing also weiterhin ihre Klienten in der kleinen, mollig warmen Küche und legte Madame Olitas Karten auf Urgroßmamas Rosenholztisch aus. Sie bewahrte fremder Leute Geheimnisse, Wünsche, Träume und Pläne. Sehr junge oder sehr alte Menschen, die voll vager Hoffnungen steckten und nicht recht wußten, was sie fragen sollten, bekamen von ihr Zuspruch allgemeiner Art. Dann wieder äußerte sie sich so entschieden und detailliert, daß sie selbst darüber staunte. »Verkaufen Sie keine Erbstücke, insbesondere keinen Schmuck und auf keinen Fall Schmuck Ihrer Mutter«, sagte sie etwa.

»Woher wußten Sie, daß ich das wollte?«

Sie hatte selbst nicht gewußt, daß sie es wußte.

Manche Menschen führten ein so schales, reibungsloses Leben, daß Justine keinen Angriffspunkt darin fand, und sie wich dann auf Binsenwahrheiten aus, die ihr gerade einfielen.

»Verlassen Sie sich nicht zu sehr auf einen Mann, der an seinen Nägeln kaut.«

Duncan, der nebenan saß, grunzte.

Justine verlangte von ihren Kunden drei Dollar pro Sitzung. Und das Geld wurde dringend gebraucht. Die Milchkundschaft brachte kaum die Kosten der Zeitungsanzeige ein. Wenn Justine das Geld für die Pacht aus allen möglichen Ecken zusammenkratzte, hatte sie das Gefühl, genau dies schon vor vielen Jahren erlebt zu haben. Und ihr fiel auch ein, wann das gewesen war: als Kind beim Monopolyspiel, wenn Duncan ihr das Fell über die Ohren zog und sie ihre Hotels verkaufen, ihre Eisenbahn beleihen, ihre Freikarte fürs Gefängnis versetzen mußte, nur um die Miete an der Strandpromenade bezahlen zu können. Die derzeitigen Schwierigkeiten erschienen ihr kaum ernster. Sie wußte, Duncan würde es schon irgendwie machen.

Zum Weihnachtsfest fuhren sie heim nach Baltimore. Die Familie war voller Takt und Umsicht, man machte um alle empfindlichen Themen einen weiten Bogen. Es brach Justine beinahe das Herz, mitanzusehen, welche Mühe sie sich gaben. Sie war Duncans wegen in Angst – würde er etwas sagen, das sie kränkte? Abends sank sie erschöpft ins Bett.

Duncan war von exemplarischer Höflichkeit. Er verteilte die von Justine selber angefertigten Geschenke und lud seine Verwandten sogar ein, sonntags einmal herauszukommen. (»Wie nett, aber findest du nicht, daß es für euch viel bequemer ist, wenn ihr herkommt?« war die Antwort.) Als er am vierten Tag auffallend still wurde, war Justine nur allzu bereit, vorzeitig abzufahren. Sie war traurig beim Abschied, insbesondere vom Großvater, doch wurde es ihr von Mal zu Mal ein wenig leichter.

Als im Februar das Geld besonders knapp wurde, nahm Duncan beim Lokalblättchen eine Halbtagsstellung als Reporter an. »Du kannst doch überhaupt keine Rechtschreibung!« rief Justine.

»Dafür kannst du sie.«

Drei Wochen lang schoß er wie ein Wiesel durch die Gegend, berichtete über Grundsteinlegungen, Schildkrötenrennen, Bebauungsplanung, den Debattierklub der Farmer, einen Vortrag über Fruchtwechsel. Alle diese Veranstaltungen machten ihm großen Spaß, und bei jeder schnappte er neue Kenntnisse auf. »Wußtest du, daß man Regenwürmer am leichtesten fängt, indem man Vibrationen im Boden erzeugt? Und wenn du den roten Klee zu spät schneidest, verwandelt er sich im Bauch der Pferde in Kugeln. Ich habe hier ein Muster aus dem 18. Jahrhundert für das Zusammensteppen von Bettüberwürfen.«

Das Niederschreiben seiner Reportagen allerdings machte ihm Kummer. Etwas systematisch anzugehen war seine Sache nicht. Er schob Justine ganze Berge Papier hin, mit wüsten Korrekturen und Strichmännchen an den Rändern, und wenn sie mit dem Rotstift seine Schreibfehler korrigierte und seine langen Abschweifungen wegstrich, wurde er wütend. »Occurrence! O-c-u-r-e-n-c-e ist doch wohl ebenso gut? Weshalb dann noch das extra c und r!«

»So buchstabiert man's nun mal.«

»Reine Buchstabenverschwendung. Diese Sprache entbehrt jeder Logik.«

»Dafür kann ich nichts.«

»Und warum schmeißt du den Abschnitt über Schmetterlinge raus?«

»Was hat der in dem Artikel über Kartoffelfäule zu suchen?«

»Auf der Schulter des Redners von der Landwirtschaftskammer saß während des ganzen Vortrags ein besonders prächtiger Admiral. Für den ist jetzt überhaupt nicht die Zeit, und kein Mensch hat ihn bemerkt. Du erwartest doch nicht von mir, daß ich das nicht erwähne?«

Er stellte den vollen Wortlaut wieder her und reichte den Artikel der Redaktion ein, die sogleich jeden Hinweis auf Schmetterlinge tilgte.

In der vierten Woche berichtete er über einen Wettbewerb der Amateurmusiker. Die Reportage begann vielversprechend. Duncan gab einen Rückblick auf die Einrichtung, erwähnte die Förderer, zählte auf, welche Instrumente vertreten waren. Im nächsten Absatz beschrieb er, wie er sich selber mit einer geborgten Harmonika am Wettbewerb beteiligte und mit einer Darbietung von ›Chattanooga Choo Choo‹ den vierten Preis gewann. Im dritten Abschnitt gab er zu bedenken, die Bezeichnung ›Impromptu‹ klinge doch sehr sonderbar und könne leicht für den Namen eines obskuren rumänischen Komponisten gehalten werden.

Der Redakteur bemerkte dazu, die Zeitung brauche doch weniger dringend einen Reporter, als man angenommen habe.

Anfang März wurde Duncan rastlos, Justine ahnte nicht, weshalb. Die Farm lief prächtig, sechs Geißen waren trockengelegt, weil sie im Frühjahr werfen sollten. Duncan aber hüpfte im Haus herum wie eine Bohne im Kasten, stierte jetzt zu diesem Fenster hinaus, dann zu jenem, begann mit Erfindungen, die er nicht vollendete, und ließ sich vom Landwirtschaftsministerium Merkblätter für alle möglichen Projekte schicken: Angorakaninchen, Obstbäume, Puffmais. Er strich die Küche zur Hälfte gelb und hörte dann auf. Er schleppte eine ganze Karrenladung Rhododendronbüsche an, die Wurzeln in Sackleinwand, und pflanzte sie um den Hof. »Ist denn jetzt Pflanzzeit für Rhododendron?« fragte Justine; noch kletterten sie abends in Mänteln ins Bett, die Erde war kalt und grau. »Warum muß ich denn nur immer alles richtig machen!« wollte er wissen. »Aber keine Sorge. Ich habe grüne Finger. Grüne Hände geradezu. Ich bin überhaupt ein ganz und gar grüner Mensch.« Und wirklich, der Rhododendron faßte Mut und wuchs. Duncan aber vergaß ihn. Seine sonderbare Stimmung wollte nicht weichen. »Offen gestanden, Justine«, sagte er, »der Winter ist mir recht zuwider. Ich hatte mir vorgestellt, wir würden am Ofen sitzen und das Ledergeschirr unserer Pferde fetten, aber wir haben weder Pferde noch Ledergeschirr. Hast du es nicht satt?«

»Nein«, sagte Justine.

Sie sah stirnrunzelnd zu, wie er für Küchenregale Maß nahm. Sie glaubte nicht, daß er je damit fertig werden würde.

Im April kamen acht Zicklein zur Welt, allesamt Geißen. »Hast du so was schon gesehen! Was für ein Glück. Jetzt haben wir eine richtige Herde«, sagte Duncan. Justine war froh über die Geißen, Böckchen hätten getötet werden müssen. Sie spielte stundenlang mit den Kleinen, rannte vor ihnen in die Wiese und lockte sie. Die Zicklein warfen die Hinterbeinchen und schlugen beinahe rad. Justine drückte ihr Gesicht an die festen kleinen Masken; die gelben geschlitzten Augen erwiderten sanft ihren Blick. Nach einigen Tagen wurden sie mit der Flasche gefüttert, dann tranken sie Milch aus einer Schüssel. Justine kauerte neben ihnen und streichelte die Löckchen auf dem Rücken. Sie fütterte ihnen Händevoll Gras, um sie an festes Futter zu gewöhnen, und den größten Teil des Tages hielt sie die Kleinen im Hof. Duncan schleppte unterdessen eimerweise Milch, die er in dem blinkenden Separator filterte. Plötzlich gab es jede Menge Leute, die an Allergien und Verdauungsbeschwerden litten, auch Säuglinge mit Koliken, und allesamt rissen sie sich um Duncans Ziegenmilch. Der Händler in Buskville interessierte sich nun auch für Duncans Käse. »Da siehst du es«, sagte Justine. »Ich wußte doch, daß es gehen würde.«

»Hm, ja«, meinte Duncan.

Im Mai starben sämtliche Zicklein in einer einzigen Nacht nach dem Genuß von Rhododendronblättern.

Justine wanderte tagelang ganz verloren umher, als wären die Zicklein ihre Kinder gewesen. Duncan sagte dazu weiter nichts als: »Findest du es nicht sonderbar, daß sie nicht wußten, daß Rhododendron für sie giftig ist?«

»Meine braunen wolligen Lieblinge«, sagte Justine.

»Ziegen sind allerdings ziemlich intelligent. Könnte es sein, daß Intelligenz umgekehrt proportional zum Instinkt ist?«

»Wenigstens haben wir die Muttertiere noch«, sagte Justine. »Wir brauchen also nicht ganz von vorn anzufangen. Und nächstes Jahr haben sie wieder Junge. Die lasse ich dann auch nicht in den Hof.«

Duncan nahm ihre Hand. »Justine«, sagte er, »was hältst du davon, das Ziegengeschäft aufzugeben?«

»Was? Aber Duncan, du kannst jetzt doch nicht aufgeben. Bloß wegen eines kleinen Rückschlages?«

»Nein, nicht deshalb. Ich überlege schon eine ganze Weile. Ich wollte eigentlich sagen: es ist nicht mehr spannend. Außerdem ist man so angebunden, immer muß man zum Melken im Haus sein. Man ist so ... so ... festgelegt. Und ich hab' mir gedacht – weißt du, was mir in diesem Jahr den meisten Spaß gemacht hat? Den Hühnerstall zu bauen. Was bauen, was reparieren, das möchte ich am liebsten. Mein Onkel Ed hat in Virginia eine Tischlerei, da stellt er Rohmöbel her und so was. Wenn der mich nehmen würde.«

»Virginia? Das ist doch schrecklich weit weg. Und daß du Tischler werden willst, höre ich zum erstenmal.«

»Ja, es ist nun aber mal so.«

»Dabei haben wir uns hier so schön eingewöhnt.«

»Ich bin aber nicht gern eingewöhnt.«

»Und nach Baltimore kämen wir auch nicht mehr, Duncan. Hier bin ich wirklich schon weit genug weg von Baltimore, weiter weg möchte ich nicht. Ich würde es nicht aushalten, noch weiter fortzuziehen.«

Er schaute ein Weilchen schweigend auf sie herunter und sagte dann: »Na, schön.«

Sie sprachen nicht wieder darüber.

Durch Justines Küche wanderten Leute mit Frühlingsproblemen, Liebeskummer, unerklärlichen Schwermutsanfällen. Justine legte die Karten auf dem Rosenholztisch aus.

»Das geht vorüber.«

»Haben Sie Geduld.«

»Nächste Woche geht es Ihnen schon besser.«

Duncan tappte mit seinen schweren Milcheimern vorbei.

Er war still geworden, antwortete aber, wenn sie ihn anredete. Nach dem Abendbrot nahm er die Whiskyflasche vor. Er trank aus den kostbaren Kristallgläsern des Urgroßvaters. Nach dem zweiten Glas strahlte er kindlich heiter, er knipste umständlich die Stehlampe an und las Heftchen. Die technischen Handbücher, in denen er sonst zu lesen pflegte, verstaubten langsam, während er sich durch einen Stoß Cowboyheftchen las, den die Vormieter in der Scheune zurückgelassen hatten. Wenn Justine über seine Schulter guckte, stießen unrasierte Männer Verwünschungen aus und griffen zum Revolver.

»Möchtest du nicht mit mir auf die Veranda kommen, Duncan?«

»Nein, vielen Dank. Vielleicht später.«

Später allerdings ging er schlafen, er wandelte verträumt ins Schlafzimmer, er fragte gar nicht, ob sie auch zu Bett kommen wolle. Sie saß allein am Küchentisch und mischte die Karten, legte sie reihenweise aus, träge, als wäre sie ihr eigener Kunde. Gähnend sah sie sich an, was da herausgekommen war.

Sie erblickte Aufbrüche, Überraschungen, neue Menschen, Glück, übereilte Entschlüsse, unerwartete Gäste.

Und das alles hieß nichts weiter, als daß Madame Olita recht hatte: die eigene Zukunft vorherzusagen war unmöglich.

Immerhin, wenn sie einen Kunden mit solchen Karten gehabt hätte! Sie malte sich aus, wie sie ihn ansehen würde, zum erstenmal wirklich neugierig, fasziniert von so bewegtem Leben nach all der Stagnation, die ihr bislang vor Augen gekommen war. Sie stellte sich vor, sie selber habe eine solche Zukunft, sie müsse sich täglich die Karten legen lassen, weil sie anders dem Gang der Ereignisse nicht folgen könnte.

Dann kam es ihr vor, als würde sie überhaupt nicht mehr die Zukunft lesen, sondern lauter kleine Rechtecke aus Pappe vor sich sehen, die ihr sagten, was sie zu tun hatte. Da mußte sie denn aufstehen, die Karten einsammeln und in den Schal wickeln, ehe sie ins Schlafzimmer ging und Duncan weckte.

Diesmal mieteten sie einen Lastwagen, das war billiger als der Spediteur. Sie ließen Justines geliebte Ziegen im Stich, Duncans angeknabberte Rhododendronbüsche und seinen leeren, meisterhaft gebauten Hühnerstall. Sie nahmen das meiste von Pecks Möbeln mit, dazu einen Zehnjahresvorrat von Eutersalbe, die sich als glänzendes Heilmittel für aufgesprungene Hände erwies. Und auf der ganzen Fahrt nach Virginia fragte sich Duncan, der mit dem Lastwagen dem apfelgrünen Graham Paige folgte und Justines Hinterkopf vor sich hatte, was wohl in ihr vorging. Er wußte, daß ihr dieser Aufbruch zuwider war. Sie hatte sich ihm zugesellt wie jemand, der die Hand eines Menschen ergreift, der neben ihm auf dem Sofa sitzt. Wie sollte sie ahnen, daß sie nicht nur vom Sofa gezogen, sondern auch gleich aus dem Haus, aus der Stadt, in einen anderen Bundesstaat verschleppt werden würde! Sie mußte sich doch ganz benommen vorkommen und sich fragen, was um des Himmels willen geschehen war. Statt dessen: heiter und verwegen rollte sie die Fernstraße entlang. Das erinnerte ihn an die schreckliche Munterkeit von Justines Mutter beim Hochzeitsempfang. Bestimmt würde sie früher oder später niederbrechen.

Und doch blieb Justine in der engen heißen Wohnung über Onkel Eds Garage in Virginia heiter. Sie räumte summend ihre Habseligkeiten ein, höchstens, daß sie diesmal etwas weniger sorgsam vorging; die Damastvorhänge hängte sie gar nicht erst auf, und die herrliche Anrichte aus Nußbaum schenkte sie bedenkenlos Tante Marybelle, weil sie nicht durch die Tür gehen wollte. Die Gemeinde hielt gerade einen Wohltätigkeitsbasar ab, bei dem Justine als Kartenlegerin mitwirkte, und danach blieben die Kunden nicht mehr aus. Duncan konnte die neuen nicht von den alten in Buskville unterscheiden – es waren meist verarbeitete Hausfrauen oder ganz junge Mädchen –, und deren Leben war so ununterscheidbar von dem der anderen wie ihre Zukunft, die auch er hätte vorhersagen können. Justine behandelte sie nachsichtig und mit Güte, und man sah deutlich, daß alle sie gern mochten. Hatte sie nachmittags keine Kunden, kam sie wohl in die Tischlerwerkstatt und sah Duncan zu. Anfangs war sie scheu im Umgang mit den wortkargen, holzmehlbepuderten Tischlern, nach einer Weile aber erwärmte sie sich. Sie schloß Freundschaft mit ihnen, legte ihren Frauen die Karten und paßte gelegentlich auf ihre Kinder auf. Manchmal half sie sogar bei der Arbeit, hielt eine Leiste, schmirgelte eine Tischplatte. Und war dabei stets vergnügt. Wie lange konnte das gutgehen?

Justine sagte, sie wolle ein Kind. Duncan wollte keins. Allein die Vorstellung einer Familie – ein geschlossener Kreis, der ihn beengte, ein bedauernswertes Kind, das er beengte – machte ihn kopfscheu. Überdies zweifelte er daran, daß es erbbiologisch vertretbar war. Wer konnte wissen, was da vererbt werden würde? Er wies auf Details hin: Herzfehler, Frühgeburten, Taubheit beim Großvater.

»Sieh dir lieber unsere Zähne an!« sagte Justine. »Einwandfreie Zähne! Nirgendwo eine kariöse Stelle. Und kein einziger gezogener Zahn weit und breit.«

»Justine, wenn ich noch ein einziges Wort über diese gottverdammten Zähne höre –«

Er gab dann aber doch nach. Er fand sich mit dem Kind ab, wie Justine, stellte er sich vor, sich mit der Übersiedlung nach Virginia abgefunden hatte; er ging davon aus, daß es für sie unverzichtbar sei, auch wenn er es nicht begriff. Und während der Dauer der Schwangerschaft versuchte er Anteil zu nehmen. Er hörte sich nach ihren Besuchen beim Arzt jede Einzelheit an, er beteiligte sich an ihren Atemübungen, bis ihm schwindlig wurde. Zweimal fuhr er sie nach Baltimore zu ausgedehnten Besuchen bei den Tanten, die an ihr zipften und zupften, während Duncan mürrisch in der Nähe stand, den Kragen aufgeschlagen, die Hände tief in den Taschen. Es kam ihm vor, als sei sein eigener Anteil an dieser Sache unbedeutend. Als er sich dann aber überwand und vorschlug, Justine solle in Baltimore niederkommen, erwiderte sie ganz sachlich seinen Blick und sagte: »Danke sehr, nein. Ich bekomme das Kind hier bei dir.« Was ging nur in ihrem Kopf vor?

Im siebenten Monat begann sie des abends eindringlich alte Fotos zu betrachten, hauptsächlich solche ihrer Mutter. Sie saß am Tisch und blickte angestrengt durch ein Vergrößerungsglas, ihr harter kleiner Kugelbauch beulte das Kleid aus, das sie seit ihrem siebzehnten Lebensjahr trug. Umstandskleider hatte sie nicht angeschafft. Fand sie die Ausgabe unnötig? Duncan kannte Frauen nicht anders als einkaufend. Er hatte erwartet, daß sich in einer Kommodenschublade Kinderkleidchen samt Zubehör häufen würden, doch außer den Sachen, die die Tanten geschenkt hatten, besaß sie nichts. Ihre eigene Vorbereitung auf das Kind bestand darin, daß sie in der Werkstatt an einer Wiege baute, und als er ihr anbot, ein Umstandskleid für sie zu kaufen, traten ihr Tränen in die Augen, was so gut wie nie geschah. »Ich will aber keines! Mir paßt doch nichts. Ich kann in den Geschäften hier unmöglich einkaufen.« Duncan stand vor einem Rätsel, und er tat das einzige, was ihm einfiel: er kaufte geblümten Stoff und ein Schnittmuster. Er ging davon aus, daß man ein Schnittmuster ebenso leicht entziffert wie eine Blaupause; er würde damit im Handumdrehen fertig werden und das Kleid auf der Maschine von Tante Marybelle nähen. Als er mit dem Schnittmuster heimkam, hatten die Wehen aber schon eingesetzt, und er mußte Justine in die Klinik bringen. Unterwegs kam ihm der Gedanke, Justine könnte sterben. Er meinte, sein ganzes Leben lang gewußt und sich nur nicht eingestanden zu haben, daß sie in jungen Jahren sterben würde, denn die ganze Welt war ein böser Witz. Der Anblick ihres gefaßten Gesichtes – wie unwissend sie war! – machte ihn rasend.

»Das sage ich dir: du läßt mich nicht allein mit dem Kind sitzen, verstehst du?« fauchte er. Sie sah ihn an, freundlich und wie aus der Ferne, und sagte: »Aber nein. Was du auch denkst.«

Selbstverständlich hatte sie recht. Die Geburt ging glatt. Justine starb nicht nur nicht, sie war nicht einmal nahe daran. Er war grundlos wütend geworden, und darüber hinaus hatte er jetzt ein Schnittmuster für 85 Cent, das er nie mehr benutzen würde, denn ein zweites Mal wollte er das nicht mitmachen, soviel stand fest.

Justine wollte das Kind Margaret Rose nennen, und ihm war es recht. Es überraschte ihn aber auch ein wenig. Er hatte erwartet, sich gegen Caroline oder Lucy oder Sarah wehren zu müssen, Namen, die er allesamt nicht mochte. Seit wann beschäftigte Justine sich in Gedanken mit der durchgebrannten Großmutter? Deren Namen doch nie jemand erwähnte, ausgenommen Sulie, die Margaret Rose liebte, seit sie mit dreizehn Jahren zu Pecks in Dienst gekommen war? Der Großvater jedenfalls sprach nie von ihr. Duncan war gespannt darauf, was der alte Herr dazu sagen würde. Würde er Einwände machen? Keineswegs. Als er zu Besuch kam und den Namen hörte (Justine brüllte ihn furchtlos in sein gutes Ohr, das aber auch schon taub wurde), nickte er bestätigend, als sei das nichts Besonderes. Duncan hätte es sich denken können, und Justine wußte es: in dieser Familie verschwanden Übeltäter spurlos, nicht einmal ein Loch zeigte an, daß es sie gegeben hatte.

Das Kind wurde Meg gerufen. Als Baby war es blond, stämmig, ernsthaft, die silbrigen Augenbrauen waren wie zu einem permanenten Stirnrunzeln in die Höhe gezogen. Es lernte nicht gehen, sondern schleppte sich dahin, und lachen tat es immer erst nach einem Moment des Nachdenkens. Alles, was es unternahm, wirkte mühselig, ob es nun Holzperlen auffädelte, eine Puppe fütterte oder die großen Kartons herumschleppte, die es jahrelang keinen Moment aus den Augen ließ.

Es rührte Duncan tief, daß Meg allabendlich ihr Spielzeug unaufgefordert in den Kasten räumte. Als sie älter und das Leben hektischer wurde, entwickelte sie sich zu einer umsichtigen kleinen Hausfrau, die stets wußte, wo alles war, was man vergessen hatte, und um welche Zeit man wo einzutreffen hatte. Mit sechs Jahren besaß sie bereits einen eigenen Wecker, den einzigen im Haus. Zum siebten Geburtstag wünschte sie sich einen Toaströster mit automatischem Auswerfer. (Als Grund führte sie an, sie wolle Toast machen wie andere Leute, nicht auf dem Herd.) Sie bereitete ihr Frühstück selber, wusch ihr Geschirr ab, suchte ihre Socken zusammen. Sobald sie aus der Schule kam, erledigte sie unaufgefordert alle Hausaufgaben, den weichblonden Kopf tief auf den Tisch gesenkt, den Bleistift aus Leibeskräften umklammernd. Sie besuchte auf eigenen Wunsch den Gottesdienst und die Sonntagsschule, obwohl die Eltern sich weder hier noch dort blicken ließen; also ging sie allein, in Kleidern ihrer Großmutter, mit Hut und weißen Handschuhen und einer Münze für die Kollekte. Samstags nachmittags las sie das Bibelpensum für die Sonntagsschule. »Meggie!« rief Justine dann und stürzte sich auf sie, »Meggie, komm raus, spielen!« Meggie mußte aber erst fertiglesen und aufräumen, ehe sie spielen kam. Justine nahm sie mit zu anderen Kindern, zum Rollschuhlaufen, zum Seilspringen. Auf der weitesten Einstellung paßten Megs Rollschuhe auch ihrer Mutter, und Justine zeigte ihrer Tochter alles, woran sie sich von früher her erinnerte. Wehte ein kräftiger Wind, ließ sie sich schieben, die Röcke an die Schenkel gepreßt. Sie lehnte sich in den Wind wie eine Galionsfigur, und Meg sah ihr dabei voller Vorbehalte zu, den Daumen im Mund.

»Dies ist eine Grille«, erklärte Duncan seiner Tochter.

»Ah.«

»Möchtest du wissen, wie sie das Zirpen macht?«

»Nein.«

»Viele Menschen glauben, sie reibt die Hinterbeine gegeneinander, in Wirklichkeit aber ...«

Meg sah nicht die Grille an, sondern Duncan. Ihre Augen waren durchsichtig und am Grunde flach.

Duncan hatte nicht erwartet, daß er sich wie ein Vater vorkommen würde, und doch war es so. Er brauchte nur die Rundung ihrer Wange zu sehen, die blauen Adern an ihrem Unterarm oder auch die Art, wie sie stoisch anderen Kindern beim Spielen zuschaute, um ein schmerzhaftes Ziehen zu verspüren. Immerhin sah er schärfer als Justine, die ihre Meg für vollkommen hielt. Er wußte zum Beispiel, daß Meg zwar durchschnittlich intelligent war, aber einen schwer beweglichen Geist und einen beschränkten Horizont hatte, daß sie übermäßig auf Ordnung versessen war, auf Dauerhaftigkeit und Regelmäßigkeit. Es kam ihm vor, als erlaube sich jemand einen ungeheuerlichen Scherz mit ihm; mit allen erdenklichen vererbbaren Defekten hatte er gerechnet, nur nicht mit dem, der unbedingt zu erwarten stand: das totale Pecksche Erbe. Sie war mehr eine Peck als alle anderen, nicht ausgenommen den schwerfälligen Claude oder die sanften, trägen Zwillinge. In Baltimore, wohin sie manchmal auf Besuch fuhr, war sie der ausgemachte Liebling. Nichts an ihr war in irgendeiner Hinsicht fremd. Fremd war vielmehr Duncan. Als sie älter wurde, schien sie das zu begreifen, und zwischen den beiden kam es immer öfter zu Reibungen, sie stritten grundlos miteinander, verteidigten einer gegen den anderen ihre unterschiedlichen Welten. Von seiner flinkeren Zunge überwunden, verstummte Meg dann, sie nahm eine verschlossene, bekümmerte Miene an und erinnerte Duncan an die kleine Justine. Ihm fiel ein, wie erwartungsvoll Justine den Vettern und Kusinen gefolgt war, er sah wieder ihre zögernden Blicke, das ungewisse Lächeln, und wie sie ihr Kleidchen in acht nahm, damit es abends noch so aussah wie früh, als die Mutter sie eingeknöpft hatte. Er wurde wehmütig, er zupfte zärtlich an einer Haarsträhne, bis Meg nachgab und lächelte.

Wo aber war das Kind, das Justine gewesen war? An Justine war nichts mehr von Unsicherheit zu bemerken. Sie hatte jetzt rasche Bewegungen, kaleidoskopartige. Alles, was sie tat, geschah mit einer Art Schwung, der ihn überraschte und faszinierte. Flog sie die Straße entlang, drehten die Leute sich nach ihr um: eine magere, etwas zerfranste, gutaussehende Person, die wirkte, als wüßte sie nicht, wohin sie ging. Sie trug immer noch ihre verwaschenen Jungmädchenkleider, deren Säume mit Verspätung verändert wurden, entweder eingenommen, und dann standen sie ihr um die Knie wie ein Reservereifen, oder ausgelassen, und dann zeigten sie alle früheren Rocklängen wie Striche auf liniiertem Papier. Sie trug altmodische Spangenschuhe und auf dem Kopf den ewigen Hut, der von Duncan unterdessen zweimal hatte ersetzt werden müssen, weil sie auf ihrer wildbewegten Lebensbahn den Hut so häufig aufs Haar preßte, daß die Krone dem Druck nicht standhielt. Ihr Tag bestand aus einer Abfolge unerwarteter Ereignisse. Ging man beispielsweise an einem Geistesgestörten vorüber, der Selbstgespräche hielt (die Duncan nicht zu hören vorgab), blieb Justine stehen und beantwortete die von jenem ins Blaue gestellten Fragen, ließ sich von den zahllosen Entweichungen aus Anstalten erzählen, die ihn zu einem Houdini machten. Ihr als einziger von allen Bekannten Duncans hatte man buchstäblich einen Säugling vor die Tür gelegt. (Die Mutter holte ihn später zurück, aber Justine war ganz bereit gewesen, ihn zu behalten.) Er mußte damit rechnen, daß sie kleine Schulkinder mit dem Spritzenwagen spazierenfuhr, daß sie, noch mit ihren Einkäufen unterm Arm, an einem Boykott des Kinos teilnahm, das keine Schwarzen einließ, daß sie von zwei riesigen Bernhardinern an seinem Ladenfenster vorbeigezerrt wurde, obwohl sie doch vor einer Stunde noch überhaupt keinen Hund besessen hatte. Und sie übersiedelte so mühelos von einer Stadt zur anderen! Anfangs, nun ja, anfangs hatte sie nicht so recht gewollt. »Es gefällt mir hier, gerade haben wir uns so schön eingewöhnt.« (Sie konnte sich überall eingewöhnen, fand er, auch in einer Höhle, schlimmstenfalls in einem Bergwerk; sie glich darin einer Katze.) »Ich mag nicht schon wieder alle unsere Freunde aufgeben«, sagte sie. (Im allgemeinen waren das ihre Freunde. Justine machte im Handumdrehen Bekanntschaften, Duncan war da langsamer. Ihm kam es vor, daß er die Leute nicht einmal richtig kennengelernt hatte, wenn es wieder Zeit wurde weiterzuziehen.) »Warum müssen wir denn wieder weg, Duncan?« Es war aber deutlich, warum man weg mußte – er wurde immer finsterer, trübsinniger, schleppte sich mühsam durch die Tage. »Na wenn schon«, sagte sie am Ende immer, »ziehen wir eben. Was ist schon dabei?« Dann wurden beide euphorisch, als wären sie einer Katastrophe entgangen, die sie seit Wochen bedrohte. Justine begann viel zu früh zu packen – ihre Lieblingsbeschäftigung, die auch immer einfacher wurde, weil sie im Laufe der Jahre immer mehr Dinge zurückließen. Kochen und putzen tat sie so gut wie überhaupt nicht mehr, Töpfe und Pfannen, die sie zur Hochzeit geschenkt bekommen hatte, waren verschenkt, es schien, daß das bloße Dasein ausreichte, all ihre Zeit und Aufmerksamkeit zu absorbieren. Sie brachte auf den Tisch, was ihr gerade einfiel, sie vergaß, selber zu essen, und bat statt dessen durchs Fenster einen Stallburschen, Meg doch mal auf seinem Pferd reiten zu lassen. »Ach, Mama«, sagte Meg dazu, die nicht im Traum daran dachte, einen Gaul zu besteigen, und die es als peinlich empfand, daß ihre Mutter zum Fenster hinaus Fremde anredete. Duncan allerdings segelte glücklich auf diesen Luftwirbeln dahin und vermißte sie geradezu, wenn sie mal ausblieben. Kam er nach Hause und traf Justine nicht an, fand er die Luft schal und tot. Er schob sich durch die Zimmer und rief nach ihr. Er fragte die Nachbarn. »Ist Justine bei euch? Zu Hause ist sie nicht. Ich kann sie nirgendwo finden.« Hatte er sie schließlich aufgespürt, ächzte er erleichtert und ließ sich auf die nächste Sitzgelegenheit nieder. »Ich konnte dich gar nicht finden. Wo warst du bloß? Was war denn mit dir los?« Und schon schoß der Strom des Lebens in sein breites Bett, Überraschungen rieselten auf sie nieder wie Konfetti, und Duncan fühlte Frieden.

Manchmal erinnerte er sich daran, daß sie nicht immer so gewesen war, allerdings konnte er nicht mit Gewißheit sagen, was sich geändert hatte. Er überlegte dann, ob sie vielleicht nur seinetwegen vorgab, glücklich zu sein. Oder ob sie sich vorsätzlich Zwang antat, wie ein Höhenkranker, der sich aufs Fallschirmspringen verlegt. Er wurde dann unerwartet rücksichtsvoll, bot ihr an, zu Besuch nach Baltimore zu fahren, obschon ihn der Gedanke an die Familie nach all diesen Jahren immer noch mit einem Widerstreben erfüllte, das er nicht überwinden konnte. Justine hing nach wie vor an der Familie. Wenn er sie auf die wirkliche Bedeutung von Äußerungen der Tanten hinwies, auf die schneidenden Kanten zwischen den liebevollen, banalen Sätzen, wies Justine ihn ihrerseits auf die Bedeutung hin, die noch unterhalb der von ihm entlarvten Bedeutung lag, und er mußte eingestehen, daß manches richtig war, was sie sagte. Justine besaß die ergreifende Wachsamkeit des Kindes, das zu sehr auf Erwachsene angewiesen war; ihr entging keine Tonfärbung, keine Geste, keine nachlässig gebundene Schleife, kein verstohlener Blick, und alles wurde um und um gedreht und auf seine Bedeutung untersucht. (Konnte sie deshalb in die Zukunft sehen? Sie sagte, sie habe gewußt, daß Urgroßmama sterben werde, als ihr auffiel, daß sie alle ihre Wässerchen nur noch in ganz kleinen Flaschen kaufte.) Justines Erklärungen frisch im Ohr, kam er sich auf der Fahrt nach Baltimore nachsichtig und aufgeklärt vor, was aber nur vorhielt, bis er die steife Kühle von Roland Park mit den feuchten Bäumen und düsteren Häusern zu Gesicht bekam, die mürrischen Dienstmädchen, die fast lautlos von der Bushaltestelle hügelan strebten, Fuß vor Fuß setzten mit steifem Genick. Waren sie angelangt, ließ er Justine nicht mehr aus den Augen, er wollte dahinterkommen, ob sie ihn nicht insgeheim doch haßte, weil er sie hier weggeholt hatte. Justine betrug sich aber kein bißchen anders als anderswo. Sie teilte ganz unterwartet Küßchen aus, stieß Tante Bea die Brille von der Nase, raste durchs Haus, daß die Märchenlampen und Nippesfiguren auf den Tischchen zitterten, und einmal verzehrte sie versehentlich beim Abendessen das gläserne Löffelchen aus dem Salzfaß. Die Tanten sprangen sämtlich auf und rangen die Hände, Duncan aber lächelte, seine Stirn glättete sich, und er ließ sich treiben auf den weißen, gischtenden Wassern des Lebens mit Justine.

Tanten und Onkel waren jetzt alt, der Großvater benutzte ein Hörgerät, Vettern und Kusinen (Sally geschieden, die übrigen unverheiratet, alle kinderlos) brachten auf ihren sonderbar arglosen Gesichtern, die denen alternder Zwerge glichen, Falten und Runzeln hervor. Der Rasen war nicht mehr üppig, das Geschwader der Ford-Limousinen aus der Mode. Die alte Sulie war der einzige Dienstbote, sie schlurfte ärgerlich knurrend durchs Haus und verteilte mit einem welken grauen Tuch den Staub. In Urgroßmamas Haus wohnten Esther und die Zwillinge, geerbt hatte es allerdings Justine. Justine und Duncan, so hieß es stets, würden doch eines Tages heimkommen, begleitet von der lieben Meg, und dann stünde das Haus für sie bereit. Justine lächelte dazu nur. Ausgeschlossen, daß sie je dort leben würden. Immerhin verloren sie das Haus nie aus dem Gedächtnis, es war eine letzte Zuflucht, falls alles mißlang, falls sie sich geschlagen geben mußten. Das Haus spielte seine Rolle als Reservetruppe, es rückte Zentimeter um Zentimeter näher, wenn das Geld knapp wurde und Arbeit schwer zu finden war, und im Laufe der Jahre nahm es ein eigenes Leben an, das neben dem ihren herlief, sich mit dem ihren zugleich voranbewegte. Sie wußten, in welchen Kindergarten Meg gekommen wäre, hätten sie das Haus bewohnt, und auf welche Grundschule; sie kannten die Apotheke und wußten, wo sie eingekauft hätten. Doch ein einziger Blick auf dieses düstere Haus unter den Eichen reichte aus, daß Duncan sich verfinsterte, sich ausgehöhlt fühlte, und er legte dann unverweilt die Hand auf Justines Schenkel, als wäre sie ein Sonnenkringel auf der Fensterbank und er eben aus der Kälte hereingetreten.

8

Den Bus benutzten nur gewöhnliche Leute, und Daniel Peck schaute sie grimmig an: drei Matrosen, ein junger Neger mit Strickmütze und eine bleiche, wieselgesichtige Person mit vier Kindern, die sie unablässig klapste und pufte. Eines der Kinder streckte ihm die Zunge heraus. »Nun sieh dir das an. Hast du das bemerkt?« fragte Daniel seine Enkelin.

Sie blickte von ihrer Zeitschrift auf.

»Das Balg hat mir eine Fratze geschnitten.«

Sie schmunzelte.

»Das ist nicht im mindesten komisch, Justine.«

Was sie nun auch antwortete, er würde es nicht richtig verstehen. In Automobilen machte er sein Hörgerät nur ungern an.

Man befand sich auf der Rückfahrt von Parthenon im Staate Delaware, wo der alte Herr nach umständlichen Korrespondenzen den jüngsten Sohn des verstorbenen Direktors der Salter Akademie aufgespürt hatte, einen Mr. Dillard. Mr. Dillard hatte den alten Herrn bereits brieflich wissen lassen, er habe zu den Schülern seines verstorbenen Vaters keinerlei Kontakte unterhalten (die älter seien als er und wahrscheinlich nicht mehr am Leben, wie er taktlos hinzufügte). Daniel Peck wußte aber nur allzugut, daß das menschliche Gedächtnis keine geordnete Apparatur ist; manchmal ist es von Kleinigkeiten in Schwung zu bringen, von etwas so Geringem wie dem Geruch von Klee oder dem Anblick eines Knaben, der radfahren lernt. Er war also doch hingefahren, hatte das Foto von Caleb mitgebracht und war bereit, alle Details über seinen Bruder bekanntzugeben, die sich in seinem Bewußtsein abgelagert hatten. »Ein saumseliger Junge. Immer saumselig. Ihr Vater hat vielleicht einen besonders saumseligen Studenten erwähnt? Und was noch ... ah, gesellig war er. Sehr gesellig. Sollte jemals ein Klassentreffen stattgefunden haben, ist er bestimmt darauf erschienen. Oder er wäre mal zu Besuch gekommen, verstehen Sie, hätte Jahre später einfach bei Ihrem Vater einen Besuch gemacht, das sähe ihm ähnlich. Können Sie sich an einen solchen Besucher erinnern? Groß, blondes Haar. Auf diesem Bild kommt es nicht richtig heraus. Wenn er zuhörte, legte er den Kopf stets auf die Seite. Wenn er Ihnen als Kind auf dem Weg ins Arbeitszimmer Ihres Vaters begegnet wäre, hätte er Sie bestimmt angesprochen. Ein Lächler war er allerdings nicht. Haben Sie ihn gesehen? Kennen Sie ihn?«

Mr. Dillard kannte ihn nicht. Er war ein rotgesichtiger Mann mit krummem Rücken und nuschelte. Die Tapete in seinem Badezimmer war mit Pappfischen beklebt. Seine Frau hingegen war nett. Reizend sogar. Sie bot selbstgemachtes Gebäck an, wie er seit Jahren keines mehr bekommen hatte, und schrieb für Justine das Rezept auf eine Karteikarte.

Er wandte sein Gesicht voll Justine zu und wartete, bis sie das spürte und ihn ansah. »Nun, Großvater?« sagte sie.

»Was hast du mit dem Rezept gemacht?«

Sie sah ihn verständnislos an.

»Mit der Karte von Mrs. Dillard?«

»Ah.«

»Sag nicht, du hast sie verloren.«

»Nein, bestimmt nicht, ich –«

Er verstand nicht, was sie noch sagte, dafür aber sah er deutlich, wie sie erst die Strohtasche durchwühlte, die beiden Taschen ihres Kleides, deren eine halb abgerissen war. Dahin. Nie wieder würde er dieses besonders wohlschmeckende Gebäck zu kosten bekommen.

Er zog aus der Brusttasche seines Jacketts eine lederne Brieftasche, der er einen cremefarbigen Umschlag entnahm und einen Bogen Briefpapier. Der Umschlag war bereits adressiert und frankiert. Der alte Herr war umsichtig. Vor Jahren hatte ihm seine Stiefmutter beigebracht: Schon auf der Rückreise schreibt man seinen Dankesbrief, spätestens eine Stunde nach einem Besuch. »Warum«, hatte Duncan als Knabe gefragt, »schreiben wir denn nicht den ganzen Brief schon im voraus?« Aber das gehörte sich nicht, man mußte schließlich etwas erwähnen, was sich während des Besuchs zugetragen hatte, wie Daniel es jetzt tat, nachdem er seinen Füllfederhalter ein Weilchen nachdenklich betrachtet hatte.

Verehrte Mrs. Dillard! *5. März 1973*
Erlauben Sie mir, Ihnen für Ihre Gastfreundschaft zu danken.

Ihr Gebäck war ungemein schmackhaft, und es war sehr gütig von Ihnen, uns Ihre Zeit zu widmen. Wir werden uns dieses Besuches mit großem Vergnügen erinnern.

Ihr ergebener
Daniel J. Peck, sen.

In Caro Mill, oder wie das nun schon hieß, wollte er eine Kopie davon für sein Archiv anfertigen. Er machte möglichst von allen seinen Briefen Abschriften, ganz besonders von denen, die Caleb betrafen. Auf der Kommode neben dem Bett stand jederzeit die alte Schreibmaschine Marke Underwood bereit, mit den stählernen Typen und der glänzend schwarzen Stirnplatte, der Aktenschrank barst schier von Kopien seiner Anfragen, Bestätigungen, weiteren Erkundigungen und Dankesbriefe, die Jahre zurückgingen. Wieviele Jahre?

Hm. Seine Stiefmutter starb 1958. Das war ein Schlag. Sie war die letzte, die ihn Daniel nannte. Das wurde ihm erst klar, als sie tot war. Sie hatte die ganze Reise mit ihm zurückgelegt, ausgenommen die allerersten Monate seines Lebens: siebenundsiebzig Jahre. Sie war die Letzte, die sich an seine Soldatenpuppe erinnerte, daran, wie die Augen des Vaters sich weiteten, wenn er zornig wurde, an die rauhen, warmen belgischen Pflastersteine in der alten Innenstadt. Sie vererbte ihr Haus Justine, und er wußte gut warum. (Sie fürchtete für dieses Mädchen, die liebste seiner Enkelinnen und die wehrloseste, herumgestoßen in der Welt von diesem Wirrkopf Duncan, den die Ehe nicht im mindesten hatte reifen lassen.) Monatelang nach ihrem Tod mied Daniel das Haus, er sah es nicht einmal an. Er erlaubte zwar Esther und den Zwillingen einzuziehen, nicht aber das Schlafzimmer der alten Dame zu betreten. Er wolle ihre Sachen selber aussortieren, später, sagte er, im Moment habe er anderes zu tun. Er fühlte sich verwundet, zum erstenmal getroffen von der Erkenntnis, daß die Welt ihren Gang geht, daß Menschen altern und sterben, daß im Leben nichts umkehrbar ist. Wohin war alles gegangen? Was war denn eigentlich aus diesem kleinen brünetten deutschen Stiefgroßvater geworden, den er einmal hatte? Und was aus Sarah Cantleighs Angehörigen, die bei seinem Anblick in

Tränen auszubrechen pflegten, waren denn die alle schon tot? Und wo war sein eigener schweigsamer, musikliebender Bruder mit dem stets seitlich geneigten Kopf?

Indessen, er war ein vernünftiger Mann und erholte sich davon. Er ließ Sulie mit dem Schlüsselbund kommen, und sie machten sich ans Sortieren von Lauras Sachen. »Oh, Barmherziger«, sagte Sulie immer wieder, »barmherziger Himmel.« Sie war Jahrzehnte wütend auf Laura gewesen, nun aber war sie ganz bekümmert, als sie sich in dem düsteren Raum mit der abgestandenen Luft umblickte. Ihre Augen waren Dreiecke, und am Hals standen die Sehnen vor. Ihr Gesicht glich einem Drachen aus zerknittertem gelben Papier. »Dahin kommt es mit uns allen«, sagte sie.

»Wenn du nicht aufhörst damit«, sagte Daniel, »kannst du gleich wieder in die Küche verschwinden.«

Die Kleider überließ er den Frauen, die gingen ihn nichts an. Seine Sache waren Schubladen, Schmuckkästen, die Regale mit Nippes, die als Andenken unter die Familie verteilt werden sollten. Er zog schuldbewußt Schubladen auf, beschämt vom aufsteigenden Lavendelduft, der allem anhaftete, als sei Laura noch zugegen. »Hm, ich weiß nicht recht«, sagte er zu jedem Gegenstand, den sie fanden, und wenn er ihn beiseite legte, nahm Sulie ihn wieder auf und sagte: »Das hat Miss Sarah immer sehr bewundert«, oder »Miss Bea wünscht sich so was schon seit Jahren.«

»Nun, so gib es ihr, gib es ihr«, sagte Daniel.

Für sich behielt er nichts. Die Schubladen, ihr Inhalt so übersichtlich geordnet, und alles für nichts, verdarben ihm den Spaß am Leben. Sulie vielleicht auch, denn als er ihr die ovale Brosche schenken wollte mit einer Locke von Lauras Mutter, eine Brosche, die tadellos war, abgesehen von einem kleinen Schaden an der Schließe, zog Sulie die Mundwinkel herunter und sagte: »Ich will das nicht.«

»Wie du meinst«, sagte er. Nicht jeder fände sich so geduldig mit Sulies Grobheit ab wie er.

Unter einem Stoß Briefpapier lag eine Anzeige für Baums Feine Bestecke, darunter ein Umschlag, der offenbar häufig zur Hand genommen worden war. Er enthielt das Bild von Caleb, der auf dem Heuboden Cello spielte.

Woher, bitte schön, stammte dieses Bild?

Er hatte es nie zuvor gesehen. Die mangelnde Tiefenschärfe und das offenkundig Zufallsmäßige der Aufnahme legten den Schluß nahe, daß Margaret Rose das Bild knipste, nachdem sie ihre Box bekommen hatte. Durch Monate war sie in der Gegend herumgelaufen und hatte alles geknipst, was ihr vor die Augen kam: Sulie beim Bohnenabfädeln, Sarah auf dem Schaukelpferd, Lafleur Boudrault mit seiner Gitarre aus einer Zigarrenkiste und Mark mit Geißblattblüten zwischen den Lippen. (Daniel begriff, daß sie nicht wiederkommen würde, als er feststellte, daß alle Fotos der Kinder weg waren. Aber genug davon.) Er musterte eindringlich Calebs klare, aber auf dem Bild verschwommenen Züge. Seines Wissens gab es außer diesem überhaupt kein Bild von Caleb, ausgenommen das im Album: zwei Jahre alt, in einem Kleid mit Rüschen, ein offenes Buch haltend, in dem er unmöglich schon lesen konnte. Und selbstverständlich waren alle Spuren von Margaret Rose bereits vor Jahren getilgt worden. In gewisser Weise war das hier aber auch ein Bild von ihr, es dokumentierte ihre übereilte Art zu handeln, und man konnte auch aus dem fragenden Blick, den Caleb auf den Fotografen richtete, auf ihre Anwesenheit schließen – ein Ausdruck, der einzig Margaret Rose vorbehalten war. Daniel fuhr mit der Hand über die Augen. »Das ist für heute erst mal alles, Sulie«, sagte er.

»Was denn, Sie hören schon auf?«

»Fürs erste.«

»Sie lassen hier einfach alles so durcheinander liegen?«

»Ich befasse mich später damit.«

Als er hinausging, stieß sie die Hände wütend in die bergehoch getürmte Hinterlassenschaft und maulte halblaut. Er wollte nichts davon verstehen.

Die nächsten Abende verbrachte er in seinem Schlafzimmer mit dem Studium dieser Fotografie und prüfte das neuartige Gefühl der Trauer, das ihm im Gebein saß. Als er damit fertig war (der Schmerz ließ nicht etwa nach, Daniel paßte sich ihm vielmehr an), wurde er etwas verrückt, wie er gerne zugab. Ihm kam der Gedanke, das Foto könnte eine geheime Botschaft übermitteln wollen.

Ein solcher Gegenstand konnte nicht einfach bloß vorhanden sein. Er prüfte den Sitz von Calebs Hut, die Stellung des Cellos, die Fetzen, die von alten Plakaten an der Wand des Stallgebäudes hängengeblieben waren. Wo lag die geheime Bedeutung? Sein unverheirateter Sohn und seine ledig gebliebenen Töchter stellten derweil unten im Haus Mutmaßungen darüber an, was ihr Vater da oben tat. Als Laura May anklopfte, erschrak er und schob das Foto in die Tasche. Folglich erblickte sie nichts weiter als den Vater, der mit steif vor der Brust gekreuzten Armen allein in seinem Sessel saß.

Er wandte sich dann an Lucy, die gelegentlich ein wenig Klavier spielte. Als sie eines Tages in der Speisekammer ihre Weckgläser zählte, nahm er sie beiseite. »Lucy, du verstehst was von Musik, nicht wahr?«

»Ach, Papa Peck –«

»Sieh mal her: Welche Note spielt dieser Mann?«

Er zeigte ihr das Foto. Auf ihrer Stirn ließ die Überraschung scharfe Fältchen entstehen. »Wer ... was ...«

»Welche Note spielt er gerade?«

»Nun, weißt du ... das kann ich nicht ... also mir sieht es nicht so aus, als ob der überhaupt eine Note spielt.«

»Wie? Lauter bitte!«

»Überhaupt keine.«

»Nanu, ist das möglich? Überhaupt keine Note? So etwas habe ich noch nicht gehört.«

»Ich habe den Eindruck, daß er den Bogen abgesetzt hat und ihn nur auf den Saiten ruhen läßt.«

»Das wäre ja lächerlich.«

»Nein, das kommt oft –«

»Unerhört so was«, sagte er und verließ ungnädig die Speisekammer.

Er wußte sogleich, daß er da einen Fehler gemacht hatte, denn Lucy mußte selbstverständlich Zwei davon erzählen, und Zwei war derjenige, der mit größter Wahrscheinlichkeit Caleb nach einer Beschreibung erkennen würde. Danach erfuhren natürlich alle von der Sache, und alle fragten, was er sich denn bei seinen Nachforschungen denke? Caleb sollte vergessen bleiben. Jetzt war er ohnehin gewiß nicht mehr am Leben, war es denn da wichtig, was für eine Note er an einem Sommertag des Jahres 1910 gespielt hatte?

Als Justine in jenem Jahr im August zu Besuch kam, ging sie zu ihm unter die Eichen, wo er in seinem Gartenstuhl saß. Sie küßte ihn, trat etwas zurück und betrachtete ihn. Er merkte, daß sie schon was gehört hatte. Alle redeten hinter seinem Rücken über ihn. Er knurrte: »Du weißt wohl schon, daß ich *non compos mentis* bin.«

Sie fuhr fort, ihn zu betrachten, als nähme sie ernst, was er da gesagt hatte. Ein Mädchen, das alles wörtlich nahm, diese Justine, das war sie immer schon gewesen.

»Darf ich Caleb mal sehen?« fragte sie schließlich.

»Wie bitte?« Er glaubte, falsch gehört zu haben.

»Dein Foto von Caleb.«

»Die anderen bitten mich immer nur, es nicht zu zeigen.«

»Ich weiß doch aber gar nicht, wie er aussieht.«

Er runzelte die Stirn. Natürlich, wie sollte sie. Wahrscheinlich wußte sie überhaupt so gut wie nichts von ihm. Laura ließ seinen Namen niemals über ihre Lippen, er selber hatte ihn kaum jemals erwähnt, und für die anderen war Caleb so gut wie vergessen, ein distanzierter, erwachsener Onkel, den sie nie besonders interessant gefunden hatten.

»Nun ja.« Daniel zog das Foto aus der Tasche, jetzt unter Glas und Rahmen. »Mein Bruder«, sagte er.

»Aha«, sagte Justine.

»Er pflegte allerdings nicht immer in Hemdsärmeln zu gehen.«

Justine beugte sich über das Foto. Ihre gesenkten Lider erinnerten ihn an Flügel. »Er sieht dir ähnlich«, sagte sie.

»Seine Augen sind aber braun.«

»Das Gesicht ist das gleiche.«

»Ja, ich weiß«, seufzte Daniel. Er nahm das Foto zurück. »Die anderen zählen ihn nicht mehr mit. Für die ist er ein Deserteur.«

Justine sagte etwas, das er nicht verstand.

»Eh? Für mich gehört er immer noch dazu. So weit ich zurückdenken kann, hat es ihn gegeben. Ich denke einfach gern an ihn – ist das etwa nicht gestattet?«

»Warum sollte es nicht?« fragte Justine.

»Ich würde alle mir verbleibenden Jahre darum geben, ihn wiederzusehen.«

Wieder sagte sie etwas. Er führte einen Streich gegen die Luft, wehrte sich gegen den Vorhang aus gedämpften Lauten, der ihn von Justine trennte.

»Ich möchte einmal noch mit ihm zur Kirche gehen«, eröffnete er ihr, »diesmal allerdings würde ich genauer achtgeben, verstehst du? Er soll mir noch einmal durchs Fenster zuwinken, wenn ich an der Salter Akademie vorbeigehe. Ich möchte ihn auf dem Klavier im Salon diesen albernen Melodienmischmasch spielen hören. Ein kleines bißchen Zeit möchte ich noch mal zurückhaben, weiter nichts.«

»Nun ja, Großvater«, beschwichtigte Justine. »Komm mal mit nach vorn und sieh dir an, wie Meg gewachsen ist.« Sie nahm ihn bei der Hand, und er mußte wohl oder übel aufstehen und mitgehen. In gewisser Weise enttäuschte Justine ihn. Er hatte geglaubt, sie werde seinen Standpunkt begreifen, doch falls sie es tat, ließ sie sich das jedenfalls nicht anmerken.

Im November desselben Jahres bekam er an einem kalten, wie ertrunkenen Tag einen Umschlag mit dem Poststempel Honora, Maryland, wo Justine damals wohnte. Ein Brief war nicht darin, nur ein Ausschnitt aus dem ›Honora Herald‹, eine ganze Seite, die sich mit Erziehungsfragen befaßte. Der alte Herr wunderte sich. Für Erziehungsfragen hatte er wenig übrig. Doch halt: unten auf der Seite war ein altes Foto von reihenweise aufgestellten Knaben, und darunter stand:

Die gute alte Zeit

Das Bild zeigt die Schule, die der Verfasser besuchte, die Salter Akademie in Baltimore um die Jahrhundertwende. Man beachte die Gasbeleuchtung entlang den Wänden. Der Verf. ist in der Reihe der Sitzenden der zweite von links.

Daniel machte sich unverzüglich in seinem Ford V-8 nach Honora auf. Er schwenkte den Ausschnitt in der Hand, als er bei Justine eintrat. Justine saß in der Küche und legte einer Dame die Karten, eine Tätigkeit, die er ebenso ignorierte, wie es die übrige Familie zu tun beliebte. »Laß das jetzt«, sagte er, »ich will sofort zu Ashley Higham.«

»Und wer ist das, bitte?«

»Der Verfasser dieses Artikels selbstverständlich.«

»Ah, dann kennst du ihn also!«

»Ich? Nicht die Spur. Aber er schreibt doch, daß er die Salter Akademie besucht hat, nicht wahr? Da sitzt er auf dem Bild, als zweiter von links, und keine Armlänge entfernt von ihm sitzt mein Bruder Caleb, oder etwa nicht?«

»Was denn.« Justine legte die Karten weg, stand auf und sah sich das Foto an. Ihre Kundin tat das gleiche, obschon sie das nichts anging.

»Also jetzt brauche ich bloß noch Ashley Higham zu finden«, sagte Daniel.

»Tja, wo der ist, weiß ich nicht«, sagte Justine.

»Aber ich weiß es«, ließ sich die Kundin vernehmen. Und sie war es denn auch, die Daniel Peck zu Ashley Higham führte, und Mr. Higham erinnerte sich Caleb Pecks gut, nur hatte er ihn seit der Abschlußfeier im Jahre 1903 nicht mehr gesehen. Er besaß aber ein überaus gutes Gedächtnis und konnte mühelos die Namen aller Knaben hersagen, auf deren Gesichter er mit zitterndem, blassem Zeigefinger auf dem Bild in der Zeitung deutete. Daniel schrieb jeden Namen auf ein Blatt Papier. Später übertrug er sie in ein Ringbuch von Taschenformat, das er stets bei sich trug und das immer dicker wurde. Denn eins führte hier zum anderen, der eine erinnerte sich an jemand anderen, der mit Caleb befreundet gewesen war, und der wiederum erinnerte sich an Calebs Musiklehrer, der zwar verstorben war, dessen Enkel in Pennsylvania aber seine gesamte Korrespondenz aufbewahrt hatte, aus der sich der Name des Geographielehrers ergab, und so weiter, und so fort. Die Akte schwoll an. Der Ford legte in einem einzigen Jahr mehr Meilen zurück als in seiner bisherigen Lebenszeit. Und zur wachsenden Mißbilligung der Familie (die ihm das erst ausreden, ihn mit Fernsehen, Poesiealben und selbstgebackenem Kuchen abzulenken versuchte und ihm schließlich die Wagenschlüssel stahl, sobald er nicht hinsah) blieb er für immer längere Zeiträume bei Justine. Selbstverständlich nur zu Besuch. Nicht auszudenken, falls Caleb plötzlich heimkäme und er wäre spurlos verschwunden! Das Haus wartete auf ihn in Baltimore, seine Töchter hielten sein Zimmer parat, Justine aber war die einzige, die, ohne sich zu besinnen, zu ihm ins Auto stieg, bereit, überall hinzufahren, mit allen möglichen Leuten zu reden, die genuschelten Antworten des Großvaters verständlich zu machen. Und wenn ihn der Mut verließ, war es Justine, die ihn aufmunterte.

Denn anfangs geschah dies häufiger. Anfangs hatte er es ungeheuer eilig. Er glaubte sich nämlich ganz kurz vor dem Erfolg. Als er dann nach einer sehr weiten Autoreise zu Calebs bestem Freund von diesem hören mußte, er habe Caleb seit 1909 nicht mehr gesehen, wurde er mürrisch und bitter. »Ich war immer der Meinung«, sagte er zu Justine, »daß die Menschen miteinander in Verbindung bleiben und daß sie die Verbindung wieder anknüpfen, wenn sie mal abreißen sollte, nicht wahr? Ich selbst bin ein ausgesprochener Familienmensch, die Familie ist im Grunde mein einziger Umgang. Man sollte doch denken, wenn man den besten Freund eines Mannes unter Beobachtung hält, müßte man den Mann selber eines Tages zu Gesicht bekommen – aber für Caleb gilt das nicht. In fünfzig Jahren hat er hier nicht einen Besuch gemacht, und sein Freund hat seinerseits keinerlei Anstrengungen in dieser Richtung unternommen. Wie soll man sich das erklären?«

Justine erwiderte: »Laß nur, Großvater, es wird schon werden.« (Sprach sie etwa professionell mit ihm?) Und schon am nächsten Morgen war sie durchaus bereit, von neuem mit ihm auf die Reise zu gehen, unverändert heiter, ohne je die Geduld zu verlieren. Es war also genaugenommen doch nicht so eilig. Er entkrampfte sich etwas. Die Suche selbst fing an, ihm Spaß zu machen, die endlosen ratternden Eisenbahnfahrten, der reglos blaue Himmel vor dem Coupéfenster. (Man war sehr bald auf die Bahn umgestiegen, denn die Taubheit des alten Herrn hatte mehrmals fast zu Unfällen geführt, und Justines Art Auto zu fahren versetzte ihn in Schrecken.) Früher einmal war er sich schon bei einer Geschäftsreise nach New York vorgekommen wie eine Garnspule, die man auf der Straße abrollen läßt und die eine Spur des Heimwehs fadengerade hinter sich ließ bis nach Roland Park. Jetzt aber lernte er, sich ganz auf den Vorgang des Reisens zu konzentrieren. Er stellte sich gern vor, Caleb selber hätte in dem Zug gesessen, in dem er gerade saß. Er zuckelte mit der Southern Railroad und der B & O dahin, auf staubigen Plüschbänken; gelegentlich vertrat er sich die Beine auf ländlichen Bahnsteigen, wo vor ihm vielleicht Caleb gestanden hatte. Und er war auf der Rückreise ebenso zuversichtlich wie auf der Hinreise, denn es blieb ihm immer noch Zeit weiterzusuchen, nächste Woche, nächsten Monat, wann immer er sich kräftig genug fühlte.

Falls Duncan diese Dauerbesuche zuviel wurden, ließ er es doch nicht merken. Anfangs hatte Daniel ihn ganz unumwunden gefragt (nun, so unumwunden jedenfalls, wie ihm das möglich war). »Hast du bemerkt, daß man heute den Hausstand auf die Mindestzahl von Erwachsenen beschränkt?« Und Duncan hatte dazu nur gelächelt. »Manche tun das, aber nicht alle.« Das war auch wieder so eine seiner unklaren Bemerkungen. Er tat das gewiß absichtlich. Daniel bedachte Duncans Antwort einige Tage und wandte sich dann an Justine. »Duncan hat niemals eine enge Bindung an die Familie gehabt, nicht wahr?« und er wartete zuversichtlich darauf, daß sie sich verständnisvoll äußerte. Das tat sie auch. »Du hast recht. Aber bislang hat er noch nichts gesagt.«

Und Daniel war sehr darauf bedacht, Duncan keinen Anlaß zu geben. Er verkniff sich alle Ratschläge (und es war doch nur allzu sichtbar, daß Duncan Rat brauchte) ebenso wie Lob oder Tadel. Mit jeder Übersiedlung fand er sich kommentarlos ab, obschon nicht eine davon wirklich notwendig gewesen wäre. Kam es Duncan denn nie in den Sinn, daß auch andere Menschen Tiefpunkte hatten, die man eben einfach überstand, ohne deshalb gleich die Zelte abzubrechen? Man harrt aus, man lernt überleben, und nie war dem alten Herrn jemand vorgekommen, der sich so hartnäckig weigerte, dies zu tun. Doch er ließ es gehen, er sagte nichts dazu. Klaglos ließ er sich am neuen Ort nieder, klaglos aß er, was Justine lustlos auf den Tisch brachte, und fand sich damit ab, daß sie nicht putzte – das war eben unvermeidlich, wenn man einer Frau nicht das kleinste bißchen Dauerhaftigkeit im Leben bot. Warum auch sollte sie sich plagen in den schäbigen, windschiefen Häusern, die wie hingeworfen aussahen, die sich schon vor der kommenden Katastrophe zu ducken schienen? Unterdessen stand das schöne Haus von Laura leer. (Daß Esther und die Zwillinge es bewohnten, nahm er nicht zur Kenntnis; die gehörten nach Hause zu ihren Eltern.) Doch rührte er nicht daran. Die einzige Veränderung, die er vornahm, bestand darin, daß er ihnen den Ford überschrieb, als er das Fahren aufgab. Es machte ihn nervös, in dem Graham Paige zu fahren, für den Duncan die nötigen Ersatzteile auf Antiquitätenmessen zusammensuchen mußte. »Ich mag keine Fordwagen«, sträubte sich Duncan. Und ein halbes Jahr verfügte die Familie über zwei Wagen. Justine flitzte in ihrem Ford herum, Duncan im Graham Paige, in dem er munter pfeifend durch die Ritzen zwischen den Brettern des Bodenbelags die Landstraße unter sich ablaufen sah. Der Motor, so versicherte er, sei in erstklassigem Zustand, und das war er wohl auch, denn Duncan war ein ausgezeichneter Mechaniker. Man braucht aber auch was, auf das man einen Motor montiert, und dazu reichen grüne Blechspitze und geborstene Federn nicht aus. Am Umzugstag in jenem Jahr ließ Duncan den Graham Paige wortlos vor dem Haus stehen und kletterte in den gemieteten Lastwagen. Der Großvater tat, als bemerke er nichts. Er war ein taktvoller Mensch.

Innerhalb ihrer größeren Welt bewohnte er ein eigenes kleines geordnetes Universum. Seine Enkel wanderten die Ostküste rauf und runter, trafen unerklärliche Entscheidungen, machten sonderbare Bekanntschaften, die sie bald genug wieder aus den Augen verloren, und währenddessen knöpfte Daniel Peck seine kragenlosen Hemden, befestigte die perlgrauen Hosenträger, betrachtete sein bleiches, ausdrucksloses Gesicht im Schlafzimmerspiegel. Er zog die goldene Uhr auf. Er machte sein Bett. Selbst seinen Reisen, diesem unübersichtlichsten Teil seines Daseins, verlieh er einen vorbildlich geordneten, vorausschaubaren, geregelten Ablauf. Stets begleitete ihn Justine, stets nahm er den Fensterplatz, las sie *National Geographic,* führten sie ihre ruckhafte, unzusammenhängende Konversation über dem Straßenlärm. Denn jetzt mußten sie immer öfter den Bus benutzen, die meisten Orte wurden nicht mehr von der Bahn bedient. Sie machten große Umwege, um doch wenigstens irgendwo an die Bahn zu kommen, doch dann verkehrte dort meist nur Amtrak, ein billiger Zug, der mit der alten Eisenbahn wenig Ähnlichkeit hatte, auf dem nichts klappte und in dem Caleb ganz bestimmt nie gereist war. Gleichwohl reiste Daniel still und mit ausdruckslosem Gesicht, die Hände auf den Knien, einen Zehndollarschein ans Unterhemd geheftet, im rechten Augenwinkel den tröstlichen Anblick der Hutkrempe seiner Enkelin.

Schon näherte man sich, wie hieß es doch, Caro Mill. Er sah, daß Reisende aufstanden, Mäntel anzogen, Koffer aus dem Gepäcknetz nahmen. Und er bemerkte in sich plötzlich eine fühlbare Leere. Das hatten sie mal wieder hinter sich. Er seufzte. Justine blickte von ihrer Zeitschrift auf.

»Viel haben wir nicht erreicht«, teilte er ihr mit.

»Nein, das stimmt.«

Ihr machte das nichts aus. Und weil er seit Jahren ganz zufrieden neben ihr umhergefahren war, nahm sie an, daß es auch ihm nichts ausmachte. Seit kurzem empfand er aber wieder eine gewisse Ungeduld, wie damals, als er mit der Suche begonnen hatte. Bedeutete dies, daß er Caleb näherkam? Einmal hätte er sie beinahe gebeten, die Karten zu legen – was für ein Unsinn. Selbstverständlich bremste er sich noch rechtzeitig. Jetzt starrte er trübe aus dem Fenster auf eine Anhäufung von Tankstellen und Schmalzbäckereien. »Da also steigen wir aus«, bemerkte er.

»Was?«

»Ein schönes Reiseziel ist das gerade nicht.«

»Ach –«, sagte Justine und dann noch etwas, was er nicht verstand, aber es war bestimmt etwas Aufmunterndes. Justine war offenbar nicht leicht zu enttäuschen. Welches Glück. Er selber allerdings verspürte bleierne Enttäuschung, er fühlte sich untergehen. Der Anblick des tiefroten Sonnenuntergangs hinter einem Schrottplatz dünkte ihn irgendwie ganz und gar entmutigend. »Großvater, fehlt dir was?« fragte Justine in ihrem tragendsten Ton.

»Nein, keine Spur.«

Der Bus keuchte um ein Hotel mit verrotteten Fensterläden und kam vor dem Schnellrestaurant zum Stehen. Selbstverständlich hat dieses Kuhdorf keinen Busbahnhof, überlegte der Großvater, man muß mitten auf der Straße aussteigen. Der Fahrer dachte gar nicht daran, Justine oder den anderen Frauen beim Aussteigen behilflich zu sein, das mußte Daniel tun. Jede grüßte er, als er ihren Arm losließ, mit leicht gehobener Hand. »Vielen Dank«, sagte eine der Damen, die andere sagte nichts, oder er konnte es nicht hören.

Vor dem Schnellrestaurant stand der Ford, unweit von einem Hydranten, verbeult und staubig, im hinteren Kotflügel eine lange, nagelneue Schramme. Er sah sich den Schaden an. Früher einmal hinterließ man in solch einem Fall einen Zettel mit der eigenen Telefonnummer und dem Namen. Das gab es nicht mehr. Als er schließlich einstieg, bemerkte er: »Skrupel hat niemand mehr.«

»Wie bitte?«

Justine schaute ihn an, eine Hand am Griff der Fahrertür, die offenstand und den Verkehr behinderte. »Was gibt es nicht mehr?«

»Skrupel. Man fährt dir eine Beule in den Kotflügel und hinterläßt nicht mal eine Visitenkarte.«

»Ich vielleicht selber«, sagte Justine und dann noch etwas, was er nicht hörte.

»Nein, das wäre mir aufgefallen. Und im übrigen hast du deinen wöchentlichen Unfall schon gehabt.« Das war so ein kleiner Scherz von ihm. Er lachte und legte die Hand über den Mund, um ein Husten daraus zu machen.

Wummmm! Er prallte gegen die Windschutzscheibe. Sofort machten sich im ganzen Körper Schmerzen bemerkbar. Offenbar hatte eine gigantische Hand ihn gepackt und wie eine Puppe weggeschleudert. »Großvater?« fragte Justine. Auf der Innenseite ihres Armes war eine lange rote Schramme zu sehen, auch einige Tropfen Blut. Vor ihr hatte ein Wagen angehalten, und dem entstieg jetzt ein Mann. Und wo zuvor die Tür an der Fahrerseite gewesen war, da war jetzt nichts, nur die blanke Luft und dann das wütende Gesicht jenes Mannes. Der Mann sprach sehr laut, aber unverständlich. Das machte nichts; Daniel war sehr erleichtert, als er die Ursache dieser Erschütterung begriff. Die Tür war weggerissen worden, selbstverständlich! Gleichwohl fand er sich nicht ganz zurecht. Als der Mann schließlich wegfuhr und Justine ausstieg und die Tür in den Kofferraum wuchtete, half er ihr nicht einmal, so benommen war er noch.

Er sah dumpf, daß sie hinters Steuerrad schlüpfte. »Jetzt haben wir wenigstens reichlich Luft«, erklärte sie ihm. Ein sonderbarer Ausspruch, vielleicht hatte er sie auch mißverstanden? Er flitzte durch die Korridore seines Bewußtseins und rief nach Laura, seinem Vater, Caleb, Margaret Rose. Die hätte er nie heiraten dürfen. Am wichtigsten war, daß man eine gemeinsame Vergangenheit hatte. Wäre er nicht auf ihr gurrendes Lachen und den weichen Schwung ihrer Hüfte hereingefallen, er hätte eine vernünftigere Wahl getroffen, jemand geheiratet, den er zeitlebens gekannt hatte. Wer war nur das kleine Mädchen, das mit ihren Eltern zu Besuch kam? Melinda? Melissa? Aber nein, er hatte was Neues haben müssen, mal ganz was anderes. Ein schwerer Fehler. Wie er Margaret Rose verabscheute! Beim Gedanken an sie knirschte er mit den Zähnen. Er hätte gern gewußt, wo sie jetzt war, hätte ihr was Schlimmes antun, sie vor ihren feinen, geschwätzigen Freunden demütigen mögen. Aber nein, sie war tot. Er war enttäuscht, als ihm das einfiel. Wie gewöhnlich hatte sie übereilt gehandelt, sie war vor ihm her gelaufen, lachend, hatte über die Schulter nach ihm zurückgesehen, und dieses eine Mal konnte er es sich nicht verkneifen, ihr zu folgen.

»Wenn man erst mal lebt, ist Sterben der einzige Abgang«, eröffnete er Justine.

Sie sah zu ihm hinüber.

»Dann hat man was in Bewegung gesetzt, nicht wahr.«

»Wie wenn man schwanger ist«, bestätigte Justine. Hatte sie das wirklich gesagt? Seine Ohren taugten nichts. Mit dem Denken war es auch nichts mehr. Er mußte sich unbedingt zusammennehmen. Er setzte sich aufrecht hin und schaute zum Fenster hinaus, ein ehrbarer, älterer Herr, der die Aussicht bewundert.

Meg Peck und der Reverend Arthur Milsom saßen derweil im Wohnzimmer und warteten auf Megs Eltern. Richtiger: Arthur saß. Meg fand keine Ruhe. Zunächst nahm sie im Lehnstuhl Platz, weil sie proper und erwachsen wirken wollte. Dann meinte sie, auf dem Sofa neben Arthur nähme sie sich natürlicher aus. Da sie die Eltern um das Einverständnis mit ihrer Heirat bitten wollten, wäre es lächerlich, so weit voneinander entfernt zu sitzen.

Arthur hatte den Priesterkragen umgelegt, was zwar nicht erforderlich war, aber hübsch wirkte. Er war ein blasser, nervöser junger Mann, klein und drahtig. Wenn er aufgeregt war, zog er an seinen Knöcheln, daß es knackte, und seine braunen Augen wurden so dunkel und nüchtern, daß es schien, sie funkelten. »Sei doch nicht so nervös«, sagte Meg und setzte sich aufs Sofa. Sie nahm seine feuchte Hand.

Der Besuch war seit Wochen geplant. Am ersten Montag nach Megs 18. Geburtstag wolle er mit ihren Eltern sprechen, hatte er angekündigt. (Montags war in der Kirche wenig zu tun.) Alles war brieflich vereinbart worden. Arthur hielt Duncan für den wichtigsten Kontrahenten, Meg machte ihm aber klar, daß Justine unbedingt anwesend sein müsse, um Öl auf die Wogen zu gießen. Denn Duncan würde sich von seiner schlimmsten Seite zeigen. Er mochte Arthur nicht. (Wie war es nur möglich, daß irgendwer Arthur nicht mochte?) Damit, daß Justine mit dem Großvater auf einer seiner Reisen verschwand, hatten sie nicht gerechnet. Unmöglich vorherzusagen, wann sie zurückkehren würden, dabei konnte Duncan jeden Moment von der Arbeit kommen. Man würde sich also doch allein mit ihm auseinandersetzen müssen.

Meg dachte an ihre Eltern immer als an Duncan und Justine, nannte sie aber niemals so. Das mochte an der Art liegen, wie die beiden sich aufführten. Sehr elternhaft war das nicht. Meg liebte alle beide, und doch hatte sie eine feste innere Abwehrstellung gegen sie bezogen, weil sie sich unentwegt fragte, womit die Eltern sie wohl demnächst in Verlegenheit bringen würden. Sie waren einfach extrem verantwortungslos. Ihre Existenz war so ... holterdipolter, so unberechenbar, immer liefen sie unerwartet querfeldein und riefen ihrer Tochter über die Schulter zu, sie möge bitte folgen. Und seit Meg denken konnte, sah sie sich hinterherstolpern und aufsammeln, was die beiden wegwarfen oder im Stich ließen. Sie wollte weiter nichts als leben wie andere Leute. Sie mühte sich, das Haus so ordentlich zu halten, wie die Häuser ihrer Freundinnen waren, Blumen in Vasen zu stellen, irgendwie das Gestrüpp von Drähten und Röhren zu verbergen, mit dem Duncan sich gerade beschäftigte. Und doch war das alles ganz aussichtslos, denn sie wußte nur zu gut, daß man demnächst weiterziehen würde. »Wir sind Nomaden«, sagte Justine zu ihr. »Versuch mal, die Sache so zu sehen.« Als ob es was hülfe, wenn man das Ganze romantisch stilisierte. Die eintönige Folge von Mietverträgen, Umschulungen, unterbrochenen Zeitschriftenzustellungen war nicht die Spur romantisch. »Er verdirbt uns das ganze Leben!« klagte sie. Justine sah überrascht drein. »Aber Meggie, mein Schatz, es ist doch nicht unsere Sache, zu bestimmen –« Und dann richtete Megs Zorn sich auch auf die Mutter, weil die so leicht zu bereden war, so bereit, sich zu fügen, und sie schloß sich in ihrem Zimmer ein (falls man gerade ein Haus bewohnte, in dem Meg ein eigenes Zimmer hatte) und sagte kein Wort mehr.

Sie machte sich mit Handarbeiten zu tun, klebte Fotos aus *Das schöne Heim* in ein Album – mit Teppich ausgelegte Küchen, Fenster vom Boden bis zur Decke, Sofas mit weißem Samt bezogen. In ihrem Schrank herrschte Ordnung, die Schuhe standen paarweise nebeneinander, die Spitzen sämtlich in die gleiche Richtung weisend. Sie bügelte ihre Kleider selbst, und das seit dem neunten Lebensjahr. (Justine fand Bügeln überflüssig, daß die Kleider sauber waren, genügte ihr.) Mit zehn Jahren hatte sie den ersten Kuchen gebacken, der von allen bewundert, aber von niemand gegessen wurde, weil die Eltern plötzlich dringend irgendwohin wollten; es schien, daß sie sich von Kartoffelchips aus Automaten ernährten. Nichts verlief je nach Plan. Die Eltern ermunterten Meg dazu, ihre Freundinnen jederzeit mit nach Hause zu bringen, bei Tage oder bei Nacht. »Unsere Familie ist keine geschlossene Zelle«, informierte der Vater sie, und das war augenscheinlich die einzige Regel, wenn man das so nennen konnte. Wie aber konnte sie wagen, ihre Freundinnen mitzubringen, wenn doch feststand, daß die Eltern sich wie die Verrückten aufführen würden? Die Mädchen sagten zwar unfehlbar: »Mensch, deine Eltern sind Klasse!«, doch stellten sie sich gewiß nie vor, wie entsetzlich es für sie wäre, selber solche Eltern zu haben. Man mußte damit rechnen, daß Justine barfuß am Tisch saß und ihre schmutzigen Karten auslegte, daß sie mit unpassenden Bekanntschaften in der Küche hockte, daß sie das Haus auf den Kopf stellte, weil sie die zerfaserte Tasche nicht fand, ohne die sie unmöglich in das Schnellrestaurant gehen konnte, dessen Produkte sie der eigenen Küche vorzog. Manchmal betrug sie sich erstaunlich hochfahrend und ungestüm, und man mußte damit rechnen, daß sie in aller Öffentlichkeit von ihrem Mann als von »Megs Vetter zweiten Grades« sprach, was sie für einen guten Witz hielt. Und Duncan erst! Er gab unaufhörlich unbrauchbare, nirgendwohin gehörige Wissensbrocken von sich, er sprach seine verblüffenden Gedanken laut vor sich hin, und Megs Freunde hörten ihm offenen Mundes zu, wie vom Blitz getroffen. Seine Vorstellung von Humor gipfelte darin, daß er überall im Haus Zeitungsausschnitte befestigte, die, wie er meinte, passende Hinweise enthielten. So etwa klebte er zu Justines Geburtstag die Reklame einer Bank an die Wand, in der es hieß: IHR WOHL LIEGT UNS MEHR UND MEHR AM HERZEN, und als Meg einmal zuviel Geld für ein Kleid ausgegeben hatte (aber nur, weil sie ein einziges Mal im Leben aussehen wollte wie andere Mädchen, und nicht wie ein hausgeschneidertes Rumpelstilzchen), fand sie an der Innenseite ihrer Schranktür folgende Reklame:

HABT IHR EUCH IN LEVIS
JE GELANGWEILT?

Sie riß diese Reklame ab und stellte sich vor Duncan auf, der gerade dabei war, eine neue Anordnung für Schreibmaschinentasten auszutüfteln. »Benimm dich endlich mal wie ein Erwachsener!« forderte sie. Doch war sein Ausdruck arglos und überrascht, als er sie anblickte, und sie bemerkte, daß er wirklich alterte; um die Augenwinkel standen Knitterfältchen, und sein breites Lächeln hatte zwei halbmondförmige Kerben neben den Mundwinkeln hinterlassen. Sie legte also die Reklame still auf den Tisch und räumte besiegt das Feld.

In der Erinnerung an diesen Vorfall seufzte sie, und Arthur drückte ihre Hand. »In einer Stunde haben wir es hinter uns«, sagte er.

»Wir werden es nie hinter uns haben.«

»Ich verstehe dich nicht.«

»Wir werden vernichtet«, behauptete sie. »Ich spüre es deutlich.«

Damit hatte sie ihn beleidigt. Er richtete sich auf, was ihn kleiner wirken ließ. »Du meinst also, ich könnte mich mit den Eltern meiner Zukünftigen nicht vernünftig auseinandersetzen?«

»Schon, aber –«

»Vergiß nicht, ich bin Geistlicher. Ich habe Eltern überzeugt, die sich verschworen hatten, ihre Töchter zu verstoßen. Ich habe Väter überzeugt, die sich verstiegen –«

»Aber deren Töchter sollten ja auch nicht dich heiraten.«

»Hör jetzt endlich auf, dich zu ängstigen. Falls es zum Äußersten kommt, lassen wir eben eine stille Trauung in meiner Kirche vornehmen.«

Das wollten aber beide nicht gern. Alles sollte perfekt sein. Arthur wollte, daß Meg glücklich werde, und Meg konnte nur glücklich sein in einem weißen Brautkleid mit spitzer Taille, Sarah Cantleighs Brautschleier und einem Bukett aus Orangenblüten. Sie wünschte in der gleichen Kirche von Baltimore getraut zu werden wie ihre Mutter, in Anwesenheit von zahllosen Pecks. Tanten und Onkel, Vettern und Basen sollten mit ernstem Blick ihre Wahl billigen. Schleppenträger, Reisschauer, die Münze der Urgroßmama im Schuh. Arthur, mit bleichem Gesicht neben dem Pfarrer stehend, sollte sie heranwallen sehen. Unter seinem Blick kam sie sich unfehlbar vor wie eine Königin. Zugegeben, er war kein gutaussehender Mann, aber hätte ein gutaussehender Mann sie so angebetet wie Arthur Milsom? Im Vortragssaal schaute Meg auf den Vortragenden, Arthur schaute auf Meg. Sie spürte, wie der dünne Mond seines Gesichtes auf sie gerichtet war. Er hielt ihr die Tür auf, half ihr aus dem Auto, führte sie Treppen hinauf und hinab, und bei alledem berührte er sie kaum je. (Den Tanten würden seine Manieren sehr gefallen.) Er widmete ihr all seine Aufmerksamkeit, und zwar so sehr, daß ihm manchmal angst wurde, wenn er an seinen eifersütigen Gott dachte (wie er sagte). Nie zuvor hatte irgendwer so intensiv an ihr Anteil genommen.

Vor dem Haus quietschte und dröhnte es vertraut. »Da, das ist Mamas Auto. Jetzt hat sie es doch noch vor ihm geschafft«, sagte Meg, als sie aufstand und auf die Veranda trat. Justine saß noch am Steuer, bolzengerade und wohlanständig, allerdings nicht mehr geschützt von auch nur den Resten einer Autotür. Der Wagen sah aus wie sein eigener Aufriß. »Immerhin kann man so leichter ein- und aussteigen«, informierte Justine ihre Tochter, winkte ihr heiter zu und trat auf den Bürgersteig. »Kommst du, Großpapa?«

»Mama, ich möchte mit dir reden«, sagte Meg.

Doch nun ließ sich Dorcas Britt vernehmen, die Nachbarin, deren mächtige, volle Stimme Meg geradezu höhnisch vorkam. »Justine, Liebste, ich muß gleich mal mit Ihnen reden.«

»Ein Verrückter hat uns die Tür abgefahren, und Großvater ist gegen die Windschutzscheibe geprallt«, sagte nun Justine.

»Mama.«

Plötzlich war das Haus erfüllt von Farbe und Bewegung, der alte Herr wankte herein, Justine warf ihr blondes Haar zurück, Dorcas war ganz Chartreuse und Magenta über roten Stöckelsandalen. Arthur erhob sich und verschränkte die Hände vor dem Unterleib, wie es seine Gewohnheit war, wenn er nach der Predigt Gemeindemitglieder begrüßte. Er lächelte dazu entschlossen. Meg ging es wie ein Stich durchs Herz: sollte es etwa ihr Los sein, von jedermann zeitlebens in Verlegenheit gebracht zu werden, selbst von Arthur? »Mama, Großpapa, ihr erinnert euch an Arthur, nicht wahr? Mrs. Britt, darf ich Ihnen Arthur vorstellen, meinen – Arthur Milsom.«

»Mein Baby ist entführt worden«, eröffnete Dorcas ihm unverweilt. Das Baby war neun Jahre alt und wurde fortgesetzt entführt, und zwar vom Vater, dem man das Sorgerecht entzogen hatte. Dies konnte Arthur aber nicht wissen, und folgerichtig erblaßte er sichtlich.

»Gütiger Himmel!« rief er aus.

»Es macht nichts, Arthur«, beruhigte Meg.

»Es macht nichts?« empörte sich Dorcas. »Dir vielleicht nicht.«

»Großpapa hat eins über den Kopf bekommen«, sagte Justine.

Und das veranlaßte Arthur, sich dem Großvater zuzuwenden, wiederum ganz erfüllt von Mitgefühl und Schrecken. Noch hatte er nichts begriffen. Wer hier lebte, konnte sich eine solche Verschwendung von Mitgefühl einfach nicht leisten; er hätte schnell jede Empfindungsfähigkeit eingebüßt. »Arthur!« ermahnte Meg.

»Mindestens hundertzwanzig ist der Kerl gefahren«, behauptete Justine. »Oder hätte er uns sonst einfach die Tür abreißen können?«

»Die hing sowieso nur noch an einem Scharnier, Mama.«

»›Sie sind mindestens hundertzwanzig gefahren!‹ habe ich ihm gesagt, und was hat er erwidert? ›Es ist verkehrswidrig, die Tür an der Fahrerseite zu öffnen!‹ Hat das wer von euch gewußt? Wie kann man dann überhaupt einsteigen?«

»Vielleicht von der fahrbahnabgewendeten Seite«, wagte Arthur vorzuschlagen.

Justine, die dabei war, den Hut abzunehmen, hielt inne und schaute zu ihm hin. »Ah, Arthur. Sie sind auch da? Wie geht's immer?«

»Gut, wirklich glänzend, danke der Nachfrage, Mrs. Peck. Und wie geht es Ihnen?«

»Und Meg ist auch da. Hast du meinen Zettel gesehen, Meg? Ich hatte ganz vergessen, dir zu sagen, daß ich heute wegfahre. Hast du was zu essen gefunden, als du aus der Schule kamst?«

Eine Antwort wartete sie nicht ab, sondern gab Meg einen Kuß auf die Wange, der nach Hustenbonbons roch. Wenn sie jemand küßte, klapste sie dabei immer auch leicht die Schulter des Geküßten. Meg wich ihrer Hand aus und versuchte, etwas von ihrer Würde zurückzugewinnen. »Falls du mal einen Moment Zeit hättest, Mama«, sagte sie.

»Aber ich habe Zeit, jede Menge Zeit!« versicherte Justine. »Wie kann ich dir behilflich sein?«

»Mußt du nicht das Essen vorbereiten?«

Das sollte bedeuten: Komm bitte in die Küche und rede mit mir, ohne daß Dorcas dabei ist, doch Justine sagte: »Heute abend essen wir einfach aus der Tüte.« Verstehen tat Meg einzig Dorcas, und die reckte sich jetzt auf, wobei sie gleichwohl nicht das Aussehen eines Federbettes verlor, so wohlgerundet war sie überall. Eine fette Blondine mit winzigen Händchen und Füßchen. »Du bist nun mal keine Mutter«, tadelte sie. »Dir hat man noch kein Kind entführt. Man kann nach einem solchen Vorfall nicht einfach heimgehen und nicht mehr daran denken.«

»Sollten Sie nicht die Polizei benachrichtigen?« schlug Arthur vor.

»Polizei? Ha!«

»Mama, ich möchte eine Minute mit dir sprechen.«

»Bitte, gern.«

»Ich möchte allein mit dir sprechen.«

»Warum kannst du es nicht hier abmachen, Schatz? Dorcas ist schließlich unsere Freundin, wir haben keine Geheimnisse vor ihr.«

»Das möchte ich meinen!« stimmte Dorcas zu.

»Nun, dann warte ich lieber, bis Papa heimkommt«, sagte Meg.

»Ach richtig, wo ist denn Duncan? Der müßte doch längst da sein?« Und schon flog sie zum Fenster, gefolgt von der trippelnden Dorcas in ihren albernen Stöckelsandalen. »Sie müssen mir unbedingt helfen, Justine. Legen Sie mir die Karten, ja? Ich muß einfach wissen, wo Ann-Campbell steckt.«

»Ach, der fehlt nichts, bestimmt nicht.«

Ann-Campbell würde bestimmt nichts abgehen. Justine bedauerte den Entführer von Herzen, sie gab aber nach, weichherzig wie stets. »Aber diesmal nur eine ganz kurze Sitzung«, sagte sie, und schon holten die Damen die Karten aus der Küche. Großvater Peck spähte schwankend hinter ihnen her. »Machen die Damen Abendbrot?« fragte er Meg.

»Sie halten eine Sitzung, Großpapa.«

»Was machen sie?«

»Eine Sitzung.«

»Was gibt es jetzt zu sitzen, ist denn nicht Abendbrotzeit?« Er ließ sich in den Sessel fallen. Auf seiner Stirn zeichnete sich eine längliche Schwellung ab. »Du kriegst eine rote Schramme, Großpapa«, sagte Meg.

»Wie?«

»Er sollte vielleicht einen Arzt aufsuchen?« gab Arthur flüsternd zu bedenken. Der Großvater, der manchmal erstaunlich scharf hörte, schlug sich aufs Knie und bemerkte: »Blödsinn.«

Dann leuchtete es an der Tür blau und gelb auf – das war Duncan in den Jeans, die nicht zu tragen Mr. Amsel ihn ausdrücklich gebeten hatte. Er wetzte über den Korridor und verschwand in der Garderobe. »Daddy?« rief Meg.

»Meg, wo ist die Zeitschrift, die ich gestern abend gelesen habe?«

»Weiß ich nicht.«

»Mußt du unbedingt immerzu alles wegräumen?«

»Ich habe sie nicht weggeräumt.«

»Schon gut. Ich hab' sie.«

Und schon war er weg. Die Tür knallte zu. Arthur strich gedankenvoll sein Kinn.

»War das Duncan?« fragte der Großvater.

»Ja«, bestätigte Meg.

»Sie sind Geistlicher«, eröffnete der Großvater dem ratlosen Arthur.

»Hilfspastor, Sir.«

»Ich könnte Ihnen einen Tip für Ihre Predigt geben.«

»Großpapa.«

»Unser Elend rührt daher, daß unsere Kindheit so lange währt. Ist Ihnen das schon mal aufgegangen?«

»Nein, Sir, der Gedanke war mir noch nicht gekommen.«

»Betrachten Sie's mal so: Langeweile ist die Quelle allen Übels, stimmt's? Gereiztheit, Einsamkeit, Gewalttätigkeit, Dummheit – das alles kommt aus der Langeweile. Passen Sie auf jetzt. Warum empfinden wir Langeweile? Weil wir so lange brauchen, bis wir endlich erwachsen werden. Jahre, Jahre und Jahre, in denen man untätig wartet. Und was dann kommt, muß notwendigerweise enttäuschen, einerlei was es ist.«

»Zucker!« rief Duncan, der eben wieder durch den Korridor ging.

»Wie war das?«

»Du mußt mehr Zucker essen.«

»Was sagt er?«

Duncan steckte den Kopf herein. »Zucker beschleunigt das Einsetzen der Pubertät. Seit die Eskimos Kohlehydrate zu sich nehmen, wachsen sie schneller heran.«

Großvater Peck kratzte sich am Kopf.

»Daddy, wir haben mit dir zu reden«, sagte Meg.

»Ah so, Meggie.« Dann gewahrte er Arthur. »Sieh da, sieh da, unser wackerer Gottesmann.«

»Sobald Mama fertig ist –«

»Wo steckt denn deine Mutter überhaupt?«

»Sie legt Dorcas die Karten.«

Arthur stand auf. Neben Duncan wirkte er zierlich und gestählt. »Ich bin der Meinung, es ist völlig ausreichend, wenn Sie und ich miteinander sprechen, Mr. Peck«, sagte er.

»Oh, mehr als ausreichend«, sagte Duncan.

»Als ich endlich erwachsen geworden war«, sagte der Großvater jetzt laut, »kam mir oft und oft der Gedanke: das ist nun alles? So ist es, wenn man erwachsen ist? Man trabt hin und her zwischen zu Hause und dem Büro. Nicht einmal das Richteramt war, wie ich es erträumt hatte. Man sitzt da nicht zu Gericht, man setzt nur das, was heute geschieht, in Beziehung zu dem, was gestern geschah. Alles richtet sich nach Präzedenzfällen, nach Statuten, nach den Ergänzungen der Gesetze. Und wenn man sich da durchgewühlt hat, was erwartet einen dann? Das Alter. Und alt ist man wieder Jahre und Jahre und Jahre. Man verliert das Gehör, die Knie wollen nicht mehr. Manchen Leuten fallen die Zähne aus. Ich selber besitze noch alle meine Zähne, möchte aber nicht behaupten, daß sie mir viel nützen. Denn was ich jetzt noch esse, habe ich schon tausendmal zuvor gegessen. Darüber hinaus mache ich mir mehr und mehr Gedanken darüber, woher diese Nahrung eigentlich kommt. Beim Kotelett sehe ich Schweine vor mir, beim Steak Rinder, Lammfleisch läßt mich an Schafwolle denken und so weiter. Bei Milchschokolade, die mir früher köstlich schien, schmecke ich den Kuhstall.«

»Vielleicht sollten wir es mal mit Milchschokolade aus Ziegenmilch versuchen«, sagte Duncan.

»Die Chinesen ehren das Alter. Lebte ich in China, würde man um Rat zu mir kommen: ›Du bist alt und weise, was hat dies alles zu bedeuten?‹ würde man mich fragen.«

»Und was hat es alles zu bedeuten?« wollte Duncan wissen.

»Ich weiß es nicht.«

»Mr. Peck«, ließ Arthur sich vernehmen, »ich möchte Ihre Tochter heiraten.«

»Meine Tochter?« fragte der Großvater.

Duncan hatte aber gut verstanden. Er sah Arthur mit einem langen, offenen, arglosen Blick an, so als könnte nichts, was solch ein Mensch auch sagen mochte, ihn treffen. Dann sagte er: »Sie ist erst siebzehn.«

»Achtzehn«, berichtigte Meg.

»Wirklich achtzehn? Ja. Richtig.«

»Und Arthur ist sechsundzwanzig.«

»Du siehst, wie lächerlich das Projekt ist. Wenn du erst siebzig bist, ist er schon achtundsiebzig.«

»Na und?«

»Du gehst schließlich noch zur Schule.«

»Wir möchten im Juni heiraten«, sagte Arthur. »Dann ist das Schuljahr aus.«

»Und daß ich nicht aufs College passe, weißt du wohl, Papa.«

»Wer paßt da schon hin? Und wer will dich aufs College schikken? Was aber nicht heißt, daß du den ersten besten heiratest und fortan in Semper wohnst, jeden Sonntag in der ersten Kirchenbank hockst und dir die Blumen vom Hut nickst. Das ist doch eine Falle. Möchtest du unbedingt in die Falle gehen? Ich habe immer gedacht, du wolltest dich auf eigene Füße stellen, Meg, die Welt sehen, was unternehmen. Nimm keine Rücksicht auf uns, Meggie, schlag dich durch bis Kalifornien, als Anhalter auf der Straße, auf Güterzügen, nimm meinethalben den Bus. Lern surfing. Heirate einen total unberechenbaren Menschen. Tritt in die Fremdenlegion ein.«

»Aber das alles liegt mir nun mal nicht!«

»Versuch es wenigstens! Alles, nur nicht dies. Den ersten besten, bloß damit du unter die Haube kommst, einen blassen Fisch im Zweireiher –«

»Mr. Peck«, unterbrach Arthur, »Sie lassen sich hinreißen, und ich verstehe das –«

»Wie wollen Sie Kinder zeugen, Sie Hirte, durch Osmose vielleicht?«

»Mama!« rief Meg.

»Laß deine Mutter in Frieden, Meg, ich geleite den Herrn schon selber zur Tür.«

»So leicht entmutigen Sie mich nicht«, versicherte Arthur.

»Das wäre wirklich bedauerlich.« Duncan schob ihn Richtung Ausgang; Arthur sträubte sich nicht. »Falls Meg sich wunderbarerweise nicht anders besinnen sollte, bis sie ehemündig wird, kann ich dagegen nichts ausrichten, Herr Pastor, soviel gebe ich zu. Und bis dahin – Gott befohlen.«

»Ich bin aber längst ehemündig«, rief Meg.

Die Haustür fiel ins Schloß.

Meg sah ihren Urgroßvater an, der erschöpft lächelnd alle seine Zähne zeigte. Sie machte die Tür zur Küche auf.

»Meg, deine Mutter ist ein richtiges Wunder. Die Karten sagen, Ann-Campbell ist bei Joe Pete, und ich soll mich verschnaufen, solange sie fort ist.«

»Mama, hör mir mal einen Moment zu.«

Justine blickte auf. Sie saß am Küchentisch, zwischen jedem Finger mehrere ungekochte Spaghetti wie Spieße. »Schau mal, Meg«, sagte sie, »ich lern gerade das I Ching.«

»Und das genügt dir?«

»Naja, eigentlich müßte man Schafgarbe dazu verwenden, aber wir haben gerade keine.«

»Eines möchte ich dir jetzt mal sagen, Mama. Es ist mindestens ebensosehr deine Schuld wie seine.«

»Was meinst du, mein Herz?«

»Ihr zwei seid jedenfalls eine absolut geschlossene Zelle, da mag einer behaupten, was er will.«

»Geschlossene Zelle? Wie? Was?« Justine schaute verwirrt auf, sie erhob sich und streckte zwei Besen aus Spaghetti von sich. »Ich verstehe nicht, Meggie, warte doch mal –«

Meg war jedoch schon zur Tür hinaus und aus dem Haus. Draußen sah sie weder Arthur noch Duncan. Nur der Ford war da, er verschmolz mit der Dämmerung, und wo einmal eine Tür gewesen war, flatterte eine ganzseitige Anzeige in der schwachen Abendbrise: MÖCHTEN SIE NICHT DOCH LIEBER EINEN BUICK?

9

Auf dem Basar der Kirche von Polk Valley im April erschien Justine in ihrem besten Gewand – einem A-förmigen Hänger, den Duncan ihr fünf Jahre zuvor aus zweiter Hand, aber so gut wie neu gekauft hatte. Sie steckte ihr Haar auf, stülpte den Hut drüber und betupfte die Lippen mit dem Stift, den sie noch aus ihrer Schulzeit besaß. An den Füßen trug sie schwarze Spangenschuhe, am Handgelenk das Zigeunerarmband aus der Blue Bottle. Sie fand sich alles in allem durchaus präsentabel.

Weil der Wagen noch in der Karosseriewerkstatt stand, mußte sie Dorcas bitten, sie in ihrem blaßblauen Cadillac mitzunehmen. Ann-Campbell kam selbstverständlich mit, sie hopste auf dem Rücksitz herum und steckte gelegentlich die spitze, sommersprossige Nase nach vorn, um das Gespräch der Frauen zu belauschen. Justine mochte Ann-Campbell gut leiden, die würde bestimmt mal ein abwechslungsreiches Leben führen.

Auf der Fahrt nach Polk Valley erzählte Dorcas von Joe Pete, dem Mann, den sie dreimal geheiratet und von dem sie sich dreimal hatte scheiden lassen. Jedesmal wurde sie mit allem Aufwand in der Kirche getraut, wobei Ann-Campbell Blumen streute, eingehüllt in ein knöchellanges Organdykleid, das die Schrammen und Schrunden, die Narben, Risse und Heftpflaster auf den knochigen Knien verbarg. Seit neuestem kamen weniger Hochzeitsgäste, und auch die Geschenke flossen spärlicher. »Dabei ist er aber immer noch mein erster Mann, verstehen Sie?« sagte Dorcas. »Ich war nie mit einem anderen verheiratet, er übrigens auch mit keiner anderen. Warum soll ich da nicht eine Trauung haben, wie ich sie mir wünsche?«

Justine mochte an Trauung nicht denken. Das erinnerte sie an Meg. Meg machte ihr schweren Kummer, denn seit Wochen war sie in sich gekehrt, und wenn Justine mit Duncan darüber sprechen wollte, erwies es sich als nutzlos, wütend und dickschädlig wie er war. Meg, so sagte er, möge heiraten, wen sie wolle, wenn es sein müsse auch einen afrikanischen Häuptling, aber nicht einen Menschen, für den weiter nichts sprach als seine Farblosigkeit. »Sie liebt ihn vielleicht?« gab Justine zu bedenken, allerdings zweifelnd. Sie wollte gern daran glauben. Kam Arthur ihr vor die Augen, mühte sie sich, Interesse an ihm zu nehmen. Sie bemerkte, daß er gutherzig war, beständig, höflich ... und schon gingen ihre Gedanken in andere Richtung, und sie vergaß ganz, daß er anwesend war. Sie beobachtete Meg. Meg wirkte gelassen wie stets. Aber Meg zeigte eben ihre Gefühle nie. Gewiß liebte sie Arthur, andernfalls hätte sie nicht gesagt, sie wolle ihn heiraten.

Was hatte sie nicht alles geplant, als Meg geboren wurde! Allein der Umstand, daß ein neues Wesen in die Welt gesetzt war, mußte zu einem Strom unvorhersehbarer Ereignisse führen, der sich unablässig teilte und neue Richtungen einschlug. Als Meg in die Pubertät kam, war Justine auf langhaarige Verehrer vorbereitet, auf LSD, Ladendiebstahl, Schwangerschaft, Umstürzler, Schußwaffen im Schrank, überhaupt alles! Um ihrer Tochter willen hätte sie es mit allem aufgenommen, mit allem. Nur mit einem Arthur Milsom hatte sie nicht gerechnet.

»Joe Pete ruft mich Donnerstag abend an und fragt, ob ich die nächste Zeit zu Hause bin? Wo soll ich wohl hin, wenn er mir doch keinen Unterhalt zahlt und seit einem halben Jahr keinen Pfennig mehr fürs Kind! Dabei ist er reich. Also sage ich zu ihm: ›Joe Pete‹, sage ich, ›für mich gibt es weiter nichts als meine Filmzeitschrift‹, und er sagt, ›gut, das paßt, denn ich bringe dir deine Tochter zurück und du schuldest mir 48,95 für die Brücke, wo sie Chlorox draufgeschüttet hat. Für das Chlorox berechne ich dir nichts‹, sagt er. ›Meinethalben‹, sage ich, ›das kannst du den Leuten vom FBI sagen, wenn sie dich als Kindesentführer verhaften. Ich bin nämlich nicht doof.‹«

»Als er mich abgeliefert hat, ist er über Nacht geblieben«, bemerkte Ann-Campbell.

»Wegen des englischen Rasierwassers, was er immer benutzt. Das ist unwiderstehlich.«

Justine lachte.

Der Parkplatz hinter der Kirche war gerammelt voll, Lack und Chrom spiegelten das Sonnenlicht, vor der Kirche wimmelte es von Frauen, der ganze Weg war von ihnen belebt, bis zum Friedhof hin. »Ich möchte Würstchen«, sagte Ann-Campbell sofort, »und du schuldest mir noch einen Luftballon von damals im Shopping Center, und dann will ich Zuckerwatte und Zitronenlutscher –«

»Du hast vesprochen, daß du dich anständig benehmen willst, wenn ich dir erlaube, nicht zur Schule zu gehen.«

»In der Schule haben wir Rechnen«, sagte Ann-Campbell zu Justine.

»Ach, ich verstehe.« Justine hatte Mathematik nie leiden können.

»Angenommen, fünf Mütter zanken sich um zehn blonde Perükken, wie viele entfallen auf jede? Darauf soll man antworten: zwei, aber stimmt das wirklich? Vielleicht ist eine häßliche Perücke dabei, die keine haben will. Vielleicht ist eine Mutter viel stärker als die anderen und nimmt sich fünf. Oder der Kopf von der einen ist so groß, daß ihr überhaupt keine Perücke paßt –«

»Ann-Campbell Britt«, sagte ihre Mutter, »du verursachst mir Krämpfe in der Magengegend. Scheußliche Krämpfe.«

Hätte Justine sagen sollen, welches Kind mit größter Wahrscheinlichkeit ein Produkt von Duncan wäre, sie hätte auf Ann-Campbell getippt, niemals aber auf Meg.

Der Basar wurde im Untergeschoß der Kirche abgehalten, einige mit Linoleum belegte Stufen abwärts. Justine mußte sich erst an das dort herrschende Schummerlicht gewöhnen, dann konnte sie reihenweise angeordnete, mit Kreppapier abgeteilte Buden ausmachen, dazwischen eifrig wuselnde Frauen in Hosenanzügen mit gelackten Frisuren. Justine verabscheute Hosenanzüge aufs äußerste. Allen Frauen in Hosenanzügen hätte sie am liebsten eine skandalöse Zukunft vorhergesagt, und zwar so laut, daß die Umstehenden es hören konnten. Etwa: »Der Vater Ihres vorletzten Kindes brennt mit einer zigarrenrauchenden Rothaarigen durch.« Statt dessen zwang sie sich ein strahlendes Lächeln ab und hielt krampfhaft ihre Tasche umklammert, bis die aufsichtführende Dame sie bemerkte. Sie hieß Mrs. Edge, und ihr Hosenanzug war blaßblau, eine Farbe, die Justine ganz besonders mißfiel. Sie mußte sich unbedingt von dieser Stimmung frei machen. Also lächelte sie noch ein wenig breiter.

»Mein Name ist Justine Peck. Ich habe versprochen, mich als Kartenlegerin zur Verfügung zu stellen.«

»Sie sind Mrs. Peck? Ich hätte Sie mir viel dunkler vorgestellt. Was haben wir nicht alles von Ihnen gehört, phantastische Sachen! Einen Moment nun, lassen Sie mich nachdenken ... wo ...«

Mrs. Edge ging voran zu einem Kartentisch mit weißer Decke, an der mit Nadeln Sterne und Halbmonde festgemacht waren. Justine folgte, und Dorcas folgte Justine, halblaut summend, auf ihren Stöckelabsätzen trippelnd. Wo Ann-Campbell hingeraten sein mochte, war nicht einmal zu vermuten.

»Dies, meine Liebe, ist Ihre Kasse. Ich habe ein paar Dollarscheine reingelegt, als Wechselgeld für Sie. Brauchen Sie sonst noch was? Ich hoffe nur, Ihnen ist nicht kalt hier unten. Sie hätten vielleicht lieber einen Schal mitbringen sollen?«

»Aber gar nicht, mir ist es gerade recht so«, versicherte Justine, die immer glühte.

»Und da ist ja auch Mrs. Linthicum, die Frau von unserem lieben Herrn Pastor. Dies ist Mrs. Peck, die weithin berühmte Kartenlegerin.«

»Ach, dann fangen Sie doch bitte gleich mit mir an«, bat die Pastorsgattin. Die trug wenigstens ein Kleid, dazu ein braunes, pilzartiges Hütchen. Sie war groß und sehr hager, und unter rosa Gesichtspuder lugten Sommersprossen hervor. Beim Niedersitzen auf dem Klappstuhl ging sie sehr umsichtig zu Werke, sie strich den Rock über ihrem Gesäß glatt und betastete ihren Busen, wie um zu prüfen, ob er noch vorhanden war. Justine empfand ganz unerwartet großes Mitleid für sie. Sie berührte spontan die sommersprossige Hand von Mrs. Linthicum. »Lesen Sie in meiner linken Handfläche?« fragte diese sogleich.

»Ich lese überhaupt nicht aus der Hand«, entgegnete Justine und zog ihre Hand zurück. Aus dieser Hand mit der tief eingeschnittenen Längslinie und dem abgenutzten Ehering, kaum breiter als ein Faden, hätte sie mühelos lesen können. Statt dessen holte sie die Karten hervor und wickelte sie aus. »Wie äußerst spannend«, bemerkte Mrs. Linthicum.

»Möchten Sie irgend etwas Besonderes wissen?« fragte Justine.

»Ach, etwas Besonderes fällt mir eigentlich nicht ein.«

Dorcas rückte näher, sie strömte ganze Wellen von Tabu aus, und Justine drehte sehr behutsam eine Karte nach der anderen um. Madame Olita pflegte die Karten mit einem entschlossenen kleinen Knall aufzuschlagen, aber seither hatten die Karten stark gelitten, das vertrugen sie jetzt nicht mehr. Wo sollte Justine ein neues Spiel hernehmen, wenn dieses hier unbrauchbar wurde? Sie sah nachdenklich vor sich hin.

»Ich fürchte mich nicht, Schlimmes zu erfahren«, sagte Mrs. Linthicum. Justine zwang ihren Blick zu den Karten zurück. »Es gibt nichts Schlimmes zu fürchten«, sagte sie. »Alles geht gut.«

»Wirklich?«

»Sie werden auch künftig Geldsorgen haben, aber keine Not leiden. Wegen Ihrer Kinder sollten Sie sich weniger Sorgen machen, die entwickeln sich alle gut. Keine Reisen. Keine Krankheiten. Sie haben echte Freunde, und Ihr Mann liebt Sie.«

»Das will ich meinen«, bestätigte Mrs. Linthicum.

»Im ganzen gesehen ein sehr gutes Leben«, meinte Justine. Sie räusperte sich und fuhr mit gemacht fester Stimme fort: »Über so ein Ergebnis muß jeder Mensch glücklich sein.«

»Da bin ich Ihnen aber sehr dankbar«, sagte Mrs. Linthicum. Nun entstand ein längeres Schweigen, bis die Pastorsfrau sich lächelnd erhob, ihr Honorar zahlte und Justines Hand rasch mit ihren kühlen, verwelkten Fingern drückte. Justine sah ihr so versunken nach, daß Dorcas ihr vor den Augen herumfuchtelte und fragte: »Sind Sie noch da, Mrs. Peck?«

Dann kamen neue Kundinnen, eine Frau nach der anderen, die sich vor ihren Freundinnen kichernd genierten. »Kein schöner, dunkler Fremder? Keine weite Seereise?« Es kamen mehrere junge Mädchen, auch ein Knabe im Spielanzug, es kam ein Mann auf hohen Absätzen, es kam eine alte Dame. Justine mühte sich um Konzentration, schließlich verschaffte sie sich so ihre Klienten. »Sie werden einen leichten Verkehrsunfall haben«, sagte sie zu einem jungen Mädchen, ganz erleichtert, weil sie endlich etwas Konkretes herauslas.

»Auch wenn ich künftig langsamer fahre?«

»Dann vielleicht nicht.«

»Was soll dann diese ganze Wahrsagerei?«

»Das weiß ich nicht.«

»Das ist eine Warnung für Sie, endlich mit dem Rasen aufzuhören!« fiel Dorcas ein. »Herr im Himmel, wo haben Sie nur heute Ihre Gedanken, Justine!«

Ah, schöne Dorcas, mit Grübchen in den Knien, klirrenden Reifen am Handgelenk und einem Hals wie Sahne! Ihr sagten die

Karten jede Woche was anderes. Die Fehlerquote wurde dadurch zwar größer, aber es machte auch mehr Spaß.

Als der Andrang nachließ, fingen sie Ann-Campbell ein, die durch geschicktes Werfen von Münzen in Aschenbecher schon unmäßig viele Preise errungen hatte, und Justine legte ihr die Karten. Ann-Campbell lehnte sich dabei über Justines Schulter und lutschte Zuckerwatte. Sie roch nach gebranntem Zucker und Geld. »Wenn du alle Reisen machen willst, die ich hier für dich sehe, mußt du dein ganzes Leben lang unterwegs sein«, sagte Justine.

»Das weiß ich doch längst.«

Anschließend nahm Dorcas, die in der Schule das Handlinienlesen erlernt hatte, die kleine, viereckige Pfote ihrer Tochter vor – ein Gewirr von tiefen, verschmutzten Linien. »Ich sehe hier ebenfalls Reisen, aber da stimmt irgendwas nicht: Ann-Campbell wird im Auto gleich übel. Lassen Sie mich mal Ihre Hand sehen, Justine.«

Justine zeigte die Handfläche vor. Seit das Leben so rasch verging, war sie insgeheim ebenso auf ihre eigene Zukunft süchtig wie Alonzo Divich.

»Na, Sie haben es gerade nötig, von Reisen zu reden!« sagte Dorcas.

»Was sehen Sie denn?«

»Jede Menge Reisen. Und sonst ... ein Haufen Zeug, viel zuviel. Sie sind unentschlossen, es gibt eine Menge ... was das hier bedeuten soll, ahne ich nicht. Viele Ortsveränderungen, eine Neigung zu –«

»Ist es eine gute Hand?«

»Na klar doch, Justine! Selbstverständlich eine gute Hand! Nur eben voll von so Sachen ...«

»Nein, ich meine –«

Dorcas blickte auf.

»Ach, lassen Sie«, wehrte Justine ab.

Was sie wirklich gemeint hatte, sagte sie nicht mehr. Sie blieb stumm sitzen, stierte bedrückt auf die zerschlissene Seide in ihrem Schoß, und Ann-Campbell tätschelte derweil heftig mit ihrer freien Hand Justines Arm.

Duncan, der eine Teigform polierte, hob den Kopf von der Arbeit und erblickte Justine, die ihn von draußen durchs Ladenfenster anstarrte. Über ihrem Kopf hing das von ihm beschriftete Schild: KAUFE ALTES WERKZEUG. Sie trug ihr feinstes Basarkleid, und von der linken Brust baumelte eine Kette aus Sicherheitsnadeln. Er winkte, und sie winkte zurück, blieb aber draußen. Er trat dicht an die Scheibe und machte ein Fischmaul. Sie lächelte. »Komm rein!« rief er.

Also trat sie ein, ließ die Tür aber hinter sich offen. »Ich kam ganz zufällig vorbei«, sagte sie ihm.

»Soll ich dir von meinen Filmplänen erzählen?«

»Ja.«

»Ich gehe mit einer Handkamera rum und filme immer gerade das, was nicht passiert, also zum Beispiel: wenn irgendwo Fußball gespielt wird und es fällt ein Tor, filme ich einen Spieler, der anderswo auf dem Feld, weit weg vom Ball steht. Oder: ein Handtaschenraub passiert. Ich filme aber nicht den Räuber und sein Opfer, sondern einen Mann ganz in der Nähe, der nichtsahnend Zeitung liest.«

»Und wo liegt da der Sinn?«

»Der Sinn? Na hör mal, das wird der erste realistische Film überhaupt! Im wirklichen Leben richtet sich das Interesse niemals genau dorthin, wo die Aktion stattfindet. Oder jedenfalls nicht so oft, wie man denkt. Und nicht so genau.« Er brach ab und blickte zu ihr auf. »Sinn? So etwas fragst du mich doch sonst nie.«

»Ich möchte wissen, wie wir uns Meg gegenüber verhalten sollen, Duncan.«

»Da fällt mir ein: die Schule hat angerufen. Meg war heute nachmittag überhaupt nicht im Unterricht. Ist sie etwa krank?«

»Davon weiß ich nichts. Ich war noch nicht zu Hause.«

»Diese Woche hat sie immerzu Kopfschmerzen gehabt.«

»Siehst du? Kein Wunder, daß ich mir Sorgen mache. Ich muß gleich mal nach ihr sehen.« Statt dessen ließ sich Justine jedoch auf den knorrigen Klavierhocker nieder, den Duncan seit Monaten nicht loswerden konnte. »Ich bin jetzt vierzigeindrittel Jahre alt«, sagte sie.

Duncan hauchte die Teigform an und fuhr fort, sie zu polieren.

»Hast du nicht den Eindruck, daß das Leben unheimlich schnell vorbeigeht?«

»Für mein Gefühl geht alles immer zu langsam, aber ich weiß, daß ich damit ziemlich allein dastehe.«

»Wie sind wir überhaupt an diesen Punkt gekommen?«

Dabei blickte sie aber nicht Duncan an, sondern die entfernte Wand, und ihm schien, sie wollte keine Antwort hören.

Er legte seine Arbeit hin und machte die Runde durch den Laden, vorbei an den polierten Geräten und Werkzeugen, die er in Reihen ausgelegt hatte. Der Anblick tat seiner Seele wohl. Was Silas von seinen Einkaufsreisen mitbrachte – Porzellan und geschnitzte Möbelstücke –, beachtete er gar nicht, das ließ er in irgendwelchen Winkeln verstauben. Er blieb an einer Druckwaage aus dem 19. Jahrhundert stehen, drückte sie ganz allmählich weiter herunter und erfreute sich an dem komplizierten, präzise arbeitenden Mechanismus. Hinter sich hörte er das vertraute Geräusch, das die Karten machten, wenn Justine sie auslegte. Was konnte sie da wissen wollen, so ganz allein? Er sah dann aber, daß sie die Karten sehr abwesend auslegte, etwa so, wie man gedankenverloren Männchen malt oder am Bleistift kaut. Ihr Blick war in die Ferne gerichtet, und sie strich die Karten neben sich auf dem Nähkasten, ohne hinzusehen, glatt.

Unter seinem Blick runzelte sie die Stirn und sammelte ihre Gedanken. Sie sah auf die Karten. »Nanu?« sagte sie.

»Was ist?«

»Also . . .«

»Was ist denn, Justine?«

»Laß, laß, kein Grund zur Sorge.«

»Und wer sagt, daß ich besorgt bin?«

Doch sie war schon zur Tür hinaus, rannte die Straße hinunter mit flatternden Hutbändern. Duncan erlebte es zum erstenmal, daß sie die Karten einfach liegenließ.

Als Justine zwischen wuchernden Gemüsebeeten zum Haus lief, saß Daniel Peck auf der Veranda und ordnete seine Korrespondenz.

Justine rollte erregt mit den Augen und war hochrot im Gesicht, das war aber nichts ganz und gar Ungewöhnliches. »Großvater!« rief sie, »weißt du, wo Meg ist?«

Er überlegte.

»Meg!«

»Tja, wo könnte sie stecken?«

»Wie spät ist es?«

Er faßte in die Tasche, brachte eine Handvoll goldener Kette zum Vorschein und runzelte die Brauen, als er endlich die Uhr berührte. »Ah«, sagte er, »zwölf nach fünf.«

Sie rannte um ihn herum ins Haus und ließ die Fliegentür hinter sich zuknallen. Er spürte den Knall mehr, als er ihn hörte, er fuhr ihm richtig durchs Gebein. Danach kehrte Ruhe ein, und er wandte sich einem Brief vom 10. April 1973 zu. Im ungewissen Licht betrachtete er die zerfahrene blaue Handschrift durch zusammengekniffene Lider.

Sehr geehrter Herr Peck!
In Beantwortung Ihrer Anfrage vom 17. März teile ich Ihnen bedauernd mit, daß meine Großmutter m. W. nie einen Caleb Peck erwähnt hat, auch keinen anderen jungen Mann und ehemaligen Tanzpartner. Daß sie überhaupt tanzte, war mir neu. Meine Kusine Anabell Perce (Mrs. John M.) in Duluth, Minnesota, könnte jedoch Näheres wissen. Ich habe meiner Großmutter nie besonders nahegestanden und bin nicht die geeignete Person ...

Er seufzte. In sein Blickfeld langten jetzt magere weiße Finger und ließen einen weiteren Brief auf den eben gelesenen flattern.

Liebe Mama,
ich lasse mich mit Arthur in seiner Kirche trauen. Wir wohnen bei Arthurs Mutter. Beunruhigt euch meinetwegen nicht. Ich mache meine Abschlußprüfung in Semple, und Ihr hört von mir.
In Liebe,
Meg

»Eh? Was soll das?« fragte er Justine.

Sie hob nur ratlos den Arm, als hätte sie die Sprache verloren.

»Also, ich habe nie gedacht«, sagte er, »daß es Geistlichen erlaubt ist, ihre Braut zu entführen.«

Justine schwebte die Stufen hinunter, durch den Gemüsegarten und auf die Straße hinaus, so langsam, wie er es seit Jahren an ihr nicht gesehen hatte. »Oder war der Bursche kein Geistlicher, Justine?« fragte er hinter ihr drein.

Sie antwortete nicht. Er legte den Brief schließlich zu seiner übrigen Korrespondenz und fuhr in seiner Tätigkeit fort.

10

Im Mai wurde der Vorgarten ein wahrer Dschungel aus Kürbisranken und Maisschößlingen. Die Nachbarn meldeten sich: »Sie können selbstverständlich mit Ihrem Vorgarten machen, was Sie wollen, aber offen gesagt ... übrigens, was wir wirklich wissen möchten ist: wonach riecht es bloß so?«

»Ach, das ist das Zeug aus dem Mixer.«

»Was? Aus dem ...? Wenn man in unsere Straße einbiegt, fällt einem das gleich auf. Es riecht wie im Zoo, wie auf der Müllhalde oder im Schlachthaus.«

»Ich sage es meinem Mann«, erwiderte Justine, und dabei strahlte sie, ihre Augen funkelten richtig, so freute sie sich über jeden Besuch. Sie faßte die Nachbarin am Arm, an der Schulter, zog sie ins Haus. »Warum bleiben Sie nicht einen Moment, wenn Sie doch schon mal da sind?«

»Naja ...«

»Wir können hinterm Haus sitzen, da riecht es kein bißchen.«

»Naja ... vielleicht eine Minute.«

»Ich mache Ihnen Limonade oder auch Kaffee? Was Sie wollen. Worauf haben Sie Lust?«

Tatsache war, Justine konnte das Alleinsein nicht ertragen. Seit neuestem war sie rastlos und unglücklich, sie irrte im Haus umher, versuchte den Großvater zu einer Unterhaltung zu bewegen, doch der war zu sehr mit eigenen Gedanken beschäftigt. »Hast du Lust, irgendwohin zu fahren, Großpapa?«

»Wie bitte?«

»Ob du nicht irgendwohin fahren möchtest!«

»Nein, nein.«

Sie ließ sich auf einen Stuhl fallen und zupfte an den Haaren. Undenkbar, allein wegzufahren; ein Auto betonte noch die Abgeschlossenheit, man saß darin wie in einer vernagelten schwarzen Kiste. Sie würde aus lauter Verzweiflung zu schnell fahren, sie würde ein Halteschild übersehen, weil Flüche und Gebrüll immer noch besser waren als Stille. Statt wegzufahren, ging sie also zu Duncan in den Laden und versäumte unterwegs nicht, mit Passanten zu sprechen. »Tag, Mr. Hill! Haben Sie das Geld bekommen, das ich Ihnen ankündigte? Wo ist eigentlich Ihre Frau? Moment mal, Emma, ich gehe ein Stück mit Ihnen!« Und sie rannte, um Emma einzuholen, machte einen großen Umweg und blieb mit der Roten Emma vor jedem Haus stehen, wo Briefe einzuwerfen waren. Sie zögerte den Abschied hinaus, drehte den Leuten die Knöpfe ab, ließ sich immer wieder noch was einfallen, was unbedingt gesagt werden mußte. Sie fürchtete sich, auch nur eine kleine Strecke Wegs allein mit ihren Gedanken zurückzulegen. Kam sie dann endlich in den Laden, explodierten die aufgestauten Sätze in ihr, bevor sie richtig zur Tür herein war. »Emma hat erzählt ... Bertha Miller wollte wissen ... ach, Duncan, vorhin ist mir eingefallen, wir könnten uns eigentlich von der Polizei eine Ausreißerin geben lassen.«

»Wie? Was?«

»Dort werden bestimmt welche verwahrt, meinst du nicht? Wir könnten unseren Namen angeben, und wenn das nächstemal so ein weggelaufenes junges Mädchen aufgegriffen wird, würde es dann gleich zu uns gebracht. Ich finde, das Haus ist so –«

»Na, hör mal, Moment mal.«

Da war sie aber mit ihren Gedanken schon wieder anderswo, sie nahm einen Gegenstand auf, stellte ihn wieder hin. »Guck mal, das Medaillon ist fast das gleiche wie das von Tante Bea. Und der Ring sieht aus wie der von Tante Sarah, nur der Stein, der ist anders.

Findest du es nicht ulkig, daß das hier Antiquitäten sein sollen? Die Tanten tragen so was täglich. Was ist das hier für ein Ding, Duncan?«

»Eine viktorianische Hängelampe«, antwortete Duncan mürrisch. »Meiner Ansicht nach ist das ganze Zeug hier Mist. Silas war kürzlich auf einem Trödelmarkt und hat einen ganzen Karton mitgebracht. ›Hier, stell das mal aus und nimm endlich den Kram aus dem Fenster, den du da aufgebaut hast, der schreckt die Leute ab.‹ Und weißt du, was er mit ›Kram‹ meint? Einen echten Farbdrucker, den ich der alten Mrs. Milhauser abgekauft habe, und eine Bostoner Badewanne mitsamt Pumpe, beides noch völlig intakt ... wo ist sie bloß? Ich wollte sie dir zeigen. Er hat sie irgendwo hingestellt. Werkzeuge und Geräte mit beweglichen Teilen kann er nicht ausstehen, angeblich verstopfen sie den Laden. Wir beide verbringen die Zeit damit, einer des anderen Ware zu verstecken, sie aus der Auslage zu entfernen und die eigene heimlich wieder hinzulegen. Sieh dir den Stuhl an! So was gefällt ihm. 150 Dollar soll ich dafür verlangen.«

Justine betrachtete den Stuhl mit der geschwungenen Lehne, die ganz aus geschnitztem Rankenwerk, spitzen Blättern und scharfen kleinen Beeren bestand. Auf eine Ranke hatte Duncan eine Reklame für Heilsalbe gespießt. »Am liebsten möchte ich den Krempel hinschmeißen«, sagte er, doch Justine machte sich nicht die Mühe zu antworten. Solange der Kampf noch im Gange war, würde Duncan niemals aufgeben.

Sie wollte mit ihm wegfahren, irgendwohin. »Könnten wir nicht eine kleine Reise machen?«

»Meinethalben.«

»Einfach ins Blaue.«

»Einverstanden.«

»Wir könnten vielleicht sogar bei Meg hereinschauen.«

Da wurde sein Gesicht kalt und abweisend. »Kommt nicht in Frage, Justine. Nicht, bevor sie uns nicht ausdrücklich auffordert.«

»Das tut sie doch immer in ihren Briefen.«

»Ihr müßt irgendwann bald einmal kommen, heißt es in ihren Briefen, Justine. Lies nur mal genau.«

Er kannte jeden von Megs Briefen auswendig, ebenso wie Justine. Seine Gleichgültigkeit war gespielt (»Duncan«, hatte sie ihm gesagt, »Meg hat nun wirklich diesen Alfred geheiratet, Arthur, meine ich«, und da war er eine Sekunde reglos gestanden, bevor er fortfuhr, den Laden abzuschließen). »Wenn wir nicht zum Essen hingehen, müssen wir keine förmliche Einladung abwarten.«

»Uneingeladen gehen wir nicht hin, das ist endgültig.«

»Mach dich nicht lächerlich. Sie ist schließlich unsere Tochter.«

»Na und?«

»Hast du vergessen, wie du ganze Abende mit ihr auf dem Arm rumgelaufen bist, als sie Bauchschmerzen hatte? ›Blues in the Night‹ hast du ihr vorgesungen. Sie machte ein furchtbar angestrengtes Gesicht und hat mit dem Kopf gewackelt, weil sie jedes Wort verstehen wollte.«

»Daß ich vor siebzehn Jahren mal jemand ›Blues in the Night‹ vorgesungen habe, verpflichtet mich keineswegs dazu, ungebeten Besuche zu machen.«

»Achtzehn Jahre.«

»Meinetwegen, achtzehn.«

»Du bist mit ihr in den Zirkus gegangen, als sie noch so klein war, daß der Klappstuhl mit ihr hochging. Drei Stunden hintereinander hast du den Sitz festgehalten, damit sie nicht abgeworfen wurde.«

»Es gab eine Pause dazwischen.«

»Trotzdem.«

»Daß ich mal für jemanden Klappsitze runtergehalten habe, heißt nicht –«

»Sie ist nicht jemand. Sie ist nicht irgendwer, den du kühl ablaufen lassen kannst, wenn er dich kränkt.«

»Ich? Gekränkt?«

»Sieh dir Großvater an. Weißt du, was er neulich gemacht hat? Er saß am Küchentisch, den Kopf in die Hände gestützt, und ich dachte schon, ihm wäre nicht gut, aber was macht er? Er betrachtet die Weltkarte in seinem Atlas. Nicht die Karte von Maryland, nicht die Karte von den USA, nein, die Weltkarte! So weit hat er Caleb weglaufen lassen, ehe er sich dazu aufraffte, nach ihm zu suchen. Wollen wir das etwa auch machen?«

»Diesen Mann können wir uns nie aus dem Kopf schlagen. Er, der entwischt ist. Der einzige.« Duncan legte eine Brennschere auf den Tisch. »Das führt uns aber vom Thema weg. Meg ist nicht aus der Welt, wir wissen ganz genau, wo sie sich aufhält. Einmal in der Woche schreibt sie uns einen Brief. Ich sage weiter nichts als: Laß uns nicht alte Fehler wiederholen. Mag sie erst mal zu Atem kommen. Wir warten, bis sie uns ausdrücklich einlädt.«

»Ach, ein Vorwand findet sich immer.«

»Ich habe dir gesagt, wie ich darüber denke.«

»Wäre es dir lieber gewesen, ich wäre dir nicht nachgelaufen, als du von zu Hause weg bist?«

»Nein.«

»Na also. Manchmal bereue ich es, Duncan Peck.«

»Kein Zweifel.«

»Und falls du dir je beikommen ließest fortzugehen, liefe ich dir nicht wieder nach, das weißt du. Ich lasse dich für tot erklären und heirate sofort wieder.«

»Selbstverständlich«, sagte er heiter.

Gegen diesen Menschen konnte man einfach nicht ankommen.

Sie stürmte zum Laden hinaus, blieb aber auf dem Bürgersteig davor stehen, ungewiß, was mit sich anfangen. Alles war ihr lästig. Das Licht blendete. Der Verkehr lärmte, Kombiwagen wälzten sich heran. Die Fahrerinnen der Wagen, die in der Hauptstraße auf grünes Licht warteten, hoben allesamt gleichzeitig die Arme und prüften ihre Frisuren, und diese konzertierte Gebärde fand Justine abscheulich. Sie wandte sich in die Gegenrichtung, dem eigenen Haus zu, wohin sie aber im Grunde auch nicht wollte, doch weiter fiel ihr nichts ein.

Der Großvater stand in der Küche und wusch Geschirr. Hin und wieder überkam es ihn, und er versuchte dem Haus ein gepflegteres Aussehen zu verleihen. Um den Leib hatte er ein gestreiftes Küchenhandtuch geschlungen, das in der Mitte ein mächtiges Brandloch aufwies. Er beugte sich über das Becken, ohne von Justines Anwesenheit etwas zu merken, und scheuerte hartnäckig einen Topf mit getrocknetem Kürbis, den Duncan zwei Jahre zuvor angepflanzt hatte, weil irgendwo geschrieben stand, daß er gut zum Scheuern tauge. Der Kürbis sah aus wie verkrusteter, sandfarbener Seetang. Der Großvater hielt von Zeit zu Zeit inne, musterte zweifelnd den Kürbis und runzelte die Stirn, als könnte er an dessen Nützlichkeit nicht glauben. Dann spülte er den Topf, trottete damit zum Tisch, den Kopf gesenkt, die Schultern hochgezogen. »Tag, Großvater«, sagte Justine, »Tag, Großvater!«

Er zuckte zusammen und hob den Kopf. »Eh?«

»Du sollst nicht Geschirr spülen.«

»Und wovon essen wir heute abend, wenn ich's nicht tue?«

»Wir können doch zu Emma essen gehen.«

»Ha.«

Er trocknete den Topf an einem Zipfel seiner Schürze, stellte ihn dann auf einen Stapel blitzblanker Teller und trottete wieder zum Spülbecken. Er ging so krumm, daß er, von rückwärts gesehen, kopflos wirkte. Justine sah nur die runden Schultern, das X der Hosenträger in seinem Kreuz, die Hosen, die an ihm schlotterten, als hätte er kein Gesäß. Seit neuestem fand Justine, wohin sie auch schaute, Ursache zu trauern.

Gern hätte sie an Meg geschrieben, doch hatte sie das erst am Vormittag getan. Sie ging also statt dessen in Megs Schlafzimmer, machte den Kleiderschrank auf und betrachtete die Hemdblusenkleider, die dort aufgereiht hingen, als führten sie ein stilles Eigenleben. Bald schon wollte sie vorbeikommen und ihre restlichen Sachen abholen, schrieb Meg, oder die Eltern könnten alles mitbringen, wenn sie zu Besuch kämen. Für Justine waren diese Überbleibsel aber ein Trost, und sie stellte sich das Zimmer ungern ganz geräumt vor. Sie atmete Megs sauberen Geruch tief ein: Seife und frisch gebügelte Baumwolle. Sie strich über den Kragen des ganz vorn hängenden Kleides mit seiner präzisen Steppnaht, dann hob sie die Hülle von der Nähmaschine und bewunderte Meg dafür, daß sie ein so kompliziertes Räderwerk zu bedienen verstand. Sie hätte auch gern die Schublade aufgezogen, doch Meg war sehr auf die Respektierung der Privatsphäre bedacht.

Als Meg noch ein Baby war, hatte Justine zum erstenmal wirklich begriffen, daß es möglich war zu sterben. Plötzlich fühlte sie sich von dem Auftrag, am Leben zu bleiben, um eine Tochter aufzuziehen, niedergedrückt. (Damals glaubte sie, diese Aufgabe vorbildlich lösen zu können, besser als jede andere.) In ihr entstand eine Furcht vor Feuer, so unbegründet, daß sie nicht einmal zu Duncan davon sprechen konnte, denn er hätte sie ausgelacht. Wieder und wieder bildete sie sich ein, den ätzenden Brandgeruch zu schnuppern, an der Wand den Widerschein züngelnder Flammen zu erblicken. War Duncan daheim, würde er sie retten, einerlei wie groß die Gefahr war; was aber, wenn es tagsüber brannte und er auf Arbeit war? Sie war doch so zerbrechlich, so ungeschickt und so jung. Nach und nach arbeitete sie einen Fluchtplan aus. Damals bewohnten sie die Zimmer über der Garage von Onkel Ed Hodges. Sollte Feuer ausbrechen, könnte sie das Kind packen und mit einem verzweifelten Sprung aus dem Küchenfenster das Dach von Onkel Eds hinterer Veranda erreichen. Nachdem sie sich das deutlich genug vorgestellt hatte, wurde ihr wohler, und schließlich verschwand ihre Furcht völlig. Erst Jahre später, bei einem Besuch im Hause von Onkel Ed, ging ihr auf, daß ein solcher Sprung der schiere Wahnsinn gewesen wäre. Nicht nur war die Entfernung zu groß, sie hätte auch aufwärts springen müssen, himmelan, wie die surrealistischen Gestalten auf den Gemälden von Chagall, mit engem Beinschluß, das Baby korrekt in beiden Händen. Allerdings hätte ihr damals alles gelingen können. Sie wurde unbedingt gebraucht. Auch als Meg kein Kleinkind mehr war, als sie nicht mehr gestillt wurde, nicht mehr auf Justines Schoß saß und schon in anderen Zimmern spielte, mußte Justine unbedingt da sein. Sie mußte füttern, mußte alles arrangieren, mußte als Resonanzboden für unzählige Verlautbarungen dienen: »Mama, mein Kleid ist schmutzig, Mama, Sammy hat mich gehauen, die Veilchen sind schon draußen. Mama, in meiner Milch ist eine Spinne, in der Badewanne ist ein Falter, am Fenster sitzt ein Junikäfer. Mein Bauch tut weh. Mein Mückenstich juckt. Janie hat einen Hamster. Edwin ist im Spargelbeet, ich hab' den Henkel von der Teekanne abgebrochen. Melissa hat eine Spieluhr aus Glas, da kann man reingucken.« Justine nickte, sie hörte kaum hin, mehr als »gut, mein Herzblatt« wurde nicht verlangt. Meg war dann ganz zufrieden, es war, als entstünde für sie erst, was die Mutter ihr bestätigte. Und jetzt? Justine hatte ihre

Tochter aufgezogen, ohne daran zu sterben; sie war von ihren Ängsten befreit. In der Nacht aber wachte sie auf, zu Tode betrübt, sie drückte das Gesicht gegen Duncans Brust und sagte: »Mich braucht keiner mehr.«

»Ich schon«, widersprach er.

Er verstand nicht, was sie damit sagen wollte. Er hatte nie gemeint, für Meg lebenswichtig zu sein, also konnte er sich auch nicht vorstellen, wie es war, wenn man diese Überzeugung verlor.

Justine ging auch in die anderen Zimmer, in ihr und Duncans Schlafzimmer mit dem ungemachten Bett, den verstreuten Kleidungsstücken, sie ging auf die Diele und stolperte über einen Bretterstapel. Alles wirkte verstaubt und abgestanden. Sie beugte sich aus dem Wohnzimmerfenster und belebte sich beim Anblick von Ann-Campbell, die einen Spielgefährten in den Kürbisranken hänselte:

Knäbelein, dein Zahn ist grün
und deine Zunge fault.
Gurgle mal mit Gasolin
und kotz dich richtig aus.

Justine betrat schon heiterer die Küche. »Komm Großvater, laß uns verreisen.«

»Eh?«

»Verreisen!«

»Aber im Moment haben wir keinerlei Anhaltspunkte, Justine.«

»Was brauchen wir Anhaltspunkte! Warum unternimmt nur kein Mensch was! Wollen wir hier unser ganzes Leben versitzen? Soll ich auf diesem Sofa vielleicht Wurzeln schlagen?«

Der Großvater sah sie an, die Augen weit aufgerissen, der Blick verständnislos, und dabei trocknete er unablässig mit einem Zipfel seiner Schürze eine Kaffeetasse, die EXXON als Reklame verschenkt hatte.

Justine führte den Großvater zu einem nachmittäglichen Konzert nach Palmfield, obschon sie selber klassische Musik nicht mochte und der Großvater nichts davon hörte. Beide saßen bolzengerade auf ihren Plätzen und richteten, ohne zu zwinkern, den Blick ihrer blauen Augen auf die Autoschlüssel, die sich durch die Hosentasche des ersten Geigers abzeichneten. Anschließend fuhren sie im Bus nach Hause, Justine ebenso unbefriedigt, gelangweilt und melancholisch wie zuvor. Wenn fremde Reisende unterwegs ausstiegen, empfand sie das als Verlust; wer wollte sagen, ob nicht die Bekanntschaft mit ihnen Justines Leben hätte beeinflussen können?

Mit Duncan, dem Großvater und Ann-Campbell Britt nahm sie an der Bestattung eines kostbaren Hundes teil, der einer Klientin von ihr gehört hatte, einer sehr alten Dame. »Wohin gehen wir? Was findet dort statt?« fragte der Großvater immer wieder. »Frag nicht soviel, komm einfach mit«, sagte Justine. »Nimm dein Hörgerät und geh mit mir, Großvater. Wer was erleben will, muß auch mal Umwege machen, das weißt du doch.« Er folgte ihr murrend. Man saß auf Klappstühlchen am Rande einer Viehweide, die erst kürzlich zur Gedenkstätte für liebe Haustiere umgewandelt worden war.

»Der Sarg hat 145 Dollar gekostet«, flüsterte Justine ihrem Mann zu. »Ein echter Metallsarg. Dabei hätte ein Holzsarg es auch getan, 32,98 hätte er gekostet. Das weiß ich von Mrs. Bazley. Den Choral hat sie selber ausgewählt, und der Prediger ist richtiggehend geweiht.«

»Prächtig«, versetzte Duncan. »Ob der wohl einen Gehilfen brauchen könnte?« Und nach dem Trauerakt überreichte er dem Geistlichen mit einer Empfehlung Arthur Milsoms Namen und Adresse. Großvater Peck wanderte derweil verblüfft zwischen den Kranzgebinden und den Urnen umher. Wozu hatte man ihn hierher mitgenommen? Justine wußte es auch nicht mehr. Sie saß auf dem Heimweg verloren und wortlos neben Duncan im Wagen, baumelte mit einem Bein und kaute Kaffeebohnen, die sie seit neuestem in einem Behälter ganz unten in ihrer Tasche mit sich führte.

Sonntags fuhr sie den Großvater zu einer Versammlung der Quäker nach Plankhurst; sie drückte sich sonst möglichst davor, weil sie nicht so lange stillsitzen wollte. Jetzt aber war ihr auch das willkommen. Großvater Peck war selbstverständlich kein Quäker, er wollte auch keiner werden, doch den üblichen Gottesdienst mied er, weil die Prediger, wie er behauptete, sämtlich nuschelten. Er fühle sich deshalb ausgeschlossen von der Gemeinde, sagte er. Hin und wieder kam sogar den Quäkern der Einfall, aufzustehen und etwas zu murmeln, noch dazu mit abgewandtem Gesicht, was ihn hinderte, von ihren Lippen zu lesen. Er fragte dann scharf flüsternd: »Was? Wie?«, Laute, die die Luft förmlich zersägten. Justine mußte ihm alles auf einen kleinen Notizblock schreiben, den er in der Brusttasche trug. Sie ließ den Kugelschreiber unermüdlich klicken, rein raus, rein raus, während sie darauf wartete, daß die fünfminütige Ansprache vorbei war. Dann schrieb sie: »Er sagt, Gott hat sogar Nixon erschaffen«, oder »Von Frieden kann so lange nicht die Rede sein, wie Nachbarn wegen eines Rasenmähers streiten.«

»Und dazu braucht er ganze fünf Minuten?«

»Psst.«

»Worüber hat er sich die ganze Zeit das Maul zerrissen?«

»Psst, Großvater. Später.«

»Du mußt was ausgelassen haben«, behauptete er.

Sie reichte ihm Kugelschreiber und Block, schaute seufzend zur Uhr auf dem Kamin und betrachtete von neuem die streng aufrecht sitzenden, strahlenden Erwachsenen und die zappeligen Kinder auf den Holzbänken. Nach zwanzig Minuten ließ man die Kinder laufen, sie wetzten wie quiekende Mäuse hinter dem Rattenfänger her, in diesem Fall hinter dem Sonntagsschullehrer, und bevor die Tür wieder geschlossen war, hörte man von draußen Gebrüll, Pfeifen und Trampeln. Wäre ich doch nur mit den Kindern gegangen, dachte sie dann jedesmal. Die nun folgende Stille war tief genug zum Ertrinken. Sie wühlte verzweifelt in ihrer Strohtasche, sie kratzte und klimperte und brachte endlich den Behälter mit Kaffeebohnen zum Vorschein. Sie biß eine Bohne an, und im Versammlungsraum duftete es nach Frühstück.

Einmal kritzelte der Großvater selber eilig etwas auf und flüsterte Justine zu: »Lies das laut vor, wenn es still wird.« Sie stand mit Mühe auf und hielt ihren Hut fest. Abwechslung um jeden Preis! »Auf Wunsch meines Großvaters lese ich jetzt folgendes vor«, kündigte sie an. »Ich habe stets geglaubt, der Himmel sei Ballast ...?

ein Palast. Man hat mir gesagt, die Tore sind aus Perlmutter, der Fußboden aus Gold. Ich hoffe, daß dies nicht zutrifft. Ich wünsche mir jetzt, daß der Himmel eine kleine Stadt ist, mit Anlagen, in denen die Kurkapelle spielt, mit vielen schönen, großen Bäumen, wo ich alle Bewohner kenne, wo keiner stirbt, fortzieht, alt wird oder sich ändert.«

Justine setzte sich, gab ihm seinen Notizblock zurück, nahm den Deckel von ihren Kaffeebohnen, stülpte ihn aber gleich wieder auf und hielt den Behälter in beiden Händen, während sie unverwandt hinausstarrte auf die besonnten Bäume.

Gegen Ende Mai klingelte es eines Nachmittags an der Tür, und als Justine eilig öffnete, stand Alonzo Divich auf der Veranda. Trotz der Hitze trug er eine sehr wollige Pelzweste, sein Cowboyhut baumelte an einem recht schmutzigen Band. »Alonzo!« rief Justine.

»Und ich habe schon geglaubt, ihr wärt wieder umgezogen.«

»Nein, gar nicht. Kommen Sie rein.«

Er folgte ihr in die Diele, und bei jedem seiner Schritte erzitterte das Haus. Großvater Peck saß im Wohnzimmer auf dem Sofa und schrieb an seine Töchter. »Bleiben Sie bitte sitzen!« rief Alonzo ihm zu, obschon der alte Herr sich überhaupt nicht gerührt, vielmehr Alonzo mit jener äußersten Verblüffung gemustert hatte, die er stets bei dessen Auftreten zu empfinden vorgab. »Na, was macht das Herz? Nun? Was macht es?« fragte Alonzo.

»Herbst?«

»Seinem Herzen fehlt überhaupt nichts«, sagte Justine. »Kommen Sie in die Küche, Alonzo, wenn ich Ihnen die Karten legen soll. Sie wissen, wenn Großvater zusieht, kann ich's nicht richtig.«

Während Justine die Reste vom Frühstück abräumte, wanderte Alonzo pfeifend umher und prüfte dies und das. »Ihr Kalender geht zwei Monate vor«, ließ er Justine wissen.

»Ach, wirklich?«

»Bei den meisten Leuten geht er nach.«

»Naja.«

Sie ging mit der Strohtasche ins Wohnzimmer, und als sie zurückkam, stand Alonzo vor dem geöffneten Kühlschrank und stierte in eine Schüssel mit verdorbenen Erdbeeren. »Wie geht es meinem Freund Duncan?« fragte er.

»Gut geht's ihm.«

»Ich gehe vielleicht mal auf einen Sprung zu ihm. Ist Meg schon von der Schule zurück?«

»Sie ist verheiratet.«

»Verheiratet!«

»Sie ist mit dem Pastor durchgebrannt.«

»Das tut mir aber leid, Justine.«

Er machte den Kühlschrank zu, nahm am Tisch Platz und beobachtete, wie sie die Karten mischte. Er sah müde aus und erhitzt, und die tiefen Falten beiderseits des Schnurrbarts waren vom Schweiß wie versilbert. Im Ausschnitt seines offenen Hemdes blinkte eine Metallscheibe mit arabischen Schriftzeichen. Letztesmal hatte dort ein Kreuz aus Türkisen gebaumelt. Sie fragte nicht nach dem Grund für die Veränderung, er hätte ihn ohnehin nicht genannt. Statt dessen sagte sie nur: »Alonzo, Sie können sich nicht vorstellen, wie wohl es mir tut, Sie zu sehen. Heben Sie ab.« Er hob ab. Sie legte eine Karte nach der anderen aus. Dann blickte sie ihn an. »Nun?« fragte sie.

»Ist Ihnen klar, daß ich letztesmal Ihrem Rat gefolgt bin?« fragte Alonzo.

»Wirklich?«

»Sie sagten mir damals, ich sollte das Geschäft nicht verkaufen.«

»Stimmt. Nun, ich hoffe doch stark, daß Sie es nicht getan haben.«

»Es war das erstemal, daß Sie mir rieten, bei einer Sache zu bleiben, mit der ich schon beschäftigt war.«

Justine hörte auf, mit dem Bein zu baumeln.

»Ich war sehr in Versuchung, nicht auf Sie zu hören«, fuhr er fort. »Das gebe ich zu. Ich wandte mich an den Bekannten mit dem Warenhandel. Der hat Kunden, Warenhäuser und ähnliches, die lassen sich von ihm beraten ... na, egal. Ich sagte: Kann sein, ich mache bei dir mit. ›Prächtig‹, sagte er, aber dann schlägt er auch gleich vor, ich soll mich anders anziehen. Gut, das sehe ich noch ein, ich bin ein Mann der Praxis, ich weiß, wie die Welt funktioniert.

Er aber, er merkt das gar nicht, er denkt, er muß mich überzeugen. Also sagt er: ›In kleinen Dingen, Alonzo, da muß man nachgeben. Glaub mir. Sieh mich an, ich bin doch ein stattlicher Mann, nicht wahr?‹ Und er ist wirklich sehr ansehnlich. ›Weißt du‹, sagt er nun, ›was ich mache, wenn wichtige Kunden kommen? Ich bleibe sitzen, solange es irgend möglich ist, und wenn ich unbedingt aufstehen muß, mache ich mich klein. Ich bücke mich nicht gerade, das wäre zu auffallend, ich knicke nur so etwas in den Knien ein. Versteh mich, ich mache das nicht bewußt. Aber du begreifst: ein wichtiger Kunde, der hat es nicht gern, wenn ich ihn sozusagen überrage. Auf so was muß man achten, Alonzo.‹«

Er schüttelte den Kopf und schob den Leibriemen zur Seite, dessen schwere silberne Schnalle ihn drückte.

»Justine«, sagte er dann, »Sie wissen wohl, daß ich früher Ihren Rat kein einziges Mal befolgt habe?«

»Es überrascht mich nicht.«

»So ist es. Sie behalten jedesmal recht, aber nur, weil ich genau das Gegenteil dessen tue, was Sie mir raten, und dann geht alles schief, genau wie Sie es vorhergesagt haben. Jetzt aber muß ich entdecken, daß die Dinge in jedem Fall schiefgehen. Das ist also Ihr Geheimnis. Jetzt habe ich Sie entlarvt, wie? Sie geben den Leuten Ratschläge, die ganz bestimmt nicht befolgt werden. Stimmt's?«

Justine lachte. »Nein, Alonzo. Und es freut mich, daß Sie den Rummelplatz nicht verkauft haben, einerlei was schiefgegangen ist.«

»Mein Maschinist ist verhaftet.«

»Lem?«

»Angeblich hat er 1936 eine Bank ausgeraubt.«

»Ach.«

»Und darum muß ich folgendes wissen: Kommt er zurück oder nicht? Falls er bald kommt, kann ich die Geräte irgendwie in Gang halten, aber wenn er schuldig ist –«

»Ob jemand schuldig ist, kann ich natürlich nicht sagen.«

»Was heißt hier schuldig! Ganze zweihundert Dollar wurden damals geraubt, soll er sie doch behalten. Und ein bißchen geknallt hat es wohl auch. Was ich wissen will, betrifft einzig und allein das

Geschäft. Soll ich aufgeben? Denn, um die Wahrheit zu sagen, auf diesen Lem habe ich mich verlassen. Der hat sich um alles gekümmert. Mit dem Warenhandel ist es selbstverständlich nichts mehr, aber es gibt noch andere Möglichkeiten; die Dame mit dem Reithosenfimmel will meinen Rummelplatz immer noch kaufen. Also: Soll ich verkaufen? Ist der Kerl endgültig futsch?«

Justine betrachtete stirnrunzelnd die Karten.

»Sie sehen, wie weit es mit mir gekommen ist«, fuhr Alonzo fort. »Früher interessierten mich schöne Frauen, jetzt geht es bloß noch ums Geschäft.«

»Lem kommt jedenfalls nicht wieder«, behauptete Justine.

»Ich hab's ja gewußt.«

»Trotzdem sollten Sie nicht verkaufen.«

»Wie können Sie nur so was Dummes sagen?«

»Streiten Sie nicht mit mir, streiten Sie mit den Karten. Haben Sie so was schon mal gesehen? Ich habe sämtliche Buben aufgedeckt. Sie kriegen so viele Maschinisten, wie Sie wollen.«

»Ja, ja. Einen nach dem anderen. Der erste säuft, der zweite stiehlt meine Ponys, der –«

»Und erst die Frauen! Sie passen auch kein bißchen auf, Alonzo. Hier, sehen Sie? Das da sind Sie, der Herzkönig. Und hier die Herzkönigin, die Karokönigin, die Kreuzkönigin ...«

Alonzo rutschte bis an die Stuhlkante, blinzelte nach den Karten und stemmte eine Hand aufs Knie.

»Hier ist die Glückskarte, die Freundschaftskarte, die Festkarte ...«

»Na, meinethalben«, knurrte Alonzo, »meinethalben.«

Justine lehnte sich zurück und strahlte.

»Ach, Justine«, sagte er bekümmert, »manchmal möchte ich allein in einer Hütte im Wald leben. Ich würde mir genug Slivowitz für den Rest meiner Tage mitnehmen, mein Akkordeon, reichlich zu essen, vielleicht auch ein paar Bücher. Ist Ihnen klar, daß ich niemals ein Buch von Anfang bis Ende gelesen habe? Bloß immer die spannenden Stellen. Ich stelle mir vor, ich halte Winterschlaf wie ein Bär, tue nichts als essen, trinken, schlafen. Keine Steuern, keine Versicherung, Stromrechnung, Unterhaltszahlungen, Reparaturen, kein neuer Anstrich, keine Frauen, die einem das Leben durcheinanderbringen, keine Kinder, niemand, der Bankwächter totschießt. Aber dann kommen Sie daher mit ihrem scheußlichen Hut, mit Ihren Hüftknochen, die so kantig sind wie Steine in der Hosentasche, und sagen mir, was ich alles zu erwarten habe – ein Leben voller Überraschungen. Wie soll ich mich da noch sträuben? Schon bin ich wieder unmäßig neugierig und möchte wissen, was als nächstes geschieht.«

Er schüttelte den Kopf und strich den Schnurrbart nach unten, sah aber weniger erschöpft aus als bei seiner Ankunft. Seine Müdigkeit schien er ganz und gar auf Justine übertragen zu haben, die auf ihrem Stuhl förmlich in sich zusammengesunken war, eine schlaffe Hand auf den Karten.

Duncan und Justine saßen auf der Verandatreppe und beobachteten die Leuchtkäfer, die ringsumher glühten. »Heute habe ich eine antike Gartenmaschine verkauft«, sagte Duncan.

»Was ist eine Gartenmaschine?«

»So ein Ding mit einem sehr großen Rad, über das man Blumenbeete bewässerte. Ein wahres Glück! In einem Anfall von Schwäche hatte ich sie von meinem eigenen Geld gekauft. Sie stand im Hinterzimmer. Ich mußte beide Türflügel aufmachen, um sie überhaupt ins Haus zu kriegen, und dann hatte ich Angst, der Fußboden würde brechen. Ein Mann namens Newton Norton hat sie gekauft. Der baut in einem abgelegenen Winkel eines von den alten Bauernhäusern stilecht nach, genau so, wie sie früher waren.«

»Wie hübsch«, sagte Justine.

»Außerdem hat er eine Walkschere gekauft und all meine Tischlerwerkzeuge.«

»Wie nett.«

Er sah sie an.

»Nichts, was ich je gelesen habe, hat mir so weh getan wie der Zettel, den Meg uns damals in ihrem Zimmer hinterließ. Ich las, und dann sah ich mein Spiegelbild in der Fensterscheibe, denn es dämmerte. Ich hatte richtig tiefe Schatten im Gesicht, besonders unter den Augen. Und ich dachte: du hast wirklich ein interessantes

Gesicht, Justine. Du siehst aus wie jemand, dem was richtig Dramatisches zugestoßen ist. Das hab' ich gedacht, Duncan. Wirklich.«

Sie schmiegte das Gesicht an Duncans Ärmel. Duncan legte den Arm um sie und drückte sie an sich, sagte aber nichts.

II

Lucy Peck mußte auf dem Todessitz Platz nehmen, ihr Gatte Zwei saß am Steuer, Laura May und Sarah hatten hinten zu sitzen. Lucy fand sich notgedrungen damit ab, daß Zwei heiße Luft zu seinem Fenster herein- und das Radio viel zu laut Mantovani spielen ließ. Und zu allem Überfluß mußte sie auch die Richtung angeben, obwohl sie eine Straßenkarte nicht mal falten, geschweige denn lesen konnte. »Ungefähr zwei Zentimeter hinter der Stone Road mußt du links abbiegen. Oder ... ich weiß nicht. Was könnte eine gestrichelte blaue Linie bedeuten?« Ihr Mann biß ganz behutsam die Zähne zusammen – ein schlechtes Zeichen. Eine Hummel kam zum Fenster herein, flog an seiner Nase vorbei. Lucy schrie auf und wedelte mit der Karte. Laura May und Sarah saßen derweil unter Hüten mit braunen Schleiern friedlich auf den Rücksitzen; sie genossen jede ihre eigene Aussicht, wie Kinder, die eine Ausfahrt machen dürfen.

Man schrieb den 6. Juni und befand sich auf dem Wege nach Caro Mill in Maryland, um dort den 93. Geburtstag des Vaters zu feiern. Bedauerlicherweise fiel sein Geburtstag dieses Jahr auf einen Mittwoch, was bedeutete, daß berufstätige Personen nicht teilnehmen konnten. Bea lag zu Bett mit Rückenschmerzen, folglich lastete die ganze Verantwortung auf ihnen, auf Lucy und den beiden unverheirateten Tanten und auf Zwei, der bereits im Ruhestand lebte. Sie hatten den Wagen mit ihren Geschenken beladen, mit Proviant und Obst, mit Laura Mays Handarbeit, Sarahs Strickzeug, mit Mückentod und Sonnenschirmen, Medikamenten, einem Reiseführer, Reifenflickzeug, einem Feuerlöscher, sechs Notfackeln und einem weißen Tuchstreifen mit dem Aufdruck BRAUCHEN HILFE. Der

Tankwart hatte nach Benzin, Öl, Kühlwasser, Bremsflüssigkeit, Getriebeöl, Reifendruck und Scheibenwaschwasser gesehen. Zwei bog entschlossen in die Straße ein, und schon begann die Reise, begleitet von einem wilden Hupkonzert, das Lucy an ein Orchester denken ließ, das die Instrumente stimmt. Zum Glück ließ Zwei sich durch empörtes Hupen nicht aus der Ruhe bringen, sondern behielt unbeirrbar sein gemächliches Tempo bei. Im Alter war er etwas geschrumpft, und weil er die Gewohnheit hatte, den Kopf zurückzulegen, wenn er durch die Windschutzscheibe schaute, wirkte er gar noch kleiner. Seine Augen wurden dann zu engen blauen Schlitzen und zwei Sehnen an seinem Hals zerrten die Mundwinkel herab. Als er beschloß, nach links abzubiegen, zeigte er diese Absicht mit einer königlichen Gebärde durchs Fenster an, ohne zur Seite zu blicken. Lucy durfte sein kühles Apachenprofil bewundern, und der Chor der Hupen verstärkte sich merklich. »Achte doch bitte auf den Kilometerzähler, Lucy«, sagte er. »Es würde mich interessieren, welche Entfernung wir heute zurücklegen.«

»Ja, Lieber.«

Endlich aus der Stadt heraus, empfanden sie die Sonne als zu grell, die großen Felder als bedrohliche Einöde. Sie alle waren längere Zeit nicht mehr auf dem Lande gewesen. (Um genau zu sein: am gleichen Tag vor einem Jahr.) Lucy sehnte sich nach ihrem Ohrensessel, dessen Seitenlehnen sie wie die Scheuklappen das Maultier vor jedem ablenkenden Anblick bewahrten, so daß sie sich ganz auf ihren historischen Roman konzentrieren konnte. Die Polsterung hatte eine Seidenkante, über die sie beim Lesen genüßlich mit den Fingerkuppen fuhr. Hinter dem Haus kamen ihre Rosen, Sorte Meerschaum, dieses Jahr besonders schön; sie waren kurz vor dem Aufblühen. Sie würden reicher blühen als je zuvor, und Lucy verlor nun einen ganzen Tag der Rosenblüte. Außerdem war es daheim so viel grüner und kühler, alles war gedämpft, Büsche und Bäume standen dicht, und wenn man sich im Freien unterhielt, wurden die Stimmen zurückgeworfen wie von einem niedrigen, grünen Gewölbe. Hier draußen verblaßte alles im grellen Licht. Rötliche Scheunen zogen vorüber, die Straßenböschungen waren von einem verblichenen Grau, farblose Bäche wurden von Holzbrücken überspannt, die an bleiches Gebein erinnerten. Lucy drehte sich herum und belästigte ihre Schwägerinnen – zwei verschleierte Augenpaare, die sich nur ungern auf einen Blickwechsel einließen. »Reisen stimmt mich traurig«, eröffnete sie ihnen. Sie erwiderten nichts darauf (Lucy wurde immer gleich so intim!), also drehte Lucy sich wieder um.

Die Kreuzung in Plankhurst verwirrte sie, und Zwei war bereits dreizehn Meilen in die falsche Richtung gefahren, bevor man den Irrtum bemerkte.

»Ach, wirklich, es ist ... ich kann gar nicht sagen, wie leid mir das tut!« entschuldigte sie sich. Zwei grunzte nur. Die Schwägerinnen warfen von hinten vorwurfsvolle Blicke, und Lucy hätte am liebsten geweint. »Ich mache eben immer alles falsch«, klagte sie. Niemand bestritt dies.

Zwei Stunden hinter Baltimore stieß man auf den ersten Wegweiser nach Caro Mill, obwohl es noch so aussah, als sei man weit von jeder menschlichen Siedlung entfernt. Es gab nur weit verstreute Einzelgehöfte, hin und wieder mal einen Kramladen, offenbar nur von Reklametafeln zusammengehalten. Von der Kuppe eines Hügels sahen sie dann ganz unerwartet die Ortschaft unter sich hingebreitet, eine Ansammlung von unansehnlichen Häusern. Die Hauptstraße unterschied sich in nichts von anderen, die sie im Lauf der Jahre befahren hatten, die Filiale von Woolworth war überall die gleiche, an dieser Garküche, dieser Pizzeria, dieser Textilhandlung mit den immer gleichen Tuchballen im Fenster, die in den Falten allmählich brüchig wurden, war man seit Jahren vorübergefahren, in immer anders genannten Orten. Lucy rückte sich gleichwohl auf ihrem Sitz zurecht, sie glättete den Spitzenkragen, Zwei strich das weiße Schläfenhaar glatt, auf den Hintersitzen raschelte und flüsterte es. »Ich hoffe nur, Papa gefällt –« »Vergiß nicht, Papa zu fragen, ob er –« Lucy hingegen dachte an Duncan und keinen Moment an ihren Schwiegervater. Duncans wegen hatte sie diesen Hut aufgesetzt (aber vielleicht fand er die Holzkirschen doch etwas altmodisch?), hatte Rouge aufgelegt, sich in ihr Korsett gezwängt und die Sonntagsperlen angelegt. (Aber er hat sich immer lustig gemacht über unsere Vorliebe für Perlen, fiel ihr ein.) Sie drehte an ihren Ringen. »Vielleicht ist er gar nicht zu Hause«, sagte sie.

»Wer?« fragte Zwei, obschon er selbstverständlich wußte, wer gemeint war.

»Schließlich ist heute ein gewöhnlicher Wochentag. Justine schreibt allerdings, er kommt zum Essen heim. Aber vielleicht kommt er heute nicht ... ich meine, nicht pünktlich. Es ist doch schon vorgekommen ...«

Es war schon vorgekommen, daß er mit einem Bekannten angeln gegangen war, als sie zu Besuch kamen. Ein Klempner oder so was. Bei anderer Gelegenheit war er den Nachmittag über im Haus umhergewandert, Kopfhörer über den Ohren und ein langes Kabel hinter sich herschleifend, und hatte die Übertragung eines Baseballspiels angehört. Den ganzen Umfang dieser Kränkung konnte allerdings nur ermessen, wer wußte, daß Duncan für Sport nichts übrig hatte und so gut wie alles andere lieber getan hätte, als eine Übertragung anzuhören. »Es ist doch schon vorgekommen –«, sagte sie, doch Zwei schnitt ihr wie mit einem Peitschenschlag das Wort ab.

»Laß das. Wo hast du übrigens Justines Brief gelassen?«

»Brief?«

»Justines BRIEF, Lucy. In dem sie beschreibt, wie man ihr Haus findet.«

»Ah, ja, richtig ... ach ...«

Ihr fiel ein, daß sie den Brief daheim auf der Kredenz hatte liegenlassen, doch wollte sie es jetzt nicht zugeben. »Hier irgendwo muß er sein«, behauptete sie und kramte in ihrer Handtasche. Zwei ächzte gedämpft, hielt an, winkte aus dem Fenster und erschreckte damit eine dicke Person, die auf der Mittellinie wartete. »Verzeihung«, sagte er, »wir suchen die Uhrmacherstraße. Nummer 21. Uhrmacherstraße.«

»Justine suchen Sie!«

Alle zuckten peinlich berührt zusammen. Wie die Leute von Justine sprachen! Ihr Name schien Gemeinbesitz zu sein.

»Also, da biegen Sie an der nächsten Ampel links ab«, sagte die Dicke, »und dann ist es die zweite Seitenstraße wieder links. Das ist die Uhrmacherstraße.«

»Vielen Dank.«

Zwei kurbelte das Fenster ganz herauf.

Die Insassen des Wagens verstummten nun, sie sahen sich aufmerksam um, gespannt darauf, was für eine Art Haus sie zu sehen bekommen würden. Vielleicht würde es ja endlich mal was Präsentables sein. Doch nein. Da war es schon, eine dürftige Behausung, die nach nichts aussah. Am Fliegenfenster eine Reklame für Reiseschecks: FERN DER HEIMAT IN UNWIRTLICHER UMGEBUNG ...

Aber dann flog ihnen Justine entgegen, barfuß, glühend vor Freude, mit schiefem Rocksaum. »Onkel Zwei! Tante Lucy! Ihr habt also wirklich hergefunden!« Sie umarmte alle, manche gleich zweimal. Sie rief nach dem Großvater, der selbstverständlich nichts hörte. Sie führte Laura May und Sarah die brüchige Vortreppe hinauf ins Haus, wo sie nach dem Großvater suchen mochten, und rannte wieder hinaus, um Tante und Onkel beim Entladen zu helfen. »Duncan muß gleich hier sein«, sagte sie, »er kommt mittags heim. Ah, das hier ist Tante Beas Geschenk, ich erkenne es an der Verpackung. Seht nur mal die Schleife!« Und sie ließ es fallen. Zum Glück war es unzerbrechlich. Lucy hatte sich schon wiederholt gefragt, ob die Fähigkeit, Mißgeschicke anzuziehen, ansteckend sei? Justine war doch als Mädchen immer so umsichtig gewesen.

»Ich hatte auch Meg und ihren Mann eingeladen, aber sie hat gerade Prüfung«, sagte Justine. »Mir kommt vor, die Geburtstagsfeier fällt jedes Jahr magerer aus. Jedenfalls läßt sie alle herzlich grüßen.«

»Die liebe Seele«, sagte Lucy. »Unter diesen Geschenken sind übrigens auch Hochzeitsgeschenke für Meg. Weißt du schon, daß wir ihr Urgroßmamas Silber schenken wollen?«

In der ganzen Familie war nicht eine einzige taktlose Bemerkung über die Art von Megs Heirat gefallen.

»Ich möchte jetzt mal gleich und ohne alles Drumherum hören, wie Duncans Geschäfte gehen«, verlangte Onkel Zwei.

»Glänzend, Onkel, glänzend. Wirklich.«

»Womit handelt er doch gleich! Mit Schmuck?«

Doch nun kam Großvater Peck heraus, sonderbar knickebeinig. Man mußte ihn begrüßen und viel von ihm hermachen. Lucy küßte ihn auf die Wange mit den silbrigen Stoppeln. Zwei schüttelte ihm die Hand. »Herzlichen Glückwunsch!« brüllte Lucy.

»Wie bitte?«

»Herzliche Glückwünsche!«

Er blickte sie einen Moment überlegend an. »Ah, danke, recht gut«, sagte er schließlich.

»Du brauchst nicht zu schreien, Tante Lucy«, erklärte Justine, »du mußt nur etwas durchdringend sprechen, verstehst du?«

»Doch, sehr gut, Justine«, beteuerte Lucy, die überhaupt nichts begriff. Dies wiederholte sich bei jedem Besuch.

Als alle im Haus waren, ergab sich die schon gewohnte Schwierigkeit, einige passende Bemerkungen zu machen. Irgendwas mußte schließlich gesagt werden. Leider waren die Zimmer klein und düster. Die Fenster wurden statt von Gardinen von rankendem Grünzeug verziert, ein wahres Dickicht, das bereits Schößlinge über die Dielenbretter vortrieb. Es gab nicht annähernd genug Sitzgelegenheiten. Lucy erblickte zu ihrem Entsetzen in einer Kammer eine gestreifte Matratze ohne Bettzeug, noch dazu mit Rostflecken. Vor Jahren hatte sie mit Gemeindemitgliedern studienhalber ein Nachtasyl besichtigt, und daran wurde sie jetzt erinnert. »Haben wir dich beim Bettenmachen gestört, Justine?« fragte sie.

»Beim was? Ach wo. Ich bringe das Bettzeug heute abend in den Waschsalon.«

»Ich könnte dir helfen, neue Laken aufzuziehen.«

»Neue Laken? Hab' ich nicht«, sagte Justine.

Lucy sank auf einen Stuhl mit verchromten Beinen, der sonst in der Küche stand.

Großvater Peck machte die Geschenke nie vor dem Mittagessen auf. Er ließ sie sich auf dem Tisch aufbauen und unterhielt sich inzwischen mit Zwei über Berufliches. Da beide im Ruhestand lebten, war das mehr eine etwas wehmütige, nicht sehr inhaltsreiche Konversation, eine aus zweiter Hand sozusagen. »Ich habe den Eindruck, daß Dan sich sehr eingehend mit der Sache Kingham befaßt«, sagte Zwei. »Du erinnerst dich gewiß daran?«

»Gewiß. Wer war das doch gleich ...?«

»Tja ... genau weiß ich das jetzt auch nicht, aber Dan sagt, die Angelegenheit geht gut voran.«

»Ah, geht gut voran.«

Zwei hätte sich vielleicht noch nicht zur Ruhe setzen sollen. Sobald auch seine Brüder sich vom Geschäft zurückzogen, würde er sich wohler fühlen. Dan hatte noch zwei Jahre vor sich, Marcus drei. (Sie hatten sich auf 68 geeinigt.) Danach konnten Claude und Richard die Kanzlei allein führen. Sinnlos, bis zum letzten Atemzug in den Sielen zu liegen. Immerhin – Zwei wirkte gelangweilt und unlustig, wie er da auf dem abgewetzten Sofa saß. Sein Vater saß ihm gegenüber und nickte. Sein Vater war so alt, daß er einen gewissen Sättigungsgrad erreicht hatte: seit Jahren bildeten sich keine neuen Falten mehr an ihm. Er sah jetzt kaum anders aus als mit siebzig. Nicht viel anders als Zwei, genau besehen. Sie hätten Brüder sein können. So endeten sie offenbar alle: man gelangte an eine Art Schranke, dort ließ man sich nieder und wartete auf den Tod, und allmählich gesellten sich auch die dazu, die später aufgebrochen waren. Am Ende bedeutete das Vierteljahrhundert, das die Generationen trennte, überhaupt nichts mehr und wurde einfach weggewischt. Lucy strich über ihre gefurchte Stirn, in die ihre Haare wie Fransen fielen. Sie schaute Zwei an. Bevor sie ihn heiratete, war sie entschlossen gewesen, ihn immer Justin zu nennen, doch schließlich hatte sie nachgegeben und nannte ihn, wie die anderen ihn nannten. Sie setzten ihren Willen durch, immer. Alles war nivelliert, es gab keinen Gipfel der Freude oder des Leids, es gab nur noch die Gewohnheit, das Übliche, die alten Familienrituale und Gebräuche, alte Leute, die behutsam und gemächlich zwischen Möbelstücken umherwanderten, deren Stellung seit 50 Jahren nicht verändert worden war.

Gerade als sie sich in einen Morast der Verzweiflung versinken fühlte, hörte sie Duncans leichten Schritt auf der Veranda. Sie sah, wie er die Fliegentür aufriß, ein großer Junge, richtiger, ein Mann, das innere Licht in den Augen, den blonden Schopf, der ihm in die hohe, faltenlose Stirn fiel.

Sie stand auf, glättete den Rock, preßte die Handtasche an den Leib. »Duncan, mein Schatz«, sagte sie. Sein Kuß war flüchtig wie stets, kurz und kaum spürbar wie ein Regentropfen, doch sie fühlte, wie ihr Herz sich sanft hob, und war überzeugt, diesmal werde alles ganz glänzend ablaufen.

Justine brachte zum Mittagessen einen gebackenen Schinken auf den Tisch, dazu Kartoffeln und grüne Bohnen. Alle waren angenehm überrascht. »Hör einmal, Justine«, sagte Zwei, »das ist ja ein vortreffliches Essen! Der Schinken ist äußerst schmackhaft.«

»Ach, den hat Großvater gebacken.«

»Hmmm?«

Man stierte sie an. Sie meinte es offenbar ernst. Ihr Großvater war ganz damit beschäftigt, seine Bohnen nachzusalzen, und im Moment unerreichbar.

Zum Nachtisch gab es Schichttorte mit neun großen und drei kleinen Kerzen darauf. Lucy beobachtete scharf, wie die Torte aufgeschnitten wurde: »Aus der Packung, Justine?«

»Aber nein.«

»Also selber gemacht?«

»Großvater hat die Torte gemacht.«

Diesmal blickte der alte Herr auf. Er lächelte etwas scheu und senkte die weißen Lider. »Aber Vater Peck!« staunte Lucy.

»Den Schinken habe ich auch gemacht«, antwortete er. »Hat sie das erwähnt?«

»Ja, das hat sie.«

»Und die Kartoffeln. Erst habe ich sie gebacken, dann habe ich sie aus der Schale gekratzt ... das Rezept steht bei Fannie Farmer. Kartoffelschiffchen werden sie auch genannt.«

Zwei blickte auf die Uhr.

»Die Torte nun, die ist unter der Bezeichnung Kriegstorte bekannt«, erläuterte der Großvater. »Man verwendet dazu erheblich weniger Butter und auch Eier, als man normalerweise für eine Torte brauchen würde. Für uns ist das ja passend, wir leben in beschränkten Verhältnissen.«

Die letzten beiden Wörter: beschränkte Verhältnisse, sprach er geradezu genüßlich aus. Lucy fand, sie klängen irgendwie technisch, etwa wie abgewertete Währung oder Kommunale Schuldverschreibung. Ihr kam der Gedanke, er könnte sein jetziges Leben am Ende gar genießen – die trüben Behausungen, den sonderbaren Umgang, die Trennung von der Familie, dieses Umherzigeunern und Kartenlegen. War er etwa stolz darauf, in dieser Lage zu stecken? Doch nun sagte Sarah: »Erinnerst du dich an Großmamas Orangenkuchen?« und plötzlich sah er ganz durchsichtig und verloren aus.

»Ah, ja. Ja«, sagte er.

»Sie rührte den Teig immer in der Speisekammer an und ließ niemanden zusehen. Weißt du noch? Das Rezept wollte sie an Sulie weitergeben, aber Sulie behauptet, sie hätte es nie bekommen. Wissen kann man das allerdings nicht.«

»Was da wohl drin war?« fragte Justine traumverloren und verharrte so lange mit dem Messer auf halbem Wege zum Teller, daß Zwei ungeduldig wurde.

»Nun mach schon«, sagte er und sah wieder auf die Uhr. »Schon ein Uhr zweiunddreißig. Eßt ihr immer so spät?«

»Meist essen wir gar nicht«, sagte Justine.

»Ich frage, weil wir vergangenes Jahr gegen zwölf aßen. Der Nachtisch wurde kurz vor eins aufgetragen.«

»Was du nicht sagst.«

»Und im Jahr davor haben wir sogar noch früher gegessen.«

»Nein, wirklich?«

»Ist dies dein neuestes Steckenpferd?« fragte Duncan. »Legst du eine Statistik über uns an?«

»Nein, nein. Es handelt sich nur um ... ich weiß gern, woran ich bin. Meiner Ansicht nach sollten die Geschenke um ein Uhr ausgepackt werden. Vielleicht sollte das am besten vor dem Nachtisch geschehen?«

»Ich will aber in Ruhe meine Torte essen«, sagte der Großvater.

Er und Zwei starrten einander an, zwei vergratzte alte Männer. »Es handelt sich um die Einhaltung des richtigen Zeitpunktes, Vater.«

»Um was?«

»Um den passenden Zeitpunkt.«

»Lauter bitte.«

Zwei ächzte.

»Das Schlimmste ist«, flüsterte Lucy Justine ins Ohr, »daß Zwei jetzt ebenfalls schwerhörig wird.«

»Nicht die Spur«, berichtigte Zwei prompt.

»Entschuldige, Lieber.«

Zwei ergriff ein flaches Paket. »Von Sarah«, sagte er dazu. »Alles Gute zum Geburtstag.«

Der alte Herr nahm das Päckchen entgegen und drehte es herum: wie oft hatte Lucy nicht zugesehen, wenn er mühsam eine Schleife aufknüpfte, den Klebestreifen ablöste, das Papier entfaltete und sorgfältig zum späteren Gebrauch zusammenlegte, bevor er sich überwand, sein Geschenk anzusehen? Jahr um Jahr ging ein Wasserfall von Socken, Hemden, Taschentüchern mit Monogramm auf ihn nieder, allesamt in glänzend weißen Schachteln, eingewickelt in hübsches Papier, mit Seidenschleifen umwickelt. Für jedes Geschenk bedankte er sich: »Danke, danke, vielen Dank«, und legte es in die Schachtel zurück. Vermutlich benutzte er nie etwas von diesen Sachen, ausgenommen selbstverständlich, was Justine ihm schenkte: eine zerdrückte Tüte mit Nesselsaftbonbons, die ihn in Entzücken versetzten, obschon er diese Bonbons seit Menschengedenken unweigerlich von ihr geschenkt bekam. »Versteht ihr das?« strahlte er. »Man bekommt das Zeug nirgendwo mehr, aber sie bringt es Jahr um Jahr fertig, welche aufzutreiben. Teuer sind sie auch. Justine begnügt sich jetzt mit Bonbons Marke Ludens, aber ich finde Nesselsaftbonbons einfach unvergleichlich.« Er steckte eins in den Mund und ließ den Beutel herumgehen. Doch nur Justine nahm ein Bonbon, den anderen widerstanden sie.

»Es gibt erst nächstes Jahr wieder welche«, versuchte er Lucy zu überreden und pustete sie mit seinem Apothekenatem an. Lucy schüttelte aber den Kopf.

Duncan schenkte selbstverständlich nichts und erlaubte auch Justine nicht, seinen Namen neben den ihren auf die Tüte mit Nesselsaftbonbons zu pinseln. Geburtstage waren für ihn kein Anlaß zu feiern. Er machte jederzeit und an jedermann Geschenke, überraschende Geschenke, rührende Geschenke, aber nicht nach Vorschrift. Und von Meg gab es dieses Jahr auch kein Geschenk. Lucy beobachtete genau. Nicht mal eine Schlipsklammer oder ein Korrespondenzhalter. Ein Schauer der Schadenfreude überlief sie; Duncan würde nun selber spüren, wie es ist, wenn man ein undankbares Kind hat. Vielleicht hatte er schon, als Meg durchbrannte, gemerkt: ah, so also fühlt es sich an! Damit haben meine armen Eltern sich ihr ganzes Leben herumquälen müssen. Dann schämte sie sich aber gleich und bedauerte aufrichtig, daß ihre Enkelin in einer so wichtigen Sache so vergeßlich war.

Als vorletztes Geschenk wurde das von Laury May ausgepackt: wie immer eine Handarbeit, diesmal der Stammbaum der Familie, auf ungebleichtes Linnen gestickt. »Danke«, sagte der Großvater. »Danke, vielen Dank.« Statt nun aber den Stammbaum wieder zu falten und wegzulegen, hielt er ihn mit beiden Händen vor sich hin und betrachtete ihn schweigend. Der Stammbaum war geformt wie ein Karo, ja, wie ein Karo, das sah Lucy erst jetzt. Die obere Spitze verkörpert von Justin, die untere von Meg. Dazwischen eine prächtige Verbreiterung, ein Schwung Kinder, aber was war daraus geworden? Esther, Claude, die Zwillinge und Richard, lauter Einhäusige, keiner verheiratet, alle ohne Abkömmlinge. (Laura May hatte taktvoll jeden Hinweis auf Sallys Scheidung und Richards annullierte Ehe weggelassen.) Nur Duncan, ganz links, Sohn des ältesten Kindes von Justin, und ganz rechts Justine, Tochter seines jüngsten Kindes, verbunden durch eine V-förmige Linie, deren Spitze auf den Namen Meg wies. Unter Meg war für weiter niemanden Platz. Lucy schüttelte den Kopf. »Es kann doch aber sein, daß Meg sechs Kinder bekommt, und dann fängt alles wieder von vorn an«, meinte Justine.

Nun, das mochte geschehen. Lucy stellte sich das Karomuster endlos wiederholt vor, etwa als Kante an einer Tischdecke.

Dann kam das letzte Geschenk, ein großer Würfel von einem halben Meter Seitenlänge. Auch die Glückwunschkarte war die größte, denn auf ihr las man: Herzliche Glückwünsche zum Geburtstag von deinen Söhnen Justin II, Daniel jr. und Marcus.

»Nanu«, sagte der Großvater.

Zwei kicherte. Die Verpackung sollte ein Scherz sein.

Erst gestreiftes Papier, dann eine große weiße Schachtel. Darin eine kleinere Schachtel, dann Papier mit Lilienmuster, eine weitere Schachtel, und noch eine, und wieder eine ...

Großvater Peck wurde verwirrt. Um ihn her türmten sich Einwickelpapier und Bänder. »Was soll das alles ...? Was bedeutet das? Ich verstehe nicht.«

»Nur weiter«, drängte Zwei.

Er und seine Brüder hatten mit dem Einpacken einen ganzen Vormittag verbracht. Für gewöhnlich waren sie eher humorlos, doch als sie auf Lucys Eßtisch eine Schachtel in die andere paßten, gakkerten sie wie Schulknaben, und Lucy mußte schmunzeln. Sie schmunzelte auch jetzt, als sie sah, wie Zwei sich das Lachen verkniff. »Nur weiter, nicht aufhören«, sagte er.

Eine Hutschachtel, darin eine Schuhschachtel, darin ein Karton für Briefpapier, eine Schachtel für Spielkarten und darin eine Streichholzschachtel. Und darin schließlich in weißes Papier gewikkelt das eigentliche Geschenk. Zwei lachte, daß ihm die Augenwinkel feucht wurden. »Es ist ein Scherz«, erklärte er Duncan. »Versteh doch.«

»Das ist typisch«, meinte Duncan.

»Aber begreif doch, so haben es unsere Angestellten bei der Abschiedsfeier im Büro gemacht, als Dans Sekretärin heiratete. Sie haben ein winziges Geschenk in einer riesigen Schachtel versteckt. Also, was Komischeres hast du im Leben nicht gesehen.«

»Noch komischer wäre es, wenn sie ein ganz großes Geschenk in einer winzigen Schachtel versteckt hätten«, sagte Duncan.

»Aber hör doch –«

Großvater Peck riß das Klebeband von dem winzigen Umschlag, bog ihn behutsam auf, legte ihn aber nicht gleich beiseite, vielleicht, weil er zu klein war. Vielleicht auch, weil er zu betroffen war: sein Geschenk war eine Visitenkarte, weiter nichts.

»Worth & Everjohn, Inc.«, las er laut vor. »Ihre Auskunftei in Caro Mill, Hauptstraße 19. Warum Zweifel hegen? Rufen Sie uns an, wir verschaffen Ihnen Gewißheit. Alle Berichte vertraulich ...«, er blickte seinen Sohn an. »Ich verstehe nicht recht ...«

Statt zu antworten, stand Zwei auf und ging hinaus. Man hörte, wie er die Fliegentür aufmachte. »Es ist soweit!« rief er.

Der Mann, den er mit hereinbrachte, sah aus wie Abraham Lincoln, nicht ausgenommen die schmale Bartkrause. Er trug einen schwarzen Anzug, ein gestärktes weißes Hemd und eine schmale Krawatte. Er mochte dreißig Jahre alt sein, sein hungriger, griesgrämiger Gesichtsausdruck ließ ihn aber älter erscheinen. An den

Schläfen perlte Schweiß, und in einer Wange zuckte der Puls. »Tut mir leid, daß Sie da draußen so lange warten mußten«, sagte Zwei. »Bestimmt ist Ihnen heiß.«

»Ach, ich hatte nichts anderes vor im Moment.«

»Vater, ich stelle dir hier Mr. Eli Everjohn vor«, sagte Zwei. Mr. Everjohn streckte eine Hand hin, die aus ungewöhnlich viel Knochen zu bestehen schien. Großvater Peck blinzelte ihn an. »Ich begreife nicht«, sagte er.

»Er ist dein Geburtstagsgeschenk, Vater.«

»Wie denn auch nicht«, sagte Duncan vor sich hin. »Erstaunlich ist nur, daß ihr den Burschen nicht auch noch eingewickelt habt.«

»Erwogen wurde es«, sagte Lucy.

»Mr. Everjohn ist Detektiv, Vater«, sagte Zwei.

»So?«

»Er spürt Leute auf.«

»Versteht sich«, sagte Großvater Peck. Er wartete geduldig auf die Pointe, bereit zu lächeln.

»Er wird Onkel Caleb für dich aufspüren!«

»Wie bitte?«

»Also: Dan und Mark und ich, wir haben zusammengelegt und bezahlen Mr. Everjohn. Wir dachten nämlich, die Sache mit Caleb muß mal bereinigt werden. Ich meine, wir müssen ein für allemal herausbekommen, ob Caleb ... also deine eigenen Bemühungen führen doch zu nichts, Vater. Jetzt spielt Geld keine Rolle, und wir haben einen Mann ausgewählt, der hier am Ort wohnt, den du im Auge behalten, dem du Auskunft geben kannst, wenn nötig, und egal wie lange er braucht, wir zahlen seine Rechnung. Verstehst du? Und das ist unser kleines Geschenk. Herzlichen Glückwunsch.«

Sein Vater stierte ihn an.

»Hast du nicht verstanden?«

»Ich will aber nicht ...«

Mr. Everjohns Hand blieb reglos hingestreckt. Man hätte denken können, er erlebe so was täglich.

»Ich glaube nicht, daß ich Unterstützung brauche. Haben Sie immerhin besten Dank«, sagte der alte Herr.

»Aber das ist dein Geburtstagsgeschenk, Vater!« rief Zwei.

»Dann hat er auch das Recht, es abzulehnen«, klärte Duncan ihn auf.

»Du hältst dich da gefälligst raus, Duncan.«

Duncan stand auf und kam um den Tisch herum. Er ergriff die ausgestreckte Hand von Mr. Everjohn. »Ich habe den Eindruck, als ob mein Großvater es vorzöge, sein eigener Spürhund zu sein.«

»Ganz recht, fünfzehn Jahre schon!« schrie Zwei.

Aber ein Brüller war er nicht. Nicht einmal seine Schwestern, die sich immer gleich die Ohren zuhielten, konnten ihm das vorwerfen. Das alles war nur Duncans Werk, von dem ging eine Ansteckung aus. »Aber Zwei«, mahnte Lucy, und schon mäßigte er die Stimme.

»Ich vergesse nicht, daß du Vater hier aufgenommen hast, Duncan. Dir macht es vielleicht Spaß zuzusehen, wie dein Großvater mit dem Omnibus hinter Mondschlössern herjagt. Bedenke aber eines: wann, meinst du, wird er Erfolg haben, wenn er in diesem Tempo weitermacht?«

»Er wird vielleicht in alle Ewigkeit Nachforschungen anstellen müssen«, antwortete Duncan, »aber dabei ist er glücklicher als die meisten mir bekannten Pecks.«

Alle sahen den Großvater an, der mit leeren Blicken zurückschaute und sich nichts anmerken ließ.

»Ferner bezweifle ich, daß es ihm um den Erfolg geht«, fuhr Duncan fort. »Was sollten wir mit Caleb anfangen, wenn wir ihn fänden? Wo würde er hinpassen? Man müßte ihn am Ende laufenlassen wie den Fuchs nach der Jagd.«

»Ach, der Gesuchte war Sportsmann?« fragte Mr. Everjohn.

»Wie? Ich weiß nicht. Nein, bestimmt nicht.«

»Wie kommen Sie darauf?« fragte Zwei.

Mr. Everjohn nahm einen Spiralblock aus der Hemdtasche, schraubte seinen Filzstift auf und machte eine Notiz. In die plötzlich entstandene Stille hinein fragte Justine: »Möchten Sie sich vielleicht setzen?«

»Wozu?« fragte Duncan. »Er geht doch gleich.«

Und sein Großvater fügte hinzu: »Ganz recht. Justine und ich ...«

»Gerade das wollen wir dir doch abnehmen, Vater«, erklärte ihm Zwei. »Dieses endlose, unergiebige Umherstreifen, als wäret ihr ein paar ... das soll lieber jemand tun, der sich darauf von Berufs wegen versteht.« Und zu Duncan: »Was Caleb betrifft« – er sprach leise und schnell –, »dürfte das Problem, von dem du da gesprochen hast, sich kaum stellen. Du verstehst schon.«

»Was vermutest du – daß er tot ist?«

Zwei blickte aus dem Augenwinkel nach dem Vater.

»Du kannst nur den Gedanken nicht ertragen, daß er gesund und munter ist und sich vorsätzlich fernhält«, sagte Duncan. »So ist es doch, oder? Aber vergiß nicht, auch er ist ein Peck, er ist noch keine neunzig, kaum im besten Alter. Ich wette mit dir um eine ganze Flasche Bourbon, daß er in diesem Moment im Altersheim sitzt und das Fernsehprogramm ansieht.«

Großvater Peck ließ die Faust auf den Tisch niedersausen, und alle blickten auf.

»Ich habe mir allerhand bieten lassen von dir, Duncan«, sagte er, »jetzt ist es aber genug. *Ich habe keinen Bruder im Altersheim.*«

Hätte er in diesem Ton zu Lucy gesprochen, sie wäre auf der Stelle gestorben, Duncan aber runzelte nur die Stirn. (Sie genierte sich zwar seinetwegen ein wenig, zugleich aber war sie stolz darauf, daß diese Pecks einfach nicht an ihn herankamen, einerlei wie sie es anstellten.)

»Mr. Everjohn«, sagte der Großvater, »ich gebe Ihnen alle verfügbaren Informationen, und dann können Sie an die Arbeit gehen. Ich bin zwar kein Trinker, aber die Flasche Bourbon, um die mein Enkel wetten will, die möchte ich ihm doch noch abgewinnen.«

Damit stand er auf und ging Mr. Everjohn ins Wohnzimmer voran. Zwei schloß sich an, die übrigen blieben in der Küche, guckten die Tortenstücke auf ihren Tellern an, auf die jetzt niemand mehr Appetit verspürte. Lucy riß ihre Serviette in kleine Fetzen und überlegte, wo das Gelusil sein mochte. Sarah wedelte sich mit gefaltetem Einwickelpapier Kühlung zu. Justine knabberte an einer Geburtstagskarte, und Laura May hatte den Stammbaum zur Hand genommen und bewunderte ihre eigene Stickerei. Nur Duncan, der ruhelos um den Tisch wanderte, schien überschüssige Energie zu besitzen. Er pfiff eine unbekannte Melodie vor sich hin und berührte im Vorbeigehen eine Strähne von Justines Haar. Er schaute über Laura Mays Schulter den Stammbaum an. »Ist dir je der Gedanke gekommen«, fragte er dann, »daß auch noch jemand auf der Suche nach Justin sein könnte?«

Um vier Uhr nachmittags ließ Zwei immer noch nicht merken, daß er an Aufbruch dachte. Dabei war er derjenige, der um keinen Preis bei Dunkelheit fahren wollte! Er müsse erst alles mit dem Detektiv ins reine bringen, sagte er. Lucy merkte ihm an, daß er seine Wahl bereute – an einem Ort wie Caro Mill hatte man natürlich überhaupt keine Wahl. Dieser Mr. Everjohn jedenfalls erwies sich mehr und mehr als sonderbar. Und je sonderbarer er wurde, desto mehr verfinsterte sich Zwei, und desto heiterer wurde Duncan. Justine zeigte sich geradezu gastfreundlich, sie bot Mr. Everjohn Gewürzbier und Geburtstagstorte an. Man war jetzt vollzählig im Wohnzimmer versammelt, die Tanten im Sofa aufgereiht, die anderen auf Küchenstühlen, denn was hier vorging, hatte einen nach dem anderen herbeigelockt. Großvater Peck nannte Mr. Everjohn die Namen aller ehemaligen Mitschüler von Caleb, die seiner Lehrer, seiner Freunde, seine Geschäftsverbindungen. Wo nahm er die nur alle her? Er nannte Calebs Kirche, seine Schule, seinen Friseur, Schneider, Arzt, seine Stammkneipe ... von keinem Peck hatte es je geheißen, daß er Kneipen besuchte. Mr. Everjohn schien davon aber nicht überrascht. Er schrieb und schrieb auf seinen Spiralblock und manchmal kritzelte er weiter und weiter, auch wenn gerade nichts gesagt wurde. Das war unverständlich. Er bat um das vom Großvater gehütete Foto und steckte es ein, wobei er bemerkte, er wolle eine Kopie machen lassen. Was konnte das schon nützen? Das Bild war schließlich ein halbes Jahrhundert hinter der Zeit. Er hörte sich geduldig an, wer alles an einem Bibelkurs im Jahre 1893 teilgenommen hatte, in einem Institut, das gleich hinterher geschlossen wurde und nie mehr aufmachte. Ganze Listen von Namen ließ er unaufgeschrieben passieren, dann stürzte er sich auf einen einzigen und schrieb ganze zwei Seiten voll. Was er da wohl schrieb? Lucy richtete sich kerzengerade auf, konnte aber nicht auf seinen Block sehen.

Eine weitere Sonderbarkeit war, daß ein Mensch, der doch schließlich im Berufsleben stand, unbegrenzt viel Zeit zu haben schien. Ein Detektiv war selbstverständlich nicht zu vergleichen mit einem Anwalt oder etwas Ähnlichem, aber man sollte doch denken, daß er Termine hatte, Besprechungen, irgendwas. Mr. Everjohn hingegen erweckte den Eindruck, als wolle er Pecks den Rest seiner Tage widmen. Er saß unerschütterlich, die knochigen Knie zusammengepreßt, die Ellenbogen eng am Leib. Ein Hosenbein war hochgerutscht und ließ ein Schienbein sehen, das an ein Holzscheit denken ließ. Er hielt beim Schreiben den Halter so ungeschickt, daß Lucy vom bloßen Hinsehen Krämpfe bekam. Die Fragen, die er stellte, waren absolut unwahrscheinlich. So wollte er wissen, ob und was Caleb geraucht habe, wer sein Kindermädchen gewesen sei, wann seine Mutter Geburtstag gehabt habe, und welche Art Schuhe er bevorzugte. Er fragte nach Lauras Lesegewohnheiten und nach Justins Testament, er wollte alles über die religiöse Haltung der Familie wissen und fragte nach alten Fahrplänen. Je abwegiger seine Fragen klangen, desto mehr belebte sich Großvater Peck. Es war, als wäre man wegen Kopfschmerzen zum Arzt gegangen und der untersuchte nun die Fußnägel. Was für ausgefallene Sachen er wissen wollte! Und der Großvater zuckte nicht einmal mit der Wimper, als er nach Margaret Rose fragte. »Daran denke ich selbstverständlich nie«, behauptete er, »das habe ich ganz und gar vergessen.«

»Ah«, bemerkte Mr. Everjohn. Wenn er zu einem solchen Ah den Mund aufmachte, zog sein Gesicht sich unwahrscheinlich in die Länge, und seine Wangen fielen ein.

»Im übrigen ging sie lange vor Caleb«, sagte der Großvater.

»Und wohin?«

Jetzt konnte man eine Nadel fallen hören.

»Nach Washington.«

»Ganz recht.«

»Sie fand dort eine Beschäftigung. Sie ist aber gestorben.«

»Was für eine Beschäftigung war das?«

»Es hat wenig Sinn, auf derartige Einzelheiten einzugehen.«

»Ich muß das aber wissen, Mr. Peck.«

»Hm ... Geld hat sie gewaschen.«

»Geld also.«

»In der Staatsdruckerei. Sie hat alte Banknoten gewaschen.«

Mr. Everjohns tiefliegende blutunterlaufene Augen blickten kummervoll im Zimmer umher.

»Das kann durchaus sein«, bestätigte Duncan. »Früher hat man Banknoten gewaschen und mit Harz überzogen. Damit sie sich neu anfühlten. Damals wurde nicht immer alles gleich weggeschmissen, es gab da einen Apparat –«

»Verstehe«, unterbrach Mr. Everjohn. »Todesursache?«

»Feuer in der Pension, in der sie wohnte.«

»Sie wohnte in einer Pension?«

»Die Eltern wollten sie zu Hause nicht aufnehmen. Damals erwartete man von den Frauen, daß sie sich ordentlich aufführten. Ihre Eltern verlangten, sie solle nach Baltimore zurückkehren. Ihr Vater hat mir das geschrieben.«

»Hm. Sie wissen bestimmt, daß sie tot ist?«

»Sie wurde schließlich bestattet –«

»Ich dachte nur: vielleicht ist Ihr Bruder dorthin gegangen, nach Washington. Vielleicht waren die beiden zusammen. Haben Sie das mal erwogen?«

Lucy hatte es durchaus erwogen. Großvater Peck hingegen lehnte das unwirsch ab. »Würde ich nach ihm suchen, wenn er solch ein Filou wäre?«

»Richtig, richtig!« Mr. Everjohn schien tief befriedigt und brachte Block und Stift in der Tasche unter. »Nun, ich habe wohl für den Anfang genügend Material«, sagte er.

»Wir wissen jedenfalls zu schätzen, daß Sie uns einen Hausbesuch gemacht haben«, bemerkte Zwei.

»Bitte, bitte, keine Ursache.«

»Soviel von Ihrer Zeit wollten wir selbstverständlich nicht in Anspruch nehmen, ich bin aber durchaus bereit –«

»Dabei dürfen Sie sich nichts denken«, entgegnete Mr. Everjohn. »Offen gesagt: in diesem Ort wird man nicht sehr in Atem gehalten.« Er tastete unter dem Stuhl nach seinem Hut und entfaltete sich aufstehend halbmeterweise. Mit dem Hut ähnelte er Lincoln noch mehr. Die Krone war flach, die Krempe sonderbar gebogen. »Wir haben hier so wenig zu tun, daß ich und mein Partner gegenseitig unsere Frauen beschatten, um nicht aus der Übung zu kommen.«

»Was Sie nicht sagen«, bemerkte Zwei.

»Dabei habe ich herausgefunden, daß die Frauen hier recht langweilig leben. Die Frau meines Partners kauft in einem Laden Zahnpasta, und für Mundwasser geht sie woandershin, bloß damit sie zweimal rauskommt.«

»Nun, Ihre Zeit ist gewiß bemessen«, drängte Zwei.

»Meine Frau hingegen besucht Kurse. Egal, was für Kurse angeboten werden, sie nimmt teil. Sie glauben nicht, wie die meinen Partner in Atem hält und wohin er ihr überall nachlaufen muß.«

»Ich schlage vor, wir rechnen monatlich ab?«

»Kleintierhaltung lernt sie, exotische Tänze, Kung-fu, Hausschneiderei.«

»Ach, Eli!« rief Justine lebhaft und ging auf die für sie typische, schockierende Weise zur vertraulichen Anrede beim Vornamen über, »nehmen Sie Ihrer Frau doch ein Stück Geburtstagstorte mit.«

»Leider hält sie Diät«, lehnte Mr. Everjohn bekümmert ab. »Sie gehört zum ›Verein der Gewichtgestalter‹, ist Mitglied bei den ›Mageren Müttern‹ und donnerstags von zwei bis vier lernt sie ›Kochen ohne Kohlehydrate‹.« Er schüttelte übertrieben kräftig Justines Hand. »Wir bleiben aber in Verbindung«, verhieß er ihr.

»Kommen Sie vorbei. Jederzeit. Großvater ist bestimmt neugierig.«

»Und nochmals besten Dank für Ihre Geduld«, sagte Zwei.

Doch kaum war Mr. Everjohn aus dem Haus, da setzte Zwei sich total gebrochen nieder. »Ich wußte ja, daß wir uns jemand in Baltimore hätten suchen sollen«, sagte er zu Lucy.

»Nun, nun, Lieber.«

»Im Büro habe ich die Namen von mindestens zwanzig guten Detektiven, aber nein, Marcus bestand darauf, jemand aus Caro Mill zu nehmen. Auf diese Weise könnte Vater die Aufsicht führen. Sonst müßten wir alles selber –«

»Ich fand ihn sehr nett«, bemerkte Justine, die Mr. Everjohn bis zur Haustür hinausbegleitet hatte.

»Wenn ihr Kinder unter zivilisierten Menschen leben würdet –«

»Caro Mill ist durchaus zivilisiert.«

Zwei wandte sich Duncan zu, der am Fenster stand und mit etwas hantierte, das wie ein Autoteil aussah. »Es wird höchste Zeit, daß du zurück nach Baltimore kommst, Junge. Was hält dich eigentlich davon ab? Du weißt, in einer Anwaltskanzlei gibt es auch für Leute ohne akademische Ausbildung immer was zu tun. Deine Vettern würden schon was für dich finden. Ein anschlägiger Kopf wie du . . .«

»Besten Dank.«

»Und Justine täte es gut. Sieh sie dir mal an. Müde sieht sie aus.«

Lucy blickte Justine verstohlen an. Es stimmte. Seit sie nicht mehr redend und lachend umherlief, wirkte sie erschöpft und blaß. Daran war selbstverständlich Meg schuld. Kinder! Sie ließ den Blick zu Duncan wandern, diesem alternden kleinen Jungen. Insgeheim war er ihr Lieblingskind, und sie hatte erwartet, daß er ein prächtiges Mannsbild werden würde. Daraus war nichts geworden. Er war ein Zehnjähriger geblieben, verwegen, rücksichtslos und ohne jede Spur von Herzensgüte, nicht gewillt, anderen Menschen ihre Schwächen nachzusehen. Eine Frau von starkem Charakter hätte ihm die Ecken abschleifen können, aber eine solche Frau hatte er nicht geheiratet. Nur Justine. War Justine absichtlich so, wie sie war? Hatte sie eines Tages den Vorsatz gefaßt, hinfort jede Verantwortung abzulehnen und kein Wort zu sagen, auch wenn Duncan sich in den Kopf setzte, mit Hussah und Heiho samt Weib und Kind zur Hölle zu fahren? Ganz unvermutet sprach sie laut etwas aus, was sie selber sehr überraschte. »Ach, wenn doch die arme, liebe Caroline diesen Tag mit uns erlebt hätte!«

Duncan warf ihr einen Blick zu, so kalt und hart wie Glas, doch Justine erstarrte, und Lucys Triumphgefühl ließ Hitze in ihr aufsteigen.

Als man endlich wieder im Wagen saß, dämmerte es bereits, doch Lucy zog gleichwohl ein bereits adressiertes Kuvert aus der Tasche und schrieb auf einen Briefbogen, wie Zwei sie gelehrt hatte:

Liebe Justine! *6. Juni 1973*
Herzlichen Dank noch mal für den schönen Tag. Du warst wie immer eine reizende Gastgeberin, und die Kriegstorte war ganz köstlich. Wir werden noch lange mit dankbarer Freude an diesen Besuch zurückdenken.

In Liebe,
Tante Lucy

Sie legte den Bogen ins Kuvert und verschloß dieses. »Wenn du an einem Briefkasten vorbeikommst, Zwei ...«, doch sie verschluckte den Rest des Satzes, verdüsterte sich und ließ die Ecke des Briefumschlages nervös auf ihrer Handtasche tanzen.

Zwei hielt am Steuer lautlose Selbstgespräche.

Hinten saßen Laura May und Sarah unter braunen Schleierhüten, jede an die ihr zugeteilte Aussicht hingegeben.

12

Justine und ihr Großvater hatten nun keinen Grund mehr zu reisen.

Anfangs wurde ihnen das nicht so bewußt, denn auch früher pflegten sie im Sommer selten etwas zu unternehmen. Doch als der Juni heiß und feucht ins Land ging, als der Juli sich hinschleppte, wurde Justine zunehmend unglücklicher. Sie wußte nicht, was mit sich anfangen. In einer entlegenen Hirnkammer nagte etwas an ihr. In ihrer Bedrücktheit zankte sie mit Duncan, war barsch gegen den Großvater, behandelte ihre Kunden unfreundlich. Tagelang sprach sie mit einem unbestimmbaren ausländischen Akzent. Sie beleidigte Dorcas. Die Katze zog aus und ließ sich im Kriechkeller hinter dem Rosengebüsch nieder.

Der Großvater saß ungewohnt still auf der Veranda, das Gesicht schlaff, der Blick leer.

»Gibt es wirklich niemand, den du besuchen möchtest, Großvater? Vielleicht den Mann in Delaware? Dem ist womöglich noch etwas eingefallen?«

»Das würde alles nichts mehr nützen.«

»Das sehe ich nicht ein.«

»Der Detektiv hat sich den Namen nicht mal aufgeschrieben. Er glaubt offenbar, daß es ganz zwecklos ist, da zu suchen.«

»Was der schon weiß!«

Es war inzwischen dahin gekommen, daß sie Elis bohrende Fragen und das den Antworten folgende geheimnisvolle Schweigen mißbilligte. Nach seinen Besuchen kam sie sich jedesmal manipuliert vor. Es war seine Gewohnheit, zu kommen, wenn niemand zu Hause war, und seelenruhig auf der Veranda zu warten. Kam sie mit dem Großvater heim, reckte er sich vor dem Haus in die Höhe, schwarz und groß wie ein Rabe, den flachen Hut vor der Brust haltend. »Eli!« rief sie jedesmal, doch wurde ihr das Herz schwer, als müsse sie sich auf eine Invasion gefaßt machen. Und der Großvater, der sonst einen nur einmal gehörten Namen nie vergaß, sagte: »Ach ... Mr. ... Mr. ... äh ...« und stierte finster auf seine Schuhe wie ein Schulknabe, der sich verspätet hat. Eli jedoch blieb arglos und zuvorkommend, er begann das Gespräch jedesmal mit einer harmlosen Bemerkung – über seine Frau, etwa, die jetzt Schönschreiben lernte. Schließlich hatte er es nicht eilig. Justine fand ihn dann doch wieder sehr sympathisch, die absurde Bartkrause ebenso wie die unglaublich langen, mehrgelenkigen Finger, die verlegen an der Hutkrempe drehten, und der Großvater entspannte sich so weit, daß er höflich gelangweilt wirkte. »Kommen Sie rein, Eli«, sagte Justine dann, »ich mache Ihnen Eistee.« Aber in eben diesem Moment verengten sich seine Augen, die Finger hielten still. »Was für Schallplatten gab es in Ihrem Haus?« fragte er.

»Was?«

»Schallplatten. Für das altmodische Grammophon.«

Justine mußte den Großvater fragen, der schmollend gegen die Dielenbretter trat. »Ich erinnere mich an Caruso«, sagte er schließlich. »An anderes auch. Alle mit rotem Etikett.«

»Stimmt. Red Seal ist die Marke.«

»Anfangs hieß sie Red Label.«

»Ah«, machte Eli.

»Sie wissen wohl überhaupt nichts.«

»Was außer Caruso? Fällt Ihnen was ein?«

»Nichts weiter fällt mir ein.«

»Ich muß das unbedingt herausbekommen«, verschwor sich Eli, wollte den Grund aber nicht sagen. »Na, dann muß ich eben wieder mal nach Baltimore fahren. Aufgehoben haben Sie die Platten doch?«

»Wir heben alles auf«, sagte Großvater Peck. Und beim Hineingehen ließ er die Fliegentür hinter sich zuknallen. Es war aber nicht zu verkennen, daß Elis Fragen ihn stark beschäftigten. Den Rest des Tages verbrachte er dann in tiefem Sinnen, er runzelte die Stirn so stark, daß die Brauen aneinanderstießen. »Nun sag mir bloß, weshalb er solche Fragen stellt? Was beabsichtigt er? Der Bursche muß etwas wissen, wovon wir keine blasse Ahnung haben, Justine.«

Für den Großvater bestand das Ziel darin, Caleb zu finden; für Justine hatte der Sinn ihrer gemeinsamen Erkundungsfahrten mehr in den Reisen selber gelegen, und sie kam sich jetzt beraubt und nutzlos vor. Sie irrte durchs Haus, in der Hand die Strohtasche, als wäre sie hier auf Besuch, und das auch noch, wenn der Großvater schon längst im Sessel saß und sich ausdachte, was er Caleb zur Begrüßung sagen wollte.

Unterdessen verkaufte Duncan dutzendweise altmodische Geräte und Werkzeuge, viel schneller jedenfalls, als er Ersatz heranschaffen konnte. Warum nur nahmen die Dinge stets den gleichen Verlauf? Newton Norton, eben jener, der die Gartenmaschine gekauft hatte, richtete seinen Hof bis zur letzten Mistforke stilecht ein. Er stöberte in der Blue Bottle herum, er kaufte rostige Kneifzangen und Stallaternen, Schmiedehämmer, Küchengerät.

»Du solltest mal Silas sehen«, sagte Duncan zu Justine. »Manchmal muß Newton Norton einen Lastwagen mieten, um das Zeug heimzuschaffen.«

»Der muß doch verrückt sein«, meinte Justine. »Wenn er nun eines Tages wegzieht?«

Sie waren auf der vorderen Veranda. Duncan saß auf einem Hocker, Justine schnitt ihm die Haare mit der Küchenschere. Sein Haar war glatt und dicht, und man hörte es richtig zu Boden fallen. Justine schnitt Stufen in den Hinterkopf, der bald aussah wie ein geschindeltes Dach. Ging sie mit dem Kamm durch, legte sich das Haar zauberhafterweise so, daß die Stufen verschwanden. Sie ging noch einmal mit dem Kamm darüber und verlor sich beim Anblick des schimmernden Schopfes in Träume. Sie schnitt noch ein paar Zentimeter weg. »Ich hätte vielleicht Friseur werden sollen«, sagte sie.

»Laß dich nicht hinreißen«, warnte Duncan.

Man schrieb August, und der Mais im Vorgarten versperrte den Ausblick auf die Straße. Autos fuhren ungesehen, beinahe ungehört am Hause vorüber. (Duncan interessierte sich für die schalldämpfenden Eigenschaften von Gemüse.) Passanten waren nichts als körperlose Stimmen.

»Heda!« rief jemand, offenbar darauf vertrauend, daß irgendwo dahinter wer verborgen sein müsse, der antworten werde, und Justine erwiderte denn auch mit einem ›Hei!‹ und schwenkte die blitzende Schere. Duncan blickte nicht hoch, der hatte an anderes zu denken.

»Ich sagte zu Silas: siehst du? Er wollte mich nämlich nicht die alte Nähmaschine von Mrs. Farmsworth kaufen lassen, und nun hat Newton Norton sie ihr abgekauft. Für den doppelten Preis, den ich gezahlt hätte. Doch du kennst ja Silas. Er sagt: schön und gut, aber was passiert, wenn Norton seine Farm vollständig eingerichtet hat? Was dann, hm? Gestern hat nun Newton Norton seine Farm dem Publikum zugänglich gemacht, Eintritt zwei Dollar, Kinder 50 Cent. Dazu ein Kurs von sechs Wochen Dauer in altamerikanischer Kochkunst. Abgehalten wird er in der alten Küche, der Herd wird mit Holz beheizt, und der Kamin ist so groß, daß ein ganzer Ochse am Spieß gebraten werden kann. Man lernt dort die alten Gerichte kochen – Stockfischkuchen, Kohlpudding, und so weiter – offen gestanden, eßbar klang nichts davon. Aber es gibt anscheinend Leute, die Spaß daran haben, denn heute früh war der Laden voll von Kunden, die Wurstmaschinen und Sauerkrautstampfer kaufen wollten. Man hat mir Sachen aus der Hand gerissen, von denen ich nicht mal weiß, was sie eigentlich sind, Gurken- und Kartoffelschäler, Maiskornpuhler. Mittags war auch das letzte Stück verkauft.«

»Man denke! Du hast wieder blendenden Erfolg, Duncan«, sagte Justine und schnitt das Haar hinter den Ohren.

»Ja, so nennt man das.«

Dabei gähnte er herzhaft, und weil gerade ein Haarschnipsel auf seiner Nasenspitze landete, nieste er auch gleich noch. Sein Gesicht war wie besät mit blonden Leuchtkäfern. Aussehen wie ein erfolgreicher Mensch tat er jedenfalls nicht.

Am vierten Sonntag im August fuhren sie zu dritt nach Semple auf Besuch zu Meg. Der Besuch hätte schon früher stattfinden sollen, doch jedesmal behauptete Duncan im letzten Moment, verhindert zu sein. Entweder mußte er auf eine Versteigerung, oder es wurde irgendwo ein Trödelmarkt abgehalten und er wollte hinfahren, weil Silas jetzt darauf drängte, mehr Werkzeug und Geräte zu beschaffen. Er kam dann aber jedesmal mit leeren Händen heim, ausgenommen einmal, als er einen Karton voll rostiger, leerer Tabaksdosen mitbrachte. »Das sollen Antiquitäten sein?« fragte Justine. »Man denke! Früher nannte man das Abfall. Entlang der Roland Avenue lagen sie im Gebüsch. Wo sind die Werkzeuge? Wo hast du das Küchengerät?«

»Mir gefiel nichts davon. Nur diese Dosen Marke Prinz Albert.«

»Am Ende wird noch der größte Quatsch wertvoll. Wir dürfen eigentlich überhaupt nichts mehr wegschmeißen.«

»Ich habe nicht den Eindruck, daß wir was wegschmeißen.«

Auch diesen Besuch wollte er verschieben (angeblich war in der Nähe von Washington ein Wandermarkt). Justine durchschaute ihn aber. »Ausgeschlossen«, sagte sie. »Du weißt, wie lange es dauerte, bis Meg uns endlich eingeladen hat, und jetzt haben wir ihr schon zweimal abgesagt. Was soll sie denn von uns denken?«

»Dann fahr du allein mit Großvater. Ich sehe mir den Markt in Washington an.«

»Was denn, mit dem Fahrrad?«

»Ich könnte den Kombiwagen von Silas nehmen.«

»Ich will nicht allein mit Großvater fahren. Diesmal möchte ich dich dabeihaben.«

»Vielleicht im Herbst, dann läßt der Druck etwas nach.«

»Ich begreife dich nicht, Duncan. Was hast du nur dagegen, daß wir den Besuch machen?«

Nun wurde er bockig. Daß sie seine Gefühle so ans Licht zerrte, paßte ihm nicht.

Immerhin, am vierten Sonntag im August war er endlich bereit, vielleicht ein wenig verschlossener als üblich, doch hatte er sich offenbar mit dem Besuch abgefunden und steuerte den Ford auf der zweibahnigen Schotterstraße Richtung Semple, neben sich Justine, am Fenster Großvater Peck. Hinten lag ein Stoß Sommerkleider von Meg sowie eine Tüte Maiskolben. (»Die sind verschwendet«, hatte Duncan bemerkt. »Der Herr Pastor wird mit Messer und Gabel darangehen.«) In Megs Zimmer blieben noch einige ihrer Besitztümer zurück – Flaschen mit Kölnischwasser, Detektivgeschichten, Pfadfinderwimpel. Duncan meinte, man solle nun endlich reinen Tisch machen und alles mitnehmen, Justine war aber dagegen. »Sie hat nur um ihre Sommerkleider gebeten. Vielleicht hat sie für das übrige noch keinen Platz.«

Duncan, der wenn irgend möglich die Gefühle anderer Leute nicht ans Licht zerrte, nickte nur und ließ ihr den Willen.

Um zwei Uhr mittags kam man am Stadtrand von Semple an. Willkommen in Semple, der hübschesten kleinen Stadt im Süden, hieß es auf dem Schild über einem Bretterstapel auf dem Holzplatz. Man holperte über Bahngeleise, vorüber an rostigen, offenstehenden Güterwagen. »Das war wirklich mal eine Stadt«, bemerkte der Großvater. »Eine richtige Eisenbahn hatten sie hier.«

»Bloß Güterzüge, Großpapa«, sagte Justine.

»Wie? Güterzüge bloß? Aber sind wir nicht früher einmal von hier nach Nashville gefahren?«

»Das war Fredericksburg. Drei Jahre ist das jetzt her.«

»Richtig.«

»Hier sind wir mal in den Bus nach Richmond gestiegen, und von da haben wir dann die Bahn nach Nashville genommen.«

»Nashville ... da war der Junge, der Banjo spielte. Sein Großonkel hat Caleb beigebracht, auf einem Saiteninstrument zu spielen, als beide vierzehn waren.«

»Ja, das war in Nashville«, bestätigte Justine.

Der Großvater sank in sich zusammen, als hätte die Unterhaltung seine letzte Kraft gekostet.

Auf der Hauptstraße erblickte Justine ein bekanntes Gesicht – die alte Miss Wheeler, die immer von den Karten wissen wollte, ob sie ihren Vater ins Altersheim stecken sollte – und wollte mit ihr reden. Duncan mochte davon nichts hören. »Ich möchte dies möglichst schnell hinter mich bringen, Justine.« Die Rückkehr an bekannte Orte machte ihn stets reizbar. Als sie am Wayfarers Diner und am Reformhaus des Onkels vorbeikamen, dessen zerfetzte Markise und ausgebeulte Rolläden wie vertraute Gesichter grüßten, war diese Gereiztheit so groß, daß Justine sie durch die Haut seines Armes spürte. »Wir sind doch bloß auf Besuch da«, tröstete sie ihn, aber das war nur eine weitere Zudringlichkeit, und er kroch noch mehr in sich hinein, zog sich zusammen, bis sein Arm den ihren nicht mehr berührte und sie am linken Schenkel unvermittelt Kühle spürte.

Arthur Milsoms Kirche war groß, aus Backstein, und lag am anderen Ende des Ortes. Justine war nie drin gewesen. Meg hatte sie ihr aber gezeigt, und sie wußte noch, daß sie den Kirchturm spitzer gefunden hatte als unbedingt nötig, mit glitzerndem Blech beschlagen. Auch das Pfarrhaus war aus Backstein, das Haus des Hilfsgeistlichen gleich daneben allerdings war ein kleiner weißer Holzbau auf einem künstlich wirkenden, im übrigen unbepflanzten Rasenplatz. Man sah ein sogenanntes Blumenfenster, völlig kahl, nur in der Mitte eine aus zwei Kugeln bestehende rosa Lampe, und an der Auffahrt einen Pfosten zum Anbinden von Pferden in Gestalt eines kleinen Jungen mit frisch geweißtem Gesicht und schwarzen Händen. Duncan blieb stehen und musterte ihn. Justine nahm den Großvater beim Arm und zog ihn die Vortreppe hinauf. »Wo sind wir hier?« fragte er.

»Bei Meg, Großvater. Wir sind zu Besuch bei Meg.«

»Ja, ja, aber –« Er drehte sich einmal langsam um sich selber und sah sich intensiv alles an. Justine drückte auf den Klingelknopf,

Mittelpunkt eines Messingkreuzes mit aufgebogenen Kanten. Man hörte irgendwo in der Ferne ein ganzes Glockenspiel sehr langsam mit goldenen Tönen ablaufen, dann ging die Tür auf, und da stand Meg, magerer, etwas förmlich, und mit längerem Haar. »Guten Tag, Mama«, sagte sie, küßte erst Justine und dann den Großvater auf die Wange. Als Duncan sich endlich von dem Pfosten trennen konnte und herankam, küßte sie auch ihn. »Tag, Papa«, sagte sie.

»Sieh an, unsere kleine Meg.«

»Ich dachte schon, du würdest wieder nicht kommen.«

»Wie kannst du nur so was denken.«

Sie lächelte nicht.

Sie ging voraus über einen blauen Läufer ins Wohnzimmer, wo von jeder Wand der Heiland aus vergoldetem Rahmen blickte. Die Möbelstücke traten fast ausschließlich paarweise auf – zwei Abstelltischchen am Sofa, zwei Stehlampen mit Schirmen aus Holzperlen, zwei mit eisblauer Seide bezogene Sessel samt Sitzpolstern. Auf dem Klavier in der Ecke standen zwei gerahmte Fotos, eins von Arthur im geistlichen Habit, das andere von Meg mit glänzendem Umschlagtuch über den bloßen Schultern und stark retuschiert. Ihre Haut war so blütenrein, ihr Haar so glänzend, daß Justine Mühe hatte, sie zu erkennen. Überdies: wie kam eigentlich eine völlig fremde Person dazu, ein Foto von Meg in ihrem Wohnzimmer aufzustellen? Justine nahm es zur Hand und sah es prüfend an. Meg sagte: »Ach, das ist mein ... das ist das Bild, das wir an die Zeitung gaben, als wir ...« Sie riß ihrer Mutter das Foto aus der Hand und stellte es wieder auf. »Ich sage Mutter Milsom Bescheid.«

Justine wandte sich Duncan zu, der auf dem Sofa lümmelte und in einer Frauenzeitschrift blätterte. Die Füße in den unförmigen, ölbesudelten Wüstenstiefeln hatte er auf den niedrigen Kaffeetisch gelegt. »Duncan!« sie gab ihm einen Klaps. Er schaute auf und entfernte dann seine Füße langsam von den Kaninchen und Vögeln aus Porzellan, den engelförmigen Kerzen, einer Geburt des Heilands, dargeboten auf einer Muschel, und einem grünen, gläsernen Schuh, der mit sauren Drops gefüllt war. Justine ächzte tonlos und ließ sich neben ihm nieder. Am anderen Ende des Zimmers ging der Großvater gemessenen Schrittes auf und nieder, die Hände auf dem

Rücken verschränkt. Er setzte sich nicht gern, wenn er schon bald wieder aus dem Sessel mußte, um eine eintretende Dame zu begrüßen. Er stellte sich erst vor dem einen Christusbild auf, dann vor einem anderen, blickte aus zusammengekniffenen Lidern in melancholische, rehbraune Augen und auf einen lilienweißen Hals. »Gehören Devotionalien in den Salon?« fragte er.

»Psst«, machte Justine.

»Ich war immer der Meinung, so etwas zeugt von schlechtem Geschmack«, fuhr er fort. »Ausgenommen, es handelt sich um Originale.«

»Großpapa.«

Justine schaute nach der Tür, durch die Meg verschwunden war. Unmöglich zu sagen, wie hellhörig das Haus war. »Möchtest du nicht lieber –«

»Auch im Eßzimmer haben sie ihn angehängt«, sagte Duncan, der durch die andere Tür spähte. »Betend in Gethsemane.«

»Was kann dich das schon kümmern, Duncan, hast du dir je Gedanken gemacht über Innendekoration?«

Er schaute sie finster an. »Du bist also auf der Seite von denen da.«

»Seite? Wieso gibt es da Seiten!«

»Wie war das gleich?« fragte der Großvater.

»Duncan meint, ich desertiere.«

»Hmmm?«

»Ich desertiere!«

»Ach wo, meine Liebe. Du bist nicht die Spur dümmer als andere Leute.«

Duncan lachte. Justine ging auf ihn los. »Ich möchte nicht erleben, daß du hier einen von deinen albernen Anfällen bekommst! Es ist mein Ernst, Duncan. Können wir nicht ein einziges Mal um Megs willen –«

Doch dann hörte man Schritte auf dem Läufer und eine weißgekleidete Dame trat ein, gefolgt von Meg. »Mutter Milsom, darf ich dich mit meiner Mutter bekanntmachen«, sagte Meg. »Dies ist mein Vater, und das ist Großvater Peck.« Meg sah streng drein, ihre Stirn wies in der Mitte geradezu einen Knoten auf: eine Warnung an die Familie, ihr jetzt keine Schande zu machen. Duncan erhob sich also zu voller Größe, behielt allerdings einen Finger zwischen den Seiten der Frauenzeitschrift. Der Großvater berührte leicht die Schläfe, Justine stand auf und streckte ihre Hand aus. Mrs. Milsoms Finger fühlten sich an wie halbgare Spaghetti. Sie war groß und welk, trug ihr hellbraunes Haar in der Mitte gescheitelt und eng an den Kopf gebürstet, das Gesicht war blaß, die Miene tragisch, die Augen blickten schwarz, und die Lider waren so präzise ausgeführt wie bei einer Spielkartenkönigin. Das Kleid, aus einem kreppartigen Material gefertigt, hing über einem flachen Busen, bauschte sich an Taille und Hüften und fiel in Stufen auf ihre dürren Beine. Zum Lächeln klappte sie die Lider weit auf, doch die Augen blieben matt, als bedenke sie im stillen einen geheimen Kummer. »Nun lernen wir uns also doch noch kennen«, bemerkte sie.

»Wir wären schon früher gekommen, aber Duncan hat noch Prinz-Albert-Büchsen gekauft«, erklärte Justine. Wenn sie nervös war, redete sie leicht zuviel.

»Ah, ich verstehe. Möchten Sie nicht Platz nehmen? Liebe Margaret, würdest du so freundlich sein, den Eistee zu servieren?«

Meg warf Justine einen beschwörenden Blick zu und ging ab. Mrs. Milsom schwebte auf einen der mit Seide bezogenen Sessel hernieder, und man hatte den Eindruck, als geschähe dies partienweise und im Abstand von Minuten. Sie legte zart die Hände ineinander. »Ich hoffe, Arthur wird sich recht bald zu uns gesellen«, sagte sie. »Im Moment ruht er.«

»Arthur ruht?« fragte Duncan.

»Es ist der vierte Sonntag im Monat. Der Tag seiner Predigt. Das Predigen greift ihn sehr an. Wir hatten selbstverständlich gehofft, Sie würden rechtzeitig zum Gottesdienst hier sein, doch wie es scheint, war das nicht möglich?« Und sie sah Justine tief und bekümmert in die Augen.

»Nun, nun ...«, sagte Justine. Sie wären ganz gewiß zum Gottesdienst gekommen, sogar Duncan, hätte Meg nicht ausdrücklich geschrieben, sie sollten erst nach dem Mittagessen eintreffen.

»Am vierten Sonntag im Monat wacht er meist schon mit Kopfschmerzen auf«, fuhr Mrs. Milsom fort. »Er erträgt sie während der gesamten Dauer des Gottesdienstes, auch noch hinterher, und dann erst gesteht er ein, daß ich recht habe, und legt sich nieder. Er leidet furchtbare Schmerzen. Es handelt sich nicht um gewöhnliches Kopfweh.«

»Vielleicht versucht er es mal mit dem fünften Sonntag im Monat oder auch mit dem sechsten?« schlug Duncan vor.

Justine funkelte ihn an.

»Wo ist der geistliche Herr?« fragte Großvater Peck und machte es sich in seinem knarrenden Sessel bequemer.

»Großpapa! Dreh bitte dein –«

»Arthur ruht, Mr. Peck«, sagte Mrs. Milsom, und zwar in genau der richtigen, dünnen Stimmlage. »Auf Schwerhörige verstehe ich mich«, vertraute sie Justine an. »Mein Vater litt ebenfalls darunter. Im Alter brachte er es fertig, die Lobpreisung zu singen, wenn die Gemeinde den Choral anstimmte.«

»Ihr Vater war also ebenfalls Geistlicher?«

»Oh ja, ja. In unserer Familie waren alle Männer immer Geistliche.«

»Und Ihr Mann?«

»Der – nun, der war ... im Baugewerbe.«

»Aha.«

»Aber, wie schon gesagt, ich stamme aus einer Pastorenfamilie, und ich selber habe Heilkräfte.«

»Was Sie nicht sagen!« Duncan legte die Zeitschrift weg. »Sie heilen die Gläubigen?«

»Gewiß.«

Sie lächelte ihn aus den schwarzen, tümpelartigen Augen an. Nun trat Meg klirrend und klingelnd mit dem Tablett herein, und Justine verkrampfte sich schrecklich, denn sie selber würde jetzt unfehlbar Mrs. Milsoms schneeweißen Schoß bekleckern, auf dem Teppich stolpern und das Tablett hinwerfen. Sie vergaß ganz, daß Meg ebenso geschickt und selbstbewußt war wie ihre Tanten. Das Tablett wurde jedem anmutig präsentiert, und Mrs. Milsom verfolgte aufmerksam den Gang der Dinge, die Unterlippe zwischen den Zähnen. Auch sie war verkrampft, als wäre Meg ihre eigene Tochter. Dazu hatte sie kein Recht, das ging zu weit. Justine riß so heftig ein Glas Tee vom Tablett, daß der Teebeutel aufs Sofa flog, wo er von Duncan blitzartig mit der Zeitschrift zugedeckt wurde. »Der Tee ist süß, Mama«, flüsterte Meg.

»Wie bitte?« fragte Justine laut.

»Der Tee ist gesüßt.«

»Der Tee ist gesüßt«, bestätigte Mrs. Milsom. »Danke dir, liebe Margaret. Möchtest du nicht selber auch ein Glas?«

»Ich wollte eigentlich nachsehen, ob Arthur schon wach ist.«

»Ach, nein, meine Liebe, das halte ich nicht für angebracht.«

»Er sagte, ich sollte ihn wecken, wenn die Eltern da sind.«

»Wenn du ihn jetzt weckst, hat er auch morgen noch Kopfschmerzen, glaub mir. Ich kenne ihn.« Mrs. Milsom lächelte und patschte auf ihre Sessellehne. »Setz dich ein Weilchen zu uns.«

Meg hockte sich also neben Mrs. Milsom, und Justine wandte sich ihrem Tee zu, um diesen Anblick nicht ertragen zu müssen. Es war nun an dem, daß gesüßter Tee das einzige war, was sie nicht vertrug. Er würgte sie. Sie fühlte sich danach für den Rest des Tages krank. Trotzdem trank sie davon, wenn sie auch mit der Zunge nach den Eiswürfeln angelte, um den Zuckergeschmack zu mildern. Duncan, dem völlig egal war, was sein Glas enthielt, leerte es auf einen Zug und setzte es auf der polierten Tischplatte ab. »Du hast nun also dein Examen bestanden, Meggie«, sagte er.

Sie nickte. Ihr Haar reichte jetzt bis auf den Kragen, es sah eine Spur weniger adrett aus als früher. Vielleicht legte sie es darauf an, älter zu wirken.

»Und was kommt nun?« wollte Duncan wissen.

»Ich weiß noch nicht.«

»Wirst du dir eine Beschäftigung suchen?«

»Oh, Pastorenfrau ist Beschäftigung genug«, sagte Mrs. Milsom.

Duncan musterte sie. Justine bekam es schon mit der Angst, doch am Ende sagte er nur: »Ich meinte – nebenher.«

»Da gibt es kein Nebenher, glauben Sie mir. Ich weiß Bescheid. Ich bin Pastorentochter. Und bevor Arthur sich verheiratete, habe ich die Stelle der Pastorenfrau ausgefüllt: ich bin zu Teegesellschaften gegangen, habe am Nähzirkel teilgenommen, den Basar vorbereitet, Kuchen gebacken –«

»Deine Mutter kennt hier jede Menge Leute, die dir einen Job anbieten könnten, Meggie«, unterbrach Duncan. »Wie wäre es mit Pooch Sims, der Tierärztin?« Er wandte sich an Justine. »Die könnte doch bestimmt Hilfe gebrauchen?«

»Ach, Mr. Peck!« Mrs. Milsom lachte, und das Eis in ihrem Glase klirrte. »Das würde Margaret gewiß nicht wollen.«

Alle schauten auf Meg. Meg schaute in ihr Glas.

»Na. Meg, wie wär's?«

»Nein«, sagte Meg. »Das würde ich nicht wollen.«

»Vielleicht was anderes?«

»Ach, ich weiß nicht, Papa. Mutter Milsom hat recht. Ich habe schon eine Menge zu tun. Im Kindergarten der Gemeinde kümmere ich mich jetzt um die Kleinsten, dann muß ich Krankenbesuche machen und so.«

Justines Zähne wurden pelzig, und immer noch war ihr Glas nicht leerer. Sie war ganz wild auf was Salziges, Saures, sie gierte nach Essiggurke, Zitronenschale, wenigstens Kartoffelchips. Mrs. Milsom sah sie aber so vorwurfsvoll an, daß sie ihr Glas hob und einen Schluck nahm.

»Die Haupttätigkeit einer Pastorenfrau besteht natürlich darin, als Puffer zu dienen«, erklärte Mrs. Milsom. »Sie entscheidet, welche Besucher vorgelassen werden, erledigt die zeitraubenden Kleinigkeiten. Margaret kann schon ein Lied davon singen. Wir haben sie intensiv in die Lehre genommen. Arthur, müssen Sie wissen, ist zart. Er leidet unter Allergien. Und selbstverständlich unter seinen Kopfschmerzen.«

»Aber sagten Sie nicht, Sie hätten Heilkräfte?« fragte Duncan.

»O ja. Unsere kleine Gruppe kommt sonntags abends zusammen. Jeder ist willkommen. Diese Begabung habe ich von meinen Vater geerbt, der einmal einen Blinden sehend machte.«

»Ihr Vater war aber taub.«

»Gleichwohl besaß er die Gabe, Mr. Peck.«

»Ich wollte sagen –«

»Man muß die Gabe selbstverständlich pflegen, durch Gebet und festen Glauben. Das sage ich auch Arthur immer wieder. Ich spüre sehr genau, daß Arthur die Gabe hat. Wir arbeiten gemeinsam daran. Bisher war immer eine ... Art Widerstreben zu spüren, ich weiß nicht – nun, wir bemühen uns darum. Und gewiß werden wir Erfolg haben.«

»Wie steht's mit unserem Großvater?« fragte Duncan. »Der hätte Hilfe nötig.«

Mrs. Milsom zögerte.

»Könnten Sie ihm vielleicht die Hände auflegen? Sie täten uns damit einen großen Gefallen.«

»Nun, ich weiß nicht – ist es nervöse Taubheit, oder was?«

»Tja, wenn der Glaube nur ganz besondere Formen der Krankheit heilt ...«, sagte Duncan.

Meg und Justine wurden unruhig. Duncan lächelte sie breit und arglos an, was ihre Unruhe eher noch vergrößerte. »Aber lassen wir das«, sagte er. »Mein eigentliches Interesse gilt den Kopfschmerzen.«

»Kopfschmerzen, Mr. Peck? Leiden Sie ebenfalls daran?«

»Nein, Ihr Sohn leidet daran.«

»Mein Sohn ... ?«

»Arthur.«

»Oh, Arthur«, sagte sie begriffsstutzig.

»Sagten Sie nicht, Arthur leide an Kopfschmerzen?«

»Ja, selbstverständlich.«

Duncan betrachtete sie einen Moment ehrlich erstaunt. »Warum können Sie ihn nicht davon heilen?«

Mrs. Milsom schlang die Hände ineinander. Der Umriß ihrer Lippen wurde unscharf, die Augen füllten sich mit Tränen, die gewiß schwarz waren. Doch nein, als sie über ihre Wange rollten, waren sie durchsichtig und zogen weiße Spuren in die bleichen, eingefallenen Backen.

»Ach, Duncan«, sagte Justine. Aber was hatte er eigentlich so Schlimmes getan? Das begriff keiner, ausgenommen vielleicht Meg, die ihre Nase schnell ins Teeglas steckte. Mrs. Milsom richtete sich ruckartig auf und fuhr rasch mit je einem Zeigefinger unter je einem Auge her, flink wie ein Frosch mit der Zunge. »Haben wir für August nicht herrliches Wetter gehabt?« fragte sie.

»Es war wirklich ausnehmend gut«, sagte Duncan sanft. Und

er hatte sich wohl auch vorgenommen, bis zur letzten Minute vernünftig und höflich zu bleiben, denn mutwillig tat er niemandem weh. Leider langte gerade in diesem Moment Justine nach dem grünen Glasschuh mit den Drops – saure Drops! da standen sie ja vor ihrer Nase! Sie stopfte einen zitronengelben in den Mund, mußte aber sogleich erkennen, daß auch der aus Glas war. Unter den aufmerksamen Blicken der Umsitzenden fischte sie ihn mit Daumen und Zeigefinger heraus und legte ihn zurück in den Schuh aus grünem Glas, wo er etwas stärker glänzte als zuvor. »Und ich finde, es hätte mehr regnen können«, sagte sie in die interessierten Gesichter.

Duncan gab einen sonderbaren Laut von sich. Also würde er doch noch einen Anfall bekommen! Justine mußte stillsitzen wie eine Statue, mußte Würde bewahren für zwei, während Duncan von Zeit zu Zeit neben ihr auf dem Sofa gurgelte und fauchte wie eine Kaffeemaschine.

Als Arthur aufgestanden war (in seinem kurzärmligen Freizeithemd wirkte er blaß und zerknittert und absolut unzulänglich), zog man in den Garten um und bewunderte Mrs. Milsoms Blumenbeete. Anschließend begab man sich ins Gotteshaus, um die roten Läufer zu besichtigen, die erst kürzlich in den Gängen ausgelegt worden waren. Auf Zehenspitzen, mit ernsten Gesichtern wandelte man durch das hallende Schiff, sorgsam Abstand voneinander haltend, nur Duncan kniff Justine einmal, als er nicht merkte, daß Mrs. Milsom ihn beobachtete. Man war so rücksichtsvoll, so angestopft mit den allerbesten Absichten, so aufmerksam und gedämpft, daß sich allesamt erschöpft fühlten, als man Abschied nehmend um den schwarzen Ford stand. Gleichwohl nahm Mrs. Milsom tapfer die Tüte mit Maiskolben entgegen, und Arthur bestand darauf, ganz allein den schweren Schatz des Hochzeitssilbers aus dem Kofferraum zu heben. Gebückt unter seiner Ladung, die dürren Arme weit von sich gestreckt, taumelte er mit seiner Last vondannen. Meg blieb noch mit ihrem Stoß Hemdblusenkleider zurück.

»Wir sehen dich wohl bald«, sagte Justine. Die Enttäuschung setzte ihr schwer zu. Sie hatte sich eingebildet, dieser Besuch könnte auf irgendeine Weise die Dinge zurechtrücken, alles begradigen, was in der Familie schiefgegangen war, mindestens alles klären; sie hatte gehofft, sie würde sich getröstet damit abfinden können, wenn sie nur erst mal gesehen hätte, daß Meg sich eingelebt hatte und glücklich war. Sie hatte angenommen, man könne Sorge und Verantwortung abstreifen wie alte Haut und sich danach kühl und glatt und erleichtert fühlen. Megs Gesicht war aber so verkniffen, daß der Anblick Justine schmerzte. Megs angstvolle Blicke würde sie nie loswerden. »Möchtest du irgendwas, Meggie? Fällt dir was ein, was wir tun können – irgendwas?«

»Das mit dem Tee tut mir schrecklich leid«, sagte Meg.

»Was für Tee?«

»Ich habe ihr ausdrücklich gesagt, du magst keinen süßen Tee.«

»Ach das – das macht doch nichts, du Dummerchen.«

»Sie hat den Tee nach dem Mittagessen angesetzt, und ich sagte noch: ›Tu bitte keinen Zucker dran, Mama nimmt immer nur Zitrone‹, und sie darauf: ›Aber, aber, jeder trinkt gern süßen Tee, er ist so erfrischend.‹ Und ich –«

»Aber Meggie, was macht das denn schon.«

»Ich sagte, ich würde dann für dich ein Glas extra machen«, sagte Meg zu Duncan, »aber sie hat es nicht gern, wenn ich in die Küche komme.«

Duncan betrachtete sie prüfend. Großvater Peck strich über sein Kinn.

»Alles macht sie selber, sogar unser Bett. Angeblich kann ich das nicht richtig. Du hast mir nie beigebracht, daß man in die Ecken des Lakens einen Knoten macht, Mama.«

»Verzeih mir, mein Herzblatt.«

»Ich wollte euch heute zum Essen da haben, ich wollte selber für euch kochen. Ihr wißt, ich kann kochen. Jedenfalls einfache Mahlzeiten. Aus Fannie Farmers Kochbuch. Sie sagte, das ginge unmöglich, weil am Abend ihre Gruppe kommt, die Leute, die sie heilt. Und da braucht sie die Küche unbedingt ganz für sich. In der Gruppe sind lauter Alte und Kranke, die daran glauben, daß es ihnen hilft, und manchmal bringen sie auch jemand Neuen, und dann beten alle zusammen und halten sich an den Händen!«

»Und hilft es?« fragte Justine.

»Wie? Nein. Ich weiß nicht. Ich habe geglaubt, wenn wir erst verheiratet sind, wird alles ... hat alles seine Ordnung. Ich nahm an, wir würden endlich ... ich ahnte nicht, was hier alles vorgeht. Ich hielt sie für einen ganz normalen Menschen, nur eben, daß sie immer Weiß trägt. Von ihren Heilkräften wußte ich nichts. Arthur soll auch ein Heiler werden, und sie hat sogar meine Hand daraufhin angesehen, ob nicht auch ich vielleicht die Gabe hätte.«

»Und hast du sie?« fragte Justine.

»Aber Mama! So was würde ich doch nie im Leben mitmachen!«

»Na, ich weiß nicht. Es wäre mal was ganz Neues.«

»Ich will aber nichts Neues. Ich will ein ganz normales, glückliches Leben führen. Arthur kann sich gegen sie nicht durchsetzen. Er – na ja. Jetzt soll er seine Gabe fortentwickeln, weil sie meint, ihre Kräfte schwinden. Angeblich ihres Alters wegen. Bei den Zusammenkünften wird gebetet und geheult, daß man's im ganzen Hause hört. Sie ruft Gott in Erinnerung, was sie alles früher bewirken konnte. Einmal hat sie jemand während eines Herzanfalls geheilt.«

»Wirklich?«

»Sie sagt, sie muß noch soviel tun, daß man ihr die Gabe unbedingt lassen soll. Sie nennt es ungerecht. Sie sagt, überall warten Kranke auf sie, die Blinden und Bresthaften leiden schwer, aber sie wird nun ihrer Kraft beraubt und kann nicht mal den eigenen Sohn von seinen Kopfschmerzen heilen. Sie redet davon ununterbrochen, und jeder hört es. Daß ein paar Jahre vergangen sind, könnte doch kein Grund sein, ihr die Heilkraft zu nehmen!«

»Da hat sie recht«, meinte Justine.

Meg verstummte und sah sie eindringlich an. »Hörst du mir überhaupt zu?« fragte sie.

»Selbstverständlich höre ich zu.«

»Ich lebe hier unter lauter Verrückten.«

»Dann geh doch fort«, sagte Duncan.

»Ach, Duncan«, sagte Justine. Und zu Meg: »Vielleicht könntest du ... sieh es mal so an: du hast Weisungen bekommen, mußt alle möglichen Aufträge ausführen, Aufforderungen befolgen, Aufgaben lösen, damit du am anderen Ende als ein veränderter Mensch zum Vorschein kommst. Du lebst mit einer Heilerin. Mach dir das zunutze. Ich habe nie mit einer Heilerin zu tun gehabt.«

»Das ist alles, was du deiner Tochter zu sagen hast?« schnaubte Duncan. »Hinnehmen, was kommt? Durchhalten? Sich anpassen?«

»Nun –«

»Was würde aus den Menschen, wenn alle das tun wollten?«

Justine zögerte.

»Laß nur, Mama«, sagte Meg, »eigentlich wollte ich davon gar nicht anfangen.«

Da stieg Justine denn ins Auto, aber ungeschickt und immer wieder über die Schulter blickend, denn so vieles schien ihr noch ungeklärt. Wieder nagte etwas an ihr, aber was das sein mochte, konnte sie beim besten Willen nicht sagen. Es kam ihr vor, als hätte sie irgendwas verlegt, etwas Wichtiges, das ihr keine Ruhe lassen würde, bis sie es endlich gefunden hätte. Doch rutschte sie nur auf ihrem Sitz nach vorn und rief durchs Fenster: »Meggie!«

»Was ist denn?«

»Falls du mich für einen Basar nötig hast, brauchst du mir nur Bescheid zu sagen. Ich komme gern und lege Karten.«

»Schönen Dank, Mama.«

»Du weißt, ich habe hier noch eine Menge Kunden.«

»Das ist wirklich nett von dir, Mama.« Justine merkte aber, daß ihr Vorschlag nicht war, was Meg gern gehört hätte. Sie hätte etwas Handfestes, Einfaches anbieten sollen – nicht noch eine weitere Gabe des Himmels.

Als man in Caro Mill eintraf, war es dunkel, die Straßen wirkten trostlos und verlassen. Geöffnet war jetzt nur noch das Schnellrestaurant, gespenstisch erleuchtet und leer bis auf die Schwarze Emma, die den Tresen scheuerte. »Wir könnten eben noch Kaffee trinken«, schlug Justine vor, doch der Wagen glitt vorüber und weder Duncan noch der Großvater antwortete ihr. (Keiner von beiden hatte auf der Heimfahrt ein einziges Wort gesprochen. Einzig Justine schwatzte pausenlos, bis sie sich schließlich selber fragte, ob sie je aufhören werde.) »Duncan? Könnten wir nicht auf einen Kaffee hineingehen?«

»Wir haben Kaffee im Haus.«

»Ich mag nicht nach Hause. Ich habe so ein sonderbares Gefühl. Es wäre mir sogar recht, die ganze Nacht anderswo zu bleiben. Duncan?«

Er aber sagte nur: »Halte durch!« und bog scharf in die Uhrmacherstraße ein. Sie schaute ihn blinzelnd an.

Vor dem Haus saßen sie alle drei bei abgeschaltetem Motor und gelöschten Scheinwerfern ein Weilchen reglos, starrten durch die Windschutzscheibe, als befänden sie sich auf einer dunklen, lautlosen Fahrt. Dann legte Justine die Hand auf den Arm des Großvaters. »Wir sind da.«

»Eh?«

Er stolperte aus dem Wagen, ließ die Tür unschlüssig hinter sich zufallen, und Justine rutschte hinter Duncan her über den Fahrersitz nach draußen. Im Gänsemarsch näherten sie sich zwischen hochaufragenden, raschelnden Maisstengeln dem Haus. Vor der Veranda kamen sie zum Stehen. Auf den Stufen entfaltete sich eine schattige Gestalt. »Eli!« rief Justine.

»Eh?« fragte der Großvater.

Und Duncan sagte: »Sieh an, Eli. Und was haben Sie Schönes für uns?«

»Caleb Peck«, sagte Eli.

13

Eli Everjohn nahm viel Milch in seinen Kaffee, er bevorzugte Kuchen anstelle von Salzstangen und saß auf dem dreibeinigen Küchenhocker durchaus bequem. Das alles mußte klargestellt werden, bevor man seinen Bericht anhören wollte.

»Jetzt hören Sie mal«, sagte er, »so hören Sie mir doch zu! Vom ersten Moment an ist mir aufgefallen –«

Justine unterbrach – ob sie nicht seinen Hut aufhängen solle? Ob er es nicht in Hemdsärmeln kühler habe? Und der alte Herr Peck umkreiste ihn unermüdlich und hatte seinerseits Vorschläge parat. »Ich glaube, ich hole lieber mein Notizbuch, Justine.«

»Ja, Großvater, unbedingt.«

»Mir scheint, das Fliegenfenster ist kaputt, oder wo kommen die Mücken her?«

»Ich hole die Fliegenklatsche.«

»Laß nur, laß nur. Mr. Everjohn hat uns etwas mitzuteilen.«

Doch als Eli ansetzen wollte, unterbrach ihn Justine wieder. »Moment noch, den ganzen Tag schon bin ich verrückt auf was Saures. Fangen Sie nicht ohne mich an.«

»*Justine!*« sagte Duncan.

Eli Everjohn war ein geduldiger Mensch. (Das verlangte der Beruf.) Immerhin hatte er von diesem Augenblick schon seit einiger Zeit geträumt. Er war eigens am Sonntagabend herübergekommen, um die gute Nachricht zu bringen, übrigens auch weil er meinte, wenn er sie bis Montag früh für sich behielte, müßte er platzen. In knapp drei Monaten hatte er bewältigt, was eine ganze Familie 61 Jahre lang nicht fertiggebracht hatte. Eine glänzende Aufklärung war gelungen, und davon wollte er auf seine langsame, eigentümliche Weise berichten, damit jedermann bewundern konnte, wie ein Anhaltspunkt zum anderen führte, ein Weg in den anderen mündete, wie klaffende Abgründe durch phantasievolle Sprünge überwunden worden waren. Echte Detektivarbeit war eine Kunst. Aufspüren war eine Kunst. Er war der Familie Peck sehr dankbar, daß sie ihm den Auftrag gegeben hatte. (Würde er sich je wieder damit zufriedengeben können, Hochzeitsgeschenke zu bewachen oder als vorgeblicher Zeitungsleser vor Schönheitssalons zu lauern?) Er räusperte sich also, er schob die Kaffeetasse ein Stück von sich, er knetete seine langen Finger auf dem Tisch, und er begann, wie er sich vorgenommen hatte. »Vom ersten Moment ist mir aufgefallen, daß alle Berichte über Caleb Peck etwas Gemeinsames enthielten.«

»Sie müssen schon lauter sprechen«, sagte der alte Herr.

»Richtig. Entschuldigen Sie. Also: Vom ersten Moment –«

»Justine, meine Batterie ist, glaube ich, leer.«

»Werdet ihr den Mann jetzt endlich zu Worte kommen lassen!« verlangte Duncan.

Es endete also damit, daß Eli schließlich der Geduldsfaden riß, daß er mit allem auf einmal herausplatzte und die Wirkung verdarb, die er sich ausgemalt hatte. »Mr. Caleb Peck«, sagte er, »befindet sich in Box Hill im Bundesstaat Louisiana, bei Leben und Gesundheit.«

Vom ersten Moment war Eli aufgefallen, daß alle Berichte über Caleb Peck etwas Gemeinsames enthielten: er war ein musikalischer Mensch. Für die Familie war das eine Einzelheit, vergleichbar seiner Augenfarbe oder seiner Angewohnheit, einen Panamahut auch noch ein wenig außerhalb der Saison zu tragen. Aber für Caleb selber mochte dieser Umstand mehr bedeuten. Eli ging immer wieder alles durch, was man ihm gesagt hatte. Er verrannte sich in einige Sackgassen. Er sah die Liste der Absolventen einiger Musikakademien durch, auch die des Peabody Institute in Baltimore. Er prüfte die alte Plattensammlung daraufhin, ob sie Wiedergaben von Solisten enthielt, die Caleb aufgesucht haben könnte. Er erkundigte sich nach Calebs Klavierlehrerin – vielleicht war sie jung und hübsch gewesen? Vielleicht hatte ihn jemand zum Erlernen jener Czerny-Etüden inspiriert, die Eli auf dem Klavier im Salon des alten Herrn Peck entdeckte? Aber nein, der Czerny habe Margaret Rose gehört, sagte Mr. Peck. Caleb habe an Czerny kein Gefallen gefunden. Er sei in Wahrheit von den Klassikern nicht sehr angetan gewesen. Und Musikunterricht habe er überhaupt nie gehabt. Er habe nur die Geigenfibel von Billy Pope besessen und eine Anweisung für das Spielen von Holzblasinstrumenten (die damals wirklich noch aus Holz waren – denken Sie an die alte Ebenholzflöte in Calebs Schlafzimmer). Und Lafleur Boudrault habe ihn Ragtime auf dem Klavier gelehrt.

»War Lafleur Boudrault zufällig jung und hübsch?«

Lafleur Boudrault war der kreolische Gärtner und alles andere als hübsch, er hatte auf einer Wange eine lange Narbe und einen nervösen Tick im Auge. Längst verstorben übrigens. Seine Frau Sulie hatte ihn überlebt. Und im übrigen wäre aus dem auch nichts herauszuholen, er war ein verquerer Mensch.

Eli reiste noch einmal nach Baltimore, diesmal um Sulie aufzusuchen, die mit ihrem Staubtuch auf dem Dachboden wedelte. Seit neuestem beschränkte sie sich aufs Abstauben. Das Staubtuch ließ sie nie aus der Hand, wenn sie schlief, mußte man es ihr entwinden, so wie man einem Kind die Decke entwinden muß, will man es waschen. Ihr Staubwischen war überdies nutzlos, denn nie staubte sie Möbel ab, die das weiß Gott nötig gehabt hätten – lauter Schnitzereien, Blätter und Beeren, Ritzen und Kanten –, sondern sie wischte nur, wo es nicht zählte: die Unterseite von Schubladen, die Rückseite von Gemälden und nun auch noch die alten Reisekoffer und Kartons auf dem Boden, und das seit Wochen und Wochen. Man konnte es ihr nicht ausreden. Man hätte sie gern mit einer kleinen Pension weggeschickt. Hatte sie nicht irgendwo Familie? Da war doch mal eine Tochter gewesen? Sulie lachte aber nur, schroff und kurz. »Jetzt wollt ihr mich loswerden. Ausgerechnet jetzt.« Oh ja, sie war nicht richtig im Kopf, kein Zweifel. Immerhin. Eli suchte jemand, der mit Caleb gleichaltrig war, und die Auswahl war gering. Er erklomm die steile, nach Fichtenholz riechende Stiege zu Lauras Dachboden, stieß erst mit dem Kopf, dann mit den Schultern und endlich mit dem ganzen in Wolle gekleideten Körper in eine Hitze vor, die geradezu flüssig schien, und geriet schließlich in einen dumpf pochenden Dunst. Er schwamm zwischen wildverzierten Sturmlampen aus Porzellan, schiefstehenden Porträts, wie Holz gestapelten Teppichen einer Gestalt entgegen, die unermüdlich eine leere Seifenkiste abstaubte und in dem durch Schlitze einfallenden Licht kaum auszumachen war.

»Sind Sie Mrs. Sulie Boudrault?« fragte er. Sie nickte, ohne aufzublicken, und fuhr fort, vor sich hin zu summen und abzustauben.

»Die Witwe von Lafleur Boudrault?«

Sie nickte.

»Wissen Sie zufällig, wo Mr. Caleb Peck geblieben ist?«

Da hörte sie auf abzustauben.

»Ich hab' schon gedacht, danach würde nie mehr jemand fragen.« Sie hieß ihn auf ein Faß niedersitzen und nahm selber auf einem Stapel Zeitschriften Platz, das Staubtuch mit spitzen Fingern im Schoß haltend. Sulie war zierlich, hatte gelbe Augen und straffe Haut. Sie redete deutlich, und was sie sagte war einleuchtend. Sie trug alles ordentlich der Reihe nach vor. Kein Wunder – schließlich hatte sie sich die Dinge ein halbes Jahrhundert lang zurechtlegen können.

»Als Mr. Caleb uns verlassen hatte«, begann sie, »da fragte ich Lafleur: ›Lafleur, was machen wir jetzt?‹ Ich wußte nämlich, wohin er gegangen war, aber ich wollte das keinem verraten. ›Soll ich lügen?‹ fragte ich Lafleur. ›Das wirst du nich brauchen‹, meinte er, ›diese Menschen hier kommen gar nich auf den Gedanken, du könntest was wissen, die fragen dich erst gar nich.‹ Das konnte ich nich glauben. Ich wartete, daß die alte Mrs. Laura mich so ulkig ansehen würde, vor der mußte ich mich am meisten in acht nehmen. Der alte Mr. Justin Eins, der konnte sich nich rühren, er hätte wohl auch nich gewollt, aber Mrs. Laura hatte so große Angst vor ihm, daß sie es für ihn getan hätte, und auch noch mehr als das. Sie war vor Angst schon richtig gemein und rachsüchtig geworden. Hüte dich vor Mrs. Laura, sagte ich mir, und ich paßte auf, ich legte mir zurecht, wie ich antworten wollte, falls sie mich fragte. Aber sie fragte nich. Überhaupt nich. Sie hätte doch fragen können, weißt du noch, ob du Mr. Caleb sein Frühstück gebracht hast an dem bewußten Tag oder so was, aber nein. Nichts.«

Sulie breitete ihren Rock um sich her – ein langes, schmales, weißliches Gebilde mit Lochstickerei, das ihr bis zur halben Wade reichte; an den Füßen trug sie grobe Arbeitsschuhe. Sie sah versonnen vor sich hin, wühlte plötzlich in der Rocktasche und brachte zerbröselte Plätzchen zum Vorschein. »Hier, probieren Sie mal«, sagte sie.

»Besten Dank, Mrs. Boudrault«, sagte Eli.

»Also sie fragte nich. Nie. Und von den anderen auch keiner. Es dauerte eine Weile, bis ich merkte, daß sie nie auf den Gedanken kommen würden, mich zu fragen. ›Das finde ich aber doch allerhand‹, sagte ich schließlich zu Lafleur. Er sagte bloß: ›Hab ich dir doch gesagt. Die denken, wir wissen überhaupt nichts.‹ Da gingen mir die Augen auf. So war das also. Und ich nahm mir vor, solange ich nich rundheraus gefragt wurde: weißt du was, Sulie? so lange wollte ich nichts sagen. Mrs. Laura hätte ich freiwillig nich mal die Tageszeit geboten. 46 Jahre hat sie noch gelebt, nachdem Mr. Caleb fortgegangen is, und kein einziges Wort mehr habe ich mit ihr gesprochen. Gemerkt hat sie natürlich nichts davon. Sulie ist verstockt, hat sie gesagt. Und um das zu merken, hat sie fünf Jahre gebraucht.«

Eli war mit dem Plätzchen fertig und stäubte die Hände ab. Aus der Tasche nahm er jetzt den Spiralblock und den Filzschreiber und schlug ein Blatt um.

»Also«, sagte Sulie und erhob sich, als wollte sie ein Gedicht aufsagen.

»Mr. Caleb war ein musikalischer Mensch«, begann sie.

»Davon habe ich schon gehört.«

»Er mochte beinahe alle Musik, am liebsten aber Negermusik. Auf Ragtime war er ganz wild, und was Lafleur so auf dem Klavier klimperte, das schrieb er alles auf. Er wollte immer alles von den Musikern in New Orleans hören, wo Lafleur ja herkommt. Lafleur hat da unten was pexiert, er konnte nich mehr zurück, aber er erzählte immer gern von den Klavierspielern in Storyville und was da alles losgewesen war. Vergessen Sie nich, das alles is lange, lange her. Und damals wußte kaum wer von diesen Sachen.

Dann kam die schlechte Zeit, und Miss Maggie Rose ging von uns weg. Ich mußte zu Mr. Daniel ins Haus ziehen und mich um diese armen Würmer kümmern. Damals war ich erst halb erwachsen, eben erst mit dem alten Lafleur verheiratet. Viel wußte ich noch nich vom Leben, aber ich merkte doch, Mr. Caleb, das war ein Stiller, der vielleicht mal ein bißchen mehr trank als unbedingt nötig. Aber daß er fortgehen könnte, war mir nie eingefallen. Einen Abend kam er runter in den Keller und klopfte bei mir und Lafleur und sagte zu ihm: ›Lafleur, in der Kneipe is ein Bursche, der will nach New Orleans.‹

›Was Sie nich sagen‹, sagte Lafleur.

›Der will mich mitnehmen.‹

›Wirklich?‹

›Und ich überleg es ernstlich.‹

›Na ja, warum nich‹, sagte Lafleur.

›Für dauernd. Ohne Vorankündigung.‹

Da haben wir das aber noch nich ernst genommen. Er erkundigte sich bei Lafleur, wo er unterkommen könnte, und Lafleur nannte ihm eine Pension für Weiße, ganz nah bei seiner Schwester, die da auch wohnt. Mr. Caleb hat sich das auf einen Zettel geschrieben und den sorgfältig verwahrt. Wir dachten uns nichts dabei. Am nächsten Morgen holt er sich sein Frühstück in der Küche. Das tat er manchmal. ›Jetzt mach mir mal richtig was zurecht, Sulie, auf leeren Magen reist sich's nich gut‹, sagte er. Und ich denke, er meint, er will in die Stadt. Ich mache ihm Pfannkuchen, stelle sein Frühstück hin, und als er fertig is, bedankt er sich höflich und geht weg. Seitdem hab ich ihn nich mehr gesehen.« Sie betrachtete ihre Fingernägel, die gelb waren und Rillen hatten wie alte Klaviertasten.

»Darf ich Sie um die Adresse der Pension in New Orleans bitten«, fragte Eli.

»Aber gern.« Und sie buchstabierte ihm Namen und Adresse, langsam und deutlich, denn seit Jahren hatte sie sich das aufgespart für diesen Moment, und er schrieb alles auf seinen Block. Dann wurde sie ganz abwesend, und Eli glaubte schon, sie hätte ihn vergessen. Er stand behutsam auf und ging auf Zehenspitzen zur Bodentreppe. Schon hatte er den einen Fuß in die etwas kühlere untere Region getaucht, da rief sie hinter ihm her: »Mr. – wie heißen Sie gleich!«

»Ja, bitte?«

»Wenn Sie mal erzählen, wie Sie ihn gefunden haben, vergessen Sie nich zu erwähnen, daß Sulie die ganze Zeit wußte, wo er is.«

Eli hatte nun also eine Adresse, aber die lag 61 Jahre zurück. Allzuviel durfte er sich davon nicht erwarten, das war ihm klar. Noch am gleichen Abend flog er nach New Orleans und ließ sich mit einer Taxe dorthin fahren, wo 1912 eine Pension gestanden hatte. Jetzt sah er nur einen Supermarkt, gespenstisch blau erleuchtet, ringsum asphaltierter Parkplatz. »Da brauchen wir nicht zu suchen«, sagte er zu dem Taxifahrer.

Eli stieg in einem kleinen Hotel ab und rief trotz der späten Nachtstunde sämtliche im Telefonbuch verzeichneten Pecks an. Keiner hatte einen Vorfahren namens Caleb. Er legte sich zu Bett und schlief tief und traumlos. Tags darauf machte er sich zu Fuß an die Arbeit. Er suchte sich einen Weg durch verdächtige Hinterhöfe, unter Balkons mit Gittern wie Klöppelspitze, vorbei an versteckten Springbrunnen, leprösen, schuppigen Stuckornamenten, monströsem Wildwuchs und immergrünen Eichen mit Bärten von hängendem Moos, durch überraschende Inseln von Licht, in denen die Luft wie bunte Schleier wob. Er wanderte umdüstert durch amtliche und nicht-amtliche Archive, die Hände in den Taschen, den skeptischen Blick auf vergilbte Notenblätter gerichtet, auf Zeitungsausschnitte, alte Speisekarten, Hausordnungen unter Glas, auf Schaukästen voll alter Blasinstrumente, die offenbar im Ramschladen gekauft worden waren. Abends besuchte er Lokale, betrachtete vergilbte Fotografien an den Wänden und Handzettel, die vor vielen Jahren am Unabhängigkeitstag verteilt worden waren, er zwängte sich zwischen Tischen hindurch und zuckte zusammen, wenn Schlagzeug und Trompeten loslegten. Nirgendwo ein Caleb Peck, nirgendwo das steife, altmodische Gesicht eines weißen Mannes oder auch nur ein Panamahut.

Elis Frau rief an, sie klang am Telefon mürrisch, weil es so heiß war. »Hier ist es noch heißer«, sagte er. »Und du müßtest mal das Ungeziefer sehen.« Das machte ihr keinen Eindruck, er sollte gefälligst heimkommen. Was hatte er da unten überhaupt zu suchen?

»Eine Woche noch«, tröstete er sie. »In einer Woche hab' ich die Sache geklärt.« Das war am 18. August. Und obwohl er nicht einen einzigen neuen Anhaltspunkt gefunden hatte, spürte er doch eine gespannte Erregung.

Jetzt beobachtete er die grellbunten Touristen mit den Sonnenbrillen, die so aussahen, als wüßten sie was, was er nicht wußte. Alle besaßen Adressen von völlig obskuren Personen: gichtigen Saxophonisten, Klarinettisten, ehemaligen Angestellten der Streckfuß Excursion Lines, Enkelinnen von Buddy Boldens Freundinnen. (Und wer, bitte, war Buddy Bolden?) Eli schlüpfte hinter ihnen durch schmale Türen in verkommene, schmuddelige Salons, in Kneipen oder Schlafzimmer. Manchmal wies man ihn hinaus, dann wieder blieb er unbeachtet. Manchmal stellte er Fragen, sämtlich deplaciert.

»Haben Sie jemals einen Jazzcellisten gekannt?«

»Gab es eigentlich auch gute Musiker aus Baltimore?«

»Wo waren Sie im Frühjahr 1912?«

Sein Blick wurde von alten trüben Augen erwidert, doch nie waren sie alt genug. »1912? Glauben Sie vielleicht, daß ich so'n Gedächtnis habe?«

Pecks hatten unmerklich eine Veränderung an Eli bewirkt. Auch er rechnete jetzt lässig mit Jahrzehnten, hielt es für unter seiner Würde, pedantisch zu sein. Und es ärgerte ihn, daß seine Mitmenschen nicht ebenso dachten.

Die Tage waren schon schlimm, es ging mächtig über die Füße her, aber die Nächte! Anscheinend gab es unendlich viele Clubs, Cafés, Bars, Tanzdielen, Striptease-Lokale, und was sich da Musik nannte, klang in seinen Ohren alles gleich: chaotisch. Eli glitt in Lokale und wieder hinaus, wich vor der Forderung nach Eintrittsgeld zurück, wehrte Kellner und Serviererinnen ab. Ging es nicht anders, bestellte er Dr. Peppers Magentrost, doch meist war er schon draußen, bevor es dazu kam. Wo es nach Erfolg aussah, fühlte er sich entmutigt, er suchte das Versagen, das primitive kleine Café, denn Caleb, das stand jetzt für ihn fest, Caleb mußte ein Versager gewesen sein. Was er am Ende auch vollbracht haben mochte, in dieser Stadt jedenfalls hatte er keine Spuren hinterlassen.

Er suchte in Bars, die nach morschem Holz rochen, mit Namen wie ›High Note‹ oder ›Sportin' Life‹, wo ein paar Musiker teilnahmslos und nachlässig spielten. In einer Kneipe sang ein Neger zur Gitarre:

My train done left, Lord, done left me by the track,
My train done left, Lord, done left me by the track.
Tell the folks in Whisky Alley
I ain't never coming back . . .

Eli schüttelte den Kopf. An einem Betrunkenen vorbei gelangte er nach draußen auf den Bürgersteig, wo er sich unter die Touristen mischte, die in der fettigen, neondurchleuchteten, knoblauchhaltigen Nachtluft promenierten.

Am folgenden Morgen war er ungewöhnlich zeitig auf. Er frühstückte in einem Café unweit der Kneipe, die er abends zuletzt besucht hatte, und schlenderte an den Lokalen vorbei, die jetzt alle geschlossen waren. Ein Mann mit Schürze fegte den Eingang zu einem Striptease-Lokal, das bei Tageslicht direkt gemütlich wirkte. »Kennen Sie die kleine Bar da hinten? ›Easy Livin'‹ heißt sie ja wohl«, fragte Eli.

»Weshalb?« fragte der Mann blinzelnd.

»Wann wird sie aufgemacht?«

»Frühestens am Abend. Da müssen Sie schon noch etwas warten, Freundchen.«

»Schönen Dank.«

An diesem Vormittag stöberte er nicht mehr in den Archiven des Jazz herum. Er kaufte eine Zeitung und setzte sich damit in die Anlagen. Er trank manchmal Kaffee und aß dazu einen glasierten Krapfen. Als die Kinos aufmachten, suchte er nach Filmen mit Jimmy Stewart. Den bewunderte Eli nämlich sehr.

Gegen sechs bestellte er an einem Kiosk Rühreier, trank Kaffee und aß dazu Apfeltorte mit Eiscreme. Anschließend machte er sich auf den Weg nach dem ›Easy Livin'‹ – zu Fuß, denn es war nicht weit. Er ließ sich Zeit. Beim Gehen nickte er mehrmals nachdrücklich mit dem Kopf und zeigte eine wohlwollende Miene, etwa so, wie Jimmy Stewart getan haben würde. Am Ziel angekommen, rückte er den Schlips zurecht, bevor er die Tür öffnete.

Im Lokal war es schummrig, obschon draußen noch Tag war. Es gab eine Bar mit Messinghandlauf, mehrere verschrammte Tische, hinten im Raum eine hölzerne Plattform für die Unterhaltungskünstler. Gäste waren im Moment keine da. Hinter der Bar stand ein Junge, und auf der Plattform war der Neger, der nachts zuvor zur Gitarre gesungen hatte. Er hockte am Boden und verlegte da wohl ein Kabel. Als Eli zu ihm trat, schaute er nicht einmal auf.

»Ich möchte gern Näheres über eine Ihrer Nummern wissen«, sagte Eli.

Der Sänger richtete sich grunzend auf, erhob sich und staubte die Hosen ab. »Dieses Lokal ist keiner von den berühmten Jazzkellern, da müssen Sie anderswo hingehen.«

»Ich meine eine Ihrer Nummern von gestern nacht.«

»Das war bloß ein Blues.«

»Aha.« Eli sah da keinen Unterschied. Er überlegte. Der Sänger betrachtete ihn, die Hände in die Hüften gestemmt. »Also, was ich meine, das ist so ein Lied . . .«

»Welches?«

»So was mit einem Eisenbahnzug.«

»Eisenbahn kommt in allen Liedern vor«, versetzte der Neger geduldig.

»Von Whisky Alley war auch die Rede.«

»Mm-hmm.«

»Erinnern Sie sich?«

»Ich hab's doch gesungen, oder?«

»Wissen Sie, von wem das ist?«

»Woher sollte ich das wohl wissen?« erwiderte der Neger und sagte dann ganz plötzlich: »Stringtail Man.«

»Wer?«

»Dem Stringtail Man.«

»Na, und wer war das?«

»Das weiß ich doch nich. Ein Weißer jedenfalls.«

»Der muß doch aber einen Namen gehabt haben«, bohrte Eli.

»Nee – nie gehört, daß er einen hatte. Ein Weißer mit 'ner Fiedel.«

»Fiedel – ist das im Jazz nicht etwas merkwürdig?«

»Blues«, berichtigte der Neger.

»Also für den Blues.«

»Ich weiß nich mehr, als ich Ihnen schon gesagt habe.« Und doch ging er nicht weg, er rückte sogar näher an Eli heran. »Dieser Stringtail Man, das is Jahre her, das war lange vor meiner Zeit. Er war der Blindenhund von White-Eye, dem alten farbigen Gitarristen, der auf der Straße spielte. White Eye war blind, und der Fiedler führte ihn. Wenn er selber spielte, dann is die Musik ihm bißchen in die Knochen gefahren, dann hat er angefangen, so zu hopsen. White-Eye hörte ihn erst hier spielen und dann da, und manchmal, wenn die Musik so richtig schnell ging und Stringtail Man dazu hopste, dann war er überhaupt weg. Deshalb hat White-Eye sich mit einem Strick am Gürtel vom Fiedler festgebunden, und der wurde von da ab Stringtail Man genannt. Das kann Ihnen hier jeder erzählen.«

»Aha.«

»Wie kommen Sie gerade auf den?«

»Tja, wissen Sie, früher hat es am Hafen von Baltimore eine Kneipe gegeben, die hieß Whisky Alley.«

»Na und?«

»Sie wissen wohl nicht zufällig, wo dieser Stringtail Man herstammte?«

»Nee.«

»Und was ist mit White-Eye?«

»Der auch nich.«

»Nein, ich meine, wie hieß er richtig? Hatte der keinen Namen?«

»White-Eye. White-Eye. White-Eye – Ramford!« Er schnippte mit den Fingern. »Toll, daß ich mich daran erinnert habe.«

»Ich bin Ihnen sehr verbunden.« Eli grub in seiner Hosentasche. »Darf ich Sie zu Dr. Peppers Magentrost einladen?«

Der Sänger betrachtete ihn eindringlich. »Nein, Kleiner«, sagte er schließlich.

»Also dann – vielen Dank noch mal.«

»Keine Ursache.«

Am folgenden Mittag hatte Eli sämtliche Ramfords angerufen, die im Telefonbuch standen. Er war auf eine Urenkelin von White-Eye gestoßen, die Kellnerin war, die hatte ihn ins Alters- und Pflegeheim für farbige Bürger zu Mrs. Clarine Ramford Tucker geschickt, und anschließend war er auf dem Baptistenfriedhof in einer morastigen Gegend vor der Stadt gelandet. Der Anblick von Abel Ramfords bröckelndem Grabstein, ein gotischer Spitzbogen über einem eingesunkenen, offenbar seit Jahren nicht mehr gepflegtem Grab, das unter wucherndem Unkraut schier verschwunden war, gab Eli zu denken, und so stand er denn längere Zeit schweigend, den Hut in der Hand und überlegte, ob er nun am Ende seiner Nachforschungen angelangt sei. Dann aber faßte er neuen Mut und suchte den Friedhofswärter auf, von dem er erfuhr, daß, soweit bekannt, nie jemand das Grab von Mr. Ramford besuchte, daß aber jedes Jahr zu Allerheiligen ein Gebinde weißer Nelken für dieses Grab angeliefert werde, und zwar von der renommierten Blumenhandlung Altona.

Die Firma Altona bestätigte, jawohl, man habe einen entsprechenden Dauerauftrag, ein Dutzend weiße Nelken für diesen entlegenen Negerfriedhof, Rechnung nach Box Hill in Louisiana, an einen gewissen Mr. Caleb Peck.

Dies war am Samstag, dem 25. August. Eli hatte für seine Suche genau 81 Tage gebraucht.

Da man ihm untersagt hatte, sich Caleb in Person zu nähern (»Das behalte ich mir selber vor«, hatte der alte Herr gesagt), kehrte Eli ohne den Beweis des eigenen Augenscheins zurück, doch reichte es ihm völlig, die Verblüffung des alten Herrn mitanzusehen, als er in Justines Küche Bericht erstattete.

»Wie? Was?« fragte Daniel Peck immer wieder, auch wenn er ganz offenbar jedes Wort verstanden hatte. Er umkreiste unermüdlich den Tisch und knetete dabei die Finger, als wären sie ihm kalt. »Ich verstehe nicht.«

»Er ist in Louisiana, Großvater.«

»Aber – da haben wir doch überhaupt nicht gesucht, oder irre ich, Justine?«

»Wir wußten doch nichts davon.«

»Das ist uns überhaupt nicht eingefallen«, sagte Mr. Peck. »Louisiana ist genau der Staat, den man aufzuzählen vergißt, wenn man alle Staaten der Union nennen soll. Und weshalb muß es ausgerechnet Louisiana sein?«

»Eli sagt –«

»Der Sulie habe ich nie über den Weg getraut.«

»Das stimmt nicht, Großvater. Du hast dich immer auf sie verlassen.«

»Sie hat die Situation ausgenutzt. Falls wir sie wirklich nicht gefragt haben sollten – und ich kann das keinen Moment glauben! –, so war das ein Versehen. Reiner Zufall! Wie lange will man uns eigentlich den kleinsten Irrtum, das geringste Versehen vorhalten?« Er runzelte die Stirn gegen Eli. »Sie behaupten also, Caleb sei ein –«

»Fiedler. Ja.«

»Ich verstehe kein Wort.«

»Fiedler.«

»Ja, schon, aber ...«, er wandte sich an Justine. »Das ist doch absolut unverständlich.«

»Hast du nicht selber immer gesagt, er sei so musikliebend gewesen?«

»Das muß ein anderer Caleb sein.«

»Nein, Sir!« Eli setzte sich mit einem Ruck auf. »Oh nein, Mr. Peck. Er ist der richtige.«

»Wer soll es sonst sein«, sagte Duncan.

»Ich käme doch nicht zu Ihnen, wenn ich meiner Sache nicht ganz sicher wäre.« Eli faßte in die Brusttasche und brachte den Block zum Vorschein, mit all seinen zerknitterten, am Rande umgebogenen Blättern. »Ich habe diesen Caleb Peck überprüft. Hören Sie bitte zu: Caleb Justin Peck, geboren 14. Februar 1885 in Baltimore, Maryland. Wer könnte das wohl anders sein?«

»Woher wissen Sie das alles? Habe ich nicht gesagt, Sie dürfen nicht mit ihm sprechen?«

»Ich habe im Altersheim angerufen und mit einer Pflegerin gesprochen.«

»Altersheim?«

Eli blätterte in seinem Block zurück. »Altersheim Immergrün, Hamilton Street 213, Box Hill, Louisiana.«

Mr. Peck ertastete hinter sich einen Stuhl und ließ sich sehr behutsam darauf nieder.

»Wenn du auch nur ein einziges Wort von der Wette sagst, bringe ich dich um, Duncan, eigenhändig«, flüsterte Justine ihrem Mann ins Ohr.

»Ich hatte nicht die Absicht.«

Eli schaute verwirrt von einem zum anderen.

»Selbstverständlich lebt er nicht in jenem Altersheim, nicht wahr?« stellte Mr. Peck fest.

»Selbstverständlich lebt er dort.«

»Er wohnt vielleicht in der Nähe. Er besucht vielleicht einen Bekannten, der dort lebt.«

»Er gehört zu den Insassen.«

»So?«

»Zimmer 19.«

Mr. Peck strich sein Kinn.

»Tut mir leid«, bemerkte Eli, der bisher in dieser Richtung überhaupt noch nicht gedacht hatte.

»Mein Bruder ist also im Altersheim.«

»Da hat er es bestimmt –«

»Mein eigener Bruder.« Plötzlich schoß er gegen Duncan eisblaue Blicke. »Du bekommst ja nun deinen Whisky, oder was es schon war.«

»Ach, Großvater«, sagte Duncan nur. Er wirkte irgendwie matt, überhaupt nicht wie er selber.

»Also dann«, sagte Mr. Peck. »Also dann muß Caleb *alt* sein!«

Niemand sagte etwas.

Mr. Peck rechnete nach. »88 Jahre ist er alt«, sagte er endlich.

Das Überbringen der neuesten Nachrichten war nicht immer so vergnüglich, wie Eli es sich vorgestellt hatte.

14

Caro Mill, Maryland
Lieber Caleb! *27. August 1973*
Ich ergreife die Feder

Caro Mill, Maryland
Lieber Caleb! *27. August 1973*
Seit ich weiß, daß Du am Leben bist, Caleb, mein Herz

Caro Mill, Maryland
Lieber Caleb! *27. August 1973*
Diesen Brief schreibt Dir Dein Bruder. Falls Du seinen Namen vergessen haben solltest, was ich für sehr unwahrscheinlich halte, so

Caro Mill, Maryland
Lieber Caleb! *27. August 1973*
Ich greife zur Feder, um der Hoffnung Ausdruck zu geben, daß es Dir geistig und körperlich gut gehen möge.

Ursprünglich hatte ich unangekündigt einen Besuch bei Dir machen und Dich einladen wollen, nach Belieben bei uns in Caro

Mill zu wohnen, doch mein Enkel hat mir zu bedenken gegeben, daß Du vielleicht nicht den Wunsch hast, jemandem von der Familie zu begegnen. Ich sagte, dies sei gewiß nicht der Fall. Das stimmt doch?

Unterdessen ist viel Wasser ins Meer geflossen, und ich habe jetzt sieben Enkel und einen Urenkel. Ich teile Dir mit, daß unsere Eltern bedauerlicherweise beide nicht mehr am Leben sind, und auch unsere Jüngste, Caroline, ist gestorben. Meine Söhne und Enkel führen die Firma weiter usw. – das alles läßt sich brieflich nicht gut sagen. Ich hoffe sehr, daß wir einander bald von Angesicht zu Angesicht gegenübersitzen.

Meine Enkel Duncan und Justine, die an umstehender Adresse wohnen und die ich häufig besuche, schließen sich meiner Einladung an und sehen der Bekanntschaft mit Dir entgegen. Sollte es Dir im Moment an Geld fehlen, will ich Dir gern eine Flugkarte schicken. Ich höre, daß man von New Orleans fliegen kann, wohin man ohne Zweifel von Box Hill aus den Bus nehmen muß, denn andere Verkehrsverbindungen dürfte es in jenem Landesteil nicht geben.

Ich selber bin schon mehrmals geflogen. Flugzeuge sind heutzutage nichts Besonderes mehr, und es ist auch kaum zu glauben, wie weit es der alte Ford gebracht hat.

Der Aufenthalt in einem Altersheim ist keine Schande, falls man keine Angehörigen und auch sonst keine Unterkunft hat. Wie es mit letzterem in Deinem Fall bestellt ist, weiß ich nicht, doch weiß ich immerhin, daß Deine Angehörigen nicht sämtlich verstorben sind. Die meisten sind noch am Leben, und keinem käme es in den Sinn zuzulassen, daß einer der Ihren, einerlei aus welchen Gründen, sich in ein Heim begibt. Du mußt das gewußt haben und hast doch aus mir unverständlichen Gründen unterlassen, in der Stunde der Not Dich an Dein Fleisch und Blut zu wenden.

Doch lassen wir Vergangenes ruhen.

Aber hat denn die Familie Dich jemals gekränkt? Unser Vater war vielleicht zu sehr mit den Geschäften befaßt, unsere Mutter ein wenig streng, aber war das ein Grund für Dich, Dein

Leben zu ruinieren und, nachdem Du dich ruiniert hattest, Dich ganz von uns abzuwenden?

Doch es ist sinnlos, auf solchen Dingen herumzureiten.

Ich habe noch nicht erwähnt, daß ich zum Richter gewählt wurde, allerdings bin ich längst pensioniert. Wenn ich recht unterrichtet bin, hast Du Dich der Musik zugewendet, und ich hoffe sehr, Näheres darüber von Dir zu hören, denn ich kann mir darunter nichts Rechtes vorstellen.

Mein Enkel behauptet, Du habest das Recht, unbelästigt zu bleiben; falls Du selber den Wunsch verspürtest, uns zu sehen, hättest Du Dich längst mit uns in Verbindung gesetzt. Selbstverständlich möchte ich mich nicht ungebeten aufdrängen.

Du hättest uns jederzeit von überallher auf unsere Kosten benachrichtigen können, und wir wären Dir unverzüglich zu Hilfe gekommen, doch hast Du das unterlassen. Ich sehe darin eine gewisse Bosheit, Caleb, denn Du mußt wissen, daß es uns Kummer bereitet, daß ein Peck sich in einer Anstalt befindet. Du warst schon als Kind konträr und hast mit Deiner Widersetzlichkeit, die Du wohl nicht überwinden konntest, Deiner Mutter manchen Kummer bereitet.

Doch genug davon, das ist alles vorbei.

Mein Enkel sagt, wenn Du Deinen Wohnort nicht bekanntwerden lassen wolltest, so sei das Deine Sache, und ich dürfe den Verwandten Deine Adresse nicht bekanntmachen ohne Deine Erlaubnis. Er hat den Bekannten, der Dich ausfindig machte, angewiesen, meinen Söhnen Deinen Aufenthaltsort erst anzugeben, wenn Du es ihm erlaubst. Er behauptet, wir hätten kein Recht, systematisch nach Dir suchen zu lassen. Ich habe meinem Enkel gesagt, Du würdest die Dinge gewiß anders sehen. Du wirst verstehen, daß ich von dem Wunsch geleitet war, Dich noch einmal zu sehen, noch einmal mit Dir zu sprechen, nur so ganz allgemein, wozu wir 1912 nie Zeit gefunden haben.

Offen gestanden, Caleb, habe ich das Gefühl, der Gegenwart nur wenig verbunden zu sein. Was heute geschieht, hat für mich keine große Bedeutung mehr. Zu meinen Abkömmlingen fühle ich mich nicht besonders hingezogen, nicht einmal zu meiner

Enkelin. Sie meint es selbstverständlich gut, aber sie ist so anders als ich, sie ähnelt auch kaum noch meinen früheren Erinnerungen an sie, und ich würde sie vielleicht nicht erkennen, begegnete ich ihr unerwartet auf der Straße. Ich hoffe darum sehr, daß Du auf diesen Brief antwortest und daß wir uns bald sehen, um über jene Jahre miteinander zu sprechen, die früher einmal sehr weit weg schienen, die mir aber jetzt deutlicher vor Augen stehen als damals, da wir sie durchlebten.

Ich verbleibe als Dein Bruder

Daniel J. Peck, sen.

15

Justine stand im Vorgarten, ungeachtet des Nieselregens, der auch wirklich mehr Nebel als Regen war, und beriet sich mit der Roten Emma. »Angenommen, man hat am 27. einen Brief abgeschickt«, sagte sie, »oder sagen wir am 28., er ist nämlich vielleicht nicht mehr abgegangen am 27. Nein, Großvater steckt die Briefe jetzt immer auf dem Postamt ein, er traut den Briefkästen nicht mehr, seit sie anders gestrichen sind. Also, ein Brief, der am 27. eingesteckt wurde, wie lange braucht der bis zu einer Kleinstadt in Louisiana?«

»Luftpost?« fragte Emma.

»Der traut er auch nicht.«

»Der traut überhaupt niemandem.«

»Letzthin sind mehrere Flugzeuge abgestürzt.«

»Na, sagen wir drei Tage«, meinte Emma. »Oder lieber vier, wenn man bedenkt, daß er den Brief erst nachmittags eingesteckt hat und daß der Bestimmungsort ein Nest ist.«

»Also müßte er am 30. August angekommen sein«, rechnete Justine.

Emma nickte. An ihren Locken hafteten winzige Tropfen wie Tau an einem Spinnennetz, ihr Gesicht glänzte, ihre Briefträgertasche bekam Wasserflecken.

»Und nun zurück«, fragte Justine. »Wieder vier Tage?«

»Tja, ich glaube schon.«

»Dazu einen Tag für das Abfassen der Antwort.«

»Wenn das wirklich einen ganzen Tag dauern sollte.«

»Das bringt uns zum 4. September. Der ist jetzt eine Woche her. Ich glaube nicht, daß Großvater noch warten kann.«

»Der alte Herr sollte sich ein anderes Steckenpferd suchen«, meinte Emma. »Er könnte dem Club Goldene Seniorentage beitreten.«

»Daran hätte er gewiß keinen Spaß.«

»Aber man würde sich über seinen Beitritt freuen! Mit seinem vollen Haar und all seinen Zähnen wäre er ungeheuer populär.«

»Kann sein«, gab Justine zu, »aber sehen tu' ich's nicht.«

Sie winkte und ging ins Haus zurück samt ihrer Post: einer Probepackung Salatsoße und einer Ansichtskarte von Meg. »Hier«, sagte sie zu Duncan, der auf dem Fußboden eine Patience auslegte. Er fing die Karte auf und betrachtete blinzend die Bildseite, die Tausende von so gut wie nackten Menschen zeigte, die sich auf einem Streifen Sand drängten. Er drehte die Karte um. »Liebe Eltern und Großvater«, las er. »Hier sind wir mit den anderen ›Jungvermählten in der Hut des Herrn‹ und finden es wunderbar. Wie schön, wenn ihr auch hier –«, er reichte die Karte dem Großvater weiter, der völlig untätig auf dem Sofa saß.

»Was ist das?« fragte der Großvater.

»Karte von Meg.«

»Aha.«

Er stellte die Karte behutsam neben sich aufs Sofa und fuhr fort, ins Leere zu stieren.

»Möchtest du Cribbage spielen, Großvater?« fragte Justine.

»Cribbage? Nein.«

»Es ist auch besser so«, bemerkte Duncan zu Justine, »du vergißt doch immer die Spielregeln.«

»Möchtest du Schach spielen, Großvater?«

Er schaute sie verständnislos an.

»Möchtest du eine Fahrt im Auto machen? Du kannst nicht immer nur so dasitzen.«

»Warum nicht?« fragte er.

Duncan lachte.

»Das ist überhaupt nicht zum Lachen«, versetzte Justine. »Wann hört es nur endlich auf zu regnen!« Sie schob das wuchernde Rankenwerk beiseite, um aus dem Fenster sehen zu können: »Wenn wir doch nur irgendwo hinfahren könnten! Ich möchte einfach ins Auto steigen und losfahren, oder auch mit der Eisenbahn.«

»Weißt du«, sagte der Großvater, »es würde mich nicht im mindesten kränken, wenn er überhaupt nicht antwortet.«

Justine drehte sich zu ihm um.

»Ich weiß gar nicht, was ich mir dabei gedacht habe. Allein schon, ihn über alles ins Bild zu setzen, was unterdessen passiert ist, wäre entsetzlich mühsam. Es ist einfach zuviel gewesen. Ich erkenne ihn vielleicht nicht einmal mehr. Womöglich erkennt er auch mich nicht. Er findet mich vielleicht alt. Jetzt fällt mir ein, wie gereizt wir immer miteinander umgingen. Genau betrachtet konnten wir keine fünf Minuten beieinander sein, ohne daß nicht der eine oder der andere die Geduld verlor! Für die Kinder hat er sich so gut wie überhaupt nicht interessiert. Was hätte ich schon zu seiner Musik und alledem zu sagen. Und schließlich – diese Anstalt, in der er lebt. Wer weiß, was dort vorgehen mag? Wahrscheinlich gibt es eine feste Tageseinteilung, jeder hat ein Spind für seine Sachen, es gibt Vorschriften und Gesundheitsinspektionen und Ruhestunden, lauter Sachen, von denen ich nichts weiß. Wir haben einfach nichts Gemeinsames. Weißt du, was mir letzte Nacht träumte, oder war es vorletzte Nacht? Im Traum sah ich Caleb die Straße entlang fahren, er sah gut aus, wohl und gesund wie immer. Aber der Wagen! Ein so absonderliches, ausländisches Vehikel, vorne ganz zusammengedrückt, mit viel zu großen Fenstern; genau wie ein Chihuahua sah das Ding aus. Ich rief ihm zu: ›Caleb, wie kannst du nur in einem solchen Automobil fahren!‹ Doch er bog einfach ab und winkte. Aber das Auto paßte zu ihm.«

»Es wird bestimmt alles gut, Großvater«, redete Justine ihm zu. »Die ganze Woche schon habe ich deutlich das Gefühl, daß eine Veränderung eintreten wird. Sein Brief muß jetzt jeden Tag kommen. Wir schicken ihm dann die Flugkarte, und er kann Megs Zimmer haben.«

»Und dann?«

»Dann was?«

»Was dann? frage ich. Was machen wir dann? ›Es wird alles gut, alles wird gut, Großvater.‹ Du bist immer so gottverdammt heiter, Justine. Gebrauch doch endlich mal deinen Verstand.«

»Aber Großvater –«

»Manchmal wird es mir einfach zuviel, Duncan«, eröffnete er seinem Enkel. »Ihr erwartet von mir die Geduld eines Heiligen.«

»Aber nicht die Spur«, widersprach Duncan.

»Ihr findet, ich dürfte meinem Herzen keine Luft machen. Ganz insgeheim ist das doch eure Meinung, nicht wahr?«

»Tu, was du magst, mir ist es einerlei.«

»Als ich ein Kind war, hat man mir beigebracht, meine Gefühle niemals zu zeigen. Aber ich war immer der Meinung, das gilt nur bis zu einem bestimmten Moment, irgendwann einmal würde mir Gelegenheit geboten, alle diese aufgespeicherten Gefühle wieder von mir zu geben. Wann wird es endlich so weit sein?«

Die Antwort darauf wußte niemand. Justine lehnte gegen die Fensterlaibung, Duncan hatte eine Pikdrei aufgedeckt und starrte den Großvater an. Dieser erhob sich endlich aus dem Sofa und ging auf sein Zimmer, wobei er sich im Vorbeigehen auf jedes Möbelstück stützte, das ihm unter die Hand kam.

Zum Mittagessen war Justine allein. Duncan war zum Laden gegangen, und als sie beim Großvater anklopfte, sagte er, er sei beschäftigt. Weil es drinnen metallisch quietschte, nahm sie an, daß er seinen Karteischrank aufräumte.

»Willst du nicht wenigstens auf eine Tasse Kaffee kommen?«

»Eh?«

»Du könntest mir Gesellschaft leisten.«

»Wie sagst du?«

Sie gab es auf und ging zurück in die Küche, machte ein Glas Essigzwiebeln auf, holte eine Gabel aus der Tischschublade, richtete sich mit einem Ruck auf und runzelte die Stirn. Sie empfand ihre Vorahnung als starken Druck in den Schläfen und im Kreuz. Wieder klopfte sie an die Tür vom Zimmer des alten Herrn. »Vielleicht möchtest du lieber Tee?«

»Justine.«

»Ich frage, ob du –«

»Justine, ich fühle mich nicht besonders.«

Sogleich machte sie die Tür auf. Ihr Großvater saß auf dem Bett, in der Hand ein Bündel Papiere. Sein Gesicht war blaß wie Kitt, seine Hand zitterte. »Was fehlt dir?«

Er strich mit der Hand über die Augen. »Ich stand dort am Aktenschrank und räumte die Papiere weg, und da war mir so ...«

Er verstummte und schaute auf die Papiere in seiner zitternden Hand.

»Leg dich«, sagte Justine. Als er nicht zu hören schien, berührte sie ihn an der Schulter, schob ihn sanft zurück, bis er nachgab. Sie bückte sich, um seine Füße aufs Bett zu heben, und gleich darauf lag er halb auf dem Rücken, halb auf der Seite und atmete ungesund hastig. »Ist dir im Magen nicht gut?« fragte sie.

Er nickte.

»Ah so. Wahrscheinlich ... ist dir schwindlig?«

Er nickte.

»Hm ... aber in der Brust tut dir nichts weh?«

Wieder nickte er.

»Tut es weh? Sag was.«

»Ja.«

»Aha.« Justine überlegte. Dann trat sie ans geöffnete Fenster. Nebenan stand Ann-Campbell in der Badehose in ihrem Planschbecken und bot das Gesicht dem Regen dar. Dazu sang sie:

Wir munteren Seejungfrauen schwimmen hin und her,
Wir fressen kleine Haifische und pinkeln ins Meer.

»Ann-Campbell! Sag deiner Mama, sie soll den Krankenwagen aus Plankhurst herbestellen. Aber sofort!«

Ann-Campbell unterbrach ihr Lied.

»Los, beeil dich. Und Duncan soll sie auch Bescheid sagen. Mein Großvater hat einen Herzanfall.«

Ann-Campbell flitzte los, sie entfesselte einen Wirbel von sommersprossigen Gliedmaßen. Justine kehrte ins Zimmer zurück. »Was habe ich?« fragte der alte Herr verwirrt. »Was habe ich?«

»Nun, vielleicht ist es keiner.«

Er preßte die Hand gegen die Brust.

»Möchtest du was? Vielleicht ein Glas Wasser? Oder – ach, ich weiß nicht, vielleicht darf ich dir nichts zu trinken geben. Lieg jetzt möglichst still, Großvater.«

Es sah nicht so aus, als könnte er was anderes tun als still liegen. Es schien, als werde er immer flacher, sinke in die Matratze. Gleichwohl standen die Sehnen am Hals heraus, als mühe er sich, den Kopf etwas über dem Kissen in der Luft zu halten; es schickte sich nicht, in horizontaler Lage gesehen zu werden. Er hatte vielleicht gar den Wunsch, man möge ihn allein lassen, doch das brachte Justine nicht über sich. Sie wanderte unermüdlich in dem kleinen Zimmer auf und ab, sie suchte mit aller Kraft ihre brennende, ziellose Energie auf ihn zu übertragen. Immer wieder trat sie ans Fenster, das zur Seite ging und durch das sie den Krankenwagen gar nicht hätte wahrnehmen können, auch wenn er schon gekommen wäre. »Ach, wenn es hier doch nur ein Krankenhaus gäbe!«

»Ich würde nie ins Krankenhaus gehen«, bemerkte der Großvater und klappte die Lider zu.

Dann knallte die Fliegentür, und Justine atmete auf. »Duncan?« rief sie. »Bist du es?«

Doch es war Dorcas, die auf ihren Stöckelabsätzen hereingetrippelt kam. Sie steckte den Kopf durch die Tür, glotzte Großvater Peck aus tellergroßen Augen an, doch er tat, als schliefe er. »Ich habe gleich angerufen, Justine, die Ambulanz ist unterwegs. Ich gehe jetzt an die Hauptstraße und zeige ihnen den Weg.«

»Und Duncan? Hast du Duncan angerufen?«

Dorcas war schon auf dem Weg hinaus, doch hörte man noch deutlich ihre Antwort: »Der ist auch unterwegs, in einer Minute ist er hier.«

Justine setzte sich auf den Bettrand und legte eine Hand auf die kühle, feuchte Stirn des Großvaters. Er riß die Augen auf und sah sie auf eine ihr ganz ungewohnte Weise an. Es kam ihr vor, als frage er sie etwas. »Was möchtest du wissen?« sagte sie.

»Justine – manchmal fühlt es sich an, als bereite sich ein großer Schmerz vor.«

»Ach, wo bleibt nur Duncan?«

»Ich glaube, ich bekomme einen Herzanfall.«

Sie packte seine bebenden Hände, und deren Zittern übertrug sich auf ihre eigenen Hände. Seine Blicke kehrten sich weg und suchten etwas unterhalb der grauen Zimmerdecke. »Nun«, sagte er schließlich, »etwas mehr hatte ich mir vom Leben denn doch erwartet.«

»Sprich nicht mehr«, ermahnte sie ihn, sprang auf und lief ans Fenster. »Wo bleibt nur –«

Dann veranlaßte ein Geräusch sie, sich umzudrehen, ein fast unhörbarer Laut, und sie sah, daß der Großvater den Kopf endlich hatte sinken lassen, daß die Hände still lagen, daß das Gesicht ruhig war und tot.

Sie wartete auf Duncan. Sie ging ins Wohnzimmer, fand es aber zu traurig, den Großvater allein zu lassen, und ging wieder ins Schlafzimmer. Immerhin war auch jetzt noch das kragenlose Hemd mit den feinen Streifen dort, das silberne, gebürstete Haar, die perfekten Zähne, weiß blinkend zwischen den schmalen Lippen der Peck, die glänzend graue Schnur seines Hörgeräts, die tiefliegenden Augen, geschlossen jetzt, doch immer noch von ihrer Bläue an die weißlichen Lider abgebend. Er bestand nicht bloß aus Seele, es war auch noch der Leib da, der anders ausgesehen hätte, hätte ein anderer Mensch ihn bewohnt. Sie prägte sich die einzelne tiefe Falte an jedem Mundwinkel ein, Zeichen von Festigkeit und Stolz und Zielstrebigkeit. Sie wünschte sehr, seine knorrigen Finger würden ihr noch einmal ein Nesselsaftbonbon in die Hand drücken, doch berührte sie ihn nicht. Noch war er zu gegenwärtig, und er hätte es nicht passend gefunden. Statt dessen veränderte sie um ein weniges die Lage seines Kissens, so daß sein Kopf gerader zu liegen kam, und als dabei Papier raschelte, zog sie es weg und sah, daß es Kopien seiner Briefe waren, auf dünnem Durchschlagpapier. Die frischen Knitterfalten und das matte, verwischte Schriftbild erweckten den Eindruck, als sei der Schreiber längst tot und vergessen. »Lieber Caleb«, las sie, »ich greife zur Feder, um der Hoffnung Ausdruck zu geben ...« Sie las Zeile um Zeile. Als sie am Ende angekommen war, ließ sie die Hand sinken und sah in das verschlossene, erstarrte Gesicht des Großvaters.

»Justine!« rief Duncan.

Sie wandte sich rasch um.

»Justine! Dorcas sagt –«

Er blieb an der Tür stehen, dann kam er näher und nahm die Hand des Großvaters. »Nun ja«, sagte er gleich darauf und legte die Hand so sanft zurück, daß überhaupt kein Geräusch entstand. Dann trat er zu Justine und stellte sich vor sie hin. »Nimm's nicht zu schwer«, sagte er.

Sie streckte ihm den Brief hin, er nahm ihn und las. Anfangs seufzte er, dann lächelte er, dann hörte er auf zu lesen und sah sie an.

»Ach, Duncan, wie konnte er bloß so was schreiben?«

Als er nach ihr greifen wollte, wich sie ihm aus und ging ans andere Ende des Zimmers.

16

Die blinkende, geschwungene Treppe hinab (als junges Mädchen hatte sie sich beim Begehen dieser Treppe immer den Busen gehalten, um nicht das bißchen, was sie hatte, auch noch durch Leibesübungen zu vermindern), über die Veranda, wo die Urgroßmama vor Jahren drei Gründe genannt hatte, die als Entschuldigung dafür gelten können, daß man es unterläßt, einen Kondolenzbrief zu schreiben (Schlaganfall, durchtrennte Sehnen, Amputation der Hände), schritt Justine neben ihrem Mann, in dem Gewand, in dem sie auch die Mutter beerdigt hatte, in der Hand einen zerschlissenen weißen Handschuh. (Den anderen hatte sie nicht finden können.) Nun bestieg sie den Wagen ihres Onkels Mark, man rollte durch Roland Park, stieg vor der Kirche aus, und sie ging die Stufen zum Portal hinauf, leicht zurückgelehnt, als fürchte sie sich vor dem, was drinnen zu sehen wäre. Drinnen war aber nichts zu sehen als viel Teppich, pastellfarbenes Licht und ganz vorn ein anonymer Sarg. Der Friedhof war eben und glatt gemäht wie ein Golfplatz, die Grabsteine aus poliertem Granit, darunter welche für PECK, Justin Montague; PECK, Laura Baum; MAYHEW, Caroline Peck –

und schließlich ein vorbildlich ausgehobenes, rechteckiges Loch, neben dem der Sarg wirkte, als wäre er da vergessen worden, abgestellt am Rande, während noch mehr Worte gesprochen wurden. Anschließend nahm man daheim weitere Beileidsbesuche entgegen. Die Kondolierenden kamen seit zwei Tagen, und immer noch war kein Ende abzusehen, ältliche Herren, Damen in Hut, mit Handschuhen und Schleier und geklöppelten Spitzenschals, all das trotz der herrschenden Hitze. »Ach«, sagten sie zu Justine, »Sie sind Carolines kleines Mädchen? Früher waren Sie doch so ... hatten Sie nicht immer ... und das ist also Ihr Mann? Ah, den erkenne ich gleich wieder.«

Ihn erkannte man gleich wieder. Justine betrachtete ihn aus ihrem neugewonnenen Abstand, sie sah das jungenhaft spitze Kinn, die unerwachsene Haltung, ein Bein um das andere geschlungen und ständig leise schwankend, dabei die Hände in den hinteren Hosentaschen, so daß die Ellenbogen abstanden und die Besucher sich daran stießen. Die aufgebogenen Mundwinkel erweckten den Anschein, als lächele er geheimnisvoll, spöttisch herausfordernd, und vielleicht tat er es wirklich. »Ja hör mal, Duncan«, sagte Justine und ließ den Handschuh fallen, »du hast dich wirklich kein bißchen verändert.«

Eine alte Dame wurde ganz verlegen, weil sie sich geirrt zu haben glaubte; diese beiden waren gewiß nicht verheiratet, wohl auch nicht verwandt mit dem Verstorbenen, trotz der Ähnlichkeit. Duncan hob nun den Handschuh auf, überreichte ihn förmlich an Justine, doch die kehrte sich weg und ging beiseite.

Nicht nur Duncan war unverändert, die Tanten und Onkel waren es ebenfalls, sie waren versteinert in ihren blumigen Sommerkleidern und den leichten Anzügen. Vettern und Kusinen reichten Tabletts mit Backwerk herum, wie in Justines Kindertagen. Nur sie selber stand abseits in einer Ecke des Zimmers, kaute am Finger ihres Handschuhs und machte ein hohles Kreuz.

»Als kleines Mädchen waren Sie süß«, sagte eine Dame mit streichholzdünnen Beinen zu ihr. »Und gewiß sind Sie es immer noch. Sie haben mir ganze Hände voll Blumen gepflückt, aber reden mochten Sie nicht, Sie waren so schüchtern.«

Justine nahm den Handschuh aus dem Mund und schenkte ihr

ein schüchternes, süßes Lächeln, die Dame ließ sich aber nicht täuschen und ging stracks davon.

Als die Kondolenzbesucher fort waren, flüchtete Duncan sich ins Bett, während die anderen in die Küche gingen und einen leichten Imbiß zurechtmachten, was erschwert wurde durch die Anwesenheit Sulies, die die Rohre unter dem Spülbecken abstaubte. Erinnerungen an den Großvater Peck kamen zum Vorschein, eine um die andere. Tante Lucy weinte ein wenig. Tante Sarah war gereizt und ließ Justine wissen, im eigenen Hause trage eine Dame keinen Hut. »Ach, entschuldige.« Justine nahm den Hut ab. Aber dann wußte sie nicht, wohin damit. Sie hielt ihn auf dem Schoß und rührte ihr Sandwich nicht an. Sie war müde, am liebsten wäre sie schlafen gegangen. Doch blieb sie sitzen, und als Onkel und Tanten sich zurückzogen, war sie über ihre Müdigkeit weg und blieb bei den Vettern und Kusinen in der Küche, die nun eigene Erinnerungen hervorkramten. Zum Beispiel an das Gesicht des Großvaters, als Duncan ihm auf einem Picknick ein mit Heilsalbe bestrichenes und mit Oliven belegtes Brot anbot; sie kicherten anfangs in ihren Tee und lachten schließlich prustend los. Justine betrachtete die heiteren, blonden Köpfe und erinnerte sich der Zeiten, da sie dazugehört hatte. Als sie und die Kusinen elf oder zwölf oder dreizehn gewesen waren, hatten sie gelacht, bis sie nicht mehr konnten – was hatte es da eigentlich so Lustiges gegeben?

Esther leitete jetzt die Vorschule. Alice war Bibliothekarin, während Sally, die hübschere der Zwillingsschwestern ihre einen Monat währende Ehe hinter sich gebracht hatte und nicht mehr ganz so entgegenkommend wirkte wie früher; sie gab jetzt in Urgroßmamas Haus Klavierunterricht, und zwar an einem Instrument aus hellem Holz, das sich in dem weinroten Salon recht sonderbar ausnahm. Richard bewohnte in der Stadt ein Hochhausappartement; Claude lebte hinter dem Haus von Onkel Zwei über der Garage und gab all sein Geld für Stahlstiche aus, die keiner leiden mochte. Alle Gesichter wiesen neue kleine Runzeln auf, die Haare glänzten nicht mehr so. Und doch waren sie unverändert. Einzig Justine war anders, und als sie den Versuch machte, eine Unterhaltung anzuknüpfen, kam es ihr vor, als schwömme sie gegen eine starke Strömung. Ihre Frustration machte sie noch dazu ungeschickt, und sie warf ein Glas voller Eiswürfel in Claudes Schoß. Doch jedermann sagte sogleich, das mache überhaupt nichts.

In ihrem alten rosa und weißen Schlafzimmer im Oberstock zog sie sich später aus, ohne Licht zu machen, weil sie Duncan nicht stören wollte, und legte sich neben ihn. Es würde eine schlaflose Nacht werden. Sie spürte das vertraute wache Kribbeln in den Beinen und kam sich vor wie eine Seiltänzerin auf einem Gummiband. Stimmen drangen zu ihr und verklangen: Duncan, wie er mit zwölf Jahren Shotgun-Poker erklärte; Richard, der fragte, ob er mitspielen dürfe; Tante Bea, die sämtliche Hochzeitsgeschenke aufzählte, die sie im Sommer 1930 erhalten hatte; Großvater, der rief: ›Warte auf mich, Justine! Es ist wirklich kein Grund, so zu eilen.‹ Und doch war sie losgelaufen. Sie war so flink und vorlaut, so ungeduldig und lärmend, und einzig das erklärte den staunend verwirrten Ausdruck im Gesicht des Großvaters in diesen letzten Jahren; wo nur war die alte bedachtsame, sanfte Justine?

»Warte auf mich«, hörte sie Meg rufen, und sie sah ganz deutlich Megs fünfjähriges Gesicht, apfelrund, von der Hitze gerötet, im Schatten der Wendeltreppe des Leuchtturms an der Küste von New Jersey. Sie hatten auf der Rückfahrt von einer erfolglosen Bewerbung dort Station gemacht. (Justine wünschte seit je, auf einem Leuchtturm zu wohnen.) Justine hastete die Treppe hinauf, sie stolperte förmlich über die eigenen Füße, weil sie unbedingt sehen wollte, was ganz oben sein würde, und Meg kletterte keuchend hinter ihr drein. Draußen stand angeschrieben, die Treppe habe zweihundertachtundsiebzig Stufen, und als Justine endlich oben war, stellte sich heraus, daß der Umgang mit Plastikfolie eingedeckt war, die die Aussicht behinderte. Es gab nur noch eine winzige Kammer da oben, in der ein uniformierter Wächter auf seinem Stuhl kippelte und einen Krimi las. Da verlor sie endgültig die Lust auf Leuchttürme. Sie ging gemächlicher hinunter, immer noch atemlos von dem schnellen Anstieg, und stieß auf dem vorletzten Treppenabsatz auf die schluchzende Meg und auf Duncan, der sie zu trösten suchte. »Ach, Schatz!« rief Justine reumütig, »dich habe ich ja ganz vergessen!« Aber hatte sie daraus etwas gelernt? Nein. Sie beschleunigte das Tempo von Jahr zu Jahr, ließ sich von ihrem eigenen Schwung wegreißen. Sie rannte einer ungewissen Zukunft entgegen, ließ die Vergangenheit hinter sich abrollen, schleifte ihre Tochter Meg unter dem Arm mit, ohne auf sie zu hören oder sie auch nur zu fragen, ob sie wünschte, auf diese Rutschpartie mitgenommen zu werden. Meg wuchs auf, sich selbst überlassen, und ging aus dem Haus, um ein eigenes verkümmertes Leben zu führen, das sie sich nicht wünschte. Großvater Peck wurde von einer Notbehausung in die andere gezerrt, bis ihm Hören und Sehen verging. Und eines schönen Tages fragte sich Justine, was denn eigentlich geschehen sei, und erkannte, daß die wirkliche Justine verlorengegangen war.

Duncan aber, der ihr Leben verändert, der ihr die Vergangenheit genommen hatte, schlief ungerührt wie eh und je, auf dem Kopf den blonden Wirbel, den er dort schon mit vier Jahren gehabt hatte.

Am folgenden Morgen redeten alle ihnen zu, eine Weile zu bleiben, Duncan aber meinte, es ziehe ihn stark nach Hause. Er duldete gerade noch, daß man über die Verkehrsverhältnisse beriet, und erwog, ob es ratsam sei, eine Thermosflasche mitzunehmen. Er wurde ausgesprochen gereizt, als die Onkel immer noch ein Hochzeitsgeschenk für Meg in den Kofferraum luden und alles mit dem geblümten Bettzeug abdeckten, das Tante Lucy ihm unbedingt mitgeben wollte. (»Die bloße Matratze in eurem kleinen Haus geht mir nicht aus dem Kopf«, sagte sie schaudernd. »Kein Mensch zieht frisch gewaschene Laken gleich wieder auf. Bettwäsche muß nach dem Waschen eine Weile im Schrank ruhen, das erhöht ihre Lebensdauer um 66 Prozent.«) Es folgte das Ritual des Limonadetrinkens auf der Veranda. Duncan leerte sein Glas als erster, ließ die Eiswürfel darin klirren und wartete ostentativ auf Justine. Justine ließ sich besonders viel Zeit, um seine Unhöflichkeit gutzumachen. Sie betrachtete immer wieder die Gesichter der Verwandten. »Wenn ihr doch Meg nur erreicht hättet«, bemerkte Tante Sarah.

»Sobald sie von der Reise zurück ist, sagen wir ihr Bescheid.«

»Es wird ihr entsetzlich sein, daß sie die Beerdigung versäumt hat.«

In der Luft blieb ein Klageton hängen, traurige Gedanken lagen auf der Lauer. Onkel Zwei räusperte sich scharf. »Ich habe ganz vergessen, zu fragen, wie es im Reformhaus geht, Duncan?«

»Antiquitätenhandel.«

»Richtig. Antiquitäten.«

»Nicht übel.« Duncan schaute über den Rasen und tippte an sein Glas. »Justine, wenn wir nicht in die größte Hitze kommen wollen, müssen wir los.«

»Naja, gut.« Aber lieber wäre sie geblieben. Es zerriß sie förmlich, daß sie aufstehen und die weichen, gütigen Gesichter eines nach dem anderen zum Abschied küssen sollte.

Die Familie ging widerstrebend die Vortreppe hinunter, wodurch sie zu erkennen gab, daß sie den Abschied möglichst lange hinauszögern wollte, ausgenommen Duncan, der vor ihnen her auf den Bürgersteig hüpfte, die blinkenden Wagenschlüssel in die Luft warf und auffing. Onkel Mark sagte: »Duncan, mein Junge, falls dein Großvater irgendwelche Schulden hinterlassen haben sollte, unbezahlte Rechnungen, Ausgaben für den Arzt und so weiter –«

»Keine Angst, du bekommst Bescheid.«

»Und ich darf nicht vergessen, den Detektiv zurückzupfeifen.« Er machte Justine die Tür auf. »Dieser gräßliche Kerl hat das Geld mit vollen Händen rausgeschmissen. Ich bin froh, daß wir die Sache los sind.«

Justine warf Duncan einen Blick zu, den er aber nicht aufnahm. Sie hatte ihm versprechen müssen, Calebs Geheimnis für alle Zeit zu wahren, es sei denn, Caleb selber änderte seine Meinung. Sie konnte also nicht mehr sagen als: »Falls du möchtest, sage ich Eli selber Bescheid.«

»Seine letzte Spesenrechnung ist absolut grotesk«, klagte der Onkel. »Wozu, um Himmels willen, muß man einen Blumenhändler bestechen?«

»Ich erledige das für euch.«

Sie kletterte in den Wagen, und Duncan ließ den Motor an. »Endlich«, murmelte er. Dann waren sie davon, die Auffahrt hinunter, tanzende Ahornnasen hinter sich aufwirbelnd, und Justine winkte zum Fenster hinaus. Tante Lucy rief etwas. »Wie?« schrie Justine. Tante Lucy rief noch einmal.

»Halt mal an, Duncan. Deine Mutter will noch was sagen.«

Duncan trat auf die Bremse, ließ den Wagen jaulend rückwärts fahren. »Was ist?« fragte Justine.

»Ich sagte: vergiß nicht, Bettwäsche braucht Ruhe im Schrank!«

Duncan faßte sich an den Kopf, Justine aber nickte nur und rief: »Schönen Dank, Tante Lucy«, warf ihr einen Kuß zu und dann den anderen noch mehr Küsse, bis Duncan mit einem Ruck den Gang einlegte und sie fortführte.

17

Duncan legte nun schon monatelang Patience, doch wußte das niemand, denn anfangs hielt er es geheim. So fing es übrigens immer an. Wie der Alkoholiker seine Flasche versteckt, während andere in Gesellschaft trinken, verbarg er seine Patiencekarten an allen möglichen Stellen und legte sie heimlich aus. Beim geringsten Geräusch schob er blitzartig die Karten zusammen und sah arglos lächelnd auf. (Er ließ sich ungern dabei erwischen, daß er süchtig war.) Nach und nach aber versank er in einen dumpfen Rausch, er merkte nicht mehr, wenn sich jemand näherte, und schließlich wanderte er ins Wohnzimmer, um die große Patience auf dem Fußboden auszulegen, wo jeder über seine ausgestreckten Beine stolperte. Er hörte nicht auf, wenn gegessen wurde, nicht, wenn Besuch kam, wenn die Verwandten stritten, nicht als der Leichnam des Großvaters im Hause lag. Aus Baltimore brachte er einen Koffer mit, dessen Inhalt sich mit seinen Patiencekarten vermischt hatte – sie lagen in den Falten von Justines schwarzem Rock und standen zwischen den Borsten seiner Haarbürste. Er machte sich aber nicht die Mühe, sie zusammenzusuchen, sondern griff nach zwei Packen Karten, die schon hinter einem Begonientopf bereitlagen, ließ sich auf dem Boden nieder und legte die Spinne aus, seine Lieblingspartie, die ihn ungeheuer in Anspruch nahm und stundenlanges Überlegen und Taktieren beanspruchte. Sie ging nie auf, und er legte sie immer von neuem aus. Justine wandelte durchs Haus, den Hut auf dem Kopf.

Ging Duncan überhaupt in die Blue Bottle, dann legte er seine Karten auf einem verkratzten Pult hinter dem Tresen aus. Er fegte mit einer einzigen Bewegung alle Schriftstücke weg, Rechnungen, Kataloge, Briefe, um genügend Platz für die Spinne zu haben. Ging die Ladenglocke, achtete er nicht darauf. Sollte er auf eine Frage antworten oder die Kasse bedienen, wurde er gereizt und zeigte das auch. Sahen die Leute denn nicht, daß er beschäftigt war? Antiquitäten hingen ihm nun endgültig zum Hals hinaus, ebenso die Leute, die welche sammelten, alte Damen, die aussahen wie Laubsägearbeiten und ohne Zweifel vor dreißig Jahren genau jene Gegenstände in den Müll geworfen hatten, die sie jetzt zu exorbitanten Preisen zurückkauften. Und um alles noch schlimmer zu machen, wurde Silas Amsel lästig. Seit das Geschäft sich so glänzend anließ, stellte er Ansprüche an Duncan. Stets erwartete er, gute Neuigkeiten zu hören. Duncan hielt es nicht aus, daß man was von ihm erwartete. Nach und nach gingen die Einnahmen zurück, er kaufte auch kaum noch Werkzeug und war gegen die Kundschaft ausgesprochen unhöflich. Silas beklagte sich. Er hielt Duncan lächerliche Fehltritte vor: Duncan hatte mehrmals vergessen, den Laden abzuschließen, morgens verspätete er sich. Von einer Bronze, die er nicht finden konnte, behauptete er, sie sei gestohlen. Als ob irgendwer ein so scheußliches und noch dazu schweres Objekt stehlen würde! Bei jedem Besuch verschoß Silas kleine Pfeile und spitze Bemerkungen. Und er kam jetzt immer öfter, hielt sich länger auf, mischte sich mehr und mehr ein. Er nörgelte schon, bevor er ganz im Laden war, er blieb im Eingang stehen und schüttelte den Kopf. Duncan tat, als sähe er ihn nicht. (Manchmal sah er ihn wirklich nicht.) Er blieb sitzen, grübelte über seinen kompliziert ausgelegten Karten, einen Finger im Hals der Bourbonflasche. Er spürte, wie die Luft stickig wurde von der Enttäuschung, dem Mißtrauen, den Hoffnungen und vorgefaßten Meinungen anderer Menschen. Einzig Justine verzichtete darauf, ihn zu klassifizieren.

Justine kam in den Laden, ging einmal durch und wieder hinaus mit flatternden, ungebügelten Hutbändern.

»Gleich bin ich fertig!« rief er hinter ihr her, und sie kam mit einem abwesenden »Hm?« zurück. Sie machte nie die Tür hinter sich zu, die antike Ladenklingel konnte also nicht mehr anschlagen, und dafür war er besonders dankbar. Sie war kein entschiedener Mensch. Sie war der zweite Schuh, der nie hingeworfen wird. Er sah von seinen Karten auf und schenkte ihr ein überraschendes, inniges Lächeln, das die Verlorenheit aus ihrem Gesicht vertrieben haben würde, hätte sie es nur gesehen; doch sie bemerkte es nicht. Sie musterte einen angeschlagenen Briefbeschwerer. Sie wirkte verloren. Seit neuestem sprach sie von nichts als vom Großvater, von den Wünschen, die sie ihm nicht erfüllt, von den Geschenken, die sie ihm nicht gedankt hatte. Caleb erwähnte sie nicht. Duncan wartete darauf, aber sie tat es nicht. Man schrieb bereits Oktober, und wenn sie von der Post enttäuscht war, die sie vormittags mit lustlosen, unsicheren Fingern durchblätterte, zeigte sie es nicht. Sie kehrte nur immer wieder zum gleichen Thema zurück: sie wickelte endlos Vergangenes aus, löste Bänder, hob Seidenpapier ab, löste noch mehr Bänder. »Erinnerst du dich noch, wie er mit uns Eisenbahn gefahren ist? Ich weiß nicht mehr, wohin. Er nahm uns allesamt mit, auf einen Ausflug. Es war wohl ein patriotischer Anlaß. Ich glaube, er bereute es schon, als der Zug noch auf dem Bahnhof stand, aber zurück konnte er nicht mehr. Und er wollte nicht –«

Duncan wußte nichts mehr davon. Vermutlich hatte man ihn daheim gelassen, aber das sagte er nicht zu Justine. Er sah zu, wie sie den gläsernen Briefbeschwerer um und um drehte, wie sie hineinschaute, wie sie teilnahmslos ihr eigenes Bild in einem Ormuluspiegel betrachtete. »Schau mich an – gleiche ich nicht den verrückten alten Frauen auf der Straße, einen zerdrückten Hut auf dem Kopf, den Einkaufsbeutel am Arm?«

Für ihn aber blieb sie die ungelenke kleine Kusine mit den langen, schmalen Füßen, und ihre aufgebogenen Haarspitzen rührten ihn so, daß er die Karten hinlegte und Justine auf die kühle Wange küßte.

»Demnächst werde ich die Mülltonnen durchwühlen«, fuhr sie fort, in den Spiegel zu sprechen. Sie ignorierte seinen Kuß.

»Wir sollten vielleicht eine kleine Reise machen, irgendwohin, wo wir noch nie waren.«

»Die Kinder schließen Wetten auf den Inhalt meines Einkaufsbeutels ab.«

Sie trug aber keinen Einkaufsbeutel, sondern ihre Strohtasche, und was darin war, wußte er. Kaffeebohnen, kleine Salzbissen und die Zukunft, eingehüllt in brüchige Seide. War das jemals anders gewesen? Sie drehte sich vom Spiegel weg, als läse sie seine Gedanken, und zeigte ihm den Inhalt der Tasche. Er sah weder was zu knabbern noch die Karten, sondern Stöße vergilbter Fotos, die dem Großvater gehört hatten. Onkel und Tanten am Meer, unter Wasserfällen, neben neuen Automobilen. Vettern und Kusinen, die Trophäen hochhielten: Fische, Zeugnisse, Wanderpreise. Großvater Peck posierend hinter dem riesigen, abgeräumten Schreibtisch unter der Gesetzessammlung und den Bänden der juristischen Wochenschrift; ein Mädchen im Brautschleier; ein Säugling; Duncan lachend; Urgroßmama auf der Hut vor dem Diebstahl ihrer Seele mittels Kamera; weitere Onkel; Tanten auf einem Gartenfest, alle nahe beieinander und im Moment der Aufnahme anscheinend überrascht. (Kurz vorher liefen sie alle noch mal zum nächsten Spiegel, erprobten einen Ausdruck und trugen ihn behutsam vor die Kamera wie heiße Suppe im Teller.) Justine machte die Tasche zu. Sie musterte ihn so eindringlich und abschätzig, daß ihm kalt wurde. »Das habe ich in der Tasche. Aber verrate es den Kindern nicht.«

Damit ging sie hinaus. Die Ladenglocke erbebte, klingelte aber nicht. Duncan erwog, ihr nachzugehen, sie mindestens zu fragen, wohin sie wolle oder ob sie daheim wäre und das Haus lebendig, wenn er heimkam. Oder, das wichtigste: was er getan habe, daß sie ihn so ansehen könne. So, wie er von anderen zeitlebens angesehen worden war. Sein Lebtag hatten sie ihn als rücksichtslos und zu dummen Streichen aufgelegt eingeschätzt, als boshaft sogar, doch hatte er selber sich stets für einen im Grunde guten Menschen gehalten. Und mit Justine zusammen war er ein guter Mensch. Sah sie ihn jetzt etwa anders? Er wollte das nicht wissen. Er wollte sie nicht fragen, nicht ihre Antwort hören müssen. Am Ende machte er sich wieder an seine Patience.

Kurz vor Mittag saß Justine im Warteraum des Flughafens auf einem Kunststoffsessel, im Schoß die Strohtasche. Sie beobachtete eine Gruppe Studenten, die auf der Warteliste standen. Die regulären Passagiere waren schon durchgeschleust, und der Mann am Schalter griff jetzt nach einem Stapel blauer Flugkarten und rief die Namen der Passagiere auf, die in der Warteliste standen. Einer nach dem anderen trat mit einem erleichterten Ausruf vor. Sie nahmen ihre Flugkarten entgegen wie Auszeichnungen, sie lächelten dem Angestellten zu und winkten dann triumphierend ihren Freunden, die ihrerseits Beifall klatschten. Auch Justine klatschte. »Mr. Flagg!« rief der Angestellte. »Mr. Brant!« Mr. Flagg strahlte. Mr. Brant küßte seinen Flugschein. »Mrs. Peck!« Und obwohl Justine von niemandem begleitet wurde, riß die allgemeine Fröhlichkeit sie dazu hin, ebenfalls zu strahlen, und sie machte noch eine kleine Verbeugung vor den leeren Stühlen, bevor sie durch den Ausgang New Orleans die Wartehalle verließ.

18

Wenn des Nachts um ihn her die alten Männer schnarchten und ächzten, lag er lang ausgestreckt auf seiner schmalen weißen Pritsche, lächelte zur Decke empor und summte ›Broken Yo-Yo‹, bis die Aufseherin kam und es ihm verbot. »Was glauben Sie eigentlich, wo Sie hier sind?« Er erwiderte nichts darauf, hörte aber auf zu summen. Am Ende der Bettenreihe rief jemand nach einer Pfanne. Die Aufseherin verließ auf quietschenden Gummiabsätzen den Saal, der Mann rief noch mehrmals nach der Pfanne, aber ohne Überzeugung. Nach einer Weile ließ er es bleiben und gab nur noch hin und wieder ein Quieken von sich. Caleb fuhr fort, gegen die Decke zu lächeln. Niemand vermutete es, aber ›Broken Yo-Yo‹ plimperte immer noch Note für Note in seinem Kopf ab.

Von vier bis fünf schlief er und träumte erst, er laufe behender als seit Jahren eine mit Kopfsteinen gepflasterte Straße entlang; sodann von einem ganzen Feld Sonnentau; danach von einer bösen Maschine, die seine Hände zermalmte. Beim Erwachen massierte er seine Finger. Früh am Morgen war der Schmerz immer besonders schlimm. Er sah zu, wie die Dunkelheit sich ganz allmählich hob, die Decke weißer wurde, der Himmel vor einem der riesigen Fenster allmählich durchsichtig. Die rastlosen Gestalten neben ihm kamen endlich zur Ruhe, was bedeutete, daß sie wach geworden waren; sprechen tat aber niemand. Es war die Stunde, in der alte Männer der Schlaflosigkeit erlagen, die sie die ganze Nacht hindurch verfolgt hatte. Sie gestanden diese Niederlagen ungern ein. Sie lagen mit zusammengebissenen Gaumen, wachsam wie auf Vorposten, und verrieten sich höchstens durch ein gelegentliches trockenes Hüsteln oder das sandpapierartige Geräusch, mit dem sie einen Fuß am anderen rieben. Caleb war der stillste von allen, doch zwischen seinen Ohren lief der ›Stony Pony Blues‹ ab.

Um sechs kam die Aufseherin und drehte am Lichtschalter. Noch lange nach ihrem Abgang flackerten die Neonröhren, machten Pause, sammelten sich und erfüllten den Saal schließlich mit ihrem grellen Licht. Der Himmel schien davon wieder dunkler zu werden. Es wurde jetzt ohnedies später hell, denn es war Herbst. Im Dezember würde er sieben Jahre hier sein, und er kannte jeden Schatten, den Lichteinfall in jedem Winkel, alle Geräusche der Nacht, der Frühe und der Mahlzeiten und tabellarisierte sie mit einer gewissen Genugtuung.

Wer dazu imstande war, kroch aus dem Bett und zog den Schlafrock über. Caleb besaß nur einen gummierten Regenmantel, dessen Gurt er ungelenk knotete, ohne die Finger zu bewegen. Er hatte sich von Roys Frau zum kommenden Weihnachtsfest einen richtigen Schlafrock gewünscht und hielt für gewiß, daß Luray ihm einen schenken würde. Die Füße steckte er in Papierpantoffeln und schloff über den Korridor zu den Toiletten. Hier hatte sich schon eine Schlange gebildet. Beim Warten summte er. Die alten Männer redeten von Verstopfung, Magenbeschwerden, Krämpfen im Bein, Rückenschmerzen. An sein Summen waren sie gewöhnt.

Zum Frühstück gab es Maisbrei, Fladen aus Weizenbrot und Kaffee. Die Männer saßen auf langen Bänken und aßen aus unterteiltem Blechgeschirr. Die Frauen saßen auf der anderen Seite des Speisesaals. Sie hätten sich zu den Männern gesellen dürfen, hätten sie das gewollt, sie mochten aber nicht, vielleicht weil sie sich in ihren geblümten Morgenröcken nicht sehen lassen, die Krampfadern nicht zur Schau stellen, die Kopfhaut nicht durchs dünne Haar schimmern lassen wollten. Caleb jedoch verbeugte sich leicht lächelnd in ihre Richtung, bevor er auf der Bank seinen Platz einnahm.

Nach dem Frühstück begab man sich in den Gemeinschaftsraum. Hier setzten sich einige vor den Fernsehapparat, andere starrten ins Leere. Behinderte wurden im Rollstuhl hereingefahren und abgestellt wie Einkaufswagen im Supermarkt. In einer Ecke fing man an, Rommé zu spielen, es wurde aber nichts Rechtes daraus, denn die Spieler hielten nur mehr oder weniger ihre Karten fest und saßen blicklos da, wie erfroren. Ein Mann mit Stock erzählte einem anderen, wie er von seinem Sohn um Haus und Hof gebracht worden war. Caleb selber hatte im Moment keinen Gesprächspartner.

Im August war sein Freund gestorben, Jesse Dole, ein Jazztrompeter, von dem mehrmals Aufnahmen gemacht worden waren, als man zu diesem Zwecke noch in einen großen schwarzen Trichter blies und der Ton dann aus einem ebensolchen Trichter im Wohnzimmer des Empfängers wieder herauskam. Sie saßen für gewöhnlich an ebendieser Stelle hier, zwischen dem Heizkörper und dem Kaffeetisch mit der Kunststoffplatte, und diskutierten über die Feinheiten unterschiedlicher Stile. Dann starb Jesse eines Nachts, man nahm ihn mit dem Laken auf und legte ihn auf die Trage, und Caleb mußte seine Tage nun allein verbringen, der Plastikstuhl neben ihm blieb unbesetzt. Die anderen fanden ihn etwas eigen. Sie hatten mit ihm nicht viel im Sinn. Caleb war es aber gewöhnt, mit allen möglichen Leuten Bekanntschaften zu schließen, und wußte, früher oder später würde er jemanden finden oder von jemandem gefunden werden. Vielleicht war das dann ein Neuer, der noch Neues zu erzählen hatte. Bis dahin saß Caleb geruhsam im Gemeinschaftsraum, die knotigen Finger auf den Knien, die Blicke unbeirrt auf den mit Linoleum ausgelegten Fußboden gerichtet.

Weil er nichts anderes zu tun hatte, dachte er an seine Vergangenheit, und das sah ihm nun eigentlich überhaupt nicht ähnlich. Meist hatte er den letzten Ort gleich vergessen, wenn er weiterzog, voll Erwartung dem nächsten entgegensehend, immer in dem Gedanken, eines Tages werde er zur Ruhe kommen und Revue passieren lassen, wo überall er gewesen war. Nun war es wohl soweit.

New Orleans Anfang des Jahrhunderts; Tanz im Okeh-Pavillon zu Quadrillen, schottischen Ländlern und Polkas; musizierende Bettler, vor jedem Häuserblock einer, mit allen erdenklichen Instrumenten, denen sich Töne entlocken ließen; White-Eye Ramford, knickebeinig durch die Straßen wankend. Er pflückte Noten von den Saiten wie goldene Beeren, er sang dazu und stolperte so gefährlich, daß man ihn für betrunken hielt, bis man die flatternden papierdünnen schwarzen Lider sah und die blinden, tastenden Kopfbewegungen. Er hatte die Sehkraft mit zwölf Jahren verloren oder auch mit zwanzig, da gab es verschiedene Versionen, mit dreißig jedenfalls hätte er gelernt haben müssen, sich zurechtzufinden, aber das hatte er nicht. Er war ein hoffnungsloser Fall, ein dicklicher, unbeholfener, unrettbarer Mensch mit gutartiger Miene, der schmerzlich das Gesicht verzog, wenn er irgendwo anstieß, dann aber resigniert weiterging und seiner gesprungenen Gitarre Töne entlockte. Im Knopfloch trug er eine zerfaserte weiße Nelke und auf dem Kopf einen Derby. Man schrieb Herbst 1914. Caleb kam von der Arbeit in der Zuckerfabrik und blieb wie vom Blitz getroffen stehen. Dann folgte er dem Blinden. »Wer is da?« rief der Blinde nach einer Weile, und Caleb drückte sich in einen Hauseingang. Tags darauf ging Caleb in die gleiche Straße, diesmal mit seiner Geige. Als er die Gitarre hörte, setzte er mit der Geige ein. Klagende Töne umflatterten die Melodie der Gitarre, kletterten an ihr hoch. Er hatte sogleich gewußt, was solche Melodien erforderten. Die Gitarre richtete sich auf die Fiedel ein, und beide Männer setzten den Weg gemeinsam fort. Jemand ließ eine Münze in die Blechbüchse fallen, die der Gitarrist am Gürtel trug. »Danke schön«, sagte Caleb, immer höflich. Der Gitarrist drehte sich blitzartig zu ihm um. »Weißer Mann?« rief er. Caleb war von der Verblüffung des Blinden entzückt und bemerkte kaum, daß er plötzlich allein dastand. Er zweifelte keinen Moment daran (denn er wünschte es sehnlich), daß er dem Blinden wieder begegnen, daß er so lange hinter der gesprungenen Gitarre herfiedeln würde, bis jener ihn akzeptierte. Oder duldete. Oder wenigstens sich mit ihm abfand.

1912 und 1913 hätte man Caleb Peck fast überall in New Orleans begegnen können, wo Musik gemacht wurde; meist lehnte er gegen das Klavier oder möglichst nahe dem Podium, sehnsüchtig und ratlos, erschöpft von der täglichen Arbeit in der Zuckerfabrik, aufrecht gehalten von der Hoffnung, doch einmal für einen abwesenden Musiker einzuspringen, obschon er wußte, daß man nicht gerade auf ihn wartete. Er spielte schließlich kein Blechblasinstrument, und eine Geige wollte keiner. Was das Klavier angeht, so hatte er die letzten Jahre verschlafen. Er hatte bei einem Mann gelernt, der schon im vergangenen Jahrhundert fort war aus New Orleans, als man Jazz noch Jass buchstabierte. 1912 und 1913 trieb Caleb sich also mehr am Rande herum, und sein Gesicht war ganz schmal geworden vom Lauschen, Aufnehmen, Verstehenwollen. 1914 entdeckte er dann den Blues, der ihm auf der Stelle und ganz mühelos einging. In den folgenden zwanzig Jahren konnte man ihn in bestimmten Gassen des Vieux Carrée finden, verbunden mit einem Blinden durch einen Strick, die schwer zu bestimmenden Klänge der Gitarre mit seiner Fiedel umspielend. Als er jetzt die Seifenbahnen auf dem Linoleum betrachtete, hörte er wieder White-Eyes dünne Stimme und das Dröhnen der Gitarre, wenn er mit der geschlossenen Hand die Saiten hinunterglitt. Er sang ›Careless Love‹ und ›Mr. Crump‹. Er sang die Blues, die Caleb sich ausdachte: ›Shut House‹ und ›Whisky Alley‹ und ›Cane Sugar Blues‹. Dann auch den ›Stringtail Blues‹, den manche Leute ebenfalls Caleb zuschrieben, in dem aber White-Eye die Welt wissen ließ, wie es sich für einen blinden Mann anfühlt, auf Freunde angewiesen zu sein. Calebs Fiedel glitzerte und winselte, die Gitarre dröhnte. Caleb sah jetzt abgerissen aus und etwas schmuddelig. Reinlich bleiben konnte nur, wer Geld hatte. Manchmal überraschte es ihn, wenn er sich in einem Schaufenster spiegelte – ein schlaksiger Mann in einem abgewetzten, schmutzigen Anzug. Oft litt er unter den Wanzen in der Pension, in der er Jahr um Jahr wohnen blieb, unverheiratet. Er hatte viele gute Bekannte, doch waren das meist Leute auf der Durchreise, die plötzlich verschwanden, erst Monate später oder auch nie wieder auftauchten. Beständig war einzig White-Eye. Und doch hätte man nicht sagen können, die beiden wären befreundet gewesen, mindestens wurde davon nichts sichtbar. Sie sprachen kaum je miteinander. Und kein einziges Wort über ihre persönlichen Verhältnisse.

Manchen Zuhörern fiel allerdings auf, daß die beiden Saiteninstrumente unablässig miteinander schwätzten wie alte Bekannte, die gemeinsame Erinnerungen haben, einander grüßen, miteinander übereinstimmen, und daß Caleb und White-Eye, bevor sie abends auseinandergingen, einen Moment schweigend verharrten, als hätten beide den Wunsch, etwas zu sagen, bevor sie ihrer Wege gingen. White-Eye kehrte zur Nacht bei einer Ehefrau ein, die er nie erwähnte, und bei einer unbekannten Anzahl von Kindern. Caleb ging zur Arbeit als Nachtwächter in einem Kaffeelager; andernfalls hätte er hungern müssen. (Er entnahm der Blechdose nur genug Münzen, um damit ein irreführendes Klimpern hervorzurufen.) Zwanzig Jahre lang kam er nachts mit vier Stunden Schlaf aus. Das alles tat er einer ganz bestimmten Art Musik wegen, eben jener Songs, die mit einem Stolz ganz eigener Art von einer bedrängten Seele künden, ein Zustand, den er am eigenen Leibe nur allzu genau erfahren hatte. Ein anderes Leben konnte er sich bald nicht mehr vorstellen. Fragte man ihn, woher er komme und wer seine Leute seien, antwortete er bereitwillig, aber ohne viel Nachdenken. Die Stadt, deren Namen er nannte, trat ihm dabei ebensowenig vor Augen wie die Menschen, die er erwähnte. Sein Bewußtsein scheute vor ihnen zurück. Er zog die Gegenwart vor, er fühlte sich glücklich da, wo er war.

Die Straßenmusikanten wurden immer weniger, Storyville wurde geschlossen, und die Jazzmusiker wanderten aus nach Chicago, spielten auf Ausflugsdampfern oder machten bei gesellschaftlichen Anlässen gezähmte Salonmusik. White-Eye und der Stringtail Man machten weiter und hielten sich sogar während der Krise von 1929 über Wasser. Sie waren aus dem Straßenbild nicht mehr wegzudenken, zwar nicht berühmt, doch vertraut, und gerade die Ärmsten waren bereit, sich von einer Münze zu trennen, damit die Welt, die doch schon so schlimm verändert war, sich nicht noch mehr ändere.

An einem Vormittag Anfang 1934 machte Caleb sich auf, um wie stets nach den ersten fernen Klängen der Gitarre zu suchen. (Sie verabredeten sich nie. Nichts deutete am Abend darauf hin, daß sie sich tags darauf wieder zusammentun würden.) Er war noch keine zwei Straßen weit gegangen, als eine Negerin mit einem Schal um die Schultern die Schnecke seiner Geige berührte und ihm sagte, White-Eye sei gestorben. Sie war seine Witwe. Sie hatte sich die Mühe gemacht, gleich nach Caleb zu suchen und ihn zur Beerdigung einzuladen, was er wohl zu schätzen wußte, wenngleich er die Einladung nur mit einem Nicken entgegennahm. Er ging in sein Zimmer und saß hier lange Zeit auf dem Bett. Als die Wirtin ihn rief, antwortete er nicht. An der Beerdigung auf dem kleinen Friedhof am Stadtrand nahm er jedoch teil. Am Rande des in den morastigen Grund geschaufelten Grabes stand er neben zwei teefarbenen Mädchen, die ihn ansahen und kicherten. Während der Zeremonie strich er immer wieder die Haare aus der Stirn. Er war damals fast 50 Jahre alt, und zum erstenmal kam ihm der Gedanke an sein Alter.

Caleb wanderte nun allein durch die Straßen. Weil er früher nie gesungen hatte, beschränkte er sich auch jetzt auf die Fiedel. (Niemand vermutete, daß Caleb die Stimme White-Eyes immer noch in den Ohren klang.) Die Töne seines eigenen Instruments vermischten sich auf sonderbare Weise mit den Straßengeräuschen – dem Schwätzen der Negerinnen, dem Sirren der Oberleitung der Busse, den Rufen der Straßenverkäufer. Zunächst hörte man überhaupt nichts; dann lösten sich Töne aus dem übrigen Lärm und entschwebten; man sah ihnen nach, an den Ort gebannt, offenen Mundes. Leute, die ihm eine Münze schenken wollten, angerührt von dem, was sie da gehört zu haben glaubten, fanden keine Blechbüchse, um die Münze einzuwerfen. Statt dessen steckten sie sie ihm in die Tasche. Abends fand Caleb seine Taschen klumpig und schwer, gelegentlich gar einen Geldschein im Gürtel. Woher das alles kam, wußte er meist nicht mehr, er baute die Münzen jedenfalls auf seiner Kommode auf. Als die Monate dahingingen, als die Benommenheit nachließ, als er eines Tages im Café vor Reis und Bohnen saß und die Kellnerin anschaute, die ihm Kaffee einschenkte, da wurde ihm klar, daß das Leben weiterging.

Er blieb noch zwei weitere Jahre in New Orleans und wäre wohl auch ganz dort geblieben, hätte er sich nicht von zwei Kornettisten zur Übersiedlung nach Peacham überreden lassen. Peacham war ein hübscher kleiner Ort nördlich von New Orleans, der wie alle Orte unter den Folgen der Wirtschaftskrise litt. Nur war hier der Bürgermeister auf einen genialen Einfall gekommen: er würde Peacham zu einer Touristenattraktion machen. (Kein Mensch kam auf den Gedanken, ihn zu fragen, woher eigentlich die zahlenden Gäste kommen sollten.) Er ließ einen farbigen Prospekt drucken, in dem Peacham sich mit New Orleans verglich, was die Sehenswürdigkeiten anging, doch ohne dessen Nachteile, als da waren Überfüllung und städtische Luftverschmutzung; Peacham bot erlesenes Essen, reges Nachtleben, Jazz der allerbesten Sorte und Straßenmusikanten an jeder Ecke. Dies vollbracht, schaffte er Köche, Kellnerinnen und Barkeeper sowie Musiker aller Art herbei. (Die Einheimischen hatten insgesamt nur drei Klavierspieler aufzuweisen – die klassische Musik spielten – ferner die Tochter des Pfarrers, eine Harfenistin.) Referenzen brauchte keiner, und auf Vorspielen wurde verzichtet. Die Musiker wurden in einem ächzenden Holzbau untergebracht, im schlechten Viertel der Stadt, aufeinandergeschichtet wie Sardinen in der Büchse, und von dort brachen sie allmorgendlich nach den ihnen zugewiesenen Straßenecken auf, um den gewünschten pittoresken Eindruck zu machen. Doch es gab keine Touristen, die ihnen Münzen in die Becher geworfen hätten, die einzigen Besucher dieser Örtlichkeit waren die, die auch früher gelegentlich gekommen waren, erwachsene Kinder alteingesessener Bewohner, die es für ihre Pflicht hielten, hin und wieder eine Woche unter dem Dach der Eltern zu verbringen. Einer nach dem anderen verloren die herbeigeholten Musiker den Mut und machten sich davon, mit dem Vorgeben, sie hätten ja gleich gewußt, dies könne nichts werden. Nur Caleb blieb. Er war hier ganz zufällig hingeraten, hatte New Orleans eher widerstrebend verlassen, aber nun gefiel es ihm in Peacham recht gut. Hier, so kam es ihm vor, konnte er sich ebenso wohl fühlen wie anderswo.

Tagsüber machte er an einer Grundschule den Hausmeister, abends fiedelte er an der ihm zugewiesenen Straßenecke. Seine Mahlzeiten nahm er in Sams Café, wo eine rotgesichtige freundliche Kellnerin ihm doppelte Portionen servierte, weil sie fand, er sei zu mager. Die Kellnerin hieß Bess und wohnte mit ihrem zwei Jahre alten Sohn hinter dem Haus, in dem das Café war. Sie fand, Caleb zahle zuviel Miete für sein Pensionszimmer, und überredete ihn nach und nach, zu ihr zu ziehen. Das war nicht besonders schwer. (Er war so entgegenkommend.) Ehe er es sich versah, fand er sich in ihrer von der Petroleumlampe erhellten Bude, in ihrem braunen Eisenbett, unter der dürftigen Steppdecke, die schwach nach Bratfett roch. Sie war vielleicht nicht gerade die, die er unter allen Weibern der Welt erwählt haben würde, doch war sie munter und umgänglich. Manchmal erwog er sogar, sie zu heiraten, um ihrem Sohn Roy seinen Namen zu geben, doch hatten sie es so behaglich miteinander, daß es die Mühe nicht wert schien.

1942 hatte Bess genug erspart, um ein Café zu kaufen, und zwar in Box Hill, zwanzig Meilen von Peacham entfernt. Caleb wußte nicht recht, ob er dahin mitwollte; es gefiel ihm, wo er war. Bess war aber entschlossen, und so folgte er ihr bereitwillig genug mit seiner Fiedel, einer Flöte, seiner alten Querpfeife und seinem zweiten Anzug. Diesmal ließ er sich von Bess als Koch für Schnellgerichte in ihrem Café anheuern. Es gab hier Parkanlagen, wo er fiedeln konnte, Kinder fanden sich ein, die ihm zuhörten, auch junge Paare. Nur fiel ihm auf, daß die jungen Männer mehr und mehr Uniform trugen, daß sogar die Kleider der Mädchen uniformähnlich wurden – mit breiten Schultern und zugeschnitten ohne Verschwendung von Material. Wenn er seine immer gleiche alte Musik spielte, fragte er sich oft, ob die Menschen das überhaupt noch verstanden? In seinem Kopf sang White-Eye Ramford immer noch von Verzweiflung, Eifersucht, grausamen Frauen und anderen kostspieligen, unrentierlichen Sachen. Die Paare, die ihm jetzt zuhörten, wirkten für so etwas viel zu nüchtern.

Caleb hatte Schwierigkeiten mit den Fingern – morgens fühlten sie sich steif an. Bei feuchtem Wetter war die Bogenhand überhaupt nicht zu gebrauchen. Sein Haar war unterdessen beinahe weiß, die Bartstoppeln silbrig, wenn er unrasiert ging. Mehr als einmal erschrak er vor seinem Spiegelbild, das er für das Gesicht seines Vaters hielt. Allerdings hätte der Vater keinen verschmutzten Panamahut getragen, schon gar nicht im Hause, und auch keine Küchenschürze mit Ketchupflecken, und auch die Hosen hätte er nicht mit Sicherheitsnadeln festgesteckt.

Bess' Café lag unweit vom Güterbahnhof zwischen einer Saatguthandlung und einem Schnapsladen. In dieser Gegend trieben einige finstere Gestalten ihr Wesen, doch Bess wurde mit allen fertig. Jedenfalls meinte sie das, bis an einem Märzabend im Jahre 48 zwei Kunden sich wegen eines Maultiers in die Haare kriegten, einer den Revolver zog und Bess versehentlich durchs Herz schoß. Caleb fiedelte derweil. Heimkommend glaubte er in einen Film zu geraten. Es wimmelte von Polizisten, Kriminalisten, Krankenträgern, auf dem Boden eine Frau in einer Blutlache – das konnte doch wohl mit der Wirklichkeit nichts zu tun haben? Er vermochte tatsächlich nicht zu glauben, daß sie tot sei, und betrauerte sie nur sozusagen partienweise, wenn er sich bestimmter Eigenschaften erinnerte: ihres gutartigen Lachens, ihrer warmen Hände, der stämmigen Beine in den weißen Strümpfen, was alles ihm noch Jahre später wie von Blitzen aus der Dunkelheit gerissen vor Augen trat.

Caleb hätte sich selbstverständlich nach Gutdünken verändern können, doch fühlte er sich für Roy, den Jungen von Bess, verantwortlich, der damals dreizehn oder vierzehn war. Und es gefiel ihm in Box Hill. Seine Arbeit in der Bratküche machte ihm Spaß, er verstand sich darauf, die gewünschten Gerichte in Rekordzeit zu bereiten, und da im übrigen das Café nun Roy gehörte, war es wohl das gescheiteste zu bleiben.

Mit den Jahren verwitterte die Fassade mehr und mehr, das Schild ›Bei Bess‹ blätterte ab. Roy wurde ein magerer junger Mann mit schlechter Haltung, der nichts Gutes vom Leben zu erwarten schien. Er und Caleb lösten einander bei der Arbeit ab. Abends fiedelte Caleb immer noch ›Stack O'Lee‹ und ›Jogo Blues‹, die Finger wurden aber immer unbeweglicher, und so manchen Tag mußte er die Fiedel im Kasten lassen. Dann war er auch der Querpfeife nicht mehr gewachsen, konnte mit den steifen Fingern nicht die Luftlöcher zuhalten. Also nahm er wieder die Mundharmonika vor, die er als ganz junger Mann gespielt hatte. Das warme Blech in den Fingern und der Geruch von speichelfeuchtem Holz erinnerten ihn an daheim. Er setzte ab und schaute über den Tresen. Wo sie wohl alle sein mochten? Tot? Er wischte die Harmonika an der Hose ab und begann seine Melodie von neuem.

Roy behauptete, sie brauchten eine Kellnerin. Man schrieb unterdessen 1963 oder so ähnlich. Es kam der gleiche kleine Kundenstamm wie immer, meist Eisenbahner und alte Männer aus den Übernachtungsheimen in der Nähe. Caleb sah nicht ein, warum man plötzlich eine Kellnerin brauchte, doch Roy ging los und engagierte eine, und als er mit ihr anrückte, verstand Caleb gleich. Sie war eine hübsche Blondine mit Namen Luray Spivey. Keine sechs Wochen vergingen, und sie war Mrs. Roy Pickett, in der Ecke des Gastraums stand ein Musikautomat, der Rock and Roll dröhnte, von den Veränderungen in der Wohnung im Oberstock gar nicht zu reden, die Caleb und Roy seit Jahren allein bewohnten.

Die Wände von Roys Schlafzimmer wurden mit Fotos von Filmstars bepflastert, die Luray aus Zeitschriften schnitt, meist Troy Donahue und Bobby Darin. Ins Wohnzimmer brachte sie eine heitere Note mit Gardinen, Polstern, Plastiknelken und Muscheln. Sie lief hinter Caleb her, sammelte sein schmutziges Zeug auf und gluckte dabei hausfraulich, was ihn belustigte. »Huuuui!« sagte sie etwa und hielt mit spitzen Fingern eines seiner Unterhemden von sich weg. Aber wirklich lästig wurde sie nicht, sie hatte ein Gefühl dafür, wann sie die Hausfrau ablegen und sich mit einer Packung Bierbüchsen zu Roy und Caleb vor das Fernsehgerät hocken mußte, das Roy auf ihr Betreiben gebraucht gekauft hatte. Im Café verbreitete sie gute Laune, denn sie hatte ein kesses Mundwerk und verstand es, den Kopf zurückzuwerfen und den Rock schwingen zu lassen, wenn sie sich mit der Bestellung von einem Tisch entfernte. Den Kunden jedenfalls tat es gut, sie vor Augen zu haben.

Im Herbst 1964 wurden Zwillinge geboren. Nun, mit Zwillingen wird das Leben schwerer, eine Frau kann nicht mehr so umgänglich sein wie zuvor. Und auch finanziell macht es sich bemerkbar. Wenn Kinder kommen, muß mehr Geld her. Luray wurde förmlich zerfressen von Geldsorgen, das war nicht zu verkennen. Was brauchte sie nicht alles für die Zwerge! Warum suchte Roy sich eigentlich keine Nebenbeschäftigung? Vielleicht als Taxifahrer. »Nicht mal trockenes Brot werden wir zu essen haben!« klagte sie und stellte sich in ihrem Umstandsmantel zugleich ängstlich und wütend vor ihn hin. (Früher einmal hatte sie ihre Sachen von Firmen kommen lassen, die in Filmzeitschriften annoncierten, lauter tief ausgeschnittene Kleider und BH mit Stütze.) Roy steuerte also von sechs Uhr abends bis Mitternacht eine Taxe, und Caleb machte die Arbeit im Café allein. Viel zu tun war nicht, und das abendliche Fiedeln hatte er ohnehin aufgeben wollen, denn der Park war unterdessen bebaut und seine Hände wollten endgültig nicht mehr. (Übrigens hatte er in jüngster Zeit beim Spielen manchmal den Eindruck, die Zuhörer sähen in ihm einen ›Typ‹, eine pittoreske Einrichtung.) Er machte sich also ganz zufrieden im Café zu schaffen, fertigte spezielle Gerichte an, schwatzte mit den Kunden, die ja fast alle gute Bekannte waren, und wenn er abgewaschen hatte, kam es schon mal vor, daß er die Harmonika zur Hand nahm, sich an den Tresen setzte und den Gästen das eine oder andere aufspielte. ›Pig Meat Papa‹ spielte er und ›Broke and Hungry Blues‹ und ›Nobody Knows You When You're Down and Out‹. Die alten Männer lauschten, sie nickten zustimmend mit den Köpfen, sie sagten »Ja, so ist es«, wenn er aufhörte, und sie waren größere Kenner als die jungen Leute. Bis Luray dann von oben kam, Lockenwickler im Haar, den Umstandsmantel zusammenraffend. »Was macht ihr nur hier? Caleb, du hast beide Kinder aufgeweckt, dabei habe ich sie eben erst mit Mühe zur Ruhe gebracht. Was sitzt ihr hier alle noch rum? Ksch, ksch, raus mit euch!« Als ob Plätze besetzt würden, auf die andere warteten, dabei war doch klar, daß keine Kundschaft mehr kam! Und überdies: man hatte Spaß miteinander gehabt, und es war doch wohl sinnlos, den Menschen ihren Spaß zu verkürzen?

Eine Weile später zog Luray sich wieder ihr durchsichtiges weißes Kellnerinnenhabit an und sagte, sie sähe schon, sie müsse die Gäste wieder selber bedienen; sie bekäme von männlichen Kunden Trinkgelder, Caleb aber nicht. »Stimmt«, sagte Caleb. »Es sind meine Freunde, und sie würden mich nicht in Verlegenheit bringen wollen.« »Mir ist das keineswegs peinlich!« und Luray warf den Kopf zurück. Sie ließ die Tür ins Treppenhaus offen, um die Kinder zu hören. Caleb war besorgt, weil sie die Zwillinge sich selber überließ, aber Luray sagte, keine Angst, denen passiert nichts. Sie sparte jetzt auf einen elektrischen Sterilisator für Milchflaschen. Caleb fand das überflüssig, er begriff aber, daß Luray hoffte, irgendein einzelner magischer Gegenstand könnte eventuell ihren Zwillingen ein langes, glückliches Leben garantieren, und vielleicht war gerade der Sterilisator ein solcher Gegenstand. Es überraschte ihn auch nicht, als sie nach Anschaffung des Sterilisators auf einen Doppelwagen sparte und danach auch noch zwei Kinderklappbetten fürs Auto kaufte, obwohl sie und Roy kein Auto besaßen. Er machte es ihr auch nicht zum Vorwurf, daß sie anfing, an seiner Arbeit zu nörgeln, wenngleich es ihn gelegentlich niederdrückte. »Was sehe ich? Wie kommst du dazu, unverdünnte Sahne zu benutzen? Was willst du mit so viel Eiern?«

Tatsache war, Caleb hatte sich unterdessen mehr und mehr auf Maßarbeit verlegt. Er kannte seine nicht zahlreiche Kundschaft seit Jahren, und da er nicht dazu neigte, anderen seine Sympathie offen zu zeigen, zeigte er sie, indem er ihnen jene Speisen bereitete, die an schlechten Tagen Trost gewähren. Jim Bolt nahm dann gern heiße Milch mit Whisky; der alte Emmett Gray gartenfrische, gedünstete Tomaten mit einer Spur Zucker drauf; und Frachtmeister Ebsen aß am liebsten selbstgebackenes Brot. Die schmalen Aluminiumregale hinter dem Tresen, eigentlich für Zerealien, Kartoffelchips und Cremetörtchen gedacht, quollen über von Gewürzen in Weckgläsern, englischen Teebüchsen und schottischen Haferflockenbehältern; Krabbensoße Marke Old Crab stand neben Major Grey's Chutney. Das Café machte überhaupt den Eindruck, als wäre es die Küche eines vielköpfigen Hauswesens. So sah es dort seit Jahren aus, doch Luray fiel das jetzt erst auf. »Was habt ihr hier nur für ein ulkiges Geschäftsgebaren! Ich liege nachts schlaflos bei meinen Babys, zermartere mir das Hirn, wie wir zurechtkommen, und du machst Omelette und Reispudding, lauter Sachen, die nicht auf der Karte stehen, und ich möchte wissen, was du den Gästen dafür berechnest!«

Luray übernahm Calebs Arbeit, sie schlang eine Schürze um ihre schmale Taille und tat so, als sei Caleb schwach im Kopf geworden. Er solle die Kinder hüten. Auf den Umgang mit Kindern hatte er sich nie verstanden, allein ihr Anblick stimmte ihn schwermütig. Menschen im Kindesalter taten ihm so unendlich leid, daß er es nicht aushielt in ihrer Nähe. Begann eines der Kinder zu brüllen, verkrampfte sich alles in ihm, er wurde trübselig und verlor die Hoffnung. Er bemutterte sie also aus der Entfernung, er hielt auf Distanz, und kaum waren sie eingeschlafen, eilte er nach unten und gesellte sich den Kunden zu. Er setzte sich auf einen Hocker, wandte sich zu ihnen um, er schwatzte und lachte wohl auch ein wenig albern vor Erleichterung und bezahlte mit seinem eigenen Geld für den Kaffee, damit Luray ihn nicht wegschickte. Er kramte mit geschwollenen, steifen Fingern die Harmonika vor, er spielte ihnen: ›Shut House‹ oder ›Whisky Alley‹. Bis Luray sich vor ihm aufstellte, die Hände in den Hüften, den Kopf zurückgelegt. »Hörst du das? Hörst du, was ich höre? Hörst du die Kinder schreien?« Dann steckte Caleb die Harmonika ein und ging schwerfällig hinauf.

Im Herbst 1966 stellte Luray fest, daß sie neuerlich schwanger war, und das beglückte sie nicht. Geld war knapper denn je, die Zwillinge machten ihr mächtig zu schaffen, und die Wohnung war eigentlich jetzt schon zu klein. Caleb schlief auf dem Sofa, die Zwillinge hatten sein altes Zimmer. Stand er nachts mal auf, stolperte er über Bauklötze, berädertes Spielzeug und kalte feuchte Windeln zum Badezimmer, wo Luray sich bereits eingeschlossen hatte. »Hau ab!« rief sie. »Zurück ins Bett, altes Stinktier!«

Eines Morgens warf sie sich in Schale, überließ Roy das Café und Caleb die Kinder. Zurückgekehrt eröffnete sie Caleb, sie habe eine neue Unterkunft für ihn gefunden. »Hm, nun ja«, sagte Caleb.

Er hatte schon selber daran gedacht, auszuziehen, aber nicht so konkret. Und es fehlte ja auch an Geld. »Das Café wirft aber nicht genug ab für zwei Wohnungen, Luray«, wandte er ein.

»Es ist auch keine Wohnung.«

»Ein Zimmer also? Nun ja, das ist mir recht, ich –«

»Nein. Wo du hinziehst, zahlt die Gemeinde zu.«

Sie warf Roy einen scharfen Blick zu. Roy ließ den Kopf hängen in der scheuen Art, die er hatte, und wurde rot. Caleb verstand aber immer noch nicht.

Er verstand erst, als sie ihn in dem grauen Gebäude mit dem betonierten Hof absetzten, wo Wärter auf Gummisohlen durch Korridore gingen. »Aber – Luray?« sagte er. Roy entfernte sich einige Schritte und betrachtete eingehend eine Anschlagtafel. Auf seinem Hals erschienen rote Flecke. Einzig Luray war willens, Caleb die

Stirn zu bieten. »Hier wirst du ordentlich versorgt«, sagte sie. »Schließlich bist du nicht mit uns verwandt, oder?« Sie hielt auf jedem Arm ein Baby, legte sich nach hinten über, um deren Gewicht auszugleichen, eine magere, unerhört schwangere Frau mit glanzlosem Haar und unreiner Haut. Was konnte er ihr schon sagen? Nicht einmal wütend konnte er auf sie sein, so jämmerlich sah sie aus. »Nun, es ist schon recht«, sagte er nur.

Später allerdings, als die Pflegerin sagte, er dürfe seine Mundharmonika nicht behalten, da durchfuhr ihn ein Blitz des Hasses von oben bis unten, und er bezweifelte, ob er es hier aushalten würde.

Jetzt also mußte er summen, wenn er Musik machen wollte. Leider war seine Stimme flach und farblos, und er traf die Noten sozusagen auf den Kopf, statt sich, wie White-Eye Ramford getan, ihnen auf Umwegen zu nähern. Immerhin, es war besser als nichts. Und im Lauf der Zeit schloß er Bekanntschaften, entdeckte den Hornstrauch im Hof und fand sogar Gefallen an der regelmäßigen Abfolge von Mahlzeiten, Freizeit, Schlaf. Immer war er stolz darauf gewesen, sich überall einpassen zu können. Und er bekam auch Besuch. So mancher von den alten Männern bekam nie welchen. Einmal im Monat, manchmal auch öfter, kamen Roy und Luray mit den vier flachsköpfigen Knaben, Roy ganz unverändert jung, Luray ausgehöhlt und vertrocknet. Doch sie war jetzt gütiger geworden. Wenn die Aufseherin die Besucher Schlag vier hinausscheuchte, haschte sie nach Calebs Hand, manchmal küßte sie ihn auch auf die Wange. »Denk daran, wir kommen wieder«, sagte sie. Und immer ordnete sie an: »Bring uns nicht raus, bleib hier sitzen, wo du es bequem hast.« Er aber begleitete sie jedesmal nach draußen, durch die stählerne Tür, in den betonierten Hof, bis das Tor klirrend vor ihm zufiel. Er winkte dann noch durch das Gitter, und Luray befahl den Knaben zurückzuwinken. Halbwegs zur Bushaltestelle drehte sie sich dann noch mal um, sie lächelte breit, sie hob das Kinn wie früher, als wolle sie ihn wissen lassen, daß sie insgeheim doch noch die kesse süße Luray Spivey und ebenso verdutzt über den Lauf der Ereignisse wäre wie er.

In seinem geflickten Sessel im Gemeinschaftsraum sitzend, summte er Lustiges und Wehmütiges vor sich hin, von St. Louis und East St. Louis, von Memphis und Beale Street, Pratt City und Parchman Farm. Anzumerken bleibt, daß er niemals den ›Stringtail-Man Blues‹ summte, obschon er ihn in den hallenden Windungen seines Hirns unentwegt von White-Eye Ramford singen hörte:

Once I walk proud, once I prance up and down
Now I holds to a string und they leads me around . . .

Auch an dem Vormittag, als der Brief kam, hatte er so im Gemeinschaftsraum gesessen. Als der Wärter ihm den Brief hinwarf, glaubte er, sich die kommende halbe Stunde mit bunten Blumenarrangements vertreiben zu können (die einzige Post, die er erhielt, kam von der Blumenhandlung Altona). So etwa konnte man Gebinde mit Namen wie ›Zur Erinnerung‹, ›Freundliches Gedenken‹, ›Eleganz‹ über den ganzen Erdteil hinweg zustellen lassen, ohne je einen Laden betreten zu müssen.

Doch als er den Umschlag aufriß, gewahrte er statt des bunten Prospektes einen maschinegeschriebenen Brief. Er betrachtete prüfend den Umschlag. Richtig. Mr. Caleb Peck. Der Stempel lautete bloß US Postal Service, Md. Seit wann gab es eigentlich die alten Stempel nicht mehr? Md –

Maryland.

Er faltete den Brief auseinander. »Lieber Caleb«, las er und suchte auch gleich nach der Unterschrift, »Dein Bruder Daniel J. Peck sen.« Ihm kam es so vor, als senke sich ein Stein auf seine Brust. Aber selbstverständlich freute es ihn, daß sein Bruder noch am Leben war. Er erinnerte sich Daniels mit Zuneigung, und gewisse Bilder, die wie im Licht von Blitzen aufschienen, konnten ihn auch heute noch rühren, wenn er es zuließ: Daniels Blondkopf über ein Schulheft gebeugt; der tapfere, zugleich angstvolle Blick, mit dem er manchmal den Vater ansah; die Mischung aus Stolz und Verlegenheit auf seinem Gesicht, als Maggie Rose in ihrem Hochzeitskleid zum Altar trat. Und doch drückte Caleb sich tiefer in den Sessel und spähte umher nach Eindringlingen. Danach erst las er den Rest des Briefes.

Offenbar war dies eine Einladung; Daniel forderte ihn zu einem Besuch auf, und zwar an einem Ort namens Caro Mill. Von Caro Mill hatte Caleb nie gehört. Er konnte sich den Bruder außerhalb von Baltimore eigentlich nicht vorstellen. Und wenn er sich ausmalte, er folge dieser Einladung, sah er sich nach Baltimore fahren, einerlei was in dem Brief da stand.

Er hörte die Straßenbahn rattern, die ihn den schattigen Sandwegen von Rolands Park entgegenführte, sah das Haus, umgeben von seinem Rasen, belebt von Puppen und Schaukelpferden. Er sah Daniel, der ihm die Vortreppe hinab entgegenkam, sah ihn aus den klaren Augen lächeln, die er gern ein wenig zusammenkniff, als würden sie geblendet von der eigenen Bläue. Caleb erwiderte das Lächeln und nickte freundlich. Dabei schrak er zusammen und nahm sich den Brief noch einmal vor.

Er las, daß die Eltern tot waren, ein Gedanke, der ihm selbstverständlich seit Jahren vertraut war. (Und doch traf es ihn.) Und auch die Jüngste war tot, Caroline, die er längst total vergessen hatte. Wo aber war Maggie Rose geblieben? War sie je zurückgekommen? Davon sagte Daniel nichts. Caleb hob den Blick und sah das liebe, kleine, lachende Gesicht unter dem bebänderten Hut. Aber sie müßte derweil eine alte Dame geworden sein. Sie hatte ja schon Enkelkinder. Ihre Söhne waren Advokaten, ihr Mann war Richter gewesen. Schließlich schrieb man 1973.

Und doch, die Sprache, in der der Brief abgefaßt war, war die Sprache vergangener Jahre, und Caleb hörte deutlich die steife, befangene Stimme des jungen Daniel Peck. Gleich fühlte er die alte Last sich auf ihn senken: Vorwürfe, Vergebung, neue Vorwürfe. Unaufhörliche Auftritte, Zurückweichen, wieder Angriffe, und dagegen half kein eigener Vorstoß. »Unsere Eltern sind bedauerlicherweise ...« »Doch lassen wir Vergangenes ruhen ...« »Du warst schon als Kind konträr und hast mit Deiner Widersetzlichkeit Deiner Mutter ...« Caleb gelangte zum letzten Abschnitt, er überflog den Brief eher, als daß er ihn las, denn er wollte nicht, daß sein Gedächtnis ihn einsauge. »Offen gestanden, Caleb ...«, sagte sein Bruder, streckte ihm die Hand entgegen und wartete. Es war wie in den alten Tagen, wenn Daniel nach wochenlanger Entfremdung sich die

Mühe machte, Stufe um Stufe zu Caleb hinaufzusteigen, nur um ihn zum Spazierengehen aufzufordern. Manchmal kam auch jemand anderer von der Familie, doch sie waren alle gleich, alle gingen auf ihn los, wichen zurück, rückten wieder vor; Caleb hatte sich jahrelang dagegen zu verteidigen gesucht, aber stets vergeblich, weil seine Abwehr unter einer freundlich auf die Schulter gelegten Hand zusammenbrach, unter einem Wort in jener Geheimsprache, über die vielleicht alle Familien verfügen, diese aber war die einzige, die Caleb je verstehen gelernt hatte. Er wurde gereizt und bereute gleich wieder; er lehnte sich gegen sie alle auf, gegen ihre kleinliche Besserwisserei, und doch, etwas wie Unbehaustheit in ihren hängenden Mundwinkeln griff ihm ans Herz, er streckte ihnen die Hand hin und wurde auch gleich erstickt von ihrer luftlosen Wärme. Es drückte ihn nieder, daß sie ihm alle Enttäuschungen ins Gedächtnis riefen, die er ihnen je bereitet hatte.

Er verlangte nun nach Briefpapier, er wartete drei Stunden ungeduldig und aufgeregt, bis es endlich gebracht wurde, aber als er es dann in der Hand hielt, drückte die steinerne Last ihn so sehr, daß es ihm einfach unmöglich war, die richtigen Worte zu finden. Auch tat ihm die Hand weh, die Finger wollten den Stift nicht halten. Er faltete das leere Blatt und steckte es zu Daniels Brief in die Tasche. Tage vergingen. Wochen vergingen. Eine Weile infiltrierte die Familie sein gesamtes Denken, dann aber verblaßte sie, kehrte nur gelegentlich flüchtig zurück, etwa wenn er den Gummimantel überzog, der ihm als Morgenrock diente, und in dessen Tasche der Brief knisterte und seinen Schatten auf Calebs Vormittag warf.

Zum Mittagessen gab es Hühnerbrust auf Toast, nach dem Essen Bettruhe. Behinderte wurden aus ihren Stühlen gehoben und wie Speckstreifen auf ihren Betten ausgelegt, die anderen – es handelte sich da um eine kleine Rebellion – wanderten zwischen den Betten umher, stellten sich ans Fenster oder saßen auf ihren Betten, in den zerwuselten Decken wie auf einem Nest. Caleb legte sich lang, schlief aber nicht. Im Geiste fiedelte er. Ein scharfer Beobachter hätte bemerkt, wie die Finger seiner linken Hand hin und wieder zuckten, wie seine Lippen sich lautlos bewegten. Er spielte ›Georgia

Crawl‹, und alle Töne kamen ausnahmslos so, wie er sich das wünschte.

Nach dem Mittagsschlaf sollten die Heiminsassen die Zeit bis zum Abendbrot wieder im Gemeinschaftsraum verbringen. Caleb jedoch ging hinaus in den Hof, und da er stets an der gleichen Stelle blieb, hinderte man ihn nicht. Er setzte sich auf die Bank unter dem Hornstrauch, der aus einem kreisförmigen Loch im Beton hervorwuchs. Die oberen Zweige waren vertrocknet und kahl. Weiter unten tanzten noch einige rote Blätter im kalten Wind. Caleb stellte den Kragen auf und verkroch sich in seinen Regenmantel. Nicht lange mehr, und es war Winter. Dann würde man ihm nicht mehr erlauben, hier draußen zu sein. Bis zum Frühjahr konnte der Strauch eingehen. Caleb war nicht gerade ein Naturfreund, doch die Vorstellung, hier draußen absolut ungeschützt zu sitzen und sogar dieses vertrocknete Gebüsch entbehren zu müssen, machte ihn beklommen. Er sah sich um, plötzlich mißtrauisch geworden. Er erblickte aber nur eine Frau mit Hut, die durch den Hof auf ihn zukam. Die Besuchszeit hatte schon vor längerem begonnen, man mußte also überall auf den Anblick von Fremden gefaßt sein; ihre bunte Kleidung ließ das Heim noch trübseliger erscheinen, als es den Insassen ohnedies vorkam. Die Dame hatte sich vielleicht verlaufen? Sie näherte sich ihm, als durchquerte sie einen flachen Wasserlauf auf glitschigen Trittsteinen. Ihr strohblondes Haar, das strähnig auf die Schultern fiel, ließ ihn an die ganz jungen Mädchen seiner Jugendzeit denken, doch als sie näher kam, stellte er fest, daß sie eher ältlich war. Sie schaute ihn mit einem sonderbar forschenden Blick an. Dann streckte sie die Hand aus.

»Caleb Peck?« fragte sie.

»Ganz recht, der bin ich.«

Er ergriff ihre Hand, obwohl sie eine Fremde für ihn war. Er ließ sich auf alles ein, das hatte er immer schon getan.

»Ich bin Justine. Justine Peck.«

»Ach.«

Er musterte sie, ignorierte den hastig aufgestülpten Hut und das altmodische Kleid, sah ein sandfarbenes Gesicht, eine scharfe Nase, blaue Augen. Die würde ich überall erkennen, meinte er (aber eben noch hatte er sie nicht erkannt!). Ein trauriger Schrecken durchfuhr ihn, und er hielt ihre magere Hand fest.

»Ich bin die Enkelin von Daniel Peck.«

»Richtig. Seine Enkelin.«

»Zu der er sich nicht besonders hingezogen fühlt.«

»Ja, ich erinnere mich ...«

Er ließ ihre Hand los und tastete damit in die Tasche, wo der Brief knisterte.

»Ich habe schlechte Neuigkeiten«, hörte er sie sagen.

War das nun seine Nichte – seine Großnichte? Sie ließ sich neben ihm auf der Bank nieder, leicht wie ein Vogel. Er wußte schon, was sie sagen würde. »Daniel ist tot«, sagte er. Wie hatte er nur heute so zufrieden erwachen und nicht ahnen können, was geschehen war?

»Er hatte einen Herzanfall.«

Caleb kam sich betrogen vor. Das war bitter. Auch in ihm keimte jetzt ein Schmerz auf. Er beendete automatisch die Handbewegung zur Tasche und holte den Brief heraus.

»Ich habe seinen Brief doch noch nicht beantwortet. Das hätte ich schon noch getan.«

»Nun ja, gewiß.«

Das war nicht, was er von ihr zu hören befürchtet hatte.

Er entfaltete den Brief und legte ihn mit feuchten Augen zwischen Justine und sich auf die Bank. Daniels Maschinenschrift sprach von Genauigkeit und Ausdauer, es war rührend anzusehen. Das war nun durchaus nicht fair, vielmehr schien Daniel hier von ihrer beider Hand eines zweiten Todes zu sterben. »Das ist unfair«, sagte er.

»Das ist es wirklich.«

Sie beobachtete eine Taube, während Caleb noch einmal den Brief las. Die Ränder schimmerten und verliefen. Jetzt wurde ihm alles verständlich. Er entdeckte hinter Daniels Worten einen freundlichen Sinn, was er zuvor herausgelesen hatte, verging. Er begriff, welche Mühe Daniel dieser Brief gekostet hatte, wie bedachtsam er nach dem richtigen Ausdruck gesucht, wie er mißglückte Anfänge in den Papierkorb geworfen haben mußte.

»Ich hätte ihm schreiben sollen.«

Sie fuhr fort, die Taube zu beobachten.

»Mit der Familie ist es mir immer so ergangen, daß ich nicht getan habe, was von mir erwartet wurde. Oder immer das, was nicht erwartet wurde.«

Sie blickte ihn an, das durchsichtige Blau ihrer Augen war von einer Vertrautheit, die ihn noch störte.

»Wie hat er mich gefunden?« Bisher hatte er sich diese Frage nicht ernstlich gestellt.

»Ein Detektiv hat das getan. Aber wir waren beide schon jahrelang auf der Suche.«

»Und ich glaubte, man hätte mich vergessen.«

Sie wollte offenbar etwas sagen, tat es aber nicht. Dann: »Ich habe immer wieder die Karten gelegt für dich.«

»Karten ... ?«

»Karten, die mir die Zukunft vorhersagen.«

»Ah ja.«

»Ich fragte die Karten: wird Großvater ihn jemals finden? Und die Karten sagten: ja. Allerdings hat Großvater die Karten nie selber abgehoben, und deshalb war Platz für Fehler. Er hätte das nicht gebilligt. Und ich habe die Karten auch nie gefragt, ob er dich wirklich jemals zu sehen bekommen würde.«

Caleb steckte den gefalteten Brief wieder in die Tasche. Er verstand nicht genau, wovon die Rede war.

»Onkel Caleb«, sagte Justine nun, »magst du mit mir nach Hause kommen?«

»Ach ... das ist sehr nett von dir.«

»Weißt du, Duncan und ich, wir würden dich gern bei uns haben. Duncan ist auch ein Enkel. Wir haben geheiratet. Er würde dir gefallen.«

»Geheiratet habt ihr also«, sagte Caleb ohne Überraschung. Er schniefte etwas und fuhr dann mit dem Ärmel über die Augen. »Hmmm, wer war doch gleich deine Mutter?«

»Caroline.«

»Caroline? Aber war das nicht unsere Jüngste? Ist sie nicht gestorben?«

»Aber da war sie längst erwachsen. Duncans Vater ist Onkel Zwei.«

»Zwei? Ah richtig. Justin Zwei.«

Er betrachtete die Taube, deren schillerndes Gefieder ihn an ein Taftkleid von Margaret Rose erinnerte. Von deren Kindern war ihm Justin Zwei als das anspruchsvollste im Gedächtnis, vorlaut, mehr als andere dazu neigend, ein Gespräch zu stören. »Ist er immer noch wie früher?« fragte er.

»Ja«, antwortete Justine, als wüßte sie genau, was er damit meinte. Er lachte.

Justine sagte: »Du kannst unmöglich hierbleiben, Onkel Caleb. Als ich im Büro nach dir fragte, hieß es: er sitzt da draußen an dem Gebüsch, aber Sie dürfen höchstens zwanzig Minuten bleiben, dann ist die Besuchszeit vorüber. Als ich sagte, ich bin Mr. Pecks Großnichte, ich komme eigens aus Maryland, um ihn zu besuchen, und bin seit zwei Tagen unterwegs, haben sie bloß gesagt: ›Ausgeschlossen, Miss, Vorschrift ist Vorschrift.‹ In solch einem Heim kannst du unmöglich bleiben.«

»Stimmt«, sagte Caleb, »in ihre Vorschriften sind sie richtig verliebt.«

»Also: kommst du mit? Wir könnten heute abend fahren.«

»Ach, man würde es nicht erlauben. Du hast nicht den Aufnahmeantrag unterschrieben, daher ist es auch nicht zulässig, daß du ... oder wenn, dann würde es Monate dauern, bis die Formulare ausgefüllt sind. Man müßte das vorbereiten. Es könnte einige Wochen dauern, bevor man erlaubt, daß ich –«

»Erlaubt? Ja, ist denn dies ein Gefängnis?«

Caleb blickte sich zwinkernd um.

»Ach was, komm einfach mit, deinen Mantel hast du schon an, und Sachen hast du doch weiter keine dort drinnen. Wir klettern da hinten über die Mauer, da ist sie am niedrigsten. Da sieht uns keiner.«

»Meinst du – ich sollte fliehen?«

»Komm einfach mit.«

Das hatte man sein Leben lang zu ihm gesagt, und immer noch hatte er nicht gelernt, abzulehnen.

19

Wenn Justine hin und wieder Caleb für einen flüchtigen Moment vor Augen bekam – etwa, wenn er an der offenen Tür vorbeiging oder auf der Veranda hin und her gehend im Fenster auftauchte und verschwand –, hielt sie ihn für Großvater Peck, und ihr Herz tat einen Satz. Nie hatte sie fertiggebracht, sich davon zu überzeugen, daß manche Menschen wirklich nicht mehr zu sehen sein sollen. Da waren sie wieder, die vorspringende Stirn, der silberne Schopf, die lange, am Ende schmale Nase. Doch dann sah sie seine Augen, und braune Augen im Gesicht des Großvaters waren jedesmal ein Schock. Oder er antwortete prompt, wenn sie ihn anredete, und zuckte gepeinigt zusammen, weil sie so durchdringend zu ihm sprach, und das tat sie immer, gewohnheitsmäßig. Auch seine Kleider verrieten ihn – ja, es waren Großvaters Anzüge, doch an Caleb wirkten sie schlecht geschneidert und irgendwie billig. Wenn das passierte, sank sie ein wenig in sich zusammen, und Duncan betrachtete sie neugierig, sagte aber nichts dazu.

Duncan spielte jetzt ›Massaker‹, er bewegte gelbe Plastikscheiben zwischen dreieckig angeordneten Pflöcken hindurch. Er betrieb das, wie er Patience gelegt hatte. Die Scheiben klickten so regelmäßig wie die Kugeln eines Abakus oder die Perlen eines Rosenkranzes, in einem Rhythmus, den ihm seine Gedanken eingaben. Aber was waren das für Gedanken? Er sprach darüber nicht. Die Bourbonflasche war immer in seiner Nähe, meist fast geleert, das billige Glas der Flasche durchsichtig bis auf einen fingerbreiten gelben Rest. Gelegentlich rauchte er aus einer eisernen Puppenpfeife übelriechende Kräuter und Blätter. Er wurde dann verträumt und schrullig, obgleich der Tabak seit Jahren in einer Oreganobüchse in der Küche gestanden hatte und Justine ihn für wirkungslos hielt. Er machte ausgefallene Vorschläge – so wollte er den Dorfanger mit diesen kleinen runden Samenkörnern bestreuen. »Einmal im Jahr könnten wir dann ein neues Ritual vollziehen. Alle Bewohner atmen den Duft ein, während ich den Rasen abbrenne. Das wäre dann der jährliche Volksbeglückungstag.« Justine schaute aus dem Augenwinkel nach Caleb, ob der etwa schockiert wäre, doch schien dies nicht der Fall. Er war sich nicht zu gut, selber gelegentlich einen Schluck Bourbon zu nehmen oder auch zwei (die steifen großväterlichen Lippen an den Flaschenhals gesetzt!), und er hätte es wohl auch mal mit der Pfeife probiert, wenn er vom Rauch nicht hätte husten müssen. Gleichwohl fühlte Justine sich immer wieder gedrängt zu sagen: »Du darfst nicht glauben, daß Duncan immer so ist.«

»Ach, ist er das nicht?«

»Nein. Er ist nur im Moment ... es geht vorüber.«

Dann fragte sie sich, warum sie sich zu solchen Erklärungen herbeiließ, um so mehr, als sie Caleb damit zu enttäuschen schien. Er erwartete offenbar etwas Bestimmtes von ihnen, nur kam Justine nicht dahinter, was. Auf der Heimreise zum Beispiel hatte seine Stimmung so häufig gewechselt, daß Justine am Ende nicht mehr wußte, woran sie war. Bis kurz vor New Orleans war er in Hochstimmung, und auf diesem Teil der Rückfahrt fand sie ihn am anziehendsten: das Gesicht höchst lebendig, ganz ähnlich dem von Duncan, was Justine stets vermutet hatte. Er war unerhört aufgedreht und bewegte beim Sprechen ruhelos die Hände. (Justine hatte gelernt: eine Peck redet nicht mit den Händen.) Er erzählte ihr seine Lebensgeschichte, alles, was sich seit seinem Weggang aus Baltimore ereignet hatte, Leben sozusagen eimerweise, ganze Sturzbäche von Namen und Orten, Fetzen von Songs, abgebrochene Sätze. Ihr kam es vor, als habe er das sechzig Jahre aufgehoben, um es jemandem von der Familie darzubringen. Als er dann aber fertig war und sie nach dem und jenem eingehend fragte – »Was ist eigentlich aus dem Mann geworden, mit dem du ursprünglich nach New Orleans gefahren bist?«, »Was war dieser White-Eye Ramford für ein Mensch?«, »Hast du je den Wunsch gehabt, nach Hause zurückzukehren?« – da wurde er mürrisch und wortkarg. »Ich weiß nicht mehr«, murmelte er, »weiß nicht mehr.« Um ihn aufzuheitern, schlug sie vor: »In New Orleans kaufe ich dir erst mal Schuhe. In den Papierpantoffeln lassen sie dich nicht ins Flugzeug.« Das vertiefte noch seine Düsterkeit. Er sah zum Fenster hinaus, strich mit Zeige- und Mittelfinger über die Mundwinkel auf eine Weise, die sie unbehaglich stimmte. Aber natürlich: er betrauerte seinen Bruder. Das hätte sie bedenken müssen. Zuvor hatte er sich gewiß nur ihretwegen so angestrengt, und davon war er ermattet. Sie ließ ihn also in Frieden und sagte nichts mehr von Schuhen. Dafür tat er es. Plötzlich fragte er sehr forsch: »Wie war das doch – wollten wir nicht diese Papierlatschen loswerden? Ich kann schließlich nicht total abgerissen in den Schoß der Familie zurückkehren.«

»Gern, wenn du möchtest«, sagte Justine behutsam.

»Im Augenblick fehlt es mir an Barmitteln –«

»Das erledige ich schon.«

Mindestens in dieser Hinsicht konnte er sein Herkommen nicht verleugnen; in Geldangelegenheiten machte er keine unnötigen Fisimatenten.

Die Nacht verbrachten sie in einem ziemlich schäbigen Hotel, wofür Justine sich entschuldigte, Caleb schien das aber nichts auszumachen. Er zog sich zeitig zurück, nachdem er zuvor sehr viel Salat gegessen hatte. Auf Obst und frisches Gemüse war er ganz versessen. Als er sich im Korridor von ihr verabschiedete, schien er in bester Verfassung, doch tags darauf, im Flugzeug, war seine Stimmung sehr schwankend, rauf und runter, rauf und runter, mal redselig, dann verschlossen, oder er stellte die ausgefallensten Fragen.

»Wie viele Schiffe habt ihr jetzt?«

»Wie? Schiffe?«

»Gehören sie euch, oder chartert ihr sie nur?«

»Schiffe!? Ach, richtig, jetzt verstehe ich. Nein. Importieren tun wir nicht mehr.«

»Nein?«

»Das Importgeschäft wurde verkauft.«

»Was! Wann ist denn das passiert?«

»Gleich nach deinem Weggang.«

Da versank er wieder in sich selber und sagte kaum ein Wort während der Landung und auch nicht auf der Fahrt nach Caro Mill, in den beiden Bussen, die Anschluß aneinander hatten. Als sie mit ihm in die Uhrmacherstraße einbog, kam es ihr vor, als führe sie ihn gewaltsam mit, so bejammernswert sah er aus. Doch vor dem Haus blieb er stehen. »Hier?« fragte er. »Hier wohnt ihr?«

Zum erstenmal fiel ihr auf, wie baufällig das Haus wirkte, wie ausgebeult die Fliegenfenster waren, wie das Holz der Treppenstufen sich geworfen hatte. Was machte eigentlich der verrostete Motor auf der Veranda? »Ja, hier wohnen wir.«

Sie spürte, daß er sie scharf prüfend anblickte, und schaute auf ihre Schuhspitzen.

»Ist das wirklich euer Haus?«

»Ja.«

»Und was ist das gelbe Zeug da im Vorgarten?«

»Das sind Maiskolben.«

»Was denn – eßbarer Mais?«

»Ja. Duncan wollte gern Mais pflanzen und behauptete, hinterm Haus sei nicht genug Sonne. Er meinte, wir könnten unsere Abfälle zu Dünger vermahlen und –«

Bei dem Versuch, ihm einzureden, sie führten ein ganz normales Leben, geriet sie fast in Verzweiflung, und doch war das alles ganz überflüssig. Als sie schließlich aufzublicken wagte (ein flüchtig verstohlener Blick in sein Gesicht, um zu sehen, wie er das aufnahm), sah sie, daß er die Mundwinkel verzog wie Duncan, daß seine Miene heiter war und daß er strahlte. Er wurde von Tag zu Tag unbeschwerter. Er paßte genau hierher. Sie verstand das nicht.

Manchmal ließ Duncan die Spielplättchen ruhen und las statt dessen die Zeitung, selbstverständlich die Stellenanzeigen. »In Virginia sucht jemand einen Tierwärter, Justine.«

»Das warst du doch schon.«

»Stimmt.«

»Ich will sagen, du verstehst nicht die Bohne davon.«

»Stimmt.«

»Du hast doch Arbeit, Duncan. Du hast einen Arbeitsplatz und solltest seit drei Stunden dort sein.«

Dann erhob er sich, nicht schwankend, nur ein bißchen langsam, das Gesicht von einem engelhaften Glanz, wie nur Bourbon ihn erzeugen kann, und knöpfte sich sehr bedächtig in seine Jacke. »Also, wenn du die Wahrheit hören willst« (dies in Richtung Caleb gesprochen), »ich halte nichts davon, daß Menschen sich zum Wohle anderer opfern.«

»Ich doch auch nicht, Duncan«, sagte Justine.

Darauf hatte er keine Antwort.

Er grüßte Caleb mit leicht gehobenem Arm und schlug den Kragen hoch, als müsse er auf seinem Weg zum Antiquitätenladen Schneestürme bestehen. Weil die Öffnungszeiten ungewiß waren, kamen auch keine Kunden mehr. Die Antiquitäten lagen unabgestaubt zuhauf, viele Glühbirnen waren durchgebrannt, und die Schaufensterscheibe war mit Heftpflaster verklebt. Die Folge davon war jene Anzeige, die mit einem Pflock im Spielbrett befestigt war: Verantwortungsbewußter Geschäftsführer gesucht, Antiquitäten Amsel, Caro Mill, Schließfach 46. Justine jedoch zeigte sich fest, kühl und entschieden. Sie reckte das spitze Kinn heraus wie der Großvater und nahm eine gebieterische Kopfhaltung an. »Es wird Zeit, daß wir lernen, an Ort und Stelle auszuhalten«, eröffnete sie Duncan, wenn er abends nach Hause kam.

»Wie du willst, Justine.«

»Nicht, wie ich will. Du selber mußt das wollen. Wir sind eine ganze Ewigkeit umhervagabundiert.«

»Das ist wahr.«

»Warum stimmst du mir unentwegt zu? Meinst du, du müßtest mir irgendwie gefällig sein?«

»Nein, nein.«

Doch in Wahrheit meinte er das. Und zwar, weil sie Caleb geholt hatte. Oder nicht? Duncan glaubte offenbar, sie sei übergeschnappt oder gar senil – wer konnte das wissen? –, weil sie, ohne sich zu bedenken, Caleb mitgeschleppt hatte. (Sie war der Meinung gewesen, Duncan würde das verstehen. Von Box Hill hatte sie ihn in seinem Laden angerufen: »Ich muß über Nacht wegbleiben, Duncan, vor morgen geht bestimmt kein Flugzeug aus New Orleans zurück.« »Du bist also in New Orleans?« hatte er gefragt. »Und ich dachte schon, du hast mich verlassen. Als ich heute mittag nach Hause kam, warst du nicht da.« »Ich verlasse dich doch nicht«, hatte sie erwidert und ganz vergessen, daß sie gerade dies noch bis zum Nachmittag sehr ernsthaft erwogen hatte. Daß sie Caleb getroffen hatte, machte sie ganz aufgeregt, und es war gut, Duncans Stimme am Telefon zu hören. Sie hatte völlig vergessen, daß sie ihm böse war.) Als die beiden aus New Orleans ankamen, sah Duncan seinen Großonkel eine Weile an und schüttelte ihm dann die Hand. Justine sah er aber noch eindringlicher an, und zwar auf eine mitleidige, trauernde Art, und diesen Blick vergaß sie bis ans Ende ihrer Tage nicht. Weshalb bemitleidete er sie wohl? Er wußte noch nicht einmal, daß ihr Vorgehen sozusagen ungesetzlich war. Und doch verhielt er sich während des dann folgenden Abendessens so rücksichtsvoll und leise, als wäre sie krank. Dabei gab es doch wohl nichts Natürlicheres, als den Großonkel zu Besuch zu haben?

Nicht, daß es Duncan nicht recht gewesen wäre. Er kam mit Caleb glänzend aus, besser eigentlich als Justine. Die beiden unterhielten sich lange und ausführlich über Jazz und Blues und die kreolische Küche. Duncan fragte nach Lafleur Boudrault und Whisky Alley, nach Begräbnissen mit Musik und den alten Freudenhäusern, über die Caleb zu Justines Verblüffung glänzend informiert war. Caleb spielte auf Duncans Mundharmonika und entlockte ihr so wunderschöne, unreputierliche Klänge, daß Justine reglos und offenen Mundes zuhören mußte. Das also war ihr Großonkel?

So ließ er sich aber nicht gern nennen, auch Onkel nicht. Vielleicht hatte er zu lange ohne Familie gelebt, als daß er solche Bezeichnungen ohne Widerspruch ertragen konnte. »Nennt mich Caleb«, sagte er. Und was den Besuch bei der eigentlichen Familie anging, so türmten sich unüberwindliche Hindernisse auf. Die Reise war zu anstrengend gewesen; er gewöhnte sich eben erst mit Mühe in Caro Mill ein; seine Arthritis peinigte ihn. Und überhaupt wäre Thanksgiving der geeignete Termin für so etwas. Man könnte unangemeldet eintreffen und die Familie überraschen. »Thanksgiving!« sagte Justine. Man habe ja nicht einmal November! Konnte man die anderen wirklich noch so lange im dunkeln lassen? Warum nicht am kommenden Sonntag fahren, vielleicht zum Essen bei Onkel Zwei? Caleb aber wollte nicht, er brachte gleich mehrere unhaltbare Einwände vor. (»Bestimmt habe ich alle Vornamen vergessen!«) Justine seufzte. Manchmal war sie von Caleb richtiggehend enttäuscht.

Mehr noch. Sagen wir doch die Wahrheit: manchmal mochte sie ihn einfach nicht leiden.

Er hatte sich so weit von allem entfernt, fand sie, der Abstand zur Familie war beträchtlich. Jetzt zeigte sich, daß die Rückkehr nicht einfach war, vielleicht gar unmöglich. Er hatte Angewohnheiten und Eigenheiten, die Pecks bestimmt nicht dulden würden, Fertigkeiten, die sie weder selber besaßen noch schätzten, Kenntnisse, die ihnen total unzugänglich waren. Oft sagte er Dinge, die sie entsetzten. »Hast du schon mal daran gedacht, wie es wäre, wenn wir den anderen überhaupt nichts sagten?«

»Aber Caleb!«

»Hör doch, Justine. Ich bin mit dir und Duncan hier ganz glücklich. Warum noch anderswo hingehen? Ich käme mir wie unter Fremden vor.«

»Aber das ist lächerlich! Einfach lächerlich!«

»Ich habe aber nichts mit ihnen gemein, Justine!«

»Wie kannst du so was nur sagen.«

»Glaubst du, auch nur einer von ihnen würde mich erkennen?«

Nein. Keiner. Im tiefsten Inneren wußte sie das wohl, und er und sie schauten einander in totaler Übereinstimmung an, obwohl sie fortfuhr, laut zu protestieren.

Manchmal schloß sie sich in ihrem Zimmer ein und holte das alte Foto von Caleb heraus, das sie nach dem Tode des Großvaters aus dessen Tasche genommen hatte. Sie starrte es an, als könnte man es lesen, nicht bloß betrachten. Der Glanz von Calebs Panamahut; die Haltung seiner Schultern; der gutsitzende, perfekt gestärkte Schlips. Heutzutage trug er nie einen Schlips. Sein ehemals flottes Wesen war zu Aufsässigkeit entartet, er sprach in einem scharfen, unschönen Ton. Sein Gang hatte etwas Rückgratloses, Nachlässiges. Und sie konnte nicht leugnen, daß er, auch in Daniels Anzügen und mit Duncans Rasierwasser betupft, den dumpfen Kohlgeruch des Heiminsassen verbreitete.

Nun, er war schließlich lange fort gewesen.

Richtig, aber er hatte sich graduell entfernt, immer nur so weit, wie man ihn jeweils lockte, er hatte sich im Grunde nur als anpassungsfähig erwiesen, unendlich anpassungsfähig.

Wie Justine auch.

Bei diesem Gedanken begann ein Zittern unter ihren Fußsohlen, machte ihr übel im Magen, stieg durch die Brust auf und pochte in der Kehle wie ein zweites Herz. Sie schob hastig das Bild in einen Stoß Zeitschriften und eilte hinaus zu den beiden Männern.

Nachmittags, wenn Duncan neben seinem Spielzeug am Boden schlummerte, brachte sie Caleb in den Familienangelegenheiten auf den neuesten Stand. Ihn schien es nicht zu interessieren, und doch setzte sie sich ihm gegenüber an den Tisch und paukte eifrig Familiengeschichte mit ihm. Dabei staunte sie selber darüber, wie rasch alles erzählt war, obwohl doch Monate und Jahre vergangen waren, als diese Ereignisse sich abspielten, die sie jetzt in Minuten schilderte. »Richard hat geheiratet, aber der Vater seiner Frau ließ die Ehe annullieren, weil die Braut nicht ehemündig war. Seither wohnt er in der Stadt.«

»Und welcher ist Richard, bitte?«

»Nun, der Sohn von Onkel Mark.«

Vom Tod ihrer Mutter erzählte sie ohne merkliche Rührung, als hoffe sie, er werde nichts merken, doch selbstverständlich merkte er alles. Aber er sagte nichts dazu. Als sie über das Kartenlegen sprach, machte er ein höflich interessiertes Gesicht. Was dachte er nun wirklich? Sie stellte sich vor, er analysiere sie, werde sich demnächst räuspern, ihre Eigenheiten zusammenfassend darstellen und verkünden, in welche Richtung ihr Leben sich bewegte. Traf sie ihn dabei, daß er sich im Hause umsah, ihre Kleider musterte, eine alte Frau betrachtete, die zahnlos und in Pantoffeln vorbeikam, sich die Karten legen zu lassen, wurde sie ganz starr vor Erwartung. Gewiß wog er ihre und Duncans Existenz, und wie leicht die wog, war ihr erst kürzlich aufgegangen. Sein Urteil konnte jeden Moment gesprochen werden. Aber es kam keins. Gleichwohl unternahm sie immer neue Versuche, sich ihm zu erklären. »Du mußt wissen, wir hatten früher ... Duncan wollte nie irgendwo bleiben ...«

»Was du nicht sagst.«

»Er ist gern unterwegs.«

»Besonders weit ist er aber nicht gekommen.«

»Was?« Sie durchwühlte ihr Gedächtnis nach Mitteilenswertem aus der Familie und zerbiß derweil zerstreut eine Kaffeebohne. »Übrigens behauptet Tante Lucy immer –«

»Lucy? Hat denn Daniel eine Tochter namens Lucy gehabt?«

»Lucy ist die Frau von Zwei. Das habe ich dir schon erklärt, Caleb.«

»Richtig.« Er nickte. »Es muß schwer sein, das alles auseinanderzuhalten.«

»Mir fällt es kein bißchen schwer. Es sind meine Verwandten! Also, ich sprach von Tante Lucy. Was wollte ich doch gleich sagen ... ?«

»Du sagtest – also, du sagtest ...«

Sie fuhr aus der Haut. »Hast du denn kein Gedächtnis? Fühlst du dich überhaupt nicht der Familie verbunden?«

»Gedächtnis schon, verbunden nein.«

Sie glaubte ihm. Als sie sich nachts ruhelos im Bett wälzte, sagte sie zu Duncan: »Wir hätten ebensogut einen Fremden von der Straße auflesen können.«

»Wie kommst du darauf?«

»Er fühlt sich uns nicht verbunden. Das gibt er offen zu. So ein alter Schnorrer! Wenn er rechtzeitig geantwortet hätte, wäre Großvater noch am Leben. Er hat nicht die Spur Familiensinn, und das sagt er, als wäre er stolz darauf. Nicht die Spur einer Spur!«

»Oh doch.«

»Was meinst du damit?«

»Gebrauch doch mal deinen Verstand, Justine. Kennst du irgendwen, der sich mehr wie ein Peck benimmt als er? Bedenk doch mal: sein Leben lang ist er für sich geblieben, nie hat er jemanden an sich herangelassen, der mit ihm nicht blutsverwandt war. White-Eye hat er ebensowenig nahegestanden, wie er die Kellnerin geheiratet hat oder Roy ein Vater gewesen ist. Kannst du nicht zwischen den Zeilen lesen? Was hat Luray noch zu ihm gesagt? Richtig verwandt ist er nicht mit uns. Und da behauptest du, er hat nichts Pecksches an sich?«

»Du verstehst von alledem überhaupt nichts. Selbstverständlich hat er zu White-Eye Distanz gehalten. Das war einfach Takt.« Und sie warf sich auf die Seite, weg von Duncan, und bereitete sich auf eine weitere schlaflose Nacht vor.

Als sie am folgenden Nachmittag Caleb gegenübersaß, der eines der feingestreiften Hemden seines Bruders trug, war sie wieder voller Zuversicht und Energie. »Bestimmt gefällt dir Vetter Claude.«

»Du meinst?«

»Er sammelt Stiche. Außer dir ist er der einzige, der sich für Kunst interessiert.«

Er aber entgegnete: »Bevor du alle diese Bohnen kaust, mache ich uns einen Kaffee daraus, Justine.« Sie bemerkte dann den metallischen Glanz in seinen Augen, seine Haut wirkte irgendwie rauh und ungepflegt und über der Nase zu straff.

In der Küche hatte er unterdessen die Herrschaft übernommen, ganz als wüßte er schon, was Justine vom Kochen hielt. (Das erste, was sie ihm vorsetzte, waren Frankfurter Würstchen in der Pfanne gebraten.) Er hingegen bereitete jede einzelne Mahlzeit so gründlich und liebevoll wie ein Geschenk. »Eßt alles auf«, sagte er vor der Mahlzeit, »denn wenn ihr nicht aufeßt, kann ich nichts Neues kochen.« Bei der Arbeit summte er vor sich hin, fluchte wohl auch mal, weil es an Utensilien und Zutaten fehlte, und lärmte mit den Töpfen. »Das macht aber nichts, ich kann mich mit allem behelfen. Auch in der primitivsten Bratküche bereite ich euch im Handumdrehen eine Mahlzeit von sechs Gängen. Warum habe ich nur je damit aufgehört? Luray hat mich dazu überredet, deshalb. Allmählich habe ich selber geglaubt, daß ich mein Geld nicht mehr verdienen kann, aber selbstverständlich kann ich das! Ich suche mir Arbeit und gebe was von meinem Lohn in die Haushaltskasse, jawohl, das tue ich.«

Doch das wurde sogar von Duncan mit einiger Skepsis aufgenommen. »Ich will dir ja nicht die Luft aus den Segeln nehmen, Caleb, aber meinst du nicht, daß dein Alter dir da einen Streich spielen könnte?«

»Pah, Alter! Zugegeben, wo bessere Kundschaft verkehrt, könnte es eine Rolle spielen, aber es gibt immer irgendwo im Hafen oder an der Eisenbahn kleine Lokale, wo man sich nicht die Bohne um mein Alter kümmern würde. Und da suche ich mir was.«

»Dann warte wenigstens noch ein bißchen. Es könnte ja sein, daß wir hier wegziehen, und dann müßtest du anderswo von neuem was suchen.«

»Wir ziehen hier aber nicht weg«, behauptete Justine.

»Es eilt ja auch nicht«, meinte Caleb. »Ich lasse alles an mich rankommen. Ich warte ab, bis ich sehe, wie die Dinge sich entwickeln. Das habe ich immer so gemacht.« Er schmunzelte. »Komisch – ich hatte ganz vergessen, wie Knoblauch schmeckt. Habt ihr mal bemerkt, wie man bestimmte Gerichte mit bestimmten Personen assoziiert? Oder mit Orten, an denen man war, mit Erlebnissen, die man gehabt hat? Bess hatte eine große Schwäche für Mais mit Knoblauchbutter. Wir beide müssen ganze Wagenladungen davon verdrückt haben. Wenn ich es jetzt äße, käme es mir aber irgendwie ... unvertraut vor. Das geht wohl allen Menschen so. Mein bester Freund war ganz wild auf eine bestimmte Sorte Sardinen mit Salzgebäck, aber wenn ich ihm heute begegnen würde, könnte er sich vielleicht an diese alte Vorliebe überhaupt nicht mehr erinnern.«

Duncan hörte so gespannt zu, daß er ganz vergaß zu essen. Justine spielte mit dem Salzstreuer. Warum nur redete Caleb dauernd vom Essen? Das war in der Familie einfach nicht üblich. Da legte man nur Wert darauf, daß die Mahlzeiten nahrhaft waren und nicht ausgefallen schmeckten. Man bevorzugte Mehlschwitzen, helle Soßen. Die Pfeffergarneelen, die Caleb gerade auf den Tisch gebracht hatte, wären entsetzt abgelehnt worden. »Welchen Beweis haben wir eigentlich dafür, daß du wirklich Caleb Peck bist?« fragte Justine plötzlich.

Beide Männer glotzten stumm.

»Woher wissen wir, daß du nicht ein Schwindler bist?«

»Justine!« sagte Duncan.

Sie hörte nicht auf ihn. Sie beobachtete Caleb.

»Warum sollte sich jemand die Mühe machen, Caleb Peck sein zu wollen?« fragte Caleb.

»Du bist völlig anders als die anderen.«

Caleb zuckte die Achsel (eine fremdartige Angewohnheit).

»Wenn man es so sehen will – woher weiß ich, daß du eine Peck bist?«

»Wir wissen nicht mal, ob Eli ein ehrlicher Mensch ist«, fuhr Justine fort. »Er hat vielleicht einen Fremden von der Straße aufgelesen und ihm alles Nötige beigebracht. Ihr beide habt das vielleicht miteinander so abgesprochen. Schließlich geht es auch um Geld. Im Laufe von 60 Jahren dürfte Calebs Erbanteil einige Zinsen angesammelt haben.«

»Aber Caleb hatte überhaupt keinen Anteil am Erbe«, berichtigte Duncan. »Mir wäre es wirklich lieb, Justine –«

Caleb aber nickte nur, ernüchtert und irgendwie stolz, als mache man ihm Komplimente.

Nachts pochte es an der Tür, jemand rief, Autoscheinwerfer wanderten an der Decke des Schlafzimmers entlang. Justine, wie immer hellwach, kletterte über Duncan hinweg aus dem Bett und warf den Morgenrock über. »Moment!« rief sie. Duncan wurde unruhig und setzte sich auf. In Calebs Zimmer raschelte es. Justine rannte atemlos und fröstelnd auf die Diele. Bestimmt war jemand gestorben. Bestimmt war Meg was zugestoßen. Nie zuvor war ihr so klar gewesen, wie viele Katastrophen über den Menschen hereinbrechen können und wie ungestört und friedlich ihr Leben doch bislang verlaufen war.

Dann aber war es nur Tucker Dawcett, dessen Frau sich wöchentlich die Karten legen ließ, weil sie wissen wollte, ob er ihr treu war, und es den Karten nie glaubte, wenn die ja sagten. Tucker war ein netter, magerer Kerl mit Stockzähnen. Jeden Morgen machte er im Trainingsanzug einen Geländelauf, und im übrigen war er – Polizist.

Wieder klapperte sie mit den Zähnen.

Tucker hustete und zeigte seinen laminierten Dienstausweis vor.

(Wozu um Himmelswillen? Es hätte geradesogut seine Mitgliedskarte im CVJM sein können.)

»Ach, Tucker«, sagte sie bloß.

»Ich muß Sie mal was fragen, Justine.«

Duncan steckte den Kopf in die Diele und sagte: »Sie wissen nicht zufällig, wie spät es ist?«

»Es ist dienstlich«, sagte Tucker.

Duncan trat lautlos näher.

»Ich muß euch Leute fragen: seid ihr verwandt mit Mr. Caleb Peck?«

»Und um das zu fragen, holen Sie uns um ein Uhr nachts aus dem Bett?« empörte sich Duncan.

»Ja, ja, ich weiß schon, wie lästig das für euch ist, Leute, aber ...« Durch den Fliegendraht der Tür gesehen, wirkte sein Gesicht körnig: er hielt die Augen gesenkt, entweder weil er müde war oder weil er sich genierte. »Ich hab' doch auch schon geschlafen. Aber dann hat Doug Tilghman vom Revier angerufen, ich soll doch eben mal schnell diese Auskunft einholen. Ich wollte damit bis morgen früh warten, aber er meinte, er steht schön dumm da, wenn aus Louisiana wieder angerufen wird, und er weiß nichts.«

»Aus Louisiana?« fragte Duncan.

»Ja. Da unten behauptet eine Frau, ein gewisser Caleb Peck ist entführt worden.«

Duncan sah Justine an.

»Offenbar war dieser Peck in einer Art Heim oder so, jedenfalls die Frau, die die Anzeige gemacht hat, Luray Pickett heißt sie, wollte ihn am Sonntag besuchen, und da war er weg. Keiner hat was gemerkt. Aber im Büro, da erinnerte sich irgendwer, daß eine gewisse Justine Peck aus Caro Mill nach ihm gefragt hat, und seitdem hat keiner mehr was von ihm gesehen.«

»Na und?« fragte Duncan.

»Naja, also wenn das stimmt, wäre das so was wie Entführung. Der Mann ist sozusagen eingeliefert worden und darf da nicht einfach weggehen, wenn er Lust hat. Wenn Sie mich fragen, mir wäre das egal, soll doch der alte Kerl hingehen, wo er will, aber da ist nun mal die Anfrage bei der hiesigen Polizei, weil die Frau da unten einen solchen Wirbel macht. Ich hab' Doug gesagt: ›Mann, das hat doch wohl bis morgen Zeit, was sollen Pecks von uns denken?‹ Aber nein, es muß gleich sein. Diese Mrs. Pickett behauptet, sie hat den Mann eigenhändig hingebracht und immer besucht und sich um alles gekümmert, und jetzt hat ihn wer weggeholt, ohne ihr ein Sterbenswörtchen zu sagen. Und eines muß man ja sagen – Justine Peck, den Namen gibt's nicht oft, es ist schon ein auffallender Name – oder? Und nun schon gar eine Justine Peck aus Caro Mill. Und weil ihr jetzt so einen alten Mann im Haus habt, da dachten wir eben ...«

»Tucker, Sie wissen doch, daß die Familie Peck in Baltimore lebt, nicht wahr?« fragte Duncan.

»Ja, das stimmt.«

»Haben Sie je gehört, daß irgendwer hier im Hause Verwandtschaft in Louisiana erwähnt hat?«

»Nein, nicht direkt.«

»Na also.«

»Ah, ich wußte doch, daß an der Sache nichts dran ist«, sagte Tucker befriedigt. »Tut mir leid, daß ich euch geweckt habe, Leute.« Und jetzt blickte er ihnen zum erstenmal voll ins Gesicht.

»Ich sage meiner Frau, daß ich mit euch gesprochen habe. Gute Nacht.«

»Gute Nacht.«

Duncan machte das Licht auf der Veranda an und die Haustür zu. Justine wartete, er sagte aber nichts. Vielleicht war er wütend? Sie hätte ihm gleich am Anfang alles sagen müssen, aber gerade angefangen hatte alles so sonderbar, und später hatte sich dann der passende Moment nie ergeben. Was nun? Würde Duncan sie zwingen, Caleb zurückzubringen? Nun fiel ihr ein, daß Caleb die Unterhaltung mit Tucker angehört haben mußte, wahrscheinlich saß er starr vor Schrecken im Bett und fürchtete, Duncan und sie würden ihn ausliefern.

»Der arme alte Mann!« rief sie, rannte an Duncan vorbei und riß die Tür zu Calebs Zimmer auf.

Caleb war weg.

Das Bett war zerwühlt, sein Schlafanzug lag am Fußende. Sein gummierter Regenmantel hing nicht mehr am Türhaken, und Duncans Mundharmonika lag nicht mehr auf der Kommode. Das Fenster stand weit offen, leer und schwarz, das Papierrouleau raschelte sacht im Luftzug.

»Duncan! Wir müssen ihn suchen, eil dich!« rief Justine.

Sie hatte schon ein Bein auf dem Fensterbrett, als er sie festhielt. Er faßte sie am Arm und sagte: »Gönn ihm doch einen kleinen Vorsprung, Justine.«

20

Duncan saß auf dem Fußboden, vor sich ein Puzzle aus 1200 Teilen. ›Sonnenuntergang in den Rocky Mountains‹ hieß es. Die Stücke mit einer geraden Kante hatte er bereits aussortiert und daraus den Rahmen gefertigt, und jetzt legte er die Teile auf gut Glück aus, nahm eines auf, tippte damit gegen die Zähne, starrte vor sich hin, legte es zurück, ergriff ein anderes, drehte dann mehrere Stücke um, so daß sie die graue Rückseite zeigten, und überlegte, ob er das Ganze nicht verkehrt herum, ganz in Grau, zusammensetzen sollte.

Er überlegte ferner, ob er Justine nicht ein für allemal nach Baltimore bringen sollte.

»Möchtest du das gern?« fragte er sie, als sie mit dem Hut auf dem Kopf durchs Zimmer ging.

Sie blickte verdutzt drein. »Möchte ich was?«

»Ich fragte: möchtest du zurück nach Baltimore?«

»Baltimore?«

»Nach Baltimore im Bundesstaat Maryland, Justine.«

Sie starrte ihn an.

»Wir ziehen in Urgroßmamas Haus. In dein Haus, genauer gesagt. Ich finde schon was zu tun bei Peck & Söhne. Du weißt, Papa hat immer gesagt, er hat jederzeit was für mich.«

»Meinst du, für immer?«

»Warum nicht?«

»Du meinst, wir brauchen nie mehr umzuziehen?«

»Nicht, wenn du nicht möchtest.«

Sie dachte nach und kaute dabei auf den Lippen.

»Du wärst dort vielleicht aber nicht glücklich?« sagte sie endlich, und das war ihre Art zu sagen: ja, ich möchte nach Baltimore. Er spürte, wie diese Antwort sich allmählich wie eine schwere Decke auf ihn senkte. Für ihn war es das Ende. Zugleich aber fühlte er sich beinahe erlöst, oder wie sonst hätte man diese unerwartete Euphorie erklären sollen, von der er sich plötzlich gepackt fühlte? Der zweite Schuh war gefallen. Fast hätte er laut gelacht.

Tief drinnen hatte er wohl während der gesamten Dauer seiner Ehe immer geahnt, daß es so ausgehen würde.

Justine packte Bücher in Kartons. Danach Maschinenteile. Duncan vernachlässigte sein Puzzle und widmete sich statt dessen einer für ihn neuen Patience. Seit kurzem war er redselig, phantasievoll, ja geradezu albern; er kam aus seinem langen Schweigen hervor, Bourbon und Patience verschwanden jedoch nicht, denn seine Arbeit hatte er nun endgültig verloren, und wenn er nicht so tat, als wäre er beschäftigt, würde Justine ihn bitten, ihr zu helfen. Und dazu fühlte er sich nun wirklich außerstande. Er wäre sich dann vorgekommen wie ein durchgebrannter kleiner Junge, der um Mitternacht seine Habseligkeiten einsammelt – Bettdecke, Wecker und Teddybär – und reumütig heimkehrt. Oder wie ein Geschöpf des Ozeans, das sich nach einem Kampf schwer angeschlagen in sein Gehäuse am Meeresgrund zurückzieht und pflegt, was von ihm übrig ist. Er blieb also auf dem Fußboden sitzen und tat, als wäre er ganz in sein Spiel vertieft. Unterdessen war sein Hirn aber schon wieder sehr in Tätigkeit und spielte seine eigenen Spiele. Jetzt stellte er laut eine Liste seiner Lieblingswörter zusammen. »Luncheon. Reality. Silver salver. Ippolitow-Iwanow.« Justine setzte sich auf und strich das Haar aus der Stirn.

»Ich frage mich manchmal, wozu wir all dies Zeug brauchen«, sagte sie.

Merkwürdig war, daß Justine in letzter Zeit zitterte und daß sie damit auch nicht aufhörte, als Duncan beschloß, sie heimzubringen, nach Baltimore. Ihre Hutbänder bebten unaufhörlich, und wenn sie Kaffee trank (etwas anderes nahm sie nicht mehr zu sich), vergoß sie welchen. Justine ließ Duncan an einen gebrechlichen Baum denken, auf dem scharenweise Vögel sitzen, doch konnte er noch etwas für sie tun, was er nicht schon getan hatte? Er suchte sie abzulenken. »Justine? Ich bin überzeugt, daß wir in zwanzig Jahren mittels Transposition von Materie blitzschnell reisen werden. Falls du, sagen wir, nach Omaha reisen willst, stellst du dich in einen gläsernen Kasten, und jemand in Omaha, der dahin will, wo du bist, geht dort in einen Kasten –«

»Mir geht das Reisen jetzt schon schnell genug, vielen Dank. Eigentlich schon zu schnell.«

»Richtige Reisen hast du aber überhaupt noch nicht gemacht«, behauptete Duncan. »Also: überall wird man lesen können, ›Männliche Person aus Pittsburgh wünscht Reise nach Detroit. Welcher Mann in Detroit will nach Pittsburgh?‹ Arbeitslose fänden Beschäftigung, sie könnten Geld verdienen als Tauschpartner. Wer einen sucht, geht zur nächsten Parkbank und sagt: ›Sie, hören Sie mal, möchten Sie –‹«

»Und ich wäre dann immer diejenige welche«, Justine stand auf und betrachtete prüfend aus keinem ersichtlichen Grunde ihr Gesicht in der blanken Abdeckplatte des Lichtschalters. »Ich kann mich in jeden beliebigen anderen verwandeln. Das ist der Fluch, unter dem ich leide.«

Der Fluch, unter dem sie litt, war indessen die Fähigkeit, alle Aspekte einer Sache zu sehen, und Duncan wünschte nicht, daß sich das änderte. Also erwähnte er es nie. Justine wandte sich wieder ihren Kartons zu.

Jetzt packte sie Megs Sachen ein. Sie nahm jeden Gegenstand sanft und liebevoll zur Hand und vertrödelte unnötig viel Zeit damit. Einen einzelnen Gürtel, der zu einem Kleid gehörte, das Meg unterdessen vielleicht gar nicht mehr trug, rollte sie auf und stopfte ihn neben einen schon verschimmelten Schulalmanach. Sie nahm den Deckel von der Büchse mit Glaskullern, die Meg 1965 am Strand in Virginia gewonnen hatte, hielt alle einzeln gegen das Licht und wischte sie sorgsam ab, bevor sie sie in die Büchse zurückgab.

Falls Duncan es nicht vergaß, richtete er zu den Mahlzeiten belegte Brote und goß Milch in Gläser. Justine hatte das Essen aber anscheinend endgültig aufgegeben. Nicht mal in die Schnellbratküche ging sie mehr, sie ging nirgendwohin zum Essen. Auf sein Drängen nahm sie einen Bissen und legte ihr Brot zurück. »Los, iß jetzt«, drängte er, mußte aber einsehen, daß es zuviel verlangt war. Er sah es daran, wie sie kaute; ihr Mund war zu trocken, zu klein oder was auch immer. Doch keine Sorge, einmal daheim in Baltimore würde sie schon essen. Dafür würden die Tanten sorgen. Zum erstenmal gedachte er mit Dankbarkeit der Tanten, denn er stellte sich vor, daß sie ihn von dieser bleichen, verwelkenden Justine erlösen würden. Dann ertappte er sich bei solchen Gedanken und wich ihrem Blick aus, der allzu stetig auf ihn gerichtet war.

Selbstverständlich hätte er sie jederzeit verlassen können. Er konnte sie getrost in Baltimore absetzen und auf eigene Faust weiterziehen. Aber das war ausgeschlossen, wie er wußte. Ohne Justine würde er nicht wissen, was er sich ansehen sollte, und wovon er zu Justine nicht sprechen konnte, das existierte überhaupt nicht. Allein der Anblick eines vertrauten Hutes im Schaufenster eines Warenhauses würde ihn bereits in die Knie zwingen. Ohne ihr unablässiges Gewusel mit dem Bettzeug und ohne ihre brennende Schlaflosigkeit, die seinen Schlummer bewachte, würde er keine Nacht überleben. Also schob er den Gedanken, Justine zu verlassen, entschieden von sich und fragte brieflich bei Peck & Söhne um Arbeit nach. Die Antwort mochte er dann aber doch nicht lesen. Ungeöffnet stopfte er den Brief in die Tasche, schon gereizt von den Sätzen, die, wie er wußte, darin enthalten sein würden. Justine fand den Brief schließlich und riß ihn auf. »Na? Was steht drin?« fragte er.

»Hmmmm ... sie haben was für dich.«

»Aber was steht drin? Freuen sie sich, daß ich endlich zur Vernunft komme? Haben sie es nicht immer gewußt, daß ich schließlich doch noch den Weg nach Hause finden würde?«

»Davon steht hier nichts.«

Er riß ihr den Brief aus der Hand – die Unterschrift seines Onkels Mark stand deutlich unter der klaren, zierlichen schwarzen Maschinenschrift. Man werde wohl etwas für ihn finden, schrieb der Onkel, wenn auch noch nicht gleich zu sagen sei, was. Einen auf Reparaturen spezialisierten Maschinisten könne die Firma selbstverständlich nicht gebrauchen, was sei das überhaupt für eine Frage! Urgroßmamas Haus sei juristisch gesehen selbstverständlich das Eigentum von Justine, immerhin habe die Familie es seit Jahren unterhalten und Esther sowie die Zwillinge hätten sich dort unterdessen eingewöhnt ...

Duncan hatte den Eindruck, daß dieser Brief bestürzt klang. Als ob die Familie insgeheim immer sehr einverstanden damit gewesen wäre, daß er und Justine sich irgendwo in der Welt herumtrieben! Das traf ihn unvorbereitet. Es traf ihn auch unvorbereitet, daß er sich nun davon gekränkt fühlte.

Immerhin, das Räderwerk war in Bewegung gesetzt worden,

man kündigte dem Vermieter, man bestellte den Spediteur. (»Diesmal mache ich den Umzug nicht selber«, verschwor sich Duncan. »Großvater fehlt mir.« In Wahrheit aber folgte er seiner neuen Politik des Treibenlassens. Er stellte sich vor, wie die Möbelpacker den Wohnzimmerteppich an allen vier Ecken ergriffen, während er seelenruhig darauf hocken blieb und seine Patience auslegte.) Sie benachrichtigten das Elektrizitätswerk und das Wasserwerk, sie lösten alles, was sie mit Caro Mill verband, und zogen die Kabel ein. Meg schrieben sie ihre neue Adresse. (»Leider können wir sie nicht auch Caleb mitteilen, wir wissen nicht, wo er steckt ...«, schrieb Justine.) Wenn Duncan an der Blue Bottle vorbeikam, sah er jetzt hinter der erneuerten Schaufensterscheibe einen fremden jungen Mann sitzen, der seine Fingernägel feilte und gelangweilt das chinesische Porzellan in der Auslage betrachtete.

Thanksgiving blieben sie daheim, denn bis zum Aufbruch nach Baltimore waren nur noch wenige Tage. Sie verzehrten ihre Mahlzeit auf dem Teppich im Wohnzimmer; Duncan hatte für jeden eine Bunte Pizza geholt. »Das war wirklich nicht nötig«, sagte Justine und meinte damit, bestimmt sei das zu teuer gewesen. Geld hatten sie nämlich so gut wie keins mehr und lebten derweil von ihrer Kreditkarte. »Es war überhaupt nicht teuer«, wehrte sich Duncan. »Und Bunte Pizza magst du doch, oder? Ich habe extra noch mehr Anchovis drauftun lassen. Warum ißt du nicht?«

Sie nahm einen Bissen, schien aber nichts zu schmecken.

»Ist sie nicht gut?«

»Wäre Caleb hier, hätten wir ihn heute der Familie vorgeführt.«

»Ja, wenn.«

»Und er hätte keinem gefallen.«

Er beugte sich vor und klopfte auf ihren Teller. »Iß!« sagte er.

Am Vormittag nach Thanksgiving wollte Dorcas sich die Karten legen lassen. Sie erwog, einen Kinobesitzer namens Willis Ralph McGee zu heiraten. »Wie hört sich das an: Dorcas McGee?« fragte sie Justine.

Ann-Campbell, die hinter ihr stand, sagte: »Widerlich hört sich das an.«

»Du bist nicht gefragt.«

Seit es kalt geworden war, trug Dorcas zwar einen Automantel mit dickem blonden Teddyfutter, aber nach wie vor Sandalen mit Stöckelabsätzen. Blutrote Zehennägel schimmerten durch Nylon und wurden gleich darauf zugedeckt von Duncans Spielkarten. Dorcas trat einige Zentimeter beiseite. »Sie haben gesagt, ich würde bald jemand kennenlernen, Justine, und das trifft jetzt ein. Ich muß aber unbedingt wissen, ob er der geeignete Ehemann ist.«

»Total ungeeignet!« versicherte Ann-Campbell.

»Wirst du jetzt stillesein?«

»Mein Papa, Joe Britt, wird das nie im Leben erlauben. Hier, Justine, ich hab' eure Post gleich mitgebracht, eine Rechnung vom Apotheker, eine Anzeige von Korvette –«

»Gib Justine die Post, Ann-Campbell!«

Justine legte eine Bindfadenrolle aus der Hand und ergriff die Post. »Der Spediteur hat geschrieben«, sagte sie. »Hoffentlich wird der Umzug nicht verschoben.«

»Hoffentlich doch! Um Jahre und Jahre!« widersprach Dorcas.

»Und hier ist ein Brief von ... kennen wir wen in Wyoming?«

Justine riß den Umschlag auf, Duncan legte eine Pik-Neun, und Dorcas trat sofort drauf. »Ich will Sie ja nicht hetzen«, sagte sie dabei, »aber ich und Ann-Campbell, wir wollen zu Woolworth und sind nur auf einen Sprung reingekommen, weil ich ganz schnell die Karten gelegt haben möchte.«

»Die machen das da ganz raffiniert«, teilte Ann-Campbell unterdessen Duncan mit. »Man sticht in einen Ballon, und da steht drin, was die Portion Eis kostet. Manchmal einen Groschen, manchmal einen Fünfziger.«

»Was du nicht sagst. Könnten Sie mal anderswohin treten, Dorcas?« bat Duncan.

»Vielleicht sind es auch genau 49 Cent. Soviel hat die Portion nämlich immer gekostet«, bemerkte Dorcas.

»Na so was!« sagte Justine.

Alle blickten sie an, doch sie war augenscheinlich in den Brief vertieft. Sie las, blickte auf, las. »Was liest du denn da?« fragte Duncan.

»Also, das ist –«

Er wartete, aber sie las weiter.

»Ich habe es besonders eilig«, erklärte Dorcas, »weil wir heute abend verabredet sind, und ich habe so ein Gefühl, als würde er mir einen Antrag machen. Und kann ich etwa darauf antworten, wenn ich nicht weiß, was die Karten sagen?«

»Nein, das können Sie nicht«, bestätigte Duncan.

»Falls Sie keine Lust haben, Justine, müssen Sie es nur sagen.«

»Nun sieh dir das an«, sagte Justine zu Duncan.

Er nahm den Brief zur Hand, einen cremefarbenen Bogen, an den Rändern verschmutzt und leicht zerknittert.

Liebe Justine!

Ich muß mich dafür entschuldigen, daß ich jetzt erst zum Schreiben komme, war aber durch die Umstände bis heute daran gehindert.

Es war sehr liebenswürdig von Euch, mich zu einem Besuch einzuladen. Die von Justine bereiteten Würstchen waren köstlich, und ich werde mich noch lange mit großer Freude an den Besuch bei Euch erinnern.

In Liebe,
Caleb Peck

Duncan lachte – kurz und schroff. Er reichte den Brief zurück.

»Ein Bedankemichbrief«, staunte Justine.

»Stimmt.«

»Ein echter Bedankemichbrief.«

»So nennt man das.«

»Ich möchte nur das eine wissen«, ließ Dorcas sich vernehmen, »und zwar will ich eine aufrichtige Antwort. Sie halten mich jetzt schon den ganzen Vormittag hin, Justine, und das nicht zum erstenmal. Andern fällt das allmählich auch auf. Sie lassen seit neuestem die Karten einfach so flattern, als wären sie mit dem Herzen nicht dabei. Auf klare Fragen, soll man dies tun oder das, geben Sie keine Antwort mehr. Sie zucken bloß noch die Achseln. Und darum möchte ich jetzt wissen: haben Sie keinen Spaß mehr daran, die Zukunft vorherzusagen? Möchten Sie aufhören? Dann brauchen Sie es bloß zu sagen, Justine. Das ist besser, als wenn Sie so weitermachen und mit Ihren Gedanken immer woanders sind, wie die ganzen letzten Wochen schon.«

»Was?« fragte Justine abwesend.

Dorcas sah Duncan an.

»Ach so, die Karten«, sagte Justine.

»Ganz recht.«

»Nun, wo habe ich denn . . .«

Sie holte die Strohtasche und wickelte die Karten aus dem Seidentuch. »Großonkel Caleb hat einen Brief geschrieben«, sagte sie dabei zu Dorcas.

»Wie reizend von ihm.«

»Er hat sich bedankt. Nach seinem Besuch hier.«

»Gute Manieren sind Gold wert, sage ich immer«, bemerkte Dorcas, hielt dabei aber die Augen auf die Karten gerichtet, die Justine lässig mischte. »Legen Sie die Karten nun, oder mischen Sie sich tot?«

»Aber ja doch.« Justine zog mit Dorcas in die Küche um, und Ann-Campbell blieb zurück. Sie hockte sich neben Duncan. »Erlaubt Justine, daß Mama Mr. MacGee heiratet?« fragte sie.

»Das ahne ich nicht.«

»Oder sagt sie ihr, sie soll meinen Papa wieder heiraten?«

»Hören Sie uns nächste Woche zur gleichen Zeit auf der gleichen Welle«, sagte Duncan.

»Was?«

»Nichts.« Er legte den Kopf zurück und nahm einen Schluck Bourbon.

»Wer ist denn dieser Großonkel Caleb?«

»Der alte Bursche, der hier eine Weile gewohnt hat. Der ist entweder sehr dumm oder ganz schlau. Schwer zu sagen, was.«

»Wenn meine Mama Mr. McGee heiratet, komme ich vielleicht mit euch nach Baltimore«, sagte Ann-Campbell und rückte näher. »Das wird wohl passieren. Justine sagt ihr bestimmt, sie soll es mal versuchen.«

»Keine Angst, Justine sagt ihr überhaupt nichts«, beruhigte Duncan. »Seit neuestem redet sie kaum noch.«

Doch gerade da hörte man sie lachen, ein helles, klares Lachen, das ihn verblüffte, und als er von seiner Patience aufsah, schaute er in die grüngesprenkelten Augen von Ann-Campbell, die ihn gedankenvoll betrachtete.

Nach dem Essen machte Justine sich im Vorgarten zu tun; sie riß Maisstauden aus. Sie kam mit gerötetem Gesicht ins Haus und roch nach Stärke. »Fühl mal.« Sie legte ihre froststarren Hände an Duncans Wangen. Er wich zurück. »Kriegst du nicht Lust, ins Freie zu gehen?«

»Kann ich nicht sagen.«

»Wird es dir nicht leid, hier rumzusitzen?«

Sie wandte sich mit einem Ruck von ihm weg und marschierte in die Küche. Gleich darauf hörte er Wasser ins Becken laufen und Teller klirren. Das bekam sie aber bald über, denn kurz darauf stand sie wieder im Wohnzimmer. Einen Moment schaute sie zum Fenster hinaus, dann ergriff sie ein Kartenspiel, das auf der Fensterbank lag, und setzte sich unweit von Duncan und seiner Patience auf den Teppich. Er hörte, wie sie beim Auslegen der Karten vor sich hin murmelte: »... Königin neben König ... die Wunschkarte ... die Reisekarte ... warum bloß so viele Reisen? Und alle unsere Lieben ganz in der Ferne! Hier die Karte für eine Reise über alle Reisen hinaus. Die habe ich noch nie aufgedeckt. Und die, wofür ist die?« Sie verstummte. Duncan blickte auf. Sie nagte am Daumennagel und starrte versonnen vor sich hin.

Etwas später ging sie aus dem Haus, in einem alten Lumberjack, der eigentlich Duncan gehörte. Sie sagte nicht, wohin. Duncan hörte, wie der Ford ansprang, knurrend in der frostigen Luft. Anfangs freute es ihn, dann wurde er besorgt; konnte Justine sich ausreichend aufs Fahren konzentrieren? Ihm fiel auf, wie leer das Haus sich anfühlte. Von Norden blies es scharf, es pfiff durch alle Ritzen. Der Himmel war weiß, und im Zimmer herrschte ein kaltes, trübes, aber zugleich grelles Licht, das Duncans Augen wehtat. Wohin er sah, boten sich trostlose Anblicke: Kisten, Kartons, vertrocknete Pflanzen auf dem Fensterbrett, Pizzatüten mit Tomatenflecken vom Vortag. Er ging ins Schlafzimmer; eigentlich wollte er nur ruhen, er legte sich auf das ungemachte Bett, einen Unterarm über den Augen, und fragte sich, wohin das Leben mit ihm wollte. Dabei schlief er ein und träumte von Antiquitäten, auch von Schmuck in Form von geschnitzten Stuhlbeinen. Nicht einmal im Schlaf ließ sich etwas Schlichtes, Klares finden, eine saubere Linie.

Als er erwachte, war es dunkel, Justine noch nicht zu Hause. Er tastete sich zur Küche hin, machte Licht und strich Erdnußbutter auf eine Brotscheibe. Die Katze saß auf dem Herd und sah ihm zu. »So ist es, wenn man erwachsen wird«, teilte Duncan ihr mit. Sie blinzelte und schaute beleidigt beiseite. Er nahm das Brot mit ins Wohnzimmer zu seiner Patience. Ganz offenbar würde sie nicht aufgehen. Gleichwohl legte er die Karten immer wieder um und sann auf einen Ausweg, wobei er zerstreut sein Brot verzehrte. Es gab nichts anderes zu tun.

Dann fuhr der Ford vor, und gleich darauf hörte er Justines rasche Schritte auf der Veranda. Als sie die Tür aufmachte, blickte er nicht von den Karten hoch; so würde sie nicht merken, wie glücklich er darüber war, daß sie wiederkam. »Wir haben keine Erdnußbutter mehr«, war alles, was er sagte.

»Ach nein, wirklich?«

Er legte einen Buben um.

»Ich verliere mal wieder«, bemerkte er dazu.

»Macht nichts.« Sie kniete vor ihn hin, der rotkarierte Lumberjack leuchtete. Sie sammelte mit einem Schwung seine Karten ein. Einige blieben auf dem Teppich, andere fielen ihr wieder aus der Hand. »Hör mal!« protestierte Duncan.

»Soll ich dir mal die Karten legen?«

Das hatte sie nie zuvor getan. Er starrte sie an. Justine aber strahlte; atemlos, mit funkelnden Augen und verrutschtem Hut warf sie die Karten aus, unordentlich und ohne hinzusehen. »Du stehst im Begriff, dein Leben zu ändern«, kündigte sie an und knallte einen König oder auch ein As hin. Dabei beobachtete sie sein Gesicht.

»Tja, das könnte man sagen.« Er langte nach der Flasche.

»Du wirst Generalmaschinist auf einem Rummelplatz.«

Er setzte die Flasche hin.

»Deine Frau tritt als Kartenlegerin auf. Ihr beide zieht in einen knallroten Wohnwagen in Parvis im Bundesstaat Maryland und lebt fortan glücklich und zufrieden. Wie gefällt dir das?«

»Du bist verrückt!« Aber er strahlte, und er beklagte sich auch nicht, als Justine die Bourbonflasche umwarf, weil sie sich ganz zu ihm herüberbeugte, um ihn zu küssen.

21

Am Umzugstag verspäteten sie sich, aber das machte nichts, denn umzuziehen gab es nicht viel. Sie packten nur Bücher und Kleider in den orangefarbenen Kleinlaster, dazu Duncans Ersatzteile und seine Erfindungen. Alles andere blieb zurück. Der Wohnwagen war möbliert. Alles eingebaut. Justine gefiel, daß alle Möbel eingebaut waren. Es machte ihr Spaß, allen Leuten zu erzählen, sie reisten mit leichtem Gepäck, und wenn Duncan sie nicht gehindert hätte, hätte sie auch Sachen weggeworfen, die sie dringend brauchten.

Es war ein klarer frostiger Dezembermorgen, der Himmel blau wie Opal, die Sonne bleich. Nachbarn hatten sich zum Abschied eingefunden, Dorcas Britt samt Gatten Joe Pete und Ann-Campbell, die Justines widerstrebende Katze im Arm hielt. Ferner die Rote Emma und die Schwarze Emma, die alte Mrs. Hewitt samt Pudel, Maureen Worth von gegenüber, immer noch im Morgenrock, und Mrs. Tucker Dawcett, die etwas abseits stand und so bekümmert dreinsah, als erwarte sie sozusagen als Abschiedsgeschenk von Justine zu hören, daß ihr Mann nun doch untreu sei. Justine machte die Runde, drückte ihre Wange abschiednehmend an die der Nachbarn, teilte kleine Schulterklapse aus und versprach das Blaue vom Himmel herunter. »Selbstverständlich kommen wir wieder. Das wißt ihr doch.« Duncan verteilte die Ladung anders, hielt von Zeit zu Zeit ein, fluchte und rieb die frierenden Hände. Die Rote Emma beobachtete ihn mit einem mürrischen, finsteren Blick, den er nicht wahrnahm, und sagte zu Justine: »Er soll Sie gefälligst am Wochenende herfahren, ja? Lassen Sie sich nicht einfach von ihm durch die

Gegend zerren.« Sie küßte Justine auf die Wange. Mrs. Hewitt umarmte Justine. »Immer ziehen alle weg«, jammerte sie, »keiner bleibt da.«

»Aber es ist doch überhaupt nicht weit, ihr könnt uns alle besuchen kommen!« rief Justine.

»Besuchen? In einem Wohnwagen? Auf einer Viehweide?« sagte Dorcas.

»Sie werden sehen, es gefällt Ihnen. Uns gefällt es bestimmt. Ich fühle es in allen Gliedern, daß wir Glück haben. Ich weiß immer, wenn wir was richtig machen. Im übrigen: nächsten Monat haben wir schon 1974. Die Quersumme von 1974 ist 21, und die Quersumme von 21 ist 3. Das ist unsere Glückszahl. Ein besseres Vorzeichen ist doch gar nicht denkbar, oder?«

Jemand schob ihr einen Topf mit Efeu hin, jemand anderes einen Gummibaum. Justine hatte die Arme so voll, daß man die Autotür öffnen und ihr helfen mußte, die Sachen zu verstauen. »Tut das Zeug irgendwo rein, meinethalben auch auf den Vordersitz.« Da häufte sich aber schon der Reiseproviant – Kartoffelchips und Käsestangen und Salzbrezeln, Salzheringe und Kaffeebohnen und eine Schachtel Hustenbonbons Marke Ludens. Diesmal war sie die einzige im Wagen. Nächstes Jahr jedoch – wer konnte das wissen? Sie nahm Ann-Campbell die Katze ab, knallte eilig die Tür zu, als die Katze im Wagen war, und rollte das Fenster einen Spaltbreit herunter. »Fragt mal Duncan, ob er soweit ist!« Wie zur Antwort fiel die Ladeklappe des Kleinlasters dröhnend zu. »Nun, dann wird es wohl Zeit.« Jetzt klang ihre Stimme zum erstenmal betrübt, und es schien, als kämen die Töne nur zögernd auf dem in der Kälte sichtbaren Hauch ihres Atems. »Wir wollen den Hauptverkehr vermeiden.« Sie steckte den kalten, glänzenden Zündschlüssel ins Schloß und knetete die Finger. Am Schalthebel war eine Anzeige des Nationalkomitees für Sicherheit auf der Straße befestigt: zwei Putten mit Sicherheitsgurten schräg über der Brust, darunter ICH LIEBE DICH, LEG DEN GURT AN. Justine sah sich nach der Katze um, die hinter einer Begonie hervor ihren Blick wütend erwiderte. »Also dann, ab dafür!« Der Motor heulte auf, und sie winkte mit zwei Fingern durch den Fensterspalt.

Hinter ihr sprang der Motor des Kleinlasters an, und die Nachbarn drängten sich vor Duncans Fenster. »Gute Fahrt!« »Passen Sie schön auf!« Der Laster rollte los. »Schämen Sie sich nicht, uns Justine einfach wegzunehmen!« schrie die Rote Emma ganz unerwartet. Duncan aber winkte nur. Er hatte wohl nicht verstanden. Oder er war zu sehr darauf bedacht, Justine einzuholen, die jetzt nur noch als kleine Auspuffwolke in der Ferne zu sehen war.

Anne Tyler

Nur nicht stehenbleiben
Roman. Band 5154

Eines Tages reicht es Charlotte endgültig. Sie hat ihre Ehe mit Saul, einem spätberufenen Gottesmann und Prediger von Profession, und ihr eintöniges Kleinstadtdasein herzlich satt und beschließt, getreu der Devise: *Nur nicht stehenbleiben* endlich zu tun, wovon sie bald dreißig Jahre träumt: Die große Reise in die weite Welt anzutreten.

Dinner im Heimweh-Restaurant
Roman. Band 8254

Pearl Tull ist zierlich und zäh, reizbar und oft schwierig im Umgang; und sie kämpft immerzu gegen irgendwelche Komplikationen an. Für die ist meist Ehemann Beck zuständig. Erst verordnet dieser ambitionierte Reisende für Landwirtschaftsgeräte Frau und Kindern zahlreiche Umzüge, dann beschließt er eines schönen Tages, doch lieber allein weiterzuziehen. Pearl, soeben fünfzig geworden, nimmt eine Stelle als Kassiererin im Supermarkt an, rackert sich ab für die Kinder und ist im übrigen fest entschlossen, die Fiktion von der heilen Familie aufrechtzuerhalten.

Caleb oder Das Glück aus den Karten
Roman. Band 10829

»Caleb oder Das Glück aus den Karten« ist das Muster eines intelligenten, witzigen und klugen Familienromans. Er amüsiert mit den Geschichten der eigenwilligen und wunderbar altmodischen Pecks aus Baltimore, die allesamt so etwas wie schwarze Schafe sind. Ihr Roman handelt auch vom Glück, von der Ausdauer, der Zuversicht und einer fast schon verloren geglaubten Freundlichkeit.

Fischer Taschenbuch Verlag

fi 707/2